Alexander Leonhard

Die Spur
der Vergeltung

Ein Hamburger Gesellschaftskrimi

Impressum

2. Auflage – 20. Juni 2017
Herstellung und Verlag: BoD - Books on Demand,
Norderstedt
© 2015 by Fred Freiberg – Alexander Leonhard, Autor
Buchcover: Fred Freiberg
Lektorat und Korrektur: Stefan Stern
Satz: wortdienstleister.de

ISBN: 978-3-7448-5496-2

Widmung

Diesen Roman widme ich meinem verstorbenen Autorenfreund Rainer Goecht, mit dem ich einige Jahre gemeinsam auf dem Weg der Schriftstellerei gegangen bin. Unsere Freundschaft war geprägt von uneigennützigem Gedankenaustausch und der Freude über den Erfolg des anderen. Ich vermisse ihn sehr. Er wird mich immer in meinen Gedanken begleiten.

Prolog

Der Himmel über Hamburg weinte, als sich die Trauergemeinde auf dem Ohlsdorfer Friedhof langsam in Bewegung setzte. Dunkle Wolken zogen über die Stadt hinweg, so als würden die Mächte des Himmels eine Tragödie inszenieren. Der Regen trommelte ein Stakkato auf die Regenschirme der Trauernden, es klang wie ein himmlischer Trauermarsch, nur das Geräusch der Schritte im Kies war zu hören und das war für diesen Moment das Einzige, was man ertragen konnte. Der Tod war angekommen, hatte das Leben einer jungen Frau beendet, das gerade erst begonnen hatte.

Hier, wo so viele Prominente zu Grabe getragen wurden, sollte auch Lena in der Familiengruft ihre letzte Ruhe finden. Alles hatte seine Wichtigkeit verloren, war plötzlich banal und ohne jegliche Bedeutung. Endlos war der Weg den Kai Lorenzen ging, mit schwankenden Schritten und tief gebeugtem Haupt an der Spitze der Menschen, die dem, was er über alles liebte das letzte Geleit gaben. Er war völlig teilnahmslos, spürte nicht den Regen der seine Kleidung durchnässte, spürte nicht die helfenden Hände derer, die seine schwankende Gestalt stützten. Der Schmerz lähmte seine Gedanken und seine Tränen gewährten ihm nur einen verschleierten Blick durch das, was gerade geschah. Gnädig und barmherzig und doch so unbegreiflich und erbarmungslos. Er war ein gebrochener Mann. Hier wo er vor zehn Jahren seine Frau zu Grabe getragen hatte, stand er nun erneut, hilflos und seines Lebensmutes beraubt. Der Sonnenschein war aus seinem Leben verschwunden, übrig blieben Verzweiflung und Tristesse. Wie ein nie enden wollender Schmerz zog das Geschehene in seiner Erinnerung an ihm vorbei, er sah Lena wie sie als Kind lachend auf seinem Schoß saß, wie sie sich hinter ihm versteckte, wenn sie sich erschreckt hatte, wie sie ihn neckte und davonlief, weil er sie fangen sollte. Er hörte plötzlich ihre Stimme ganz nah und voller Fröhlichkeit: „Fang mich doch, fang mich doch."

1. Kapitel

Stockholm – Arlanda International Airport, 9.45 Uhr. Das Taxi hielt vor dem Abflugterminal des Airports. Der Fahrer stieg aus, öffnete den Kofferraum und stellte, nachdem Agneta die Fahrt bezahlt hatte, ihr Gepäck auf den Bürgersteig. Sie bedankte sich mit einem großzügigen Trinkgeld und schaute sich nach einem der vielen Gepäckträger um, die Bienen gleich die anfahrenden Taxen umschwärmten.

„Hej, du Porter", rief sie und gleich standen drei dieser fleißigen Geister neben ihr, um ihr Gepäck aufzunehmen. Ein schon etwas betagter freundlicher Dienstmann erhielt den Auftrag, ergriff das Gepäck und nachdem Agneta ihm bedeutete, dass sie zum Schalter der Lufthansa möchte, trabte dieser los, um seinen Auftrag zu erfüllen. Agneta Gulbrandsson war eine sehr attraktive Frau.

Sie hatte blondes Haar und ihre Gesichtszüge waren geradezu makellos. Ein zartes unauffälliges Makeup unterstrich dieses außergewöhnliche Gesicht auf eine besonders anziehende Weise. Ein elegantes Designerkostüm, das in einem dezenten Blauton gehalten war, unterstrich ihre Figur und verleitete die meisten Männer, die an ihr vorüber gingen, ein zweites Mal hinzuschauen. Eine Traumfrau also, deren Anblick viele Männerherzen höherschlagen ließ.

Nachdem sie am Lufthansaschalter ihr Gepäck aufgegeben hatte, schaute sie auf die Uhr und stellte erfreut fest, dass sie noch eine gute halbe Stunde Zeit zum Einchecken hatte. Zeit genug, um in einem Bistro des Flughafens noch einen leckeren Cappuccino zu trinken. Langsam schlenderte sie durch die von geschäftigem Treiben erfüllte Abflughalle.

Als sie an einem gemütlich anmutenden Bistro vorbei kam, nahm sie dort Platz und bestellte sich einen Cappuccino. Mit Genuss nahm sie den ersten Schluck und spürte wie sie das aromatische, warme Getränk von innen erwärmte und ihren Körper belebte.

Sie schaute interessiert in die Runde, sah Menschen aufgeregt und doch voller Erwartung an ihr vorüber huschen. Eine internationale Gesellschaft an Fluggästen bot ein abwechslungsreiches und farbenfrohes Bild. Geschäftsleute aus aller Welt, Frauen in exotisch anmutenden Landestrachten, Familien mit Kindern, die hier ihre Urlaubsreise antreten wollten. Junge Menschen mit riesigen Rucksäcken, liefen lachend umher und nahmen hier, vor dem Abenteuer, das sie erwartete, den letzten telefonischen Kontakt zu ihren Lieben zu Hause auf. Auch Abschiedstränen flossen, aber das war in jedem Land dieser Welt zu sehen, wenn man für eine Zeit seine Heimat verlässt.

Dann erschien auf der Anzeigetafel der Flug 5634 von Stockholm nach Hamburg. Eine weibliche Stimme forderte die mitreisenden Passagiere auf, sich am Gate D einzufinden und ihre Bordkarten bereit zu halten. Agneta ging, nur mit ihrer eleganten Kellybag bewaffnet, in die Wartezone und kurze Zeit später betrat sie die Maschine und nahm in der Business Class Platz.

Sie vernahm ein leises Vibrieren, als der Flugkapitän die Turbinen anließ, dann verließen sie das Gate und rollten langsam in Richtung Startbahn. Plötzlich ertönte ein lautes Dröhnen und die Maschine nahm Geschwindigkeit auf, wenig später hob sie vom Boden ab und war in den Wolken verschwunden.

Agneta ließ sich in einen bequemen Sessel in der Business Class fallen, schlüpfte aus ihren eleganten, dunkelblauen Wildlederpumps und legte ihre langen, wohlgeformten Beine auf einen vor ihr stehenden Hocker, schloss ihre Augen und in ein paar Sekunden war sie mit ihrem inneren Ich allein, hörte nur ihre gleichmäßigen Atemzüge, ihr Körper entspannte sich und sie glitt noch tiefer hinein in das Innere ihrer Seele. Sie ließ ihren Gedanken freien Lauf, hatte ein Déjà-vu mit ihrer Vergangenheit, dachte an Anna, dachte an die wilden Jahre ihrer gemeinsamen Studienzeit.

Ihr kamen Zweifel, ob sie dies wirklich wollte. Noch war Zeit alles rückgängig zu machen, sich in den nächsten Flieger zu setzen und zurück nach Stockholm zu fliegen. Doch dann hörte sie in ihrem Innern Annas Stimme, hörte wie sie beschwichtigend auf sie einredete: „Agneta, es ist ganz seriös und es ist nur für einen Mann, für den Freund eines Kunden."

Sie wurde ruhiger und die letzten Zweifel verflüchtigten sich, traten in den Hintergrund bis sie im Nebel des Vergessens verschwunden waren.

Sie wollte diesen Weg gehen, entschlossen das Angenehme mit dem Nützlichen zu verbinden, und sie hoffte sehr, dass es eine angenehme Abwechslung für sie war und ... für die sie obendrein noch ein Haufen Geld bekam. Nie zuvor war es ihr so klar wie in diesem Moment, sie war auf dem Weg von der Gegenwart zurück in die Vergangenheit. Sie schreckte auf als eine Stewardess zu ihr kam und sie nach ihren Wünschen fragte. „Please bring me a glass of champagne", antwortete Agneta lächelnd, ergriff die neueste Ausgabe der Vogue, die sie sich noch schnell in einem Zeitungskiosk auf dem Flughafen gekauft hatte, und lehnte sich genüsslich zurück.

Sie war auf dem Weg nach Hamburg. Sie spürte, wie sie eine angenehme Müdigkeit überkam, sie legte die Zeitschrift beiseite und war kurz darauf eingenickt. Sie genoss es, so völlig entspannt in ihrem Sessel zu ruhen und an nichts zu denken. Wie durch einen Schleier des Erwachens hörte sie aus weiter Ferne die Stimme der Stewardess: „Meine Damen und Herren, wir erreichen in wenigen Minuten Hamburg, wir danken Ihnen, dass Sie unser Gast waren und wünschen Ihnen einen angenehmen Aufenthalt." Sie ordnete ihre Kleider, zog den nach oben gerutschten Saum ihres Rockes, der einen Blick auf ihre schlanken Beine freigab, in die richtige Position, bückte sich und schlüpfte in ihre Pumps, die sich am Fuß ihres Sessels befanden. Dann legte sie den Sicherheitsgurt an und wartete bis die Maschine mit einem Hüpfer die Piste berührte. Sie hatte ihr Ziel erreicht. Als sie sich erhob warf sie einen letzten Blick aus dem Kabinenfenster.

Der Himmel war strahlend blau, weiße Wolken türmten sich zu bizarren Gebilden auf und zogen eilig an ihnen vorbei. Sie erhob sich, ergriff mit einer eleganten Bewegung ihre Handtasche und strebte dem Ausgang zu. Vor dem Passagiertunnel lächelte sie den beiden dort wartenden Stewardessen zu und bedankte sich für den angenehmen Flug.

Sie erreichte den Ankunftsbereich im Terminal 2 des Flughafens und steuerte auf das Rollband der Gepäckausgabe zu. Es war ein herrlicher Sommertag. Das Sonnenlicht fiel durch das gläserne Dach und warf malerische Lichtspiele auf den Boden der Halle.

In der lichtdurchfluteten Ankunftshalle hatte sich eine große Anzahl von Wartenden versammelt, die winkend und rufend die Ankömmlinge auf sich aufmerksam machten. Etwas abseits der Menge bemerkte Agneta eine junge attraktive Frau, die schon eine geraume Zeit zu ihr herüber schaute. „Das muss Anna sein", dachte Agneta. Sie hatte sie aber nicht sofort erkannt. Immerhin hatten sie sich schon einige Jahre nicht mehr gesehen. Sie nahm ihr Gepäck auf und ging zielstrebig auf den Ausgang zu.

Je näher sie dem Ausgang kam, umso sicherer war sie, dass es sich bei der Warteten um Anna Lundgren handelte. Plötzlich huschte ein Lächeln des Erkennens über ihre Gesichter. Anna lachte, hob fröhlich winkend die Hand und ging mit eiligen Schritten auf sie zu. Dann lagen sie sich in den Armen, herzten und küssten sich.

„Agneta, ich freue mich so sehr, dich wiederzusehen. Wie war dein Flug? Ich hoffe, bei dir ist alles in Ordnung. Du siehst so toll aus, ich bin sprachlos." Die Worte sprudelten nur so aus ihr heraus, man konnte spüren wie aufgeregt sie war. Sie tanzten wie zwei Teenager umher und wollten gar nicht mehr voneinander lassen. „Lass dich anschauen", sagte Agneta. Sie betrachtete Anna voller Zuneigung und Bewunderung. Vor ihr stand eine Frau, die so blendend aussah, dass sie im Moment keine Worte fand. Sie trug ein trägerloses eng anliegendes schwarzes Kleid. Die schmalen, wohlgeformten Schultern und der Teint ihrer leicht gebräunten Haut waren eine perfekte Ergänzung zum Schwarz ihres dezent geschnittenen Kleides. Ihren Hals zierte eine dünne goldene Kette, an deren Ende sich ein Anhänger befand, in dessen Mitte ein Brillant von mindestens einem Karat eingearbeitet war.

Ihre Augen verdeckte eine elegante Designerbrille von Gucci, die ein Übriges zur Wirkung ihres Gesichts beitrug. Ihre Haare hatte sie wie zufällig mit drei Kämmen hochgesteckt. Ihre Füße zierten schwarze elegante Pumps, die ihre schlanken Beine noch länger erscheinen ließen.

„Diese Frau ist ein Gesamtkunstwerk", dachte Agneta. Ein bisschen zu elegant, aber trotzdem so unauffällig, dass man keinen Anstoß daran nehmen konnte. Dann lächelten sie sich an und Anna ergriff Agnetas Arm. „Schön, dass du endlich da bist", flüsterte sie ihr zu. Dann strebten die dem Ausgang entgegen und viele der Fluggäste blieben stehen und schauten den beiden fasziniert nach. Man hörte das Klacken ihrer hochhackigen Pumps auf den glänzenden Fliesen des Terminals, das in der Höhe des Raumes widerhallte, bis sie die imponierende Flughafenhalle durch die große Flügeltür verlassen hatten. Anna hatte glücklicherweise in unmittelbarer Nähe der Flughafenhalle einen Parkplatz gefunden. Sie steuerten auf einen schwarzen Jaguar XK zu. Als Anna den automatischen Türöffner betätigte, warf Agneta ihr einen erstaunten Blick zu.

„Sag bloß das ist dein Wagen?" „Ja sicherlich", erwiderte Anna lachend, „oder siehst du hier noch jemanden?"

„Du hast es ja weit gebracht", entgegnete Agneta leicht verunsichert. Sie spürte, dass Anna diese Situation ausgesprochen peinlich war. Ohne ein Wort zu erwidern, öffnete sie den Kofferraum und verstaute Agnetas Gepäck.

„Wir fahren zu mir", sagte Anna mit einem Lächeln, „du kannst heute bei mir übernachten. Morgen werde ich dir dein neues Domizil zeigen."

Agneta sah in ihren Augen ein geheimnisvolles Funkeln. „Da bin ich aber gespannt", entgegnete sie voller Erwartung.

„Lass dich überraschen", fügte Anna lachend hinzu, „es wird dir bestimmt gefallen, da bin ich ganz sicher."

Schweigend saßen sie nebeneinander. Agneta hing ihren Gedanken nach, dachte an vergangene gemeinsame Zeiten. Dann musste sie plötzlich über einen abstrusen Gedanken lächeln, der aus dem Nichts entstanden war.

Sie schaute mit einem Seitenblick zu Anna, die ihren verstohlenen Blick aber nicht bemerkte. Zwei Edelnutten auf dem Weg in ein ungewisses Abenteuer.

Sie wusste noch immer nicht, ob sie das wirklich wollte, aber sie schob all ihre Zweifel beiseite und beruhigte sich, denn Anna würde, so glaubte sie, nie etwas tun was ihr schaden würde.

Immer wieder schaute sie voller Interesse aus dem Seitenfenster des Wagens. Diese Stadt sollte nun für einige Zeit ihr Zuhause sein.

Von Weitem sah sie die Lastkräne, die wie riesige Giraffen in den stahlblauen Himmel ragten. Je näher sie der Innenstadt kamen, desto dichter wurde der Verkehr. Es war Rushhour in Hamburg, ein endloser Stau zog sich durch die ganze Innenstadt, Ampeln sprangen von Rot auf Grün, Hupen verrieten Hektik und Ungeduld, alles war in Aufruhr. Menschen hasteten über die Straßen wie gehetztes Wild, gejagt von Jägern aus Blech. Agneta war fasziniert von dem, was um sie herum geschah. Nach einer halben Stunde Fahrzeit hatten sie die Landungsbrücken erreicht. Riesige Passagier- und Containerschiffe pflügten durch das Wasser. Dazwischen kleine Barkassen, die wie Nussschalen auf den Wellen tanzten.

Agneta hatte plötzlich das Bedürfnis sich unter die Menschen zu mischen und dieses Gefühl der Geschäftigkeit unmittelbar und hautnah mitzuerleben. Und über allem der stahlblaue Himmel, der die ganze Stadt in einer Freundlichkeit erscheinen ließ, die kaum zu beschreiben war. Eine leichte Brise wehte vom Hafen herüber und verschaffte Linderung. Agneta spürte den kühlen Wind auf ihrer Haut und ein glückliches Schaudern großer Zufriedenheit durchströmte ihren Körper.

An den Anlegestellen standen ungeduldige Touristen die auf die nächste Barkasse warteten, mit der sie eine Hafenrundfahrt machen wollten. Fischbuden, kleine Imbissstände, Getränkeshops, Andenkenläden reihten sich, dicht an die Kaimauer gedrängt, hintereinander auf.

Vor ihnen standen Menschen aller Nationalitäten, ein Stimmengewirr der verschiedensten Sprachen schallte zu ihnen herüber. Agneta konnte sich nicht sattsehen an diesem geschäftigen Treiben, an der Vielfalt der Eindrücke, die plötzlich auf sie einstürzten. Sie genoss diesen Augenblick und vergaß für eine kurze Zeit den Zweck ihres Hierseins.

„Lass uns eine Kleinigkeit essen gehen", schlug Anna vor, „du wirst doch sicher hungrig sein. Ich kenne hier in der Nähe ein sehr nettes Lokal in dem viele Prominente verkehren, es ist eines der bekanntesten Lokale in ganz Hamburg. Es ist hier ganz in der Nähe."

„Wie du willst", erwiderte Agneta zögernd, hakte sich bei Anna ein und sie gingen, von vielen bewundernden Blicken der Passanten begleitet, in Richtung Michaeliskirche, dem Wahrzeichen der Hansestadt. Sie verließen das Hafengelände, bis sie wenige Minuten später die Englische Planke erreichten. Vor ihnen befand sich das viel gepriesene Lokal. Der Name „Old Commercial Room" prangte in großen Lettern über der Eingangstür. Als sie das Lokal betraten empfing sie eine anheimelnde Atmosphäre, wie die Mahagoni-Separées, Captain's-Table, Künstler-Stammtisch und Hafen-Stammtisch, Freunde der Seefahrt, Portier's Loge vermittelten Agneta ein hohes Maß an Intimität und Geborgenheit. Die Verbundenheit mit der Tradition der Hansestadt war unverkennbar, jedes Detail übte auf den Betrachter einen besonderen Reiz aus und ließ ihn eintauchen in die Jahrhunderte alte Geschichte der Hansestadt. Die Wände zierten unzählige Bilder von Prominenten, die selbstverständlich handsigniert waren. Porträts von Sean Connery, Wolfgang Petersen, Elke Sommer, Franz Beckenbauer, Willy Brandt, Neal Diamond hingen mit der gleichen Selbstverständlichkeit an der Wand, wie die von Woody Allen, Helmut Schmidt und Bon Jovi, George Cloony und last but not least den Beatles, um nur einige dieser herausragenden Persönlichkeiten zu nennen. Anna spürte wie fasziniert Agneta von diesem Ambiente war und behutsam erfasste sie ihre Hand.

„Komm, wir gehen nach oben, in der Red Lounge hat man einen herrlichen Blick auf das Hauptportal des Hamburger Michel", flüsterte sie ihr zu. Agneta nickte zustimmend, ohne ein einziges Wort zu sagen.

Es war ein faszinierender Anblick, als sie die Lounge betraten. Wie ein Sternenhimmel leuchteten hunderte von Reflektoren von der Decke herab und tauchten den Raum in ein strahlendes Licht. Auf dem Boden befanden sich goldene Sterne, auf denen liebevoll die Namen prominenter Größen aus Film, Musik, Wirtschaft und Politik verewigt waren.

Es war der „Walk of Fame" derer, die diesem Restaurant durch ihren Besuch bereits ihre Reverenz erwiesen hatten. Der ganze Raum war in einem dezenten Rot, dessen Wirkung sich noch durch die Anordnung einer schweren, in rot gehaltenen, ledernen Couchgarnitur verstärkte.

Es war eine vollendete Harmonie, die dieser Raum ausstrahlte, fernab jeder Hektik konnte man sich hier entspannen, es herrschte eine Ruhe und Gelassenheit, die den Nerven gut tat und die Herausforderungen des Lebens für eine kurze Zeit vergessen ließ. Sie gingen zu einem gedeckten Tisch in der Ecke der Lounge, der direkt am Fenster stand und nahmen Platz.

Ein herrlicher Blick offenbarte sich ihnen als sie aus dem Fenster schauten. Eine junge Kellnerin kam freundlich lächelnd auf sie zu. Sie schaute sie an und Agneta sah ein bewunderndes Leuchten in ihren freundlichen, tiefbraunen Augen.

„Was kann ich für Sie tun?", fragte sie mit dezenter Stimme, „darf ich Ihnen die Speisenkarte überreichen?" Beide nickten zustimmend. Sie nahmen die Karte entgegen und dann entfernte sie sich so unauffällig, wie sie gekommen war. Sie schauten aus dem Fenster, ihr Blick fiel direkt auf das Hauptportal der wunderschönen Barockkirche St. Michaelis, über dem die Bronzestatue des Erzengels Michael stand.

Anna schaute sie an und flüsterte: „Ist das nicht wunderschön?" Agneta nickte und mit glänzenden Augen schaute sie in die Ferne, sah den stahlblauen Himmel und die weißen Wolken, die angetrieben durch den Wind, eilig vorüber zogen. Sie musste an ihre Kindheit denken, erinnerte sich wie sie oft allein am Meer gesessen hatte und dem Spiel des Windes und den Wolken zugeschaut hatte.

Eine nie gekannte Ruhe kehrte in ihr Innerstes ein, erfüllte ihr Herz mit einem Gefühl der Dankbarkeit und Zufriedenheit. Wie aus einem wunderschönen Traum erwachte sie, als die Kellnerin an den Tisch trat und das Essen servierte. Schweigend saßen sie nebeneinander. Nachdem sie sich mit einem vorzüglichen Essen gestärkt, hatten winkten sie die Kellnerin herbei.

„Ich hoffe es hat Ihnen geschmeckt", sagte sie mit einem Lächeln im Gesicht.

Beide schauten auf und wie aus einem Mund, erwiderten sie: „Danke es war ausgezeichnet." Sie beglichen die Rechnung und gaben dem Anlass angemessen ein fürstliches Trinkgeld. Sie erhoben sich und die Kellnerin begleitete sie bis zur Tür.

„Beehren sie uns bald wieder ...", sagte sie zum Abschied. „Das werden wir sicher tun", antwortete Anna mit einem Lächeln.

Dann standen sie auf der Straße und die nie enden wollende Hektik und Betriebsamkeit dieser Weltstadt hatte sie wieder. Agneta hakte sich bei Anna ein, schaute sie an und sagte nur ein Wort: „Danke."

Sie fuhren nur wenige Minuten und dann hatten sie Annas Domizil erreicht. Sie wohnte mitten in Harvestehude in dem Villenviertel, das durch seine besondere Lage an der Außenalster zu den Sahnestückchen in Hamburg gehörte. „Donnerwetter", dachte Agneta, „nobel, nobel."

Anna parkte ihren Jaguar vor einem weißen Haus, in dem zwar sieben Parteien wohnten, das aber schon durch sein äußeres Erscheinungsbild Noblesse vom Feinsten erkennen ließ. Die obere Etage wurde durch ein fantastisches Penthouse-Domizil gekrönt, das rundum verglast und deren großzügige Terrasse mit herrlichen Bäumen bepflanzt war. Sie gingen zum Eingangsportal. Zu jeder Wohneinheit gehörten eine Gegensprechanlage und ein Monitor, der den

Bewohnern die Möglichkeit gab, genau zu sehen, wer vor der Tür stand. Und als Anna ihre Codenummer eintippte öffnete sich die Tür wie von Geisterhand und sie standen in einer eleganten Eingangshalle. Die Wände und Treppen waren aus edlem hellem Marmor, das Treppengeländer war weiß und mit goldenen Ornamenten verziert. „Hier lässt es sich leben", dachte Agneta. Sie betraten den Fahrstuhl und wurden sanft in die obere Etage getragen. Anna öffnete die Tür und sie befanden sich in einer geräumigen Diele, die den Blick auf das Wohnzimmer freigab, das so groß war, dass man sich fast verlaufen konnte. Mittelpunkt des Raumes war eine ausladende weiße Ledergarnitur, die vor einem wunderschönen Kamin stand.

„Willkommen in meinem Leben."

Anna schaute sie lachend an, umarmte sie und streichelte zärtlich ihre Wange.

„Erzähl mir, wie ist es dir die ganzen Jahre ergangen?"

Sie saßen den ganzen Abend zusammen, sprachen über alte Zeiten, kicherten und alberten herum wie zwei Teenager, die ihre Erfahrungen über ihr erstes Liebeserlebnis austauschten. Es war wieder diese tiefe Vertrautheit zwischen ihnen, so als wären sie nie voneinander getrennt gewesen.

Dann spürte Agneta wie eine unaufhaltsame Schläfrigkeit ihren Körper erfasste. Sie wollte nur noch schlafen, wollte die Augen schließen, wollte Abstand gewinnen von den Ereignissen des vergangenen Tages. Sie verschwand im Bad, entkleidete sich und zog sich ihr seidenes, fast durchsichtiges Negligé an. Als sie das Wohnzimmer betrat, schaute Anna auf und betrachtete sie mit einem bewundernden Blick. Durch den dünnen Stoff ihres Negligés, sah sie den formvollendeten Körper ihrer Freundin.

Agneta beugte sich zu ihr herunter, gab ihr einen Kuss auf die Stirn und flüsterte ihr ein leises „gute Nacht" zu, drehte sich um und verschwand im Schlafzimmer.

„Ich werde auch gleich zu Bett gehen", rief Anna ihr nach.

Als Anna ihr folgte und das Schlafzimmer betrat hörte sie Agnetas tiefe ruhige Atemzüge. Sie lag unter dem seidenen Laken und ihr Po lugte kess unter ihrem Negligé hervor. Ganz vorsichtig setzte sie sich auf das Bett, um den Schlaf Agnetas nicht zu stören. Innere Erregung stieg in ihr auf und ihr Blick glitt über ihren ruhenden Körper, den sie so sehr begehrte. Sie konnte nicht anders, einem inneren Zwang folgend, berührte sie Agnetas nackte Haut und ihre Hand glitt behutsam über sie. Sie war schön, so wunderschön und so unendlich verführerisch. Sie erinnerte sich, wie sie während ihres Studiums von einer gemeinsamen Party kamen. Sie waren voller Lebensfreude, hatten das Gefühl sie würden über den Wolken schweben, waren voller Übermut und Tatendrang. Und dann war es geschehen. Sie hatten sich mit einer Leidenschaft geliebt, zu der nur Frauen fähig sind.

Anna hatte einen Höhepunkt erlebt, der sie in den Himmel der Glückseligkeit aufsteigen ließ. Umso schmerzlicher war es für sie als sie wusste, dass es das einzige Mal war, dass sich beide so nah waren, aber bei Anna hatte es einen so tiefen Eindruck hinterlassen, dass sie es nicht mehr aus ihrem Gedächtnis löschen konnte.

Jahrelang trauerte sie um diese wunderbare Frau, die nach dieser Nacht voller Zärtlichkeit und Hingabe nicht mehr sein wollte, als eine gute Freundin.

An all dies musste Anna denken, als sie Agneta so halb nackt neben sich liegen sah. Sie küsste ihre Schulter und streichelte zärtlich über ihren Rücken. Trotz ihrer Traurigkeit, die sie seit diesem Erlebnis überkommen hatte und nicht aus ihrem Inneren weichen wollte, wusste sie doch zu genau, dass Agneta niemals ihre Gefühle erwidern würde und das Gleiche für sie empfand. Aber dennoch war sie glücklich und dankbar dafür, dass sie nun endlich wieder in ihrer Nähe war.

Noch vor einer Woche ahnte Agneta nicht, dass sie für eine geraume Zeit ihre Zelte in ihrer Heimatstadt Stockholm abbrechen würde, um Hals über Kopf nach Hamburg zu reisen, und nun war sie hier in dieser Stadt, die sie so sehr an ihre geliebte Heimatstadt Stockholm erinnerte. Die Gefühle, die sie in diesen Augenblicken hatte, erfüllten sie mit einer tiefen Zufriedenheit, die sich mit Worten kaum beschreiben ließ. Sie dachte keinen Augenblick an den wahren Grund ihres Hierseins, dachte nicht an das, was folgen würde, sie genoss nur den Augenblick und das war ihr im Moment das Wichtigste.

Sie kehrte am frühen Abend, nach einem ausgedehnten Einkaufsbummel in Stockholm, nach Hause zurück und fand einen Brief mit einem ihr unbekannten Absender in ihrer Post. Ein wenig nervös und voller Neugier öffnete sie den Briefumschlag, nahm den Briefbogen heraus und ihr Blick überflog ungläubig die Zeilen.

Den Kopf des Schreibens zierte ein Name, den sie noch nie zuvor gehört hatte. Tess Anderson stand dort in einer eleganten Schreibschrift am Kopf der Seite. Darunter wurde sie mit sehr freundlichen Worten zu einem in Hamburg stattfindenden Kongress eingeladen.

Eine Einladung nach Hamburg zu einem Kongress? Was sollte das? Sie setzte sich auf die Couch und las immer wieder diese Zeilen, aber sie fand keine Erklärung. Welchen Zweck sollte diese Einladung haben?

Schließlich legte sie den Brief zur Seite und entschloss sich, am nächsten Morgen in Hamburg anzurufen und nach dem Grund zu fragen. Sie entkleidete sich, nahm ein erfrischendes Bad, zog ihren Bademantel über, goss sich ein Glas Rotwein ein und versuchte sich ein wenig zu entspannen, aber dieser verdammte Brief ging ihr nicht aus dem Kopf.

Am nächsten Morgen erwachte sie und spürte, dass sie eine sehr unruhige Nacht verbracht hatte. Sie bereitete ihr Frühstück, setzte sich ins Esszimmer und schlürfte ihren frisch aufgebrühten Kaffee, der augenblicklich ihre Lebensgeister weckte. Dann ergriff sie den Brief, der neben ihr auf dem Tisch lag, und wählte voller Ungeduld die Telefonnummer, die auf dem Brief stand. „Komm schon, komm schon", flüsterte sie ungeduldig.

Dann endlich wurde abgenommen, auf der anderen Seite meldete sich eine Frauenstimme: „Exclusive Escort Service Hamburg." Ihr fiel fast vor Schreck der Hörer aus der Hand und für einige Sekunden war sie so sprachlos, dass sie kein Wort heraus bekam. „Wer ist denn dort bitte?", fragte die Stimme.

Agneta fasste sich und sagte immer noch ziemlich sprachlos: „Hier ist Agneta Gulbrandsson, Sie haben mir eine Einladung geschickt und ich möchte zu gerne wissen, was das soll?", und dann fügte sie hinzu, „Ich möchte gerne mit Frau Anderson sprechen."

„Sehr gerne Frau Gulbrandsson, einen Augenblick bitte, ich verbinde Sie." Für einen Moment war die Leitung tot, dann hörte sie ein Klicken und am anderen Ende war Tess Anderson.

„Hallo Agneta", meldete sie sich mit überschäumender Freundlichkeit, „schön, dass du dich gemeldet hast."

In diesem Moment war sie total verwirrt, war es ein Irrtum oder hatte sie den Namen schon einmal gehört und warum sprach die Unbekannte sie mit einem du an? Die Dame am anderen Ende spürte Agnetas Unsicherheit und entgegnete ihr mit fröhlicher Stimme. „Hast du deine alte Freundin schon vergessen? Hier ist Anna Lundgren. Weißt du nicht mehr, wir waren doch zusammen auf der Uni in Stockholm? Tess Anderson ist mein Pseudonym."

„In diesem Moment war bei Agneta der Groschen gefallen. „Anna, bist du es wirklich?"

„Ja ich bin's", rief diese lachend. Und dann unterhielten sie sich über die vergangenen Zeiten, über ihre Studentenzeit, die wilden Partys, die sie oft zusammen gefeiert hatten. Es dauerte nicht lange und die alte Vertrautheit war zurück, so als wären sie nie getrennt gewesen. „Du hast einen Escortservice?", fragte Agneta ungläubig.

„Ja, schon einige Jahre", erwiderte Anna voller Stolz, „aber keine Sorge es ist ganz seriös. Unsere Kunden sind meistens Geschäftsleute die das ganze Jahr nur im Flieger sitzen. Die armen Kerle kommen aus aller Welt zu unseren Kongressen und sind froh, wenn sie nicht immer allein sind und in Begleitung einer attraktiven Dame zu Banketten und anderen hochrangigen Veranstaltungen gehen können."

Agneta hatte ihr die ganze Zeit zugehört und fragte dann erschrocken: „Warum hast du mir dann diese Einladung geschickt?" Für den ersten Moment war betretenes Schweigen am anderen Ende der Leitung.

„Agneta, Schätzchen, hör mir erst einmal zu", meldete sich Anna mit einem Lachen in ihrer Stimme. „Hast du vergessen, wie wir unser Studium finanziert haben? Wir waren uns doch noch vor einigen Jahren einig, dass dies die eleganteste Art ist, viel Geld zu verdienen, stimmt´s?"

„Ja das stimmt schon", erwiderte Agneta etwas verlegen, „aber diese Zeiten sind für mich endgültig vorbei."

„Schatz, bitte hör mir erst einmal zu, bevor du endgültig Nein sagst. Ich habe einen Kunden, der eine außergewöhnliche Frau sucht und das, was du tun sollst, bezieht sich nur auf einen Mann. Es ist nicht der Kunde, der dich für sich haben will, sondern er tut es für einen Freund. Ich habe dabei zuerst an dich gedacht, denn du erfüllst meiner Meinung nach genau das, was er sucht."

„Anna, hör auf, ich mache das nicht mehr, hast du mich verstanden?", entgegnete Agneta unwirsch.

„Agneta, bitte, es ist ganz seriös, du sollst dich nur ein bisschen um einen seiner Freunde kümmern, ich gebe allerdings zu, es ist ein kleiner Haken dabei."

„Und welcher wäre das?", fragte Agneta misstrauisch. Anna konnte spüren, dass sie sich innerlich dagegen sträubte, dass sie nicht beabsichtigte, sich auf diesen Deal einzulassen.

Sie fuhr fort: „Du müsstest allerdings für einige Zeit hier in Hamburg bleiben."

„Und warum sollte ich das tun?", entgegnete sie voller Misstrauen.

„Das kann ich dir sagen", erwiderte Anna, „weil du danach um zweihunderttausend Euro reicher sein wirst."

Agneta verschlug es den Atem und in ihrem Kopf war ein heilloses Durcheinander, sie rang nach Fassung und konnte diesen wahnwitzigen Vorschlag im ersten Moment überhaupt nicht realisieren.

„Welcher Idiot würde für die Begleitung und ein wenig Sex mit einer Frau so viel Geld ausgeben?", dachte sie. Doch dann gewann ihre Ratio die Oberhand und sie malte sich schon in Gedanken aus, was sie mit diesem Geld alles anfangen konnte. Anna spürte, dass sie Agneta fast überzeugt hatte und fügte beschwörend hinzu: „Hör zu, das ist ein Angebot, das du nicht ausschlagen solltest. So etwas wird dir nur einmal angeboten, glaub mir. Denk in Ruhe darüber nach und wenn du dich entschieden hast, lass es mich wissen damit ich alles Weitere veranlassen kann. OK?"

„Ja, ich rufe dich an."

Total verwirrt, und noch immer voller Zweifel, verabschiedete sie sich und legte wie in Trance den Hörer auf. Es würde keine angenehme Nacht werden, da war sie ganz sicher. Gedanken kreisten in ihrem Kopf wie ein Karussell, das nicht aufhören wollte sich zu drehen.

„Warum sollte ich dieses lukrative Angebot nicht annehmen", fragte sie ihr inneres Ich, um im nächsten Augenblick wieder alles infrage zu stellen.

„Verdammt noch mal, du hast doch früher keine Skrupel gehabt dir auf diese Art dein Geld zu verdienen. Du hast mit Anna gewetteifert, wer den meisten Erfolg hatte und jetzt spielst du hier die Heilige."

Vielleicht war der Grund, dass sie einige Jahre älter geworden war und diese Art des Geldverdienens eigentlich nicht mehr nötig hatte. Sie hatte ihr Studium mit Auszeichnung absolviert und einen gut dotierten Job in einem schwedischen Konzern bekommen. Sie war durchaus in der Lage ihren doch recht aufwendigen Lebenswandel durch diesen Job zu finanzieren.

Aber sie war immer eine Spielerin gewesen, hatte immer nach anderen Wegen gesucht und kein Risiko gescheut und sie war eitel. Bei jedem Mann den sie kennenlernte weckte sie Begehrlichkeiten und das schmeichelte ihr.

2. Kapitel

Ein Gefühl der Ohnmacht, Verzweiflung und Einsamkeit überkam Kai Lorenzen, als er die nicht enden wollende Auffahrt zu seinem Domizil hinauf fuhr. Zwischen den sich im Winde wiegenden Wipfeln der Bäume schimmerte das Dach der Villa im gleißenden Licht der Abendsonne. Er stieg aus und ging mit schweren Schritten auf die Eingangstür zu.

Er zögerte einen Augenblick und blieb unentschlossen davor stehen. Er wusste genau, was ihn erwartete. Es war die Stille, diese unbarmherzige Stille, die ihm die Kehle zuschnürte und die Angst und die ganze Verzweiflung in ihm aufsteigen ließ. Der Begriff Totenstille hatte in diesem Moment für ihn eine ganz neue, unerträgliche Bedeutung bekommen, als er die Eingangshalle betrat. Kein Geräusch drang an sein Ohr, nur das Ticken der Uhr war zu hören. Unaufhaltsam verstrich die Zeit des Lebens und mit jeder Sekunde, die verrann, wurde ihm bewusst, dass es eine nutzlose, nie enden wollende Zeit war. Vor dem Kamin blieb er stehen und Tränen trübten seinen Blick. Zwei Bilder standen auf dem Sims des Kamins. Bilder der beiden Menschen, die er über alles liebte und die seinem Leben einen Sinn gegeben haben. Nur zwei Bilder und die Erinnerung, das war alles, was ihm geblieben war.

Die imposante Villa der Familie Lorenzen stand da wie eine Trutzburg der Macht, Luxus wohin man schaute, umgeben von einem riesigen Park und in der Mitte dieser Prachtbau, der alles in den Schatten stellte was man so hinlänglich als Villa bezeichnete. Eine Auffahrt, umgeben von exotischer Blütenpracht, führte direkt zu diesem unvergleichlich luxuriösen Bauwerk. Daneben die Garage, die die Dimension eines Einfamilienhauses hatte. Der darin befindliche Fuhrpark der Familie Lorenzen ließ keine Wünsche offen. Der Rolls Royce gehörte genauso dazu wie ein knallroter Ferrari, der sich, als würde er Schutz suchen, neben seinem großen Bruder Rolls duckte.

Vor dem Haus stand, wie zur Dekoration, ein schwarzer Porsche 911, der seiner einzigen Tochter Lena gehörte. Daneben, wie aus einer anderen Welt, ein wundervolles Stückchen Erde, bepflanzt mit den exotischsten Gewächsen, die er aus aller Welt zusammentragen ließ. Wer es sah, konnte seine Bewunderung nicht verbergen, doch es war ein Fleckchen Erde, das sein Glück und seine Lebensfreude so plötzlich vernichtet hatte, dass er fast daran zerbrach. Hier hatte seine geliebte Frau Patricia immer ihren Wagen abgestellt, bis zu dem Tag, als ein schwerer Unfall ihrem Leben ein so jähes Ende bereitete.

Es gab viele, die auf das was dieser Lorenzen erreicht hatte, neidisch waren und sie waren der Meinung, dass Geld gleichbedeutend mit Glück war. Glaubten sie wirklich, dass man sich mit Geld alles Glück dieser Erde kaufen kann? Oh nein, das Glück ist so zerbrechlich, so unstet, man kann es nicht festhalten, es ist kein persönliches Eigentum, es ist wie ein Sonnenstrahl, der für einen Moment das Dunkel des Lebens erhellt. Aber es kommt und geht, wann es will.

Kai Lorenzen, einer der reichsten Bürger der Stadt Hamburg, hatte es in seinem Leben weit gebracht, sein Reichtum war unermesslich. Er schien auf der Sonnenseite zu leben. Ihm gehörten ein Dutzend internationale Großfirmen und kein Mensch wusste wie viel Restaurants, Kneipen und Bars, sogar im Hamburger Rotlichtmilieu, sein eigen waren.

Er war schon jahrzehntelang Mitglied des berühmten „Hanseaten-Clubs", zu dem nur die Honoratioren der Freien und Hansestadt Zutritt hatten. Er war Mitglied des Hamburger Senats und hatte auch sonst keine Mühen gescheut, ganz dicht an den Hebeln der Macht zu sitzen. Aus den kleinsten Verhältnissen kommend, hat er sich zu einem der reichsten Männer der Stadt empor gearbeitet. Sein Vater war ein einfacher Bauarbeiter und seine Mutter ging, weil der Verdienst des Vaters vorn und hinten nicht reichte, in der Nachbarschaft die Treppenhäuser putzen. Wahrlich keine guten Voraussetzungen für Kais Bilderbuchkarriere. Er war getrieben von übermenschlichem Ehrgeiz und dem unbändigen Wunsch zu „denen da oben" zu gehören und so wurde er zu dem, was er jetzt war. Eine Vision seiner Jugendzeit war in Erfüllung gegangen. Doch das Leben in Wilhelmsburg verlangte ihm alles ab. Schon früh musste er sich behaupten, Straßenkämpfe unter jugendlichen Banden bestimmten sein Leben. Der Stärkste musste auch der Sieger sein, das hatte er von Anfang an gelernt. Und er wurde nicht nur anerkannt, sondern auch gefürchtet.

Es war für ihn die beste Schule seines Lebens, bereitete ihn vor auf den Kampf, der noch folgte. Mut haben, sich vor nichts in der Welt fürchten, niemals aufgeben, er wollte mächtig sein und andere beherrschen, skrupellos und immer das eine Ziel vor Augen, das war es, was ihn vorwärtstrieb. Wer sich eine Blöße gab oder gar Schwäche zeigte, war verloren, verloren im Dschungel der Rücksichtslosigkeit. Sich am Rande der Legalität zu bewegen gehörte genauso dazu, wie der gnadenlose Kampf ums Überleben.

Seine Karriere begann wenige Monate nach seinem fünfundzwanzigsten Geburtstag. Vom Schläger und Dealer zum seriösen Geschäftsmann? War so etwas überhaupt möglich? Er hatte nie den geringsten Zweifel es zu schaffen, denn er hatte einen Traum, der sich wie ein Brandmal in seinem Körper eingebrannt hatte, dieser Traum bestimmte fortan sein ganzes Tun und Handeln.

Er wusste genau, wenn es gelingen sollte, musste er Wilhelmsburg verlassen, konnte sich nicht länger mit den alltäglichen, aufreibenden Machtspielen aufhalten, musste die Chance ergreifen, die ihm ein Freund seines Vaters bot. Fortan war Karl Niemann, ein schon recht großer unter den Baulöwen Hamburgs, sein Vorbild und Förderer. Mit einer geradezu atemberaubenden Geschwindigkeit stieg er in der Firmenhierarchie nach oben.

Die Firma expandierte dank seiner Willenskraft und seiner genialen Verhandlungsstrategie. Sie war, sehr zum Leidwesen der Konkurrenz, in kürzester Zeit der Branchenführer in der Hansestadt. Großaufträge, die er haben wollte, bekam er. Er beherrschte alle Schachzüge und Tricks in dieser Branche und war gut zu denen, die auch gut zu ihm waren. Es war eine hervorragende Schule, die Lebensschule von Wilhelmsburg. Als sein Vorbild Karl Niemann starb, übernahm er die Firma in voller Blüte, scheute kein Risiko, spekulierte an der Börse, kaufte viele Firmen hinzu und vermehrte so Macht und Einfluss des Unternehmens. Alles was er in die Hände nahm, wurde zu Gold. Er war ein Glückspilz und genialer Geschäftsmann, der unscheinbare Junge aus Wilhelmsburg.

Bald war Kai ganz oben, da wo er immer hin wollte. Macht und Einfluss zu haben war sein Ziel, solange er denken konnte, aber anerkannt von denen die hier seit Generationen die Geschicke dieser Stadt lenkten, wurde er eigentlich nie. In ihren Augen war er ein ganz gewöhnlicher Emporkömmling, aber das interessierte ihn nicht, denn Geld und Einfluss waren ihm wichtiger als alle noblen Familienstammbäume dieser Stadt. Die Realität gab ihm recht, er wurde trotzdem hofiert und seine Parteispenden waren immer herzlich willkommen. So gesehen vermisste er nichts, denn das Geld verlieh ihm uneingeschränkte Macht. Auch die Herzen der Damen flogen ihm zu, zu gerne hätten einige von ihnen seine Zuneigung errungen, aber er war sehr anspruchsvoll und widerstand allen Werbungen, denn er hatte sich schon entschieden. Entschieden für eine wunderbare Frau, die schicksalhaft seinen Lebensweg kreuzte. Patricia, die Tochter des damaligen Innensenators, hatte es ihm angetan. Als er sie auf einem Empfang der Hamburger Handelskammer das erste Mal sah, hatte er sich Hals über Kopf in sie verliebt. Von diesem Tag an gab es für ihn nur ein Ziel, er wollte sie für sich gewinnen.

Er schickte ihr jeden Tag einen Strauß roter Rosen und überhäufte sie mit wertvollen Geschenken. Er hatte ihr Herz endgültig gewonnen, als er an einem wunderschönen Sommertag mit einem Flugzeug über ihrem Haus kreiste und tausend rote Rosen abwarf, der ganze Garten war übersät mit diesen wunderschönen Zeichen seiner Liebe zu ihr.

Am Heck des Flugzeugs flatterte ein riesiges Transparent mit der Aufschrift: „Patricia, ich liebe dich. Willst du meine Frau werden?" Fassungslos stand sie im Garten und starrte in den Himmel. Tränen der Freude überströmten ihr Gesicht. „Ja ich will", rief sie zurück. Er hörte sie nicht, aber es war ein Versprechen, das sie ihm gab, ja ich will dich für immer und ewig.

Es begann die schönste und glücklichste Zeit seines Lebens. Diese wunderbare Frau hatte ja zu ihm gesagt, zeigte ihm ein Leben wie es schöner und vollkommener nicht sein konnte. Zum ersten Mal erlebte er in seinem Innern, was es hieß, von einem Menschen bedingungslos geliebt zu werden. Oft saß er, wenn es seine knapp bemessene Zeit erlaubte, tief in Gedanken versunken da und konnte das, was mit ihm geschehen war, immer noch nicht begreifen.

In diesen kurzen Augenblicken des Glücks dankte er dem da oben für diese Fügung, für die Möglichkeit dem Menschen, den er über alles liebte all das zu geben, was er in seinem vergangenen Leben nie erfahren hatte. Aber sein Glück war erst vollkommen, als sein Töchterchen Lena geboren wurde. Zart und zerbrechlich hielt er sie in den Armen, spürte die Wärme ihres Körpers, genoss es wie sie mit ihren kleinen Beinen strampelte und ihre suchenden Finger neugierig sein Gesicht erforschten. Er hätte sie am liebsten immer in seinen Armen gehalten, wollte sie nie mehr loslassen.

Sie wuchs heran, unbekümmert und charakterstark wie ihr Vater und liebenswert und einfühlsam wie ihre Mutter. Sie war ein Abbild der Mama, hatte ihre Wesenszüge, ihren Charme, sogar wenn sie lachte, glaubte er, Patricia zu hören. Aus dem kleinen, fröhlichen, blonden Wirbelwind wurde eine junge begehrenswerte Frau, die durch ihre Herzlichkeit und ihre Fröhlichkeit die Herzen all derer, die sie umgaben, im Sturm eroberte. Sie war der Sonnenschein der Familie, der alles mit Licht erfüllte.

Und doch kam der Tag den er niemals vergessen würde. Das Schicksal war, ohne dass er etwas davon ahnte, auf dem Weg zu ihm, es wollte ihm zeigen wie zerbrechlich das Glück ist, wie es ohne Vorankündigung die Welt verändern und abgrundtief zerstören kann. Patricia, seine Frau, war auf dem Weg zu ihrer Mutter, um ihr einen Besuch abzustatten. Sie hatte sie lange Zeit nicht gesehen und das Bedürfnis sie in die Arme zu nehmen wurde immer stärker. An diesem Tag zogen schwere Unwetter über das Land, aus den Wolken ergossen sich sintflutartige Regenfälle wie Sturzbäche vom Himmel. Tobende Sturmböen ließen alles in schäumender Gischt untergehen. Die Bäume am Rande der Straße neigten sich ehrfurchtsvoll vor den Naturgewalten, alles war nur noch wie durch einen Nebel zu erkennen. Der Scheibenwischer, der aufgeregt seiner Aufgabe nachkam, schaffte es schon lange nicht mehr. Ihre Nerven waren zum Zerreißen gespannt, sie wollte so schnell wie möglich an ihr Ziel gelangen. Um besser sehen zu können, hatte Patricia die Scheinwerfer eingeschaltet. Wie Kristalle flogen die Regentropfen auf sie zu, verwirrten sie vollends, machten sie orientierungslos.

Alles um sie herum verschwand in einen grauen, undurchdringlichen Nebel. Ihre Augen schmerzten, der Schweiß nackter Angst brach aus ihr heraus und ihr Herz schlug in wilder Panik und Verzweiflung, verwirrte ihre Gedanken. Krampfhaft hielt sie das Lenkrad fest, versuchte, den Wagen auf der Straße zu halten, suchte nach einem Ausweg, wollte anhalten, aber es war zu spät.

Plötzlich tauchten vor ihr wie aus dem Nichts zwei Lichter auf. Immer näher kamen sie, unaufhaltsam und wie von einem Magneten angezogen schossen sie auf sie zu.

Sie versuchte auszuweichen, riss das Lenkrad herum, dann verlor sie die Gewalt über das Fahrzeug, ein Schrei der Angst und Verzweiflung entfuhr ihrer Kehle. In wilder Panik klammerten sich ihre Hände um das Lenkrad, sie schloss die Augen, ein letzter, angstvoller Aufschrei und sie ergab sich ihrem Schicksal.

Wie ein Geschoss raste sie auf einen Baum zu, der plötzlich wie ein dunkler Schatten vor ihr auftauchte, dann ein ohrenbetäubendes Krachen und das Fahrzeug flog, wie von einer gewaltigen Macht von der Straße gerissen, durch die Luft, überschlug sich und aus der Ferne drang ein zerstörendes Knirschen und Bersten in ihr Ohr und raubte ihr vollends die

Sinne. Die Windschutzscheibe zerbarst in tausend kleine Teile und der eisige Hauch des Todes blies ihr ins Gesicht.

Gleißendes Licht durchwogte sie, in Bruchteilen von Sekunden lief das Leben an ihr vorbei. Sie sah Lena wie sie fröhlich lachend durch den Garten tobte, sah Kai, der sie zärtlich in die Arme nahm und ihr Gesicht streichelte. Spürte mit jeder Faser ihres Körpers die Liebe und Güte ihrer Eltern, die ihr zulächelten und ganz tief in ihrem Herzen ihren Platz gefunden hatten. Ihr Körper war durchflutet von einer barmherzigen Wärme, löste sie los aus dem irdischen Leben.

„Ich gehe jetzt", flüsterte sie, „aber ich werde immer bei euch sein." Dann schloss sie für immer die Augen und es war Stille, tödliche Stille. Nur die immer noch brennenden Scheinwerfer gaben Zeugnis davon, was gerade geschehen war.

Nun war er ein einsamer Mann mit all seinem Reichtum. Er war allein mit sich und seinem unendlichen Schmerz. Immer und immer wieder fragte er nach dem Sinn seines Lebens, nach dem Warum seiner übermenschlichen Anstrengungen im Streben nach Macht und Anerkennung. Er hatte alles erreicht und doch so unendlich viel verloren. Er wäre sogar bereit gewesen all seinen Reichtum zu opfern, wenn es eine Rückkehr gegeben hätte, ein Zurück in die Zeit des Glücks mit Patricia, die er jede Sekunde so schmerzlich vermisste. Aber das Schicksal hatte die Seite des Buches zugeschlagen, hatte auf so grauenvolle Weise einen Schlussstrich gezogen, unbarmherzig und unwiederbringlich.

3. Kapitel

Es war eine rauschende Ballnacht, auf der sich Jens und Lena zum ersten Mal begegneten. Er der groß gewachsene Hanseat mit italienischem Einschlag, der mit seinem Charme Eisberge zum Schmelzen bringen konnte. Lena, die durch ihr Aussehen und ihren Liebreiz allen Männern den Kopf verdrehte. Sie sah ihn und hatte sich Hals über Kopf in ihn verliebt.

Von diesem Moment an stand für sie fest, den will ich haben oder keinen und sie war sich ihrer Sache sehr sicher, dass ihr Wunsch in Erfüllung ging. Von diesem Abend an waren sie das Traumpaar der Hansestadt.

Kai betrachtet diese Romanze mit großem Wohlwollen. Es erfüllte ihn mit Glück, wenn er sah wie sich Lena von Tag zu Tag veränderte.

Er hatte sie nach dem Tod von Patricia nie mehr so oft lachen gehört, wenn er in ihrer Nähe war, sein Herz mit Stolz erfüllt, ein derartiges Kleinod als Tochter zu haben. Lena war alles, was ihm geblieben war und sie bedeutete ihm mehr als alles auf der Welt. Er liebte sie abgöttisch. Aber er spürte nicht, wie sich wieder einmal dunkle Wolken über ihm zusammenzogen.

Robert Steinbach war, bevor er zum Generalanzeiger wechselte, Chefredakteur bei der Boulevardzeitung „Hamburg News". Nun ist es ja so, dass dieses Genre es mit der Wahrheit nicht so genau nimmt. Aber hier war Steinbach wohl am richtigen Platz.

Dieser kleine intrigante Hanswurst ließ keine Gelegenheit aus, jeden Dreck dieser Welt ans Tageslicht zu zerren. Verfälschte Wahrheiten, machte sie zu üblen Schlagzeilen. Wurde er gefragt ob er keine Skrupel habe, antwortete er mit einem hämischen Grinsen: „Was gut für den Verlag ist, ist auch gut für mich." Damit war dieser Punkt für ihn erledigt.

Allerdings vermied er es immer, sich mit Leuten anzulegen, die einen längeren Arm hatten als er. Nur dieses Mal machte er den größten Fehler seines Lebens. War es Überheblichkeit, weil er glaubte er sei unangreifbar geworden, oder war es einfach nur grenzenlose Dummheit?

Durch Zufall erfuhr er durch einen Informanten, dass dieser ehrenwerte Herr Lorenzen in illegale Waffengeschäfte verwickelt war. Steinbach in seiner grenzenlosen Selbstüberschätzung und Gier nach Sensationen, hatte nichts Eiligeres zu tun, dies als Titelstory zu veröffentlichen.

Jens Jacobs war außer sich vor Wut als er am nächsten Tag diesen Bericht auf seinem Schreibtisch liegen hatte. Wie konnte dieser Kerl seine Karriere zerstören? Er wusste genau, dass die Tochter eines dubiosen Geschäftsmannes für ihn und seine Partei untragbar war. Er hatte sich für die nächste Bürgerschaftswahl als Kandidat für einen Senatsposten aufstellen lassen und jetzt dies.

Er musste sich entscheiden, entweder Lena oder seine politische Karriere. Die Maxime in seiner Familie war immer sein beruflicher Erfolg. Schon von klein auf ließ sein Vater nie einen Zweifel daran, dass er seine Kraft für eine erfolgreiche berufliche

Zukunft einzusetzen hatte. Seine Wünsche wurden dabei nie berücksichtigt, er hatte einfach zu funktionieren und tat das, was sein Vater von ihm erwartete. Priorität hatte das was für ihn von Nutzen war und deshalb hatte er auch keine Skrupel, sich gegen Lena zu entscheiden. Und sie, die glaubte, die Liebe ihres Lebens gefunden zu haben, wie würde sie auf diese Hiobsbotschaft reagieren? Eine Welt brach für sie zusammen. Der Mann, den sie über alles liebte, hatte sie verlassen, sie im Stich gelassen aus Angst davor seine politische Karriere zu ruinieren.

Es war die größte und schmerzlichste Niederlage ihres Lebens. Sie fühlte sich gedemütigt und hintergangen. Sie verlor allen Lebensmut und ihre herzerfrischende Fröhlichkeit. Ihr Vater musste zusehen, wie sie in einer tiefen Depression versank. Sie magerte immer mehr ab, aß nicht mehr und ließ das Leben an sich vorüberziehen. Was war innerhalb kürzester Zeit aus diesem jungen blühenden Geschöpf geworden. Kai konnte es kaum noch ertragen sie so zu sehen.

Es war Sonntag. Er war früh aufgestanden, da er in den Senat zu einer Sondersitzung musste. Die Haushälterin hatte das Frühstück gerichtet, als sie damit fertig war, ging sie hinauf, um Lena zu wecken. Seit dem Tod der Mutter war es Tradition in ihrem Hause, dass Lena und er jeden Sonntag gemeinsam frühstückten. Plötzlich hörte Kai Lorenzen einen lauten Schrei.

Er stürmte die Treppe hinauf und sah Elisa, seine Haushälterin, zitternd an der Tür stehen. „Was ist los, Elisa, was ist los?", schrie er. „Lena", stammelte sie, „es ist Lena. Ich glaube sie ist tot." Dann verließen sie die Kräfte und sie sank ohnmächtig zu Boden. Er stand an Lenas Bett und rüttelte sie.

„Wach auf mein Schatz, bitte, bitte wach auf." Dann fiel sein Blick auf das Röhrchen, in dem sich einmal Schlaftabletten befanden. Es war leer. Halb besinnungslos vor Angst rief er den Rettungswagen. Wenige Minuten später war ein Notarzt zur Stelle, aber es kam jede Hilfe zu spät. Man hatte ihm das Liebste genommen und in diesem Moment schwor er all denen Rache, die für ihren Tod verantwortlich waren.

Jens las am nächsten Tag diese Meldung in der Tagespresse und war natürlich zutiefst betroffen von dieser Hiobsbotschaft, fühlte sich mitverantwortlich für das, was geschehen war. Er konnte nicht ahnen, wie tief Lenas Gefühle für ihn waren. Für ihn war die Liaison mit Lena nur eine Affäre, die er jederzeit beenden konnte ohne sich Gedanken darüber zu machen, welche Konsequenzen dies nach sich ziehen würde.

4. Kapitel

Es war Juni, ein herrlicher Sommertag hatte sich schon am frühen Morgen angekündigt. Strahlend blauer Himmel über Hamburg, nur vereinzelt sah man Wolken über den Horizont ziehen. Eine leichte Brise wehte vom Meer, die Luft war klar und rein. Der da oben muss ein Hamburger sein, denn gerade an diesem wundervollen Tag fand in Hamburg-Horn das alljährliche Galoppderby statt. Ein gesellschaftliches Highlight der Hansestadt. Viele Prominente aus Politik und Wirtschaft waren gekommen. Sehen und gesehen werden war die Devise. Die Damen mit ihren teilweise exotisch anmutenden Hüten, belebten die Szenerie bunter Farbenpracht, aus der Entfernung betrachtet sah es aus wie ein Teppich aus bunten Blumen.

Man herzte und küsste sich, hielt einen Smalltalk, der so nichtssagend war, dass man auch hätte schweigen können. Worüber sollte man auch sprechen? Alle lebten im Wohlstand, ihr Leben war sorglos, schön und ungetrübt wie dieser herrliche Sommertag.

Sicherlich war es nicht immer so, aber wie es hinter den Kulissen aussah, darüber schwieg man sich aus. Keine Schwäche zeigen war ihr oberstes Gebot. Man wollte um jeden Preis dazu gehören, zu den Schönen und Reichen. Jens warf einen flüchtigen Blick aus dem Fenster seines elegant eingerichteten Wohnzimmers und schaute auf die Straße, auf der direkt vor seinem Haus die schwarze Limousine mit seinem Chauffeur auf ihn wartete. Auch er gehörte, als Mitglied des

„Hamburger Derbyclubs", zu den geladenen Gästen, die zu diesem Event erwartet wurden. Er ging eiligen Schrittes die Treppe hinunter, der Chauffeur öffnete ihm beflissen die Wagentür und Jacobs verschwand im Inneren der Limousine.

Als sie die Rennbahn erreichten, schlug ihm eine Atmosphäre entgegen, die sein Herz schneller schlagen ließ. Es war für ihn immer wieder ein einzigartiges Erlebnis. Er sah die Menschen, die sich neugierig um den Führring scharten, um ihre Favoriten zu begutachten. Gerne hätte er noch mehr Zeit gehabt, diesem Schauspiel zuzuschauen, aber seine Bodyguards drängten ihn, die Tribüne auf dem kürzesten Weg aufzusuchen.

Jens ging gerade die Treppe zur Tribüne empor, als sein Blick auf ein ungleiches Pärchen fiel, das ihm entgegen kam. Sie war eine ausnehmende Schönheit, groß, blond und mit einer Ausstrahlung, die ihn sofort in ihren Bann zog. Sie trug ein taubenblaues sehr figurbetontes Kostüm. Ihr Gesicht strahlte so viel Liebreiz aus, dass er seinen Blick nicht von ihr lassen konnte. Er hatte sie noch nie gesehen, denn diese Schönheit wäre ihm bestimmt aufgefallen.

Ihren Begleiter sah er sich eher beiläufig an. Dieser machte zwar auf ihn einen drahtigen Eindruck, war aber von der Statur her eher von kleinem Wuchs. Sein kahl geschorener Schädel tat sein Übriges und ließ ihn etwas gewöhnlich erscheinen.

„Also irgendwie passen die beiden überhaupt nicht zusammen", dachte er und warf ihr im Vorbeigehen einen etwas längeren Blick zu.

Auch die Unbekannte schien sich für ihn zu interessieren und schaute ihn mit einem bezaubernden

Lächeln an. Für Sekunden versanken ihre Blicke ineinander, dann war diese Begegnung vorüber und Jens musste seine ganze Aufmerksamkeit dem Präsidenten Dr. Hans Hartwig widmen, der schon am Eingang der Lounge stand, um ihn zu begrüßen.

„Hallo, Jens, schön dass du doch noch kommen konntest", sagte er und vollendete die Begrüßung mit einem herzlichen Händedruck. „Danke für die Einladung", erwiderte dieser, „ich bin sehr gerne gekommen."

Er betrat die Lounge und die Bodyguards postierten sich vor dem Eingangsportal. Er ging auf eine Gruppe mitten im Raum stehender Gäste zu und begrüßte jeden einzelnen von ihnen.

Es waren seine Parteifreunde, die sich hier sehr zahlreich versammelt hatten. Sein Blick ging hinüber zu einer Sitzgruppe, in der es sich einige Gäste bequem gemacht hatten und angeregt miteinander plauderten. Wie ein Blitz durchfuhr es ihn, Kai Lorenzen saß inmitten dieser Gruppe und schaute zu ihm herüber. Sein Blick wurde starr und voller Verachtung, als er Jens sah. Plötzlich war alles wieder gegenwärtig, dieses Drama um Lena, dieses dramatische Ende ihres jungen Lebens. Immer noch plagten ihn unendliche Schuldgefühle und er wusste genau, dass sie ihn ein Leben lang begleiten würden. Es war wie eine Offenbarung als sein Blick auf das Eingangsportal der Lounge fiel. In diesem Moment hatte er alles um sich herum vergessen.

Da war sie wieder diese wunderschöne Unbekannte, die ihm schon auf der Treppe begegnet war. Fasziniert musterte er sie, sah ihr lachendes, makelloses

Gesicht, in dem sich die Schönheit dieses wunderschönen Sommertages widerspiegelte. Sie verkörperte das, was sich jeder Mann wünschte. Ihr charmantes Lächeln, ihr Liebreiz und das unbeschreibliche Charisma, das sie umgab, nahm in dem Moment als sie den Raum betrat alle gefangen. Alle die vorher noch angeregt geplaudert hatten, hielten plötzlich inne und schauten fasziniert und ungläubig zugleich in die Richtung aus der sie kam.

Sie schien diesen Auftritt sichtlich zu genießen. Jens' Herz klopfte heftig, als sie auf ihn zukam, ihn anlächelte und mit einer Stimme, die ihn von diesem Moment an verzauberte, fragte: „Gestatten Sie, dass ich mich zu Ihnen geselle?"

Er war sprachlos, nickte nur zustimmend und alle Anwesenden taten es ihm gleich. „Ich hoffe, sie empfinden es nicht als unhöflich wenn ich so in ihre Runde platze", fuhr sie lachend fort. Sie sprach unverkennbar mit einem schwedischen Akzent und dies bestätigte sich, als sie in die Runde der anwesenden Herren schaute und sich vorstellte.

„Mein Name ist Agneta Gulbrandsson, ich bin ein paar Tage hier in Hamburg, um einige Geschäfte zu erledigen." „Aber", fügte sie lachend hinzu, „Hamburg erinnert mich an meine Heimatstadt Stockholm, es gefällt mir hier so gut, dass ich ernsthaft mit dem Gedanken spiele, hier für einige Zeit meine Zelte aufzuschlagen."

„Das würde uns sehr freuen", entgegnete Jens lächelnd.

Aber er meinte wohl eher sich mit dieser Bemerkung und nicht die anwesenden Herren, die von ihr

so fasziniert waren, dass sie sie nur bewundernd an-
starrten.

Sie muss schon aus einem sehr guten Hause kommen, denn sonst wäre sie sicher nicht hier unter all
diesen Prominenten", dachte er und das machte sie
noch begehrenswerter als sie sowieso schon war.
Und ihre Augen, die so abgrundtief und blau wie
der Ozean waren, taten das Übrige, faszinierend und
mysteriös zugleich.

Er hatte sich als Erster wieder gefasst und begrüßte sie herzlich. Als er ihr die Hand gab, spürte er wie
sich die Wärme ihres Körpers auf den seinen über-
trug. Sie schaute ihn an, ganz tief versank ihr Blick
in seinem. Der Händedruck zwischen beiden dauerte
länger als es bei einer normalen Begrüßung üblich
war und die anwesenden Herren warfen den beiden
verwunderte Blicke zu und konnten ein wissendes
Schmunzeln nicht unterdrücken.

Es war wie ein Funke, der zwischen ihnen hin und
her sprang und so viel war sicher, es würde nicht
lange dauern bis daraus ein loderndes Feuer wurde.
Er wollte sie unbedingt näher kennenlernen und es
schmeichelte seiner Eitelkeit, als sie ihm heimlich
einen Zettel zusteckte, auf dem ihre Telefonnummer
stand.

„Rufen Sie mich doch einfach einmal an", raunte
sie ihm lächelnd zu, dann verabschiedete sie sich
und verschwand in der Menge der anwesenden Eh-
rengäste.

5. Kapitel

Sie hatte einen so tiefen Eindruck bei ihm hinterlassen, dass er sie einfach nicht aus seinen Gedanken verbannen konnte. Den Zettel mit ihrer Telefonnummer hatte er sorgfältig in seiner Brieftasche aufbewahrt.

Er wusste genau, dass es nur eine Frage der Zeit war, bis er sie anrufen würde, zu groß war sein Wunsch, sie kennenzulernen. Drei Tage später fasste er sich ein Herz, nahm den Zettel zur Hand und wählte ihre Nummer. Er war aufgeregt wie ein Jüngling, der zu seinem ersten Rendezvous ging. Es verging einige Zeit, die ihm wie eine Unendlichkeit vorkam, bevor das Gespräch entgegengenommen wurde.

„Gulbrandsson", meldete sich die Stimme der Frau und er hörte wieder die Stimme, die ihn schon bei ihrer ersten Begegnung so beeindruckt hatte.

Krampfhaft suchte Jens nach Worten, mühsam versuchte er seine Aufregung zu verbergen.

„Guten Tag, Frau Gulbrandsson", ein verlegenes Lächeln huschte über sein Gesicht.

„Mein Name ist Jens Jacobs, wir haben uns auf der Galopprennbahn kennengelernt. Sie haben mir freundlicherweise ihre Telefonnummer gegeben und ich möchte jetzt die Gelegenheit wahrnehmen, sie persönlich kennenzulernen."

Seine Worte klangen so unpersönlich und geschäftsmäßig, als würde er einen Geschäftspartner zum Essen einladen. „Was rede ich da eigentlich für einen Blödsinn?", dachte er. Er war doch sonst so wortgewandt, aber dieser Frau war es tatsächlich gelungen, ihn völlig aus dem Gleichgewicht zu bringen.

„Ich habe schon auf Ihren Anruf gewartet", erwiderte sie und ihre Stimme klang so selbstbewusst, dass er für einen Moment die Fassung verlor.

„Ich möchte Sie gerne zum Essen einladen", und er hoffte insgeheim, dass sie seine Einladung annehmen würde. „Sehr gerne", erwiderte sie, „aber ich mache Ihnen einen anderen Vorschlag, kommen Sie doch einfach zu mir, ich werde ein leckeres Essen zubereiten und anschließend können wir ja noch ein bisschen plaudern."

„Ich fände es sehr gut, wenn wir uns erst einmal in einer privaten Atmosphäre kennenlernen. Sie sind ein Mann, der in der Öffentlichkeit steht und Sie wissen ja selbst wie schnell Gerüchte in die Welt gesetzt werden."

„Sie haben recht", erwiderte Jens, „vielleicht ist es besser so."

„Wann wäre es Ihnen recht?", fragte sie ihn und ließ keinen Zweifel daran, dass es ihr mit dieser Einladung ernst war.

„Wäre es Ihnen morgen Abend recht, sagen wir um 20.00 Uhr?" „Ja das ginge", erwiderte Jens, „ich freue mich."

„Ich freue mich auch. Haben Sie meine Adresse?"

„Nein", erwiderte Jens wahrheitsgemäß. Er ergriff einen Stift und schrieb ihre Adresse auf den Zettel mit der Telefonnummer.

„Also dann bis morgen Abend." „Ja bis morgen Abend."

Sie hatte ihn an der Angel. „Das ging ja schneller als ich dachte." Sie legte den Hörer auf und ein triumphierendes Lächeln erhellte ihr Gesicht. Doch irgendwie war ihr doch nicht so ganz wohl, denn sie freute sich auf Svens Besuch.

Er war ein gut aussehender Mann, mit viel Charme und Intellekt. Sie entschloss sich, ihm ganz natürlich gegenüberzutreten, sie wollte ihm nicht das Gefühl geben der Vamp zu sein, der nur die Absicht hatte ihn zu verführen.

Das wäre zu einfach und zu verräterisch gewesen. Privat sollte es sein und zu diesem Zweck zog sie sich eine Jeans und ein T-Shirt an, steckte ihr blondes Haar zu einer Frisur, die mehr zufällig als gestylt aussah. Ganz natürlich wollte sie wirken, so als würde sie einen guten Freund empfangen. Alles andere würde sich finden, denn auch so sah sie immer noch schön und begehrenswert aus. Sie hatte gerade ihre Vorbereitungen für das Abendessen beendet, als es an der Tür schellte. Sie ging noch schnell in ihr Schlafzimmer, schaute in den Spiegel, um ihr Aussehen zu überprüfen. Sie spürte eine gewisse Aufregung, die sie in diesem Moment nicht verstand. Doch als sie ihn im Monitor sah, wusste sie sofort warum.

Sie hörte wie er mit schnellen Schritten die Treppe herauf kam und dann stand er vor ihr mit einem Blumenstrauß in der Hand. Unter seinem dunkelblauen Sakko trug er ein weißes Hemd und zu allem eine Jeans und trotzdem sah er elegant aus, hatte das gewisse Etwas, dass das Herz jeder Frau höherschlagen ließ.

Sie musste lächeln, als sie daran dachte, dass sie für diesen Liebesdienst die unvorstellbare Summe von zweihunderttausend Euro bekam. Sie hätte sich auch ohne dieses Geld auf ihn eingelassen und irgendwie kam sie sich doch ein bisschen schäbig vor, dass sie auf diesen Deal eingegangen war. Sie standen sich sprachlos gegenüber, schauten sich nur an und beide spürten, wie der Funken der Sympathie auf sie übersprang. Obwohl sie sich nicht kannten, war von Anfang an eine gewisse Vertrautheit zwischen ihnen, die Agneta verwirrte. Sie saßen zusammen wie zwei Menschen, die sich schon seit ewigen Zeiten zu kennen schienen, plauderten, scherzten und lachten. Es war ein amüsanter Abend und als sie sich voneinander verabschiedeten, waren sich beide einig, dass sie sich recht bald wiedersehen würden.

Agneta war begeistert, ja sie empfand es geradezu als Glücksfall, dass ihr dieser Mann begegnet war. Als sie ihn so leibhaftig vor sich sah, dachte sie nicht an das Geld, sondern war drauf und dran sich in diesen Mann zu verlieben. Sven setzte sich in seinen Wagen, schaute noch einmal hinauf zu dem Fenster, an dem sie stand und ihm zum Abschied zuwinkte. Er startete den Motor und fuhr beschwingt und mit schönen Erinnerungen an diesen gelungenen Abend nach Hause. Hatte er nach so langer Zeit, die noch immer von Lenas plötzlichem Tod überschattet war, endlich ein bisschen Glück wiedergefunden?

In der folgenden Zeit nach Lenas Tod, hatte er keine Beziehung mehr, war gefangen in seinem Schuldgefühl und in der Trauer um ihren plötzlichen Tod. Mit diesen Gedanken fuhr er heim, stellte seinen

Wagen in der Garage ab und ging hinauf in seine Wohnung.

Er hatte in dem Moment als er die Tür aufschloss, das Bedürfnis sie anzurufen, wollte noch einmal ihre Stimme hören, die so voller Ruhe und Freundlichkeit war. Er wählte ihre Nummer und als hätte sie schon auf seinen Anruf gewartet, nahm sie das Gespräch entgegen.

„Hallo, hier ist Jens, ich wollte noch einmal deine Stimme hören und dir für den schönen Abend danken."

„Ich hoffe es hat dir gefallen", erwiderte sie und es klang so einfühlsam und von Herzen freundlich, dass er sich allein in diese Stimme verliebte.

„Schlaf gut und ich hoffe, wir sehen uns morgen wieder."

„Sehr gerne", erwiderte sie, „gute Nacht Jens."

„Gute Nacht Agneta." Dann legten beide den Hörer auf.

Am nächsten Tag saß Jens noch in seinem Büro und führte gerade ein Gespräch mit dem Leiter der Wahlkampf-Kampagne, als es an seiner Tür klopfte. Es war seine Sekretärin, die hereinkam, vor seinem Schreibtisch stehen blieb und ihm die Wahlprognosen des Meinungsforschungsinstituts überreichte. Ein kurzer Blick in die Unterlagen genügte und er sah, dass seine Partei gute Chancen hatte, die Wahl zu gewinnen.

„Na das ist ja mal eine gute Nachricht", sagte er voller Freunde und sein Gesicht überzog ein zufriedenes Lächeln. Er wählte die Nummer des Parteivorsitzenden, um ihm das erfreuliche Ergebnis der Wahlprognose mitzuteilen, dann schaute er auf seine Armbanduhr.

„Oh verflixt", dachte er, „jetzt wird es aber Zeit für mich", denn um 19.00 Uhr wollte er bei Agneta sein. Er zog seinen Mantel über, löschte das Licht und verschloss die Tür seines Büros hinter sich. Er war wieder mal der Letzte, der an diesem Tag das Haus verließ. Die ganze Etage, in der sich sein Büro befand lag schon im Dunkeln, nur die Notbeleuchtung brannte und tauchte alles in ein unwirkliches, diffuses Licht. Er ging auf den Fahrstuhl zu, als er plötzlich hinter sich ein Geräusch vernahm, aber nicht die Richtung bestimmen konnte aus der es kam.

Unbehagen kroch in seinem Nacken empor und eine Gänsehaut jagte über sein Rücken. War da jemand oder hatte er sich getäuscht? Jens drehte sich um und versuchte im Halbdunkel des Flures etwas zu erkennen, aber er sah nichts.

„Du siehst Gespenster, mein Lieber", dachte er und drückte den Knopf an der Außenseite des Fahrstuhls. Kurze Zeit später öffnete sich die Tür und er stieg ein, um in die Tiefgarage zu fahren, in der er seinen Wagen geparkt hatte. Der Widerhall der sich schließenden Eisentür erschreckte ihn erneut. Vorsichtig blickte er sich um. Über ihm flackerte eine Neonröhre und erhellte, immer nur für einen Augenblick, den Parkplatz, auf dem sein Wagen stand.

Irgendwie hatte er ein ungutes Gefühl, fühlte sich schon die ganze Zeit beobachtet. Auf dem Weg zu seinem Wagen glaubte er, für den Bruchteil einer Sekunde, einen Schatten zu sehen.

War es wieder eine Sinnestäuschung, hervorgerufen durch das Flackern der direkt über ihm hängenden Neonlampe oder war da tatsächlich jemand, der im Halbdunkel an ihm vorbeihuschte und hinter einem der zahlreichen Pfeiler verschwand?

„Alles nur Hirngespinste, du bist nur total überarbeitet", ging es ihm durch den Kopf.

Als er in seinen Wagen einstieg, sah er rein zufällig wie sich im Schein der flackernden Neonbeleuchtung unter der Motorhaube seines Wagens ein dunkles Rinnsal hervor schlängelte und immer mehr ausbreitete. Er stieg eilig aus, bückte sich, tauchte einen Finger hinein und roch daran. Es war Bremsflüssigkeit, die er an seinen Fingern hatte. Ein Unbekannter hatte die Bremsschläuche an seinem Fahrzeug durchschnitten.

Man wollte sich nicht vorstellen, was passiert wäre, wenn er sich in den Wagen gesetzt hätte und davongefahren wäre. Er suchte fieberhaft das Handy in seiner Tasche und wählte die Nummer der Polizei, aber es war ein sinnloses Unterfangen, denn er bekam keine Verbindung.

Kein Netz, signalisierte ihm das Display seines Handys. Er geriet in Panik und lief mit schnellen Schritten auf die Ausfahrt der Tiefgarage zu, griff geistesgegenwärtig in seine Manteltasche, zog die Karte mit seinem Pincode heraus und steckte sie in den Schlitz, der sich an der Schranke befand. Augenblicke später atmete er erleichtert auf, er hörte ein knarrendes Geräusch und das eiserne Tor der Ausfahrt öffnete sich.

Völlig außer Atem stand er auf der Straße, nahm erneut das Handy zur Hand und wählte die Notrufnummer der Polizei. „Hier ist Jens Jacobs", keuchte er, „sie müssen unbedingt in die Tiefgarage der Parteizentrale der Volkspartei kommen, man hat sich an meinem Wagen zu schaffen gemacht und es sieht so aus als hätte jemand die Bremsschläuche durchtrennt."

„Bleiben Sie vor Ort Herr Jacobs, wir sind in wenigen Minuten da." Man kannte ihn, den Parteisekretär der „Demokratischen Volkspartei", der sich in ganz Hamburg allgemeiner Beliebtheit erfreute. Er war eine hochrangige Persönlichkeit und deshalb nahmen die Beamten seinen Anruf sehr ernst.

Jens stand auf der Straße und während er auf die Beamten wartete, wählte er Agnetas Nummer.

„Du", und er versuchte seine Stimme so unverfänglich wie möglich klingen zu lassen, „ich werde mich wohl ein wenig verspäten."

„Was ist passiert?", fragte sie in sorgenvollem Ton.

„Es tut mir sehr leid, aber ich hatte einen Unfall", log er, denn er wollte sie nicht unnötig beunruhigen.

„Mach dir bitte keine Sorgen, ich bin unverletzt."

„Gott sei Dank", erwiderte sie und man konnte förmlich hören, wie ihr ein Stein vom Herzen fiel.

„Ich muss das hier erst noch mit der Polizei klären und dann komme ich mit dem Taxi zu dir. Der Wagen wird in die Werkstatt abgeschleppt."

„Soll ich dich abholen?", fragte sie voller Sorge.

„Nein, das ist nicht nötig, ich komme mit dem Taxi, bleib du zu Hause und warte auf mich."

Sie verstand zwar nicht, warum er ihr Angebot ablehnte, machte sich darüber aber keine weiteren Gedanken. Wichtig war, dass er, ohne selbst Schaden zu nehmen, den Unfall überstanden hatte. Einige Minuten waren vergangen, als ein Streifenwagen um die Ecke bog und vor der Garageneinfahrt hielt. Die Beamten stiegen aus und Jens führte sie zu seinem Wagen.

Die Überprüfung der KTU ergab dann zweifelsfrei, dass die Bremsschläuche mit einem scharfen Messer durchtrennt wurden und nun völlig nutzlos im Motorraum herunterbaumelten. „Aber wer sollte das getan haben?", fragte Jens mit einem ungläubigen Staunen im Gesicht den Beamten, der ihm das Ergebnis mitteilte.

„Das herauszufinden ist Aufgabe der Polizei. Der Fall wird noch heute an die Kriminalpolizei übergeben, denn hierbei handelt es sich wohl um einen Anschlag auf ihre Person."

Der Beamte ging zu seinem Streifenwagen und orderte einen Abschleppwagen, der wenige Minuten später um die Ecke bog, in die Tiefgarage fuhr, den Wagen aufbockte und zur weiteren Untersuchung in die Kriminaltechnik abgeschleppte.

Jens rief, nachdem die erforderlichen Formalitäten erledigt waren, ein Taxi und fuhr zu Agnetas Wohnung, wo sie schon aufgeregt auf ihn wartete.

„Bist du wirklich OK?", fragte Agneta mit sorgenvoller Miene und schaute in sein Gesicht, aus dem jegliche Farbe gewichen war. Seine Hände zitterten und er ließ sich erschöpft in einen Sessel fallen.

„Ja ich bin OK", erwiderte er und versuchte seine Panik zu unterdrücken, die ihn seit dem Anschlag heimgesucht hatte. „Mir steckt immer noch dieser Unfall in den Gliedern, denn ich hätte fast ein Kind überfahren."

Sie ging auf ihn zu, schlang ihre Arme zärtlich um seinen Hals und küsste ihn.

„Möchtest du etwas trinken?", fragte sie und ging ohne dass sie seine Antwort abwartete, zu dem Servierwagen, auf dem diverse Flaschen mit alkoholischen Getränken standen, nahm ein Glas in die Hand und schenkte ihm einen Cognac ein, den er mit einem Zug leerte. Langsam kam seine natürliche Gesichtsfarbe wieder zum Vorschein. Sie setzte sich auf den Rand des Sessels und wartete auf weitere Erklärungen.

„Wenn du mir mehr erzählen willst dann tu es", sagte sie und schaute ihn erwartungsvoll an. Er schwieg einen Augenblick, dann wandte er ihr sein Gesicht zu.

„Gib mir ein wenig Zeit, ich muss das alles erst mal verkraften, lass uns später darüber reden." „Selbstverständlich, wie du willst", erwiderte sie.

Was sie aber nicht wusste, war, dass er sie die ganze Zeit belogen hatte. Aber es war eine barmherzige Lüge, denn er wollte Agneta nicht beunruhigen. Der Abend war zu ihrer großen Enttäuschung nicht so verlaufen, wie sie ihn sich gewünscht hatte.

Sie saßen schweigend zusammen, tranken ein Glas Wein, aßen ein paar Snacks, die Agneta eilig zubereitet hatte und irgendwann bemerkte sie, dass Jens vor Erschöpfung eingeschlafen war. Als sie seinen Arm berührte, zuckte er zusammen und starrte sie an.

„Was ist los?" „Nichts ist los, komm lass uns schlafen gehen."

Jens lag neben ihr und konnte nicht in den Schlaf finden, er war noch zu aufgewühlt von diesem Ereignis. Wer könnte ein Interesse daran haben, ihm zu schaden und auf diese Weise Rache an ihm zu nehmen?

Er hatte doch niemandem etwas getan. Doch dann fiel ihm Kai Lorenzen ein. Er erinnerte sich wieder, wie hasserfüllt die Blicke waren, die ihm Lorenz auf der Rennbahn zugeworfen hatte, als sie sich ansahen. Jens hatte seit dem Tod Lenas keine Ruhe mehr gefunden, ständig von Selbstvorwürfen geplagt, hätte er am liebsten alles ungeschehen gemacht. Aber es ließ sich nichts mehr ändern, es war einfach geschehen.

War es möglich, dass Lorenzen ihn so abgrundtief hasste und ihm nach dem Leben trachtete? Er konnte es nicht glauben, denn Kai Lorenzen selbst war es, der seine Entscheidung, sich von Lena zu trennen, ausgelöst hatte. Hätte er sich nach den Gerüchten, die im Umlauf waren, nicht von Lena getrennt, hätte das seinen politischen Tod bedeutet. Aber je öfter er darüber nachdachte, desto unsicherer wurde er, er war nicht mehr sicher, ob er heute noch genauso handeln würde.

6. Kapitel

Ihm war ganz wirr im Kopf von der vielen Grübelei, aber gegen Morgen fand er doch noch ein wenig Schlaf. Agneta war als er noch schlief aufgestanden, war zum Bäcker gegangen und hatte frische knusprige Brötchen gekauft.

Auf dem Rückweg vom Bäcker ging sie noch an einem Zeitungskiosk vorbei und kaufte die aktuelle Ausgabe des Hamburger Generalanzeigers. Als Agneta ihre Wohnung erreichte, legte sie ihre Einkäufe in der Küche ab, ging ins Schlafzimmer und weckte Jens mit einem sanften Kuss.

„Steh auf du altes Murmeltier, es wird Zeit."

Mühsam schlug er die Augen auf und erhob sich mit halbgeschlossenen Augen aus dem Bett.

„Ich muss erst mal duschen, damit ich wach werde", erwiderte er schlaftrunken.

Dann verschwand er im Badezimmer. In der Zwischenzeit bereitete sie das Frühstück und legte die Zeitung auf den Tisch im Esszimmer. Sie beobachtete ihn als er das Badezimmer verließ und sich zu ihr an den Tisch setzte.

Der gestrige Vorfall hatte ihn sehr mitgenommen. Völlig geistesabwesend saß er neben ihr und sprach kein Wort. Sein Blick fiel auf die Zeitung, die neben ihm lag.

„Ich verstehe das nicht", sagte sie, „ich habe die ganze Zeitung durchgeschaut, aber dein Unfall wurde mit keiner Silbe erwähnt."

„Das mag sein", erwiderte er und schaute ihr dabei nicht in die Augen, denn er schämte sich, dass er sie erneut belog.

„Der Generalanzeiger steht der Volkspartei sehr nahe, musst du wissen. Wir befinden uns kurz vor den Wahlen und da kommt der Unfall des Parteisekretärs, bei dem ein Kind verletzt worden ist, nicht besonders gut an, das wird wohl der Grund sein warum man darüber nicht berichtet hat."

Er spürte ihren zweifelnden Blick, denn so ganz glaubte sie ihm diese Geschichte nicht, ließ es aber auf sich beruhen, weil sie ihn nicht noch mehr in Verlegenheit bringen wollte. Sie hätte doch zu gerne gewusst, was wirklich vorgefallen war, aber Jens hüllte sich in Schweigen und erzählte ihr, immer wenn sie wieder danach fragte, dieselbe Geschichte. Sie spürte, dass er sich verändert hatte. Schließlich hätte er ja fast ein Kind überfahren.

Sie hatten gerade das Frühstück beendet, als sein Handy schellte. Nervös griff er in seine Jackentasche, nahm es heraus und sah auf dem Display das Wort „unbekannt". Einen anonymen Anruf also, aber trotzdem wollte er wissen, wer am anderen Ende war. Er stand auf und ging in das Nebenzimmer. „Jacobs, mit wem spreche ich?"

Einen Augenblick herrschte Stille, dann meldete sich eine ihm unbekannte Stimme und das Blut gefror ihm in den Adern.

„Na du kleine Ratte, da haben wir dir gestern ja einen schönen Schreck eingejagt."

„Wer sind Sie und was wollen Sie von mir, von wem haben sie meine Telefonnummer?"

Ein hämisches Lachen folgte. „Wir wissen alles, wir wissen sogar, wo du gerade bist. Du bist bei deiner kleinen Schlampe und machst dir gerade vor Angst in die Hosen."

In einem sehr primitiven Hamburger Dialekt sagte er seinen Spruch auf und der Zynismus und die Verachtung, die hinter diesen Worten steckten, verhießen nichts Gutes.

Wenn es darum ging diese Art von Aufträgen zu erledigen, kannte dieser Abschaum keine Gnade. Wieder drang dieses hämische Lachen an sein Ohr, dann hörte er ein Knacken und die Leitung war tot.

Er war kreidebleich im Gesicht, seine Finger zitterten, als er das Handy zurück in seine Jackentasche steckte.

„Wer war das?", fragte Agneta mit angstvoller Stimme, „was wollen die von dir?"

Agneta hatte nur Bruchteile dieses Gesprächs mitbekommen, aber sie wusste genau, dass es kein angenehmes Gespräch war.

„Ich habe keine Ahnung, wer die Person war", erwiderte er wahrheitsgemäß.

„Sag mir endlich die Wahrheit, die Geschichte mit dem Kind glaube ich dir nicht mehr." Er druckste herum, suchte nach Worten.

„Ich habe dir nicht die Wahrheit gesagt, jemand hat meinen Wagen manipuliert."

„Deinen Wagen manipuliert? Was heißt das?"

Als er ihr erzählte, dass sie die Bremsschläuche seines Wagens durchtrennt hatten, schaute sie ihn aus entsetzten Augen an. Sie sprang auf, ging auf ihn zu und nahm ihn in ihre Arme.

„Oh mein Gott, du hättest tot sein können, wenn du losgefahren wärst. Wer macht so etwas?"

„Ich weiß es nicht." Er hatte zwar einen Verdacht, aber er konnte ihn nicht laut aussprechen, die Konsequenzen wären unvorstellbar gewesen, wenn sich dieser Verdacht nicht bestätigen würde. Also schwieg er lieber. Als Jens zum Fenster ging und auf die Straße starrte sah er, wie gerade eine schwarze Limousine davonfuhr und um die nächste Ecke verschwand.

„Wir müssen unbedingt die Polizei anrufen."

Die Stimme Agnetas klang ängstlich und sehr aufgeregt. Als sie dann eine halbe Stunde später in die Stadt fuhren, mussten sie sich in einer Tiefgarage einen Parkplatz suchen, da in den Straßen der Innenstadt nicht ein einziger Parkplatz frei war.

Als sie ausgestiegen waren, erschreckte ihn das Zuschlagen der Wagentür so sehr, dass er am ganzen Körper zitterte. Sein Verhalten in der Tiefgarage bestärkte Agneta darin, dass dieser feige Anschlag auf sein Leben nur in einer Tiefgarage stattgefunden haben konnte.

Mittlerweile war es Abend geworden und die Dunkelheit senkte sich über die Hansestadt, die Straßenlaternen brannten und die Schaufenster der Geschäfte waren hell erleuchtet, Passanten liefen geschäftig umher, um noch ihre letzten Einkäufe zu erledigen. Es war eine gemütliche Atmosphäre überall.

Aus vielen der Lokalen in der Innenstadt drang gedämpfte Musik, drinnen saßen Gäste, die ihren wohlverdienten Feierabend genießen wollten, tranken ein Glas Wein, aßen gemütlich und plauderten fröhlich über das Leben. Währenddessen saß Kai Lorenzen in seinem Arbeitszimmer. Es war das einzige Zimmer in dem Licht brannte, alles andere lag im Dunkeln und passte zu dieser verzweifelten und niedergedrückten Stimmung, in der sich Lorenzen seit dem Tod seiner geliebten Tochter befand.

Immer wieder nahm er sich eine Auszeit, um mit sich und seiner Trauer um Lena allein zu sein. Dann verbrachte er den Tag in seinem Garten, pflegte die Blumen, saß auf der Terrasse und lauschte dem Gesang der Vögel. Er ließ die Welt an sich vorüberziehen ohne nur einen Gedanken daran zu verschwenden, was da draußen vor sich ging. Als die Nacht hereinbrach ging er in sein Arbeitszimmer und ließ sich in einen tiefen Ledersessel sinken, neben sich ein Glas Rotwein und in der rechten Hand eine seiner Havannas.

Er hing immer noch seinen Gedanken nach, so wie er es immer tat, wenn er Zeit und Muße hatte, über sein Leben ohne Lena nachzudenken. Immer wieder sah er im Geiste seine Tochter vor sich, wie sie fröhlich und ausgelassen ihr Leben genoss, wie sie lachend auf ihn zuging, ihn umarmte und sich liebevoll und Schutz suchend zugleich in seine Arme flüchtete.

Seine Augen füllten sich mit Tränen der Trauer, in seinen Gedanken taten sich Abgründe auf, die ihn immer wieder am Sinn seines Lebens zweifeln ließen. Das diffuse Licht der Lampe, die neben seinem Sessel stand, erhellte nur sein Gesicht, ließ einen Eindruck zu wie sehr er litt. Er war fahl und von den Schmerzen gebrandmarkt, die er am eigenen Leib erleben musste. Er war versteinert, wie die Skulptur eines in Stein gemeißelten Trauernden. Der Blick seiner Augen war inhaltslos, ging immer wieder in die dunkle Tiefe des Raumes, die ihn umgab. Wie das Rinnsal eines versiegenden Flusses liefen die Tränen über sein Gesicht, benetzen seine fahle Haut.

Er konnte nicht vergessen, denn die unendlich lange Zeit in der er litt, ließ sich nicht auslöschen. Er hatte Vergeltung geschworen, geschworen all denen, die für den Tod von Lena verantwortlich waren und sein Leben so abgrundtief zerstörten. Er wurde aus seinen Gedanken gerissen, als das Telefon auf seinem Schreibtisch schellte.

Es dauerte einen Augenblick bis er sich aus seiner Gedankenwelt gelöst hatte, dann stand er auf, ging zu seinem Schreibtisch, nahm den Hörer auf und lauschte der Stimme seines Gegenübers. Als dieser seine Informationen an Lorenzen weitergegeben hatte, machte er eine kurze Pause.

„Ist sonst noch irgendetwas?" „Gut dann wär's das für heute."

Er legte den Hörer auf und blieb einen Augenblick vor seinem Schreibtisch stehen, drehte sich um, und in seinem Gesicht schien sich ein Hauch von Zufriedenheit widerzuspiegeln. Er setzte sich wieder in seinen ledernen Sessel, lehnte sich zurück, schloss die Augen und seine Gedanken formulierten einen Satz, der von diesem Tag an sein Leben begleiten sollte.

„Jetzt werdet ihr leiden, wie ich leide. Ich werde Euch zerstören, wie ihr das Leben meiner Tochter und mein Leben zerstört habt."

In der Zwischenzeit war eine Woche vergangen. Die Aufregung über den feigen Anschlag auf Jens hatte sich gelegt. Langsam kehrte die Normalität zurück. Beide wussten wie tief die Gefühle zueinander geworden waren. Der Tag, an dem sie sich ihre Liebe gestehen wollten, war gekommen.

Es war Abend und Agneta wartete sehnsüchtig auf seinen Besuch. Es war ein regnerischer Tag gewesen und sie konnte es kaum erwarten, dass es an ihrer Tür schellte. Sie hatte zur Feier des Tages eine Flasche Champagner in den Kühlschrank gestellt und ein opulentes Mahl vorbereitet. Dann ging sie ins Bad, schminkte sich, cremte ihren Körper mit einer wohlriechenden Lotion ein und zog ihre verführerischste Unterwäsche an.

Sie wollte mit ihm schlafen, wollte ihm beim Liebesakt ihre Liebe gestehen und je näher der Zeitpunkt seines Besuchs kam, umso erregter wurde sie. Sie wollte seinen nackten Körper spüren, wollte sein Stöhnen hören. Sie war bereit sich ihm ganz hinzugeben.

Dann endlich war er da, stürmte die Treppe hinauf, so als könnte er es kaum erwarten, sie in seine Arme zu nehmen. Sie stand vor ihm, schön und verführerisch. Lachend zog sie ihn in die Wohnung und von wilder Lust erfüllt, riss sie ihm die Kleider vom Leib.

Ihr Bademantel öffnete sich und er sah ihren nackten Körper, der auf seine Liebkosungen wartete. Voll wilder Lust fielen sie übereinander her und küssten sich leidenschaftlich. Sie schloss ihre Augen und spürte seine erregte Männlichkeit zwischen ihren Schenkeln.

Keuchend lagen sie ihm Bett, wälzten sich im Liebesrausch, bis Schreie der Lust den Raum erfüllten und der gemeinsame Höhepunkt ihnen fast die Sinne raubte. Erschöpft lagen sie nebeneinander. Sie schaute ihn zärtlich an: „Ich liebe dich", flüsterte sie und Tränen tiefster Zuneigung füllten ihre Augen.

Er streichelte ihren erhitzten Körper, küsste ihre warmen Lippen, ihre Blicke versanken ineinander und sie sah die Ehrlichkeit in seinen Augen: „Ich liebe dich", flüsterte auch er und dann lagen sie eng aneinander geschmiegt auf dem Bett und keiner wollte sich von dem anderen lösen. Alles um sich herum hatte sie vergessen, dachte keinen Augenblick mehr daran, dass sie für diesen Liebesdienst bezahlt wurde. Sie liebte ihn und keine Macht der Welt konnte sie daran hindern. In dieser Nacht holten sie mit nie enden wollender Leidenschaft das nach, worauf sie während der vergangenen Tage voller Angst verzichten mussten.

Sie hatten, nach allem, was geschehen war, nicht den Mut gefunden, sich in der Öffentlichkeit zu zeigen, verbrachten viele Abend in trauter Zweisamkeit und eigentlich entbehrten sie nichts. Aber Jens wäre kein Mann gewesen, wenn er nicht den Wunsch gehabt hätte, seine neue Liebe, voller Stolz in die Gesellschaft einzuführen.

Kein Mensch konnte von ihm verlangen, diese wundervolle Frau zu verstecken. Er hatte sich unsterblich in Agneta verliebt und er hatte nur den einen Wunsch, zu ihr zu stehen, und das bedeutete für ihn sie nicht länger zu verstecken. Sie sollte nun die Frau an seiner Seite sein. Er wollte es denen zeigen, die im Hintergrund dieses perfide Spiel mit ihm spielten. Wollte ihnen zeigen, dass er ihnen trotze, dass er keine Angst vor ihnen hatte. Der Anschlag auf sein Leben war für ihn kein Grund sich zu beugen, denn würde er dies tun, hätte er ihnen seine Schwäche offenbart und ihnen Macht über sein Leben gegeben. Sich ängstlich zu verbergen und den Dingen seinen Lauf zu lassen, das war seine Sache nicht.

Er lud sie für den nächsten Abend zu einem Essen im renommierten „Fairmont Hotel Vier Jahreszeiten" in das „Restaurant Haerlin" ein. Er hatte einen Tisch bei seinem alten Freund Christian Rütter reservieren lassen, einem Sternekoch, dessen Ruf über die Grenzen von Hamburg hinaus bekannt war.

„Hallo Jens, ich freue mich, mal wieder etwas von dir zu hören", erwiderte er hocherfreut, als er seine Stimme hörte.

„Hast du morgen Abend noch einen Tisch frei, ich möchte dich mit einer alten Freundin besuchen."

Rütter lachte. „Mit einer alten Freundin willst du kommen?", scherzte er. „Wie alt ist sie denn? Lass mich raten. Zwischen 25 und 30, richtig?"

Als Jens diese eher scherzhafte Frage mit ja beantwortete, lachte er und fügte hinzu: „Ja, ja, immer noch der alte Schwerenöter."

Aber er spürte, dass Jens diese Art von Scherzen eher unangenehm war und ihn irgendetwas bedrückte. „Komm lass es gut sein", erwiderte Jens etwas ungehalten, denn nach dieser Art von Konversation war ihm im Moment wirklich nicht zumute.

„Hast du noch einen Tisch frei, oder nicht?"

„Für ein Freund habe ich doch immer ein Plätzchen frei", sagte er lächelnd und versuchte die Wogen zu glätten.

„Ist dir 20.00 Uhr recht?" „Ja, das geht in Ordnung", gab Jens zur Antwort.

„Dann freue ich mich auf deinen Besuch, du bekommst auch deinen alten Tisch mit direkter Sicht auf die Binnenalster. Ist das OK für dich?"

„Frag nicht so viel", erwiderte Jens und seine Stimme klang jetzt viel versöhnlicher.

„Also, dann bis morgen."

„Ja, bis morgen, ich freue mich auf deinen Besuch."

Mit einem Kopfschütteln legte er den Hörer auf. „Was ist denn mit dem los, so habe ich ihn ja noch nie erlebt. Von dem, der sonst immer so aufgeräumt und fröhlich ist, war er aber heute meilenweit entfernt."

Er wurde aus seinen Gedanken gerissen, als ein Gast nach ihm verlangte und er sich um dessen Wünsche kümmern musste. Aber es ließ ihm keine Ruhe. Irgendetwas stimmte da nicht und er vermutete, dass es etwas Schwerwiegendes war, denn so leicht ließ sich Jens nicht aus der Fassung bringen.

Rütter machte sich ernsthaft Sorgen um seinen Gemütszustand und würde ihn sicherlich bei seinem nächsten Besuch ansprechen und er hoffte, dass es nicht mehr war als eine vorübergehende Laune.

Jens hatte gerade das Gespräch beendet, als Agneta das Wohnzimmer betrat.

„Mit wem hast du gerade telefoniert?", fragte sie interessiert.

„Ich habe für morgen Abend im „Restaurant Haerlin" einen Tisch reservieren lassen. Es wird Zeit, dass wir uns nicht länger verstecken. Ich stehe zu unserer Liebe und ich möchte, dass die Öffentlichkeit meine neue Liebe kennenlernt."

Sprachlos nahm sie seine Entscheidung zur Kenntnis, ging auf ihn zu und küsste ihn.

„Bist du sicher, dass dies eine gute Entscheidung ist?", fragte sie voller Zweifel. „Wenn dir etwas geschieht, würde ich mir mein Leben lang Vorwürfe machen."

Beschwichtigend nahm er sie in die Arme.

„Ich kann mich jetzt nicht ein Leben lang verstecken. Ich stehe nun mal in der Öffentlichkeit und habe Verpflichtungen, die ich erfüllen muss, verstehst du das? Ich liebe dich und möchte dich an meiner Seite haben und alle sollen sehen, dass wir ein glückliches Paar sind."

Wieder nahm er sie in die Arme und küsste sie, aber er sah nicht die Angst und die Tränen in ihren Augen. In diesem Moment bereute Agneta, dass sie sich auf dieses Abenteuer mit Anna eingelassen hatte und sie hoffte inständig, dass es Jens niemals erfahren möge. Nichts wäre schlimmer für sie, denn sie liebte ihn wirklich, und sie wusste genau, würde er erfahren warum sie die Affäre mit ihm begonnen hatte, wäre ihre Beziehung beendet.

Aber sie wusste auch, dass es für sie kein Zurück mehr gab. Sie war auf Gedeih und Verderb diesem anonymen Geldgeber verpflichtet und sie hatte

Angst. Was würde geschehen wenn sie einen Rückzieher machen würde?

Sie brauchte nicht viel Fantasie, um die Folgen zu kennen, denn nach allem was in der Zwischenzeit geschehen war, gab es auch nicht den geringsten Zweifel, dass diese Leute, die schon Jens nach dem Leben getrachtet hatten, brutal und rücksichtslos vorgehen würden.

Der Zusammenhang zwischen ihrem Auftrag und dem Anschlag auf Jens wurden ihr immer deutlicher und sie wurde das ungute Gefühl nicht los, dass diese skrupellose Bande ihn vernichten wollte und dabei war ihnen jedes Mittel recht. Würde sie diesen Schritt wagen, dann wäre sie ihres Lebens nicht mehr sicher, musste befürchten, dass man sie irgendwann auf einer Mülldeponie finden würde.

Jens wusste von alledem nichts. Seine Entscheidung stand fest. Er war entschlossen, sich zu Agneta zu bekennen, war sogar bereit weitere Unannehmlichkeiten in Kauf zu nehmen. Am nächsten Abend war ihr erster gemeinsamer öffentlicher Auftritt.

Jens hatte Agneta abgeholt und sie fuhren auf direktem Weg in das „Haerlin". Als sie das Restaurant betraten kam ihnen Rütter freudestrahlend entgegen.

„Herzlich willkommen in meiner bescheidenen Hütte." Er lachte und führte sie zu dem Tisch, den er für Jens und dessen Begleitung reserviert hatte.

„Das", und dabei grinste er Jens mit einem wissenden Lächeln an, „ist nun deine „alte Bekannte", mit der du einen gemütlichen Abend bei mir verbringen willst?"

Jens warf ihm einen missbilligenden Blick zu.

„Christian könntest du die Dame vielleicht etwas charmanter begrüßen?"

„Darf ich dir Agneta Gulbrandsson vorstellen. Sie ist zurzeit in Hamburg und möchte hier einige Zeit verbringen, wenn du so willst, sie macht Urlaub und ich möchte ihr ein wenig von Hamburg zeigen."

„Es freut mich sehr Frau Gulbrandsson, dass ich Sie als meinen Gast begrüßen darf." Er beugte sich zu ihr hinunter und hauchte ihr ein Kuss auf die Hand. „Ich werde zu Ihren Ehren ein Gericht kreieren und ich hoffe, dass es Ihren Geschmack trifft. Sie sind selbstverständlich mein Gast und es ist mir eine große Freude Sie ein wenig zu verwöhnen."

Agneta schaute ihn aus ihren blauen Augen an. „Das ist sehr großzügig und ich danke Ihnen sehr herzlich für die Einladung."

Sie schaute Jens an und als er protestierend die Hände hob, legte sie beschwichtigend ihre Hand auf seinen Arm und streichelte ihn.

Inzwischen hatte Christian den Tisch verlassen und kam mit drei Gläsern und einer Flasche Champagner zurück. In diesem Moment ging die Eingangstür des Restaurants auf und eine Horde von Paparazzi stürmte mit gezückten Kameras direkt auf den Tisch zu, an dem Jens und Agneta Platz genommen hatten.

Ein Blitzlichtgewitter erfüllte den Raum und ehe Rütter sich gegen diese geballte Macht zur Wehr setzen konnte, waren sie, wie ein Spuk, auch schon wieder verschwunden.

Jens und Agneta waren von diesem Überfall so überrascht, dass sie wie erstarrt auf ihren Stühlen sitzen blieben und noch nicht einmal die Zeit fanden, sich vor den Blitzlichtern der Paparazzi zu schützen.

„Was war das eben?", sein Blick ging in Christians Richtung.

„Hast du die Information an die örtliche Presse weitergegeben?"

Ohne eine Antwort abzuwarten sprang Jens auf, stürzte auf ihn zu, blieb drohend vor ihm stehen und hätte ihm sicherlich einen Fausthieb versetzt, wenn Agneta nicht eingeschritten wäre.

„Jens, verdammt noch mal, hör auf damit. Gib ihm doch wenigstens eine Chance sich zu rechtfertigen."

Er stand vor ihm und ballte seine Hand zu einer Faust, seine Augen blitzten vor Zorn.

„Du hast immer behauptet mein Freund zu sein, aber du hast mich verraten. Verschwinde aus meiner Nähe und trete mir nie wieder unter die Augen, hast du verstanden." Christian stand da wie das leibhaftige Elend und konnte nicht verstehen, dass Jens ihm so etwas zutraute.

„Ich habe niemandem etwas von deinem Besuch erzählt und ich war genauso überrascht wie du, als diese Typen hier plötzlich auftauchten. Du musst mir glauben, um unserer Freundschaft willen."

„Wenn du es nicht warst, wer war es dann?" „Ich kann es dir im Moment nicht sagen", erwiderte Rütter, immer noch am ganzen Körper vor Aufregung zitternd.

„Es kann nur jemand vom Personal gewesen sein", erwiderte er, „denn ich habe dummerweise deinen Namen in unserem Reservierungsbuch eingetragen, das ist die einzige Erklärung, die ich im Moment für diese Indiskretion habe."

Agneta und Jens schauten sich ungläubig an. In ihren Augen sah man die Betroffenheit, über diesen unerwarteten Vorfall. Ihnen war die Freude über ihr erstes Treffen in der Öffentlichkeit gründlich verdorben worden. Sie hatten sich so auf dieses gemeinsame Abendessen gefreut, aber jetzt war ihnen der Appetit vergangen. Sie aßen eine Kleinigkeit und verließen dann das Restaurant, um nach Hause zu fahren.

Wie die Hyänen hatten sich diese Paparazzi auf sie gestürzt. Sie konnten sich vorstellen, was am nächsten Tag in der Boulevardpresse stehen würde, sie würden sich auf sie stürzen und würden Kübel von Schmutz über ihnen ausschütten. Am nächsten Tag war, wie erwartet, die Hölle los.

Es war Samstag und im Hamburg erschienen die Wochenendausgaben der Boulevardblätter. Ihr Foto aus dem Restaurant zierte die Titelseiten. Schlagzeilen und Berichte mit zweideutigen Aussagen sorgten dafür, dass ein moralischer Flächenbrand entstand, der sich wie ein Lauffeuer über die ganze Hansestadt ausbreitete. Ein lauter Aufschrei der Empörung brach über Hamburg herein und ein Wirbelsturm wilder Gerüchte und Verdächtigungen machte die Runde. Nur zu gut erinnerten sich alle an den plötzlichen Tod von Lena Lorenzen, die seine große Liebe sein sollte. So glaubten die meisten, die diese Romanze verfolgt hatten. Natürlich hatte die sogenannte „Yellowpress" den größten Teil dazu beigetragen, daraus eine Jahrhundertliebe zu machen. Umso größer war das Entsetzten über den Freitod von Lena und die eiskalte Reaktion von Jens

Jacobs, als er sich ohne Vorankündigung von ihr trennte. Diese Gutgläubigen, die alles konsumierten, was die Medien ihnen vorsetzten, wussten nicht, was wirklich geschehen war.

Man mochte „die Neue" nicht, die nach so kurzer Zeit diese junge Frau aus ihrem Gedächtnis verbannen wollte. Man kannte sie nicht aber man hasste sie, denn für alle die sie kannten, war Lena ein Abbild an Ehrlichkeit, Aufrichtigkeit, ein Mädchen aus dem Volke, das durch ihren Charme und ihren Liebreiz, die Herzen der Menschen erobert hatte. Es war ein schweres Erbe, das Agneta antreten musste und sie zweifelte immer wieder daran, dass es ihr gelingen würde es ihr gleich zu tun. In jedem Moment wenn sie darüber nachdachte, bereute sie den Schritt, den sie getan hatte, ohne sich darüber im Klaren zu sein, welche Konsequenzen ihr Handeln haben könnte. Die Last der Lüge lastete schwer auf ihren Schultern.

Sie hatte sich darauf eingelassen und keiner konnte sie von dieser unerträglichen Bürde befreien, die sie, immer wenn sie Jens in die Augen sah, fast verzweifeln ließ. Aus einer flüchtigen Begegnung, für die sie noch einen Haufen Geld bekam, hatte sich zwischen Jens und ihr etwas entwickelt, was sie nicht voraussehen konnte.

Sie wurde gegen ihren Willen in die Öffentlichkeit gezerrt und sie ahnte auch, dass es nur eine Frage der Zeit war, bis jeder wusste, dass sie eine Hure war, die sich für ihre Liebesdienste bezahlen ließ.

„Warum habe ich das getan?", fragte sie sich immer wieder, „warum war ich nur so naiv zu glauben, dass dies nur eine harmlose belanglose Affäre war?"

Sie hätte wissen müssen, dass niemand diese unglaublich hohe Summe für ein harmloses Liebesspiel ausgeben würde. Ihr wurde plötzlich klar, dass dies alles ein abgekartetes Spiel war, mit dem Ziel Jens Jacobs zu vernichten.

Stunden lang saß sie da und weinte, weinte um ihre Liebe und weinte um sich selbst. Ihr bis dahin unbekümmertes Leben war zerbrochen, hatte sich in ein unfassbares Gefühl von Schuld verwandelt. Sie liebte Jens von ganzem Herzen und es war ihr nicht möglich die Schuld, die sie auf sich geladen hatte, zu ertragen.

7. Kapitel

Nach einer unruhigen Nacht, in der sie von Albträumen geplagt wurde und immer wieder hochschreckte, hatte sie einen Entschluss gefasst. Mit zitternden Fingern wählte sie die Nummer von Anna Lundgren.

„Hast du heute Morgen die Zeitung gelesen?", fragte sie mit vor Aufregung zitternder Stimme.

Anna war genauso erschreckt wie sie, war entsetzt über die Kommentare, die sie voller Verachtung gelesen hatte.

„Und was willst du jetzt tun?", fragte sie und ihre Stimme klang schuldbewusst und reumütig.

„Wenn ich das gewusst hätte, hätte ich dich niemals dazu überredet, das musst du mir glauben."

„Ich werde jetzt", erwiderte Agneta mit großer Entschlossenheit in ihrer Stimme, „diesem Spuk ein Ende bereiten und Hamburg verlassen, ich halte das nicht mehr aus und will endlich meine Ruhe haben."

„Aber du liebst ihn doch?", gab Anna zu bedenken.

„Ja, ich liebe ihn aber was soll aus dieser Liebe werden, bitte sag es mir?" Betretenes Schweigen am anderen Ende der Leitung.

„Diese Liebe stand von Anfang an unter keinem guten Stern und gerade, weil ich Jens liebe, möchte ich ihn nicht in den Abgrund reißen, kannst du das nicht verstehen?"

„Doch ich verstehe dich, und es tut mit unsagbar leid."

„Ich werde Hamburg verlassen, auch wenn ich dich um deine Provision bringe, gib deinem Auftraggeber das Geld zurück, ich will diesen Judaslohn nicht."

„Und was wird jetzt aus euch?", fragte Anna mit sorgenvoller Stimme, ohne drauf einzugehen.

„Das weiß ich noch nicht. Ich werde mit Jens sprechen und wenn er mich dann immer noch will, wird sich alles Weitere finden. Aber wenn er mich nicht mehr will, gehe ich zurück nach Stockholm, um endlich wieder ich selbst zu sein."

Sie hörte wie Anna zu schluchzen begann.

„Bitte verzeih mir, wenn du kannst. Kommst du mich vor deiner Abreise noch besuchen?", fragte Anna mit einem hörbaren Zweifel in ihrer Stimme.
„Bitte Anna, sei mir nicht böse, aber ich glaube das wäre keine so gute Idee."

Sie schaute aus dem Fenster und der Schreck fuhr ihr in alle Glieder. Zuerst glaubte sie, sich geirrt zu haben, aber dann sah sie, wie in dem Fond des Wagens die Flamme eines Feuerzeuges aufleuchtete. In diesem Moment war ihr klar, dass es kein Irrtum war. Es war wieder die schwarze Limousine, die direkt vor ihrer Tür stand. Sie hatte sie das erste Mal bemerkt, als Jens bei ihr zu Besuch war.

Sie fühlte sich nun in ihrem Entschluss bestärkt, Hamburg den Rücken zu kehren, denn sie würden keine Ruhe geben, solange sie sich hier aufhielt. Nervös lief sie hin und her, schaute immer wieder aus dem Fenster, sah in der Dämmerung dieses Auto, das wie eine unheilvolle Bedrohung vor der Tür stand und sich nicht vom Fleck rührte.

Für einen Augenblick verließ sie das Fenster, um sich ein Glas Wein zur Beruhigung ihrer reichlich strapazierten Nerven einzuschenken, als ihre Türglocke schellte. In diesem Moment hatte sie das Gefühl ihr Herz würde stehen bleiben. Sollte sie oder sollte sie nicht?

Doch dann entschloss sie sich an die Sprechanlage zu gehen. Es konnte ja auch Jens sein, der gerade in dem Moment eingetroffen war, als sie ein Glas Wein einschenkte. Sie irrte sich, denn als sie die Sprechtaste drückte, hörte sie wieder dieses hämische Lachen, das ihr schon beim ersten Mal Schauer des Entsetzens über den ganzen Körper gejagt hatte.

„Na, du kleine Schlampe, wie war das Essen mit deinem Geliebten, hat es euch geschmeckt? Es wäre besser für dich, wenn du aus Hamburg verschwindest, sonst ..."

Er vollendete den Satz nicht, aber sie hatte verstanden. In diesem Augenblick übermannte sie Todesangst, die ihren Körper wie Espenlaub erzittern ließ. Mit zitternden Fingern wählte sie die Telefonnummer von Jens.

„Oh mein Gott, Jens, sie sind wieder da", keuchte sie ins Telefon. „Wer ist wieder da?", fragte er und verstand im ersten Moment nicht warum sie so aufgeregt war. Die schwarze Limousine steht wieder vor dem Haus und einer der Typen hat bei mir geschellt und mich bedroht."

„Öffne nicht und warte solange, bis ich bei dir bin."

„Nein Jens, komm nicht hier her, bleib wo du bist."

„Das werde ich nicht tun", erwiderte er, „ich bin gleich bei dir."

„Jens", flehte sie ihn an, „tu das nicht, bitte nicht."

Aber er hatte das Gespräch bereits beendet und war auf dem Weg zu ihr. Agneta hatte das Licht in ihrem Wohnzimmer gelöscht, stand im Dunkeln hinter dem Fenster und schaute mit angstvollen Blicken auf das Fahrzeug, das immer noch vor der Tür stand.

Das Licht der Straßenbeleuchtung ließ die gespenstische Szenerie in diffusem Licht erscheinen und flößte ihr noch mehr ängstliche Gefühle ein. Ihr Blick ging die Straße hinunter, keine Menschenseele war zu sehen.

Das fahle Licht des Mondes bahnte sich einen Weg durch die Wolkenfetzen, die am nachtschwarzen Himmel vorüberzogen. Immer wieder starrte sie auf den Wagen aber sie konnte niemanden erkennen. Zwischendurch sah sie die rote Glut einer brennenden Zigarette, die aus dem Inneren des Wagens zu ihr herüber leuchtete. Dann fiel ihr Blick auf das Ende der Straße. Sie sah die Scheinwerfer eines Wagens, der um die Ecke bog und direkt auf ihr Haus zu fuhr. Der Schreck fuhr ihr durch alle Glieder, sie hatte das Gefühl sie würde in diesem Moment den Verstand verlieren.

„Das wird doch wohl nicht Jens sein, der mir zur Hilfe eilen will", schoss es ihr durch den Kopf. Sie hatte den Gedanken noch nicht zu Ende gedacht, als eine Limousine an ihrem Haus vorüberfuhr und Augenblicke später sah sie, wie die Bremsleuchten aufleuchteten und der Wagen keine zwanzig Meter hinter ihren Hauseingang anhielt. Die Tür wurde geöffnet und als sie sah wer ausstieg, stockte ihr der Atem. Es war Jens.

Mit eiligen Schritten ging er auf den Hauseingang zu und in diesem Moment geschah etwas Unglaubliches. Die Türen der schwarzen Limousine flogen auf und heraus sprangen zwei maskierte Männer, die sich auf ihn stürzten und ihn mit Fußtritten, Schlägen ins Gesicht und auf seinen Körper, solange traktierten, bis er am Boden liegen blieb.

Dann sprangen sie zurück in den Wagen und rasten mit quietschenden Reifen davon und verschwanden in der Dunkelheit. In wilder Panik stürzte sie die Treppe hinunter, riss die Tür auf und lief zu ihm hinüber. Sie kniete sich über ihn und schaute fassungslos in sein Gesicht, aus seinem Mund quoll Blut und über seiner Augenbraue klaffte ein heftig blutender Riss. Er krümmte sich vor Schmerz, konnte sich durch die Tritte in seinen Unterleib nicht aufrichten, er schaute sie aus weit aufgerissenen Augen an. Das Einzige was sich seiner Kehle entrang, war: „Warum tun die das?", dann sackte sein Kopf zur Seite und er wurde ohnmächtig.

Eine Nachbarin, die diesen unglaublichen Vorfall beobachtet hatte, eilte ihr zur Hilfe und während Agneta behutsam seinen Kopf in ihren Schoß legte, rief sie den Rettungswagen an. Wenig später, stand er mit Warnlichtern vor der Tür. Die Sanitäter legten ihn behutsam auf eine Trage und brachten ihn in die Notaufnahme des St. Georg Krankenhauses.

Es war weit nach Mitternacht, als das Klingeln seines Handys Bernd Schmelzer aus dem wohlverdienten Schlaf hochschrecken ließ. Schlaftrunken tastete er danach, drückte die grüne Taste und hielt es an sein Ohr. Das bläuliche Licht des Displays ließ seine rechte Gesichtshälfte in einem geradezu gespenstischen Licht erscheinen.

Es sah aus als wäre sein Geist gerade einem Sarg entstiegen. Trunken sortierte er seine Gedanken, der Schlaf hatte sie in einen undurchdringlichen Schleier des Nichtverstehens gehüllt. Bruchstückhaft drangen Wortfetzen in sein Ohr.

Nach einer kurzen Zeit des Schweigens realisierte er, dass etwas Unglaubliches geschehen sein musste. „Was ist los?", krächzte er mit verschlafener Stimme in sein Mobiltelefon. Dann verstummte er und lauschte ungläubig den aufgeregten Worten seines Freundes.

„Sag ihnen, sie sollen um Gottes willen nichts anfassen. Ich komme gleich."

„Bist du schon am Tatort?"

„Ja, was glaubst du wo ich mitten in der Nacht bin", erwiderte Mertesheimer, "ich bin natürlich hier am Tatort und die Spurensicherung war auch schon vor Ort. Also komm bitte ins Präsidium, es ist bereits alles erledigt."

„OK, dann bis gleich." Augenblicke später huschte ein Lächeln über sein Gesicht. Mertesheimer war ein so erfahrender Kriminalist, man musste ihm wirklich nicht sagen, was zu tun war. „Sei's drum", dachte er.

Er schwang sich aus seinem Bett, zog in Windeseile sein Hemd und seine Jeans über, schlüpfte in seinen beigefarbenen, schon etwas verwaschenen und zerknitterten Trenchcoat, der dringend einer Reinigung bedurfte. Aber das interessierte ihn nicht.

Er hatte, seitdem er allein lebte, auf Kleidung keinen großen Wert mehr gelegt, lief in verschlissenen Jeans herum und seine Hemden hätten sich sicherlich gefreut, hätte er hin und wieder mal ein Bügeleisen zur Hand genommen.

Jens sah erbärmlich aus, als er so hilflos in seinem Krankenbett lag. Er war blass und seine Lippen waren aufgeplatzt, geschwollen von den brutalen Attacken der Schläger. Die klaffende Wunde über seiner Augenbraue musste mit mehreren Stichen genäht werden und auf seinem Körper gab es nahezu keine Stelle, an der sich nicht ein blutunterlaufenes Hämatom befand.

Er konnte sich nur mit schmerzverzerrtem Gesicht bewegen, jede Stelle seines Körpers war wie eine offene Wunde, die ihn jede Sekunde daran erinnerte, was am vergangenen Abend geschehen war.

Sein rechter Arm war gebrochen und mit einem dicken Gipsverband versehen, der mit einer Halteschlaufe an einen neben seinem Bett stehenden Metallgalgen fixiert war. Es war ein mitleiderregendes Szenario, das sich Agneta darbot, als sie mit sorgenvoller Miene das Krankenzimmer betrat. Sie setzte sich fassungslos auf einen Stuhl neben seinem Krankenbett, streichelte seine Wange und küsste ihn immer wieder zärtlich auf den Rest seines geschundenen Gesichts, das nicht von Verbandsstoff bedeckt war. Ein wahrhaft deprimierender Anblick.

Jedes Mal, wenn sie ihn anschaute, schossen ihr Tränen der Hilflosigkeit und des Mitgefühls in die Augen und sie fühlte sich schuldig, schuldig für das was ihm widerfahren war. Ein Polizeibeamter hatte sie zuvor befragt, wollte wissen, ob sie nähere Angaben über die Täter machen konnte. Doch es waren nur Bruchstücke, die sie in der ganzen Aufregung wahrgenommen hatte. Zu tief saß noch der Schock in ihren Gliedern. Das Einzige, was sie in dem diffusen Licht der Dunkelheit wahr genommen hatte, war, dass beide Täter etwa mittelgroß und von drahtiger Gestalt waren.

Sie hatten ihr Gesicht mit schwarzen Sturmhauben unkenntlich gemacht und machten es ihr so unmöglich, ihre Gesichter zu erkennen. Es war nichts, was sie zu der Hoffnung berechtigte, die Täter schnellstens zu fassen. Das Einzige woran sie sich erinnerte, war die Stimme eines dieser Schläger und sie war sicher, dass sie diese unter tausenden wiedererkennen würde.

Er hatte an ihrer Tür geschellt und sie auf das Übelste beschimpft. Der Schock darüber saß noch immer so tief, dass sie dies wohl nie vergessen würde. Es war, und das wurde immer deutlicher, das grauenvollste Erlebnis in ihrem bisherigen Leben.

Und doch, je länger sie darüber nachdachte, bereute sie keinen der Augenblicke in denen sie voller Liebe und Zärtlichkeit mit Jens zusammen war, doch der Wermutstropfen der dann in das Glas ihres Glücks fiel, hatte sie völlig aus der Bahn geworfen und für einem Moment vergaß sie, dass sie eine bezahlte Liebesdienerin war.

Sie hatte diese Augenblicke des Zusammenseins, nicht nur mit ihrem Körper, sondern auch mit ihrem Herzen und all ihren Sinnen genossen und das war mehr als sie sich jemals erträumt hatte. Ein kleiner Lichtblick im Chaos ihrer Gefühle, nicht mehr aber auch nicht weniger. Wie konnte sie ihn jetzt im Stich lassen und einfach nach Stockholm verschwinden? Sie würde in Hamburg bleiben und ihm zur Seite stehen, die Last die durch diese unheilvolle Indiskretion in dem Speiserestaurant ausgelöst worden war mittragen, wollte ihm Mut und Zuversicht in dieser schweren Zeit geben und sie würde den Grund ihres Hierseins verschweigen, bis der Tag gekommen war, an dem sie sich ihm anvertrauen konnte.

Wie immer er sich dann entscheiden würde, sie würde es hinnehmen, denn die Last, die sie auf ihre Schultern geladen hatte, musste sie allein tragen.

Schicksalhaft und bedrohlich hing dies wie ein Damoklesschwert über ihr und sie hatte Angst, dass es ihre Liebe zerstören würde. Immer wieder hatte sie darüber nachgedacht, was in der Vergangenheit geschehen war, dass man sich auf diese niederträchtige Art an ihm rächen wollte.

Was hatte er zu verbergen? Es musste mehr dahinter stecken, als nur die simple Geschichte bezahlter Liebesdienste. Sie war und das wurde immer deutlicher, ein Teil eines perfiden Plans, der das Leben von Jens Jacobs zerstören sollte. Wären ihr diese Zweifel schon zu einem früheren Zeitpunkt gekommen, hätte sie sich nie auf diese unheilvolle Geschichte eingelassen.

Sie war so tief in ihre Gedanken versunken, dass sie nicht wahrnahm, wie sich ganz unerwartet die Tür des Krankenzimmers öffnete und Sven Lindholm im Raum stand. Er ging mit sorgenvoller Miene auf Agneta zu, drückte voller Mitgefühl ihre kalten Hände und schaute ihr in die Augen.

„Es tut mir alles so leid", flüsterte er und Agneta sah die Angst in den Augen des Freundes. Sei Blick fiel auf das Bett in dem Jens lag. Ganz ruhig und mit geschlossenen Augen lag er da. Er trat an das Bett und ergriff die kraftlosen Hände des Kranken, setzte sich auf einen Stuhl und schaute Jens traurig an.

Agneta saß etwas abseits, ließ Sven Lindholm und Jens allein mit ihren Gefühlen und Gedanken, die sie leise austauschten. Immer wieder schaute sie auf das Gesicht von Jens, versuchte irgendeine Reaktion, in seinem Gesicht zu lesen.

Es schien als reagiere er nicht und doch sah sie wie sich sein Körper anspannte, wie er sich bemühte, die Worte von Sven ganz tief in sein Innerstes aufzunehmen.

Es schien als wäre dieses Gespräch für ihn der Countdown für einen Start in ein neues Leben. Jens ergriff seine Hand, hielt sie fest und Agneta sah wie er ihm ganz leicht und fast unsichtbar über den Handrücken strich und sie hatte das Gefühl als wolle er sich mit dieser Geste für Svens Freundschaft bedanken. Es war eine Freundschaft der leisen Töne zwischen den beiden. Ein Verständnis ohne große Worte und Gesten und in diesem Moment beneidete sie Jens um dessen Freundschaft zu Sven Lindholm.

Hinter dem müden Blick seiner Augen glaubte sie für einen Moment, das Feuer neuer Energie zu sehen, das seinen gezeichneten Körper mit Kraft erfüllte, und sie schaute voller Dankbarkeit zu Sven hinüber und lächelte ihn liebevoll an. Dann stand

Sven auf, ging auf Agneta zu und blieb vor ihr stehen.

Er ergriff ihre Hände, schaute sie mit einem Lächeln an, sagte aber kein Wort, beugte sich nur zu ihr hinunter und gab ihr einen Kuss auf die Wange und Agneta verstand.

Es war eine Willkommensgeste ohne Worte. Dankbar sah sie zu ihm auf an und schaute in seine gütigen Augen. Tränen liefen über ihre Wangen und sie flüsterte nur ein Wort: „Danke."

Er ging noch einmal zurück an das Krankenbett, legte seine Hand auf das Tischchen, das in der Nähe des Bettes stand, berührte für einen kurzen Augenblick die Armbanduhr von Jens, die dort lag.

Es war die Uhr, die er ihm einmal geschenkt hatte und die Jens von diesem Tag an ständig trug, weil sie ein Zeichen ihrer unzerbrechlichen Freundschaft war.

„Werde erst einmal gesund und dann sehen wir weiter", beschwichtigte er ihn zum Abschied, „aber ich würde dir raten, dich für eine Zeit aus der Öffentlichkeit zurückzuziehen. Glaube mir, das ist im Augenblick die einzige Möglichkeit für dich. Lass erst einmal Gras über die Sache wachsen und warte, bis sich wieder alles beruhigt hat. Vergiss nie, dass es ein steiniger Weg ist, bis man sein Ziel erreicht hat, aber du darfst niemals aufgeben denn ich glaube an dich." „Versprichst du mir das?"

Er war ein alter Hase, der schon viele Male durch die Höhen und Tiefen des politischen Lebens gegangen war und wenn er Jens diesen Rat gab, wusste er warum er es tat.

Er ergriff zum Abschied noch einmal seine Hand und Jens spürte wie die Wärme des Freundes seinen geschundenen Körper durchströmte und ihm neuen Mut gab. Mit einer müden kraftlosen Handbewegung winkte er Sven Lindholm zu und flüsterte: „Ich verspreche es", dann schloss sich die Tür hinter ihm.

Zeit zum Nachdenken. Jens lag auf seinem Krankenlager und immer wenn Agneta nicht in seiner Nähe war, machte er sich Gedanken über seine politische Zukunft. Reichte es, wenn ein einziger Freund an seiner Seite stand und hundert Feinde nur darauf warteten ihn zu vernichten? Sollte er sich dagegen stemmen und unbeirrt seinen Weg weiter gehen? Einen Weg, der nur ins Verderben führen konnte. Waren Macht und Einfluss zu haben, für ihn noch ein erstrebenswertes Ziel? Hatte er nicht schon zu viel Zeit damit vergeudet, es allen recht zu tun, sein Denken und Handeln einem unseligen Parteiproporz unterzuordnen?

Wo war sein eigenes Ich geblieben? Seine Ideale, sein nie versiegender Kampf um Gerechtigkeit auf dieser Welt? Alles was ihn in seiner Kindheit und Jugend prägte, hatte er der Realität geopfert, hatte viele Male hinterfragt, ob es der rechte Weg war den er ging und doch nie den Mut gefunden, sich von den Fesseln der Unredlichkeit und der Lüge zu befreien.

Es war ein Balanceakt zwischen seinem Gewissen, seinen ethischen Prinzipien und dem was er Tag für Tag in diesem schmutzigen politischen Geschäft befürworten und unterstützen musste.

„Für was tue ich das?", fragte er sich immer wieder, „für ein bisschen Anerkennung und Popularität?" Er spürte hautnah wie zerbrechlich dieser trügerische Glaube war. Er hatte sich schon längst aufgegeben, war nicht mehr der, der er immer sein wollte, war zu einer Marionette politischer Ränkespiele geworden und das beunruhigte ihn zutiefst.

Er war ein unbedeutendes Rädchen in der Welt der Mächtigen, hatte nie seine Vorstellungen von einem humanen Leben durchsetzen können, sondern war ein Handlanger derer, die alles Menschliche mit Füßen traten. In diesem Augenblick erinnerte er sich an die Worte seines Vaters: „Es ist ein steiniger Weg nach oben", und er wusste, wovon er sprach. Jetzt wurde er mit den Steinen beworfen, die seinen bisherigen politischen Weg säumten. Wahrlich keine rühmliche Erkenntnis. Als Jens eingeschlafen war, ging sie noch einmal zu ihm, beugte sich über ihn und küsste ihn.

„Ich liebe dich", flüsterte sie, dann verließ sie den Raum und ging auf den vor dem Krankenhaus liegenden Parkplatz und bestieg ein Taxi, das sie zuvor bestellt hatte.

Als Agneta vor ihrer Wohnung ankam stieg sie aus und blieb auf der Straße stehen und schaute sich um. Sie war menschenleer. Nichts war mehr von dem feigen Überfall zu sehen. Als sie die Blutlache auf dem Asphalt der Straße sah, schossen ihr die Tränen in die Augen und sie ging weinend ins Haus. Agneta fielen vor Erschöpfung fast die Augen zu als sie ihre Wohnung betrat, es war kalt und ungemütlich und sie war einsam ohne Jens. Sie ging an ihre

Hausbar und goss einen wärmenden Cognac in einen Schwenker, der neben der Flasche stand. Mit müden Schritten ging sie zum Fenster und schaute ängstlich auf die Straße. Ihr Blick irrte umher, suchte die ganze Straße nach der schwarzen Limousine ab, aber sie sah nichts. Leer und still lag sie da, nur von dem Licht der Straßenlaternen erleuchtet. Nichts bewegte sich, nur ein leichter Wind spielte mit den Zweigen der Bäume, die auf ihrer Terrasse standen.

War dieser unheilvolle Spuk endlich vorbei? Sie verstand nicht warum das alles geschehen war, wusste nicht, warum diese Schläger Jens so übel mitgespielt hatten. Immer wieder kreisten ihre Gedanken um diesen niederträchtigen Überfall und so sehr sie sich ihr Gehirn zermarterte, sie fand keine Erklärung. Oder war es vielleicht eine hinterhältige Finte, waren sie verschwunden, um sie in falscher Sicherheit zu wiegen?

Sie war erschöpft und mit ihren Nerven am Ende. Sie bereitete sich ein wärmendes Bad, schüttete ein wohlriechendes Duftöl hinein, zog sich dann aus und streckte sich mit einem Seufzer in der Wanne aus. Die Wärme des Wassers und der Duft des Badeöls taten ihr so wohl, dass sie recht bald eine angenehme Müdigkeit überkam. Sie stieg aus der Wanne, frottierte ihren nassen Körper ab und schlüpfte dann in ihren Bademantel, den sie auf einem Hocker bereitgelegt hatte. Das entspannende Bad hatte ihr gutgetan, aber die Gefühle der Angst konnte sie nicht vertreiben.

Übermächtig und alles beherrschend hatte sie sich in ihren Gedanken festgesetzt und nahm von ihr Besitz in jeder Minute, in der sie atmete. Sie schlang den Gürtel ihres Bademantels noch fester um ihre Taille, legte sich auf ihr Bett und zog die wärmende Decke über ihren Körper. So lag sie da und konnte keinen Schlaf finden.

Es muss so gegen vier Uhr nachts gewesen sein, als sie endlich in einen Halbschlaf verfiel, aber immer wieder aufschreckte, weil die Erinnerung an die vergangenen Stunden sie nicht mehr losließ.

Es dämmerte bereits, als sie sich erhob und ruhelos durch die Wohnung lief. Wie würde das, was so wundervoll begonnen hatte, enden? Sie wusste es nicht, aber alles was geschehen war, war wie eine Strafe Gottes für sie und sie fühlte sich elend und unglücklich.

Am nächsten Tag waren die Zeitungen mit dieser gespenstischen Nachricht gefüllt, überall ungläubiges Staunen und Entsetzen. Den Zeitungsverkäufern wurden die Exemplare förmlich aus den Händen gerissen, jeder wollte genau wissen, was geschehen war.

Aus dem Opfer dieses feigen Überfalls wurde ein Schuldiger, und die Boulevardpresse trug mit Lügen und falschen Anschuldigen dazu bei, dass Jens, den man immer als vertrauenswürdige Person geschätzt und verehrt hatte, in den Schmutz von Intrigen und Verleumdungen gezogen wurde.

Freunde, die in Wirklichkeit keine waren, versagten ihm die Gefolgschaft und ließen ihn wie ein lästiges Übel im Stich und scherten sich einen Dreck darum, was aus ihm werden würde. Der Wahlkampf ging in die entscheidende Phase und jeder versuchte, seine Haut zu retten, denn würden sie sich mit ihm solidarisieren, wäre ihre politische Karriere in Gefahr und das mussten sie unter allen Umständen vermeiden.

Vielen spielte dieser Akt der Gewalt in die Karten, hatten sie doch schon immer ein neidisches Auge auf Jens geworfen und missgönnten ihm seinen Erfolg, nur sein alter Weggefährte Sven Lindholm hielt zu ihm, besuchte ihn am Krankenbett und sprach ihm Mut zu. Doch die, die sich daran erinnerten, dass Jens Jacobs sich viele Verdienste um die Stadt Hamburg erworben hatten, sahen ihm seine Liebe zu einer neuen Frau nach, gönnten ihm sein neues Glück. So tragisch der Tod von Lena Lorenzen auch war, sie hatte den Freitod gewählt und kein Mensch hatte das Recht, ihn dafür verantwortlich zu machen. Gut, er war eine Person der Öffentlichkeit und musste etwas sorgsamer mit seinen Amouren umgehen, aber hatte er nicht trotz allem das Recht auf ein Privatleben? Die Boulevardpresse hatte dies als unmoralisch gebrandmarkt und versuchte so, das brutale Vorgehen gegen Jens zu rechtfertigen. Ausgerechnet die, die täglich mit Verleumdungen und den haarsträubendsten Lügengeschichten Schlagzeilen machten, schwangen sich zu Moralaposteln auf. Welch eine verkehrte Welt.

Nach diesem unglaublichen Vorfall glich das Hamburger Polizeipräsidium einem Bienenhaus. Hektik wohin man schaute, Telefone schellten, Hinweisen aus der Bevölkerung wurde nachgegangen, aber alles verlor sich im Nichts. Kein verwertbarer Hinweis, nicht die geringste Spur von den Tätern. Es wurde eine Sonderkommission zusammengestellt.

Die Polizeihauptkommissare Bernd Schmelzer und sein Kollege Mertesheimer waren die verantwortlichen Kommissare. Man fürchtete um die Gesundheit des Patienten Jens Jacob und postierte, rund um die Uhr, einen Polizeibeamten direkt vor der Tür seines Krankenzimmers, um ihn vor erneuten Übergriffen zu schützen. In einer kurzfristig anberaumten Sondersitzung wurden alle Details für die Fahndung nach den Schlägern besprochen, aber jeder von ihnen wusste, dass es nahezu aussichtslos war, die Täter zur Strecke zu bringen.

Es gab keinerlei Anhaltspunkte auf den Kreis dieser Schlägertruppe und alle rätselten, wer wohl dahinter stecken könnte. Warum ausgerechnet diese beiden? Warum Jens Jacobs und diese wunderschöne Frau an seiner Seite, die keinem etwas zuleide getan hatte? Fragen über Fragen, aber niemand konnte eine Antwort darauf geben. Über allem lag ein dichter Nebel des Unglaublichen, des Nichtverstehens. Die Sprachlosigkeit und Ohnmacht schwebten über dem, was hier geschehen war.

8. Kapitel

Gegen 4.00 Uhr morgens kam er nach Hause, zog seine Schuhe aus und legte sich ohne seine Kleidung abzulegen auf sein Bett und war kurz darauf eingeschlafen. Inzwischen war es 9.00 Uhr, als er durch das Schellen seines Handys aus dem Schlaf gerissen wurde.

„Weißt du eigentlich wie spät es ist?", hörte er, wie aus weiter Ferne, die vorwurfsvolle Stimme Mertesheimers.

Schlaftrunken, schaute Schmelzer auf die Uhr: „Ach du Scheiße, ich komme gleich." Ein wenig hilflos stolperte er an diesem Morgen die knarrende Holztreppe hinunter, die auf einen ziemlich verwahrlosten Hinterhof führte. Ein fetter Kater lugte vorsichtig hinter den Mülltonnen hervor, er gehörte zu Oma Jansen, einer alten Dame, die mit ihrem Wellensittich Hansi und diesem trägen Stubentiger, der das Jagen nach Mäusen schon längst aufgegeben hatte, eine Etage über Schmelzer wohnte.

Sein Fell war feuerrot und struppig und man hatte das Gefühl, dass irgendwann jemand kommen musste, um ihn hinter der Mülltonne hervorzuholen und ihn zum Fressnapf zu tragen.

Die Farbe seines Fells erinnerte Schmelzer an den feuerroten Haarschopf von Candy, einer kleinen Straßenhure, die am Abend in der Kneipe, nicht weit von ihm entfernt, ihre spärlichen Tageseinnahmen in hochprozentige, alkoholische Getränke umsetzte. Abends hing sie dann stundenlang in der Bar herum, in der er sich oft mit seinen Kumpeln traf und dann soff sie so lange, bis sie irgendwann so vom Alkohol benebelt war, dass sie neben dem Barhocker saß und nur noch vor sich hin lallte und irgendwann mit einem hörbaren Rülpser das Zeitliche segnete und einfach einschlief und wie ein alter Fuhrmann schnarchte. Er wohnte seit zwei Jahren in diesem nicht mehr so ganz taufrischen Haus in der Nähe des Polizeipräsidiums. Nach der Scheidung von seiner Frau legte er keinen Wert mehr auf eine gepflegte, geräumige Wohnung.

Sie konnte die ewige Angst, dass ihm irgendwann etwas passieren würde, nicht mehr ertragen und hatte sich schweren Herzens von ihm getrennt. Seitdem war das Präsidium sein Zuhause. Was sollte er mit einer Wohnung die nur Arbeit machte? Ein Bett zum Schlafen genügte ihm.

Seine Kollegen waren seine Freunde und mit ihnen ging er, wenn es seine Zeit erlaubte, auch mal einen trinken. Er war ein ganz hart gesottener Kerl. Manches Mal rümpften sogar schon seine Kollegen die Nase, wenn er wieder mal, auf nicht ganz legale Weise, einen Ganoven hinter Gitter gebracht hatte.

Er war fünfundvierzig Jahre alt und schon ein alter Hase im Polizeipräsidium. Zwanzig Dienstjahre hatte er bereits auf dem Buckel und es gab nichts, womit er sich nicht herumgeschlagen hatte. Rauschgifthandel, Prostitution, Menschenhandel, Morde, Erpressung und Geldwäsche in großem Stil waren Dinge, die ihm nicht fremd waren.

Er war ein Hitzkopf, wenn es darum ging, die Ganoven dingfest zu machen, und schreckte nicht davor zurück, na sagen wir mal, mit sanfter Gewalt ans Ziel zu kommen, was verständlicherweise seinen Vorgesetzten nicht schmeckte. Nicht weil sie seine Methoden nicht billigten, nein, weil sie darum fürchteten, dass etwas ruchbar wurde und sie als Mitwisser ins Visier der internen Ermittlungen geraten würden und dies wäre für ihre weitere Karriere nicht gerade nützlich. Wer von diesen Schreibtischbullen wollte schon gerne seinen Pensionsanspruch aufs Spiel setzen.

Er war durch seine körperliche Statur nicht gerade das, was man einen Zwerg nennen würde. An seinen fast zwei Metern Größe und Schultern wie ein Rammbock kam kaum jemand vorbei, wenn er ihn mal in den Fingern hatte. Ansonsten war er eher ein gutmütiger Typ. Immer wenn er gefragt wurde, warum er sich keine andere Frau gesucht hatte, verzog er sein Gesicht zu einem Grinsen und antwortete mit einem ironischen Unterton: „Warum sollte ich das tun? Ich bin doch nie zu Hause und wenn ich es mal bin, dann bin ich so kaputt, dass ich mich hinhaue und bis zum nächsten Morgen penne. Mal ganz ehrlich Kumpel, was soll ich dann mit einer Frau?"

Eines Tages würde er sich sowieso eine neue Wohnung suchen müssen, wie er bei einem Gespräch mit Oma Jansen erfuhr. Eine bekannte Immobilienfirma aus Hamburg hatte sich bereits eine Option auf den Erwerb dieses Grundstücks gesichert.

Ein Schandfleck inmitten der Neubauten, die ringsherum errichtet worden waren, war dieses Museumsstück allemal. Schmelzer hatte die Wohnung angemietet, weil er nicht viel dafür bezahlen musste und er sowieso selten zu Hause war.

Es war mittlerweile 10.00 Uhr morgens. Sein Magen hatte sich schon mit einem ungeduldigen Knurren gemeldet, denn er hatte noch keinen Happen gefrühstückt und vor allem fehlte ihm eine Tasse heißer belebender Kaffee.

Die braune Flüssigkeit, die der Kaffee-Automat mit einer Dampfwolke und einem lauten Blubbern ausstieß, konnte man wohl kaum als Kaffee bezeichnen. Er warf sich seinen Trenchcoat über und setzte sich einen ziemlich verbeulten Hut auf den Kopf, denn es hatte zu regnen begonnen.

Also verließ er sein Büro und sprang in den Fahrstuhl, fuhr bis in die Empfangshalle und verließ das Präsidium, steuerte den Verkaufsstand von Renato an, der sich nur einige hundert Meter weiter in einer Seitenstraße befand. Es war ein sympathischer Italiener, der hier seine Hot Dogs und Pizzas verkaufte.

„Moin, Moin, Renato", begrüßte er ihn, „machst du mir einen Hot Dog?"

„Buon giorno, Bernardo, das mache isch doch pronto", erwiderte dieser geschäftstüchtig, griff in den Kessel mit heißem Wasser, förderte eine dampfende Wurst ans Tageslicht, schnitt behände ein nicht mehr ganz taufrisches Brötchen auf, legte die Wurst hinein, dann noch Ketchup und Zwiebeln drauf und fertig.

Bernd Schmelzer lief schon das Wasser im Munde zusammen, als er Renato bei der Zubereitung zuschaute.

„Zwei Euro", sagte er, als er Schmelzer den Hot Dog reichte.

„Eh Alter", Schmelzer schaute ihn erstaunt an. „Du hast wohl deine Preise erhöht?"

„Si Amico", entgegnete dieser laut lachend, „hab isch schließlich Frau und drei Bambini."

Schmelzer biss herzhaft in den Hot Dog, trank einen Schluck heißen Kaffee aus dem Plastikbecher und schüttelte sich.

„Dein Kaffee ist aber sehr dünn, davon bekomme ich sicherlich kein Herzrasen." Dann warf er lachend den Becher in die Abfalltonne und ging, mit großen Schritten, in Richtung Polizeipräsidium davon. Es war ein verregneter kühler Oktobertag, die ganze Stadt lag im Nebel. Schmelzer fröstelte, schlug den Kragen seines Trenchcoats hoch und zog seinen Hut tief in sein Gesicht.

„So ein Dreckwetter", fluchte er leise vor sich hin und er war froh, als er durch die Eingangstür des Präsidiums ging und zurück in sein warmes Büro konnte. Leise surrte der Fahrstuhl in die neunte Etage, in der sich sein Büro befand.

Er wollte gerade die Tür öffnen, als er fast mit diesem Teufelsweib Susan Carmichel zusammenstieß, die auf dem Weg zum Kaffeeautomaten war.

Sie war Amerikanerin mit deutschen Wurzeln und im deutsch-amerikanischen Beamtenaustausch für ein Jahr nach Hamburg versetzt worden, um im Polizeipräsidium Hamburg als Profilerin die dortigen Kollegen bei der Bekämpfung eines internationalen Drogenkartells zu unterstützen.

Als Lieutenant machte sie ihren Job im „New York City Police Departement, Sektion Drogenfahndung", sie war und das konnte man ohne Übertreibung

94

sagen, aufgrund ihrer Erfahrung die ideale Ergänzung für die Beamten der Hamburger Drogenfahndung. Als sie ihn auf sich zukommen sah, lächelte sie ihr schönstes Lächeln.

„Hi Berny, na, ausgeschlafen?" Sie blieb direkt vor ihm stehen. Ihre Augen strahlten eine wache Intelligenz aus und doch war ihr Blick warmherzig und freundlich, sodass man sich sofort von ihrer Persönlichkeit angezogen fühlte.

Ihre tiefblauen Augen waren so seltsam unpassend, aber sie verliehen ihr eine Auffälligkeit, die sie nicht nur hübsch, sondern unvergesslich machten. Hohe Wangenknochen, ein ausgeprägtes Kinn und geschwungene Brauen verliehen ihren Augen noch mehr Ausdruckskraft.

Er war zwar hart im Nehmen, aber immer wenn er Susan sah, bekam er weiche Knie. Sie war eine ausgesprochene Schönheit, ihr langes, fast schwarzes Haar hatte sie sich im Nacken hochgesteckt, ihre weiße Bluse war wohl gefüllt, die oberen Knöpfe hatte sie geöffnet und sie wusste genau wo Schmelzer, jedes Mal wenn sie ihm begegnete, hinstarrte.

Es machte ihr einen Riesenspaß, wenn sie spürte, wie er langsam nervös wurde. Sie wäre mit ihrem Aussehen und ihrer Körpergröße glatt als ein Modell durchgegangen, wenn nicht unter ihrer Jacke der Pistolenholster hervorgelugt hätte, in dem eine Glock 19 steckte.

Eigentlich war sie ja dem LKA unterstellt, aber sie wurde dem Polizeipräsidium Hamburg zugeteilt, weil diese Stadt, ja wohl seit geraumer Zeit, in den internationalen Rauschgifthandel verwickelt war.

Sie hätte gerne etwas mit ihm angefangen, aber dieser Zweimeterfeigling hatte ganz offensichtlich nicht den Mumm, und nachlaufen würde sie ihm nicht. Auch Schmelzer wäre nicht abgeneigt gewesen, denn er war ja nicht blind und spürte recht bald, dass sie es auf ihn abgesehen hatte.

Aber ein Abenteuer mit einer Kollegin war nicht unbedingt sein Ding, denn er hatte es nicht gerne, wenn ihm jemand so nah auf die Pelle rückte und ihm alle fünf Minuten über den Weg lief.

Er hatte die Nase voll von diesen Spielchen am Arbeitsplatz, denn einmal war es schon schief gegangen und danach gab es einen Riesentrouble und außerdem war sie nach einem Jahr wieder in den Staaten, fernab von ihm und dann stand er mit leeren Händen da. Nein danke.

„Soll ich dir auch einen Kaffee mitbringen?", fragte sie lächelnd und als er zustimmend nickte, strich sie ihm liebevoll über das Revers seines Trenchcoats, drehte sich um und ging mit einem: „Bis gleich, Berny", in Richtung Kaffee-Automat davon. Fasziniert starrte er auf ihren Hüftschwung, den er so bei ihr eigentlich noch nie gesehen hatte.

„Kleines raffiniertes Luder", murmelte er grinsend, öffnete die Tür seines Büros und ließ sich, nachdem er seinen Mantel ausgezogen und auf einen der Stühle neben seinem Schreibtisch geworfen hatte, ächzend auf seinen Stuhl fallen. Auch wenn alle Fäden im Präsidium zusammen liefen, gab es doch, auch einen Tag nach dem Überfall auf Jens Jacob, keine konkreten Hinweise wer als Täter in Frage kam. Die Ermittlungen liefen zwar auf Hochtouren, aber es war als würde man die berühmte Nadel im Heuhaufen suchen.

Doch dann überschlugen sich die Ereignisse, die den Überfall auf Jens Jacobs in den Hintergrund drängten.

9. Kapitel

Davidwache St. Pauli. Der Morgen dämmerte herauf, die ganze Stadt lag im Nebel eines verregneten, kühlen Oktobertages. Es war das für Hamburg fast übliche Schmuddelwetter. Es war ziemlich ruhig gewesen in der vergangenen Nacht.

Ein paar betrunkene Touristen wurden hereingebracht, randalierten zwar, aber es war recht schnell alles unter Kontrolle. Doch als die Tür zum Wachraum mit lautem Gegröle aufgerissen wurde, war es mit der Ruhe vorbei. Die Beamten hatten einen sturzbetrunkenen Mann mittleren Alters in der Mitte. Seine Jacke war blutverschmiert, in seiner Hose klaffte ein langer Riss, durch den ein Teil seines mit Schürfwunden übersäten Beines sichtbar wurde. Laut grölend, versuchte er, sich loszureißen.

Oberkommissar Guido Kretschmer war in dieser Nacht der verantwortliche Revierleiter. Er hörte zwar die unflätigsten Beschimpfungen, die der Betrunkene ausstieß, aber für ihn hatten sie keine Bedeutung. Jeden Tag kam es vor, dass gegen sie irgendwelche Drohungen ausgestoßen wurden, aber würden sie alles ernst nehmen, was Besoffene so von sich geben, hätten sie viel zu tun. In diesem Fall sollte sich später herausstellen, dass er die Tragweite dieser Beschimpfungen unterschätzt hatte.

„Nun haltet mal den Ball flach Jungs", rief er den beiden Kollegen zu, „steckt ihn in eine Zelle, da kann er erst mal seinen Rausch ausschlafen."

Alles andere regelt sich schon von selbst, dachte er und setzte sich wieder an seinen Schreibtisch, um den Vorgang ins Wachbuch einzutragen. Aber so ganz sicher war er sich seiner Sache doch nicht.

Es war ein Typ, der so gar nicht in das Schema der üblichen Verdächtigen passte und eins stellte Kretschmer zu seiner Verwunderung fest, er roch nicht nach Alkohol. Vielleicht hatte ihm ja jemand eine Dosis Rauschgift verpasst und das hatte zu seiner Verwirrung und Aggressivität geführt.

Ein Blick auf die Schuhe des Randalierers ließ erkennen, dass sie nicht die billigsten waren, sein Anzug war zwar zerrissen, zeugte aber von hoher Qualität. Also, wo sollten sie diesen Mann einordnen? Ein komisches Gefühl beschlich ihn.

Irgendetwas passte hier nicht zusammen. Eine normale Prügelei war es sicher nicht, in die er geraten war. Sie untersuchten seine Taschen aber sie fanden außer einer Packung Zigaretten und einem Feuerzeug keine Hinweise auf seine Identität. Irgendjemand musste ihm die Taschen ausgeräumt haben, soviel stand fest. Plötzlich hörte er vor dem Eingang zur Wache ein tumultartiges Getöse.

Als einen Augenblick später zwei Beamte mit einem sich heftig wehrenden, grölenden Pärchen hereinkamen, sie waren sturzbetrunken und konnten sich kaum noch auf den Beinen halten, geriet die Sache in Vergessenheit. Warum sollte er sich denn auch unnütze Gedanken machen? Der war sicher in einer Zelle untergebracht und schlief gerade seinen Rausch aus.

Hauptkommissar Schmelzer war gerade auf dem Weg zum Kaffeeautomaten, um sich einen Muntermacher zu holen, als er das Klingeln seines Telefons vernahm. Eilig ging er zurück, so als ahnte er, dass etwas Außergewöhnliches geschehen sein musste. „Ja Schmelzer hier, was gibt es?", meldete er sich. Man hörte die Ungeduld in seiner Stimme, dann sagte er nichts mehr und lauschte gespannt den Worten seines Gesprächspartners.

„Das ist ja ein Ding", erwiderte er, „haltet ihn unbedingt fest und bringt ihn hierher, wenn er seinen Rausch ausgeschlafen hat." Er ließ sich den Mann beschreiben, machte sich die entsprechenden Notizen und legte den Hörer auf.

Oberkommissar Horst Petersen saß in seinem Büro auf der Davidwache, er hatte die Nachtschicht von Kretschmer übernommen. Er sah sich gerade die Berichte der vergangenen Nacht an. Keine Auffälligkeiten konstatierte er. Schlägereien, die geschlichtet wurden, Betrunkene, die nicht mehr auf den Beinen stehen konnten. Also der übliche alltägliche Wahnsinn. Keine besonderen Vorkommnisse. Er war ein alter Hase dieser Oberkommissar. Seit fast zwanzig Jahren im Polizeidienst und zehn Jahre davon auf der Davidwache, ein Urgestein in Menschengestalt also.

Er war bekannt für seine Gelassenheit und Ruhe, reagierte stets besonnen und souverän. Er kannte jeden Trick, jede Ausrede, nichts blieb ihm verborgen. Das brachte ihm im Laufe der Jahre den Namen „der Fuchs von St. Pauli" ein.

Eine ehrenvolle Bezeichnung, die er nicht nur von seinen Freunden, sondern auch von seinen Feinden bekam. Einen Grad der Wertschätzung, der bisher nur wenigen zuteilwurde. Doch an diesem Tag verlor er das erste Mal seine Fassung und das sollte schon was heißen. Er steckte sich gerade genüsslich eine Zigarette an, als er die Unruhe auf der Polizeistation förmlich hautnah spürte.

Mit größter Aufmerksamkeit und mit zusammengekniffenen Augen schaute er nach draußen. Ein Beamter stürmte herein, ohne anzuklopfen. „Der Besoffene, der in der Nacht eingeliefert wurde, ist in der Ausnüchterungszelle erstochen worden", rief er leichenblass und völlig außer Atem. Petersen fuhr wie von der Tarantel gestochen aus seinem Stuhl hoch und herrschte den Beamten an.

„Verdammte Scheiße", brüllte er fassungslos, „wie konnte das passieren?" Ein hilfloses Achselzucken war die Antwort. Es war Mittagszeit, zwei Beamte gingen zu der Zelle, in der sich der eingelieferte Randalierer der vergangenen Nacht befand.

Einer der Beamten schob den schweren Eisenriegel beiseite und steckte den Schlüssel ins Schloss. Mit einem metallischen Quietschen öffnete sich die Tür. Was sie dort sahen, ließ ihnen das Blut in den Adern gerinnen. Blutüberströmt lag der Mann auf der Pritsche. Der Körper war unnatürlich verrenkt, sein Mund halb geöffnet. Es war als könnte man jetzt noch seine Todesschreie hören. Seine Augen waren vor Entsetzen weit geöffnet. Direkt neben seinem Herzen sahen die Beamten eine tiefe Einstichstelle.

Der Stich war von dem Täter mit einer solchen Präzision ausgeführt worden, dass das Opfer keine Chance hatte und der Tod unmittelbar danach eingetreten sein musste. Das Laken, auf dem der Tote lag, war von einer riesigen, dunkelroten Blutlache durchtränkt. Fassungslos stand Petersen am Ort des Geschehens. Er war zu Tode erschrocken und versuchte, seine Nerven im Zaum zu halten, dann eilte er zum Telefon und kurze Zeit darauf waren die Ermittler und die Spurensicherung vor Ort.

Sie untersuchten den spärlich eingerichteten Raum der Ausnüchterungszelle. Obwohl sie sich jeden Zentimeter des Raumes vornahmen, wurden keinerlei auffällige Spuren gefunden. Das Einzige was sie bei näherer Untersuchung fanden, war ein Amulett, das sich in der rechten Hosentasche des Toten befand.

„Merkwürdig", dachte Petersen, als er das Fundstück in Händen hielt.

„Eh Jungs", rief er in die Runde der anwesenden Beamten, „hat einer von Euch so ein Ding schon mal gesehen?" Allgemeines Achselzucken war die Antwort. „Warum zum Teufel hat keiner dieses Amulett gefunden, als er in die Zelle gesteckt wurde?"

Er schaute es sich genauer an. „Wo verdammt noch mal habe ich das Ding schon mal gesehen?", aber sein Erinnerungsvermögen ließ ihn in diesem Moment im Stich. Er dachte nicht weiter darüber nach, denn es gab in diesem Moment andere wichtigere Dinge zu tun, und reichte es dem neben ihm stehenden Beamten.

„Conny, gibt das mal den Jungs von der KTU, vielleicht finden die ja irgendwelche Hinweise. Ich hoffe ja nur, dass uns wenigstens seine Fingerabdrücke, oder seine DNA, einen Hinweis geben können."

„Ziemlich unwahrscheinlich", erwiderte der stellvertretende Wachhabende Conny Reinhardt vorlaut, mit einem zweifelnden Unterton in der Stimme, was ihm postwendend einen missbilligenden Blick des Oberkommissars einbrachte.

Der Täter hatte ganze Arbeit geleistet. Keine Tatwaffe, keine Spuren, die irgendwelche Hinweise geben konnten. Dann wurde der Leichnam zur Feststellung des genauen Tathergangs und des Todeszeitpunkts in die Pathologie des Präsidiums überführt. Es gab eine Leiche und keiner wusste zum jetzigen Zeitpunkt, wer es war.

Nervös kaute Bernd Schmelzer auf seinem Kugelschreiber herum, überlegte wie er weiter verfahren sollte. „Verdammt noch mal", fluchte er leise vor sich hin, „ein Toter in der Zelle eines Polizeireviers war ungefähr genauso schlimm, als wenn ein Polizeibeamter mit der Mafia unter einer Decke steckte." Bei diesem Gedanken schoss ihm das Blut in den Kopf. „Wie komme ich eigentlich auf so eine blödsinnige und absurde Idee?" Aber bei näherer Betrachtung musste er sich fragen: „War das wirklich so abwegig?" In Gedanken rekonstruierte er den Tathergang.

Nach Aussagen von Petersen war die Zelle verschlossen, kein Außenstehender hatte Zugang zu den Schlüsseln.

Es war auch unmöglich, dass ein Fremder die Polizeiwache betreten konnte, ohne gesehen zu werden. Also das Fazit seiner Überlegungen war ...

„Mensch Schmelzer, jetzt hör mal auf mit solchen Hirngespinsten", beruhigte er sich selbst und verwarf diesen Gedanken wieder. Aber einmal im Kopf ließ ihn dieser Gedanke nicht mehr los. Es war unvorstellbar, aber auch wieder nicht. Er wurde aus seinen Gedanken gerissen, als sich die Tür öffnete und Peter Mertesheimer froh gelaunt herein kam.

„Guten Morgen du altes Haus, du siehst aber gar nicht gut aus", bemerkte er mit einem anzüglichen Grinsen.

„Das habe ich gerne", erwiderte Schmelzer etwas genervt, „du liegst im Bett und ich schlage mir hier die halbe Nacht um die Ohren. Anstatt in meinem warmen Bett zu liegen, hänge ich hier rum und weiß, nicht wo mir der Kopf steht. Ein feiner Kollege bist du."

„Nun beruhige dich erst einmal und sag mir, was los ist." Schmelzer sah seinen Kollegen mit ernsten Augen an.

„Du", setzte er das Gespräch fort, „auf der Davidwache ist etwas Unvorstellbares passiert."

Zuerst bekam Mertesheimer einen hochroten Kopf, dann wurde er aschfahl vor Schreck.

„Das darf doch alles nicht wahr sein", ungläubig schaute er Schmelzer an, nestelte nervös an seiner Jackentasche, nahm eine Zigarette aus der Packung und entzündete sie mit zitternden Fingern.

Schmelzer sprang auf und ging heftig atmend zum Fenster, seine Finger fuhren nervös über die heruntergelassenen Jalousien, was in diesem Moment ein schepperndes, sehr unangenehmes metallisches Geräusch verursachte und alle Anwesenden drehten sich aufgeschreckt zu ihm um.

Er ging zurück zu seinem Schreibtisch, mit einem hörbaren Schnaufen blies er den Qualm in die Luft und ließ sich mit einem lauten unverständlichen Knurren auf seinen Bürostuhl fallen, der fast unter der Last seines Gewichts zusammenbrach.

Er war eher ein lustiger Zeitgenosse, der immer zu einem Scherz aufgelegt war. Er war muskulös und durchtrainiert und erweckte den Eindruck, dass ihn nichts erschüttern konnte, aber diese Hiobsbotschaft war ihm dann doch ganz schön in die Knochen gefahren.

Mertesheimer hingegen war das genaue Gegenteil von ihm, circa eins fünfundsiebzig groß, untersetzt, mit einem leichten Bauchansatz strahlte er eine gewisse Gemütlichkeit aus. Seinen Kopf, der nicht unbedingt proportional im richtigen Verhältnis zu seinem Körper war, zierte ein schwarzer Haarkranz, die Mitte seines Schädels war unbehaart. Quer über seinen Kopf zog sich eine lange, blassrote Narbe. Die hatte er sich zugezogen als ihm ein betrunkener Möchtegern eine Champagnerflasche auf dem Schädel zerschlagen hatte. Der wurde zwar wegen schwerer Körperverletzung und Widerstandes gegen die Staatsgewalt zu eineinhalb Jahren Gefängnis verurteilt, war aber inzwischen schon längst wieder frei. Seinen Kopf hingegen zierte noch immer diese Erinnerung, die ihm wohl auch bis zu seinem Lebensende erhalten blieb.

In den nächsten Tagen wurde fieberhaft versucht, die Identität des Toten festzustellen, aber alle noch so intensiven Nachforschungen verliefen erfolglos.

Kein Hinweis auf die Person, nicht der geringste. Ein Abgleich des Bildes, das noch vor Ort von dem Toten gemacht wurde, brachte ebenfalls kein Ergebnis.

„Wer ist dieser Kerl verdammt noch mal, irgendjemand musste ihn doch kennen?", brummelte Schmelzer ungeduldig vor sich hin.

„Wir werden ohnehin nicht darum herumkommen den Vorgang an das BKA weiterzugeben", erwiderte er, „sollen die doch versuchen etwas rauszukriegen. Ich vermute, dass hier eine internationale Rauschgiftbande ihre Finger im Spiel hat und es würde mich nicht wundern, wenn der Ermordete aussteigen wollte und du weißt ja, dass die da keine Gnade kennen."

„Meinst du?", fragte Mertesheimer, der auch schon den gleichen Gedanken hatte.

„Du hast recht mein Lieber, so könnte es gewesen sein und wenn sich unsere Vermutung bestätigen sollte, wäre es sowieso nur noch eine Frage der Zeit bis die hier auf der Matte stehen, denn wenn das in unserem Laden passiert ist, stehen die unter einem enormen Erfolgsdruck."

Die Hauptkommissare Schmelzer und Mertesheimer wurden mit der Bildung einer Sonderkommission beauftragt. Vermutungen, dass der unbekannte Tote mit dem internationalen Drogenhandel zu tun hatte, bestätigten sich drei Tage später. Schmelzer, der gerade eine morgendliche Lagebesprechung durchführen wollte, hatte am frühen Morgen ein Fax der Interpol erhalten. Der Tote war einer der Mittelsmänner im internationalen Drogenhandel und seit geraumer Zeit für die Koordination im europäischen Raum zuständig. Eine wahrhaft wichtige Person, die unter dem Decknamen Dragon alle Fäden zwischen dem kolumbianischen Drogenkartell und der europäischen Drogenszene in Amsterdam in der Hand hielt. Die Zentrale des Syndikats befand sich mitten in der Stadt und konnte schon jahrelang unbehelligt ihren kriminellen Geschäften nachgehen, ohne dass sich irgendjemand dafür interessierte. Aliasnamen hatte er genug: Eric Stancovicz, Giacomo Lucciano, Yves Jean Leclerc. Mit diesen Namen stand er in den weltweiten Fahndungslisten aber seinen richtigen Namen kannte niemand. Erstochen ausgerechnet in einer Zelle der Davidwache. Man hatte sich auf elegante Weise dieser Person entledigt, ohne sich die Finger schmutzig zu machen, denn Tote können nicht mehr reden. Was immer auch geschehen war, seine Stunde war gekommen und da kannten die Kartelle keine Gnade. Welch ein unrühmliches „Karriereende". Es musste ein gnadenloser Krieg zwischen rivalisierenden Banden entbrannt sein, anders konnte sich Schmelzer die Eskalation der Gewalt nicht erklären.

Der Raum war erfüllt vom unaufhaltsamen Flügelschlag der Zeit, als Schmelzer das Besprechungszimmer betrat. Hektik und Unrast waren geradezu spürbar. Keine Gelassenheit, nur das Gefühl, dass alle hier im Raum Versammelten auf der Jagd waren, voller Ansporn, erfüllt nur von dem unauslöschlichen Wunsch, die Verbrechen auf dieser Welt zu bekämpfen.

Berufung und Antrieb zugleich, die die Kraft niemals erlahmen lassen. Wie schön wäre es, wenn es so einfach wäre sich immer wieder aufs Neue zu motivieren. Den Kampf mit seiner eigenen Seele und der Kraft des eigenen Körpers war so manches Mal ein schier unmenschliches Unterfangen, das jeden von ihnen, mehr als einmal an den Rand der Verzweiflung brachte.

Welch ein Wahnsinn war dieser nie enden wollende Kampf gegen Unmenschlichkeit, Mord und Verbrechen. Wer um Gottes willen hat die Welt zu dem gemacht, was sie heute ist?

Der Mensch als gefräßiges Monster, der alles verschlingen möchte, was hilflos und gut ist. Der krankhafte Trieb, alles und jeden beherrschen zu wollen, ohne Reue und Skrupel, ist ein Sumpf, in dem die Menschheit nach und nach zu versinken droht. Gedanken, die nicht ins Reich der Fantasie gehören und deshalb so manches Mal fast verzweifeln lassen. Ein Kampf der sehr oft so sinnlos erscheint und doch für jeden, der für Gerechtigkeit auf dieser Welt eintritt, ein unabänderliches Muss ist. Das ist das, was sie nie aufgeben lässt.

Schmelzer setzte sich an den Konferenztisch, der mitten im Raum stand, ordnete seine Papiere und eröffnete mit einem zufriedenen Lächeln das Gespräch.

„Ich habe Informationen erhalten, dass es sich bei dem Toten um Dragon handeln soll, dessen Verflechtungen mit dem internationalen Drogenhandel ja wohl allen Anwesenden hinlänglich bekannt sind!" Ein Raunen ging durch die Reihe der anwesenden Beamten und ungläubige Blicke wurden ausgetauscht, als er diese Informationen bekannt gab.

„Wir sind also schon mal ein ganz kleines Stückchen weitergekommen", warf Schmelzer zur Beruhigung aller ein, „und suchen nicht mehr die berühmte Nadel im Heuhaufen. Es ist zwar noch sehr unbefriedigend, aber wir haben zumindest einen Anhaltspunkt, an den wir anknüpfen können. Jetzt gilt es nur noch, seinen Mörder zu finden. Leute, wir müssen aber damit rechnen, dass uns das BKA das Heft aus der Hand nimmt."

Betretenes Schweigen erfasste die Anwesenden. Alle dachten das gleiche aber keiner von ihnen wollte es aussprechen. Kaum auszudenken wenn sich herausstellte, dass einer von ihnen der Mörder war.

Es ist schon ein bedrückendes Gefühl, wenn man in den eigenen Reihen derartige Ermittlungen durchführen muss. Irgendwo war eine undichte Stelle, darüber waren sich alle im Klaren, aber wo sollten sie beginnen?

Es war nicht angenehm, die Kollegen in der Davidwache unter Generalverdacht zu stellen, jeden Einzelnen zu verdächtigen diesen grauenvollen Mord begangen zu haben. Aber Schmelzers Verstand sagte ihm, dass es nur jemand gewesen sein konnte, der Zugang zu den Zellen hatte, also konnte es folgerichtig nur einer von den Kollegen gewesen sein.

Akribisch wurden die Wachpläne unter die Lupe genommen und allen vorhandenen noch so kleinen Verdachtsmomenten nachgegangen, aber ohne Ergebnis. Alle waren übereinstimmend der Meinung, dass Schmelzer und Mertesheimer die Richtigen für diese Aufgabe waren. Sie wusste am besten was zu tun war, wenn es hart auf hart kam.

Sie kannten beide die Strukturen dieser Syndikate in- und auswendig und wussten genau, dass sie an die verantwortlichen Drahtzieher niemals herankamen. Die zogen im Hintergrund ihre Fäden, lebten in Saus und Braus und ließen andere für sich arbeiten und – morden. Und wenn ein Dealer-Ring aufflog, war es immer die zweite oder dritte Garnitur die dran glauben musste. Einmal in den Fängen dieser skrupellosen Verbrecher hieß für immer gefangen zu sein. Wer aussteigen wollte, hatte mit dieser Absicht bereits sein Todesurteil unterschrieben und so war es wohl auch bei dem Toten in der Davidwache.

Es war zum Verrücktwerden, keinerlei Anhaltspunkte in den Wachbüchern, die Bänder der Überwachungskameras, die in der Polizeistation installiert waren, hatten sie sich inzwischen schon ein dutzendmal angeschaut – nichts.

Schmelzer und Mertesheimer tappten weiterhin im Dunkeln, doch dann kam ihnen Kommissar Zufall zur Hilfe. Als Schmelzer sich ein weiteres Mal die Aufzeichnungen ansah stutzte er. Irgendetwas auf der Videoaufzeichnung war ihm komisch vorgekommen, aber er hatte es jedes Mal übersehen. Fieberhaft spulte er den Film zurück, zuerst dachte er, sich geirrt zu haben, und rief vorsichtshalber Mertesheimer, der sich gerade einen Kaffee einschenkte.

„Peter, komm doch mal her, ich glaube ich habe etwas entdeckt." „Ach hör auf, du mit deinen Hirngespinsten. Suchst du schon wieder karierte Maiglöckchen?", entgegnete er etwas genervt.

„Wir haben uns doch diese Bänder schon ein dutzendmal angeschaut und nichts gefunden."

„Mensch jetzt hör auf mit dem Gequatsche und komm mal her", rief er ungehalten. Mertesheimer stand hinter ihm und beide schauten gespannt auf den Bildschirm. Er hatte Guido Kretschmer immer als netten und gewissenhaften Kollegen kennengelernt, er kannte ihn seit ewigen Zeiten und war mit ihm sogar auf der Polizeiakademie.

„Du glaubst doch nicht im Ernst, dass er zu so etwas fähig ist. Also, wenn du mich so fragst, glaube ich das auch nicht."

Beide waren sich einig, dass das nur eine zeitliche Übereinstimmung war, die aber mit dem Mord nichts zu tun hatte und ließen die Sache erst einmal auf sich beruhen. Erst die Kontrolle der Telefonlisten gab ihnen Aufschluss darüber, welche Gespräche geführt oder entgegen genommen wurden. Im Laufe der Nacht wurden mehrmals von Kretschmers Apparat Gespräche nach außen geführt. Kein Beweis eines Zusammenhangs mit dem Mordfall, aber immerhin ein Hinweis, dass hier etwas nicht ganz sauber war.

Beim näheren Hinschauen fiel Schmelzer auf, dass exakt zu der Tatzeit ein Anruf in der Davidwache eingegangen war, der aber nicht zugeordnet werden konnte, da er aus einer öffentlichen Telefonzelle geführt wurde.

Obwohl nur ein Anfangsverdacht bestand, musste dieser neuen Spur nachgegangen werden, das waren sie sich und dem guten Ruf der Hamburger Polizei schuldig. Natürlich war es eine unangenehme Aufgabe gegen einen Kollegen zu ermitteln, aber hier ging es nicht darum Rücksicht zu nehmen. Der Fall musste so schnell wie möglich aufgeklärt werden, darin waren sich beide einig. Nach dem Mord in der Davidwache war der ganze Kiez in Aufruhr. Dutzende von Razzien wurden mit äußerster Härte und Unnachgiebigkeit durchgeführt, verdächtige Personen, die mit dem internationalen Drogenhandel in Verbindung gebracht wurden, mussten sich stundenlangen Verhören unterziehen.

Der Name der Davidwache war in Verruf geraten. Immer wenn man über das Kommissariat sprach, war nur von der „Todeszelle" die Rede und jeder wusste was gemeint war. Der Ruf der Hamburger Polizeibehörden war in seinen Grundfesten erschüttert.

Ein Brandanschlag auf die Davidwache hatte wenige Tage nach dem Mord die Behörden erneut aufgeschreckt. Nur der Aufmerksamkeit eines Beamten war es zu verdanken, dass der Mann noch vor Ort verhaftet werden konnte als er etwas Brennendes in den Eingang der Davidwache geworfen hatte.

Die Bilder einer Überwachungskamera im inneren der Davidwache hatten sie alarmiert. Wie sich später herausstellte, stand dieser Anschlag aber in keinem Zusammenhang mit dem Zellenmord, es war auch keine direkte Verbindung zur Drogenmafia erkennbar, und doch war es eine Aufregung, die allen an die sowieso schon sehr strapazierten Nerven ging.

Es war eigentlich eine ganz harmlose Szene, die sie da sahen. Kretschmer, der Leiter der Nachtschicht, war aufgestanden und ging langsam in Richtung Zellentrakt. Es war 5.00 Uhr morgens. Es sah aus wie ein routinemäßiger Kontrollgang, aber dann stutzten beide.

„He, was macht der denn da?", rief Mertesheimer erstaunt aus. Er hatte einen Schlüssel in der Hand, ging zu der Zelle von Dragon, sperrte diese auf und verschwand darin. Nachdem kaum eine Minute vergangen war, kam er wieder heraus, schloss die Zellentür ab und ging seelenruhig an seinen Schreibtisch zurück. Sie schauten sich beide ungläubig an, denn es war nicht üblich, dass man bei Kontrollgängen die Zellen aufsperrte, sondern lediglich durch die Luke schaute, um sich zu vergewissern, ob alles in Ordnung war. Fieberhaft suchte Mertesheimer in den vor ihm liegenden Unterlagen nach dem Todeszeitpunkt.

„Verdammt, das gibt's doch nicht", murmelte er und schaute noch ein zweites Mal auf den Bericht der Spurensicherung, so als hätte er nicht richtig gelesen. Aber dort stand es schwarz auf weiß. Todeszeitpunkt ca. 5.00 Uhr morgens. Er wurde leichenblass als er Schmelzer mitteilte, was er gerade entdeckt hatte.

„Ne, das glaube ich nicht, nicht Kretschmer, das kann nur ein Zufall sein."

Guido Kretschmer war mit Leib und Seele Polizist, das wusste jeder, der ihn kannte. Schon als kleiner Junge wollte er unbedingt in den Polizeidienst. Sein Vater war Hauptkommissar und genoss höchstes Ansehen, nicht nur bei seinen Kollegen. Bis zu dem Tag als Kretschmers Leben völlig aus den Fugen geriet. Bei einem Großeinsatz wurde das Einsatzkommando, unter Leitung seines Vaters, in einen Hinterhalt gelockt und durch einen Querschläger so unglücklich getroffen, dass er noch am Einsatzort verstarb. Sein Vater war ihm Ansporn und Vorbild zugleich. Schon als Polizeischüler nahm er seine Aufgaben so ernst, dass er nicht überall Freunde hatte. Wenn seine Kollegen feiern gingen, saß er auf seinem Zimmer und wälzte seine Bücher, so als wollte er seinen Vater in den Schatten stellen. Er war ehrgeizig und wollte bei der Polizei Karriere machen, das war sein erklärtes Ziel.

Aber einen kleinen Fleck hatte seine sonst so weiße Weste doch, er war süchtig nach schnellen Autos, steckte jeden Cent in sein teures Hobby, sodass er fast immer über seine Verhältnisse lebte. Er wusste genau, dass das auf Dauer nicht gut gehen konnte, aber da er es immer irgendwie hinbekommen hatte, lebte er recht sorglos und unbefangen weiter.

Obwohl nur ein Anfangsverdacht bestand, wurde er doch genauer unter die Lupe genommen. Seine Bankkonten wurden überprüft, Kontobewegungen analysiert und das Ergebnis war, dass es dort einige Ungereimtheiten gab. So wurde vor einer Woche ein Betrag von einer unbekannten Person in einer Höhe von 50.000 Euro auf sein Konto eingezahlt, exakt an dem Tag, als dieses unselige Ereignis in der Davidwache stattfand. Wieder ein Zufall, eine Duplizität der Ereignisse?

Wohl nicht, denn es war schon sehr unwahrscheinlich, dass 50.000 Euro ohne ersichtlichen Grund auf ein Konto flattern. Die Bankangestellte, die die Überweisung entgegen genommen hatte, konnte sich aber nicht an die Person erinnern, die diese Überweisung vorgenommen hatte. Aber was sie mit Bestimmtheit sagen konnte, war die Tatsache, dass diese Einzahlung nicht von Kretschmer vorgenommen wurde. Auch in der Vergangenheit gab es, bei näherer Überprüfung, Einzahlungen die sein Monatsgehalt bei Weitem überschritten. Diese neuen Erkenntnisse hatten zur Folge, dass er mit sofortiger Wirkung vom Dienst suspendiert wurde. Er musste seine Waffe und den Dienstausweis abgeben. Der Tag seiner Vernehmung war gekommen. Es herrschte eine Stimmung, die den ganzen Dienstbetrieb zu lähmen schien.

Schmelzer und Mertesheimer hatten die unangenehme Aufgabe diese Vernehmung vorzunehmen. Eine fast unerträgliche Spannung herrschte in dem Vernehmungsraum als die beiden eintraten.

Schmelzer stellte das Aufnahmegerät mit den Worten an: *„Mittwoch, der 11. November 2009, 10.45 Uhr, Vernehmung des Oberkommissars Guido Kretschmer, geleitet wird die Vernehmung von den Hauptkommissaren Schmelzer und Mertesheimer."*

Danach betretenes Schweigen, Blicke wurde ausgetauscht. Kretschmer saß ihnen gegenüber, in seinem Gesicht konnte man keine Gefühlsregung erkennen. Man hatte den Eindruck, dass er völlig entspannt war.

„Wir haben die Videobänder überprüft und festgestellt, dass Sie gegen 5.00 Uhr die Zelle betreten haben in der sich eine Person namens Drago befand, ist das richtig?", eröffnete Schmelzer die Vernehmung.

„Ja, das ist richtig", erwiderte er, "und was haben sie in der Zelle gewollt?", hakte Mertesheimer nach. Kretschmer zögerte einen Augenblick, lehnte sich zurück und antwortete mit derselben Gelassenheit.

„Ich wollte überprüfen, ob die Person keinen Schaden genommen hat." Schmelzer hatte ihn die ganze Zeit beobachtet.

„Entweder ist er unschuldig oder er ist unglaublich abgebrüht", dachte er. Aber wie immer man es auch sah, es war im Moment nicht möglich, ihm seine Schuld zu beweisen. Mertesheimer setzte seine Befragung fort: „Wie erklären Sie sich die Zahlungseingänge auf ihrem Konto? Was uns am meistens interessiert ist die Herkunft der 50.000 Euro."

Kretschmer lehnte sich zurück, über sein Gesicht huschte ein Lächeln. Er schaute beiden in die Augen und antwortete ohne zu zögern: „Das Geld ist ein Geschenk meiner Tante, um die ich mich einige Zeit gekümmert habe.

Sie war einfach dankbar und hat mich deshalb bedacht und außerdem, bevor sie weiter fragen, sie hat mir auch schon in der Vergangenheit höhere Geldbeträge zukommen lassen."

„Ich hoffe ich habe ihre Fragen zufriedenstellend beantwortet?", antwortete er mit einem Anflug von Zynismus und einem siegessicheren Lächeln.

„Wir werden Ihre Aussage überprüfen", entgegnete Schmelzer.

„Tun Sie was Sie nicht lassen können", erwiderte Kretschmer mit einem geradezu arroganten Unterton. Schmelzer und Mertesheimer schauten sich an.

„Sie können gehen." Kretschmer stand auf und verließ, ohne sie eines Blickes zu würdigen, den Raum.

Auch wenn er etwas mit dem Mord in der Davidwache zu tun hatte, schien er sich seiner Sache doch sehr sicher zu sein. Er wusste genau, dass die Staatsanwaltschaft bei der dünnen Beweislage einer Durchsuchung seiner Wohnung niemals zustimmen würde. Schmelzer und Mertesheimer hatten ein ungutes Gefühl. Es würde ihnen nach dem jetzigen Stand der Ermittlungen sehr schwer fallen, ihm diese Tat nachzuweisen.

Übrig blieben die Zweifel ob er wirklich, wie tief auch immer, in diesen Fall verstrickt war. Seine Vorstellung bei der Vernehmung war jedenfalls aller Ehren wert. Er gab sich keine Blöße und seine Antworten waren doch recht überzeugend, obwohl erst die weiteren Nachforschungen ergeben würden, ob seine Aussage der Wahrheit entsprach. Bis dahin aber hatten sie keinerlei Handhabe gegen ihn.

„Ziemlich verfahrene Kiste", murmelte Schmelzer unzufrieden. „Du drückst dich aber mal wieder sehr vorsichtig aus, ich würde sagen es ist Scheiße im Quadrat", entgegnete Mertesheimer ohne von seinem Schreibtisch aufzuschauen.

Die ganze Geschichte war völlig aus allen Fugen geraten und wenn sie sich vorstellten, dass sich Kretschmers Unschuld herausstellte, waren sie diejenigen, die den ganzen Mist ausbaden mussten.

„Und", fragte Schmelzer übel gelaunt, „was jetzt?" „Hier ist Abwarten angesagt", erwiderte Mertesheimer wenig überzeugend. Hauptkommissar Schmelzer knurrte voller Ungeduld und Mertesheimer grinste, denn nie im Leben würde Schmelzer so lange warten, bis sich die Sache mit Kretschmer von selbst erledigte.

Er schaute Schmelzer an und sah wieder dieses ungeduldige Funkeln in seinen Augen, und das hatte schon in der Vergangenheit seinen kaum aufzuhaltenden Jagdtrieb ausgelöst. Wenn er ihn jetzt nicht stoppen würde, wäre das nächste Dienstaufsichtsverfahren fällig, dafür würde er sogar seine Pension verwetten. „Wir müssen Geduld haben, irgendwann liefert er sich selbst ans Messer."

Ungeduldig schaute Schmelzer ihn an: „Ich will, dass der Kerl in den Knast kommt, verstehst du mich?"

„Hör auf damit, du kannst doch das Geständnis nicht aus ihm herausprügeln?", erwiderte Mertesheimer.

Im Moment waren ihnen die Hände gebunden aber eins wussten sie genau, das perfekte Verbrechen gab es nicht. Und sollte er doch der Täter sein, so würde er ihnen früher oder später ins Netz gehen. Insgeheim hofften sie aber, dass sich seine Unschuld herausstellen würde.

Der Schaden für den Ruf der Hamburger Polizei war schon allein durch den bloßen Verdacht groß genug. Und wenn sich das Gerücht, dass in diesen Skandal die höchsten Kreise der Hamburger Society verwickelt waren, bewahrheiten sollte, kaum auszudenken, was das für Folgen hätte.

Die Großen würden dann sowieso ihren Kopf retten und ein Bauernopfer finden, das sie ohne Skrupel ans Messer liefern. Schmelzer und Mertesheimer aber ermittelten unbeirrt weiter, ohne Rücksicht auf das Ansehen der Personen zu nehmen, das war für sie Ehrensache.

Mertesheimer und Schmelzer befanden sich in einer Sackgasse. Sie konnten Kretschmer trotz intensiver Bemühungen im Moment nichts nachweisen und um ganz ehrlich zu sein, so recht glaubten sie auch nicht daran, dass er in diese Mordsache verwickelt war.

Er mochte ja ein Hallodri und Möchtegern sein, aber ein Mord ... Es waren alles Indizien, die aber durch handfeste Beweise nicht zu erhärten waren. Sicher, er hatte sich durch die Kontrolle der Zelle und die eingegangenen Anrufe in der Mordnacht, die von ihm entgegen genommen wurden, verdächtig gemacht, aber es konnten auch Ereignisse sein, die mit dem Mord absolut nichts zu tun hatten.

Auch die Befragung seiner spendierfreudigen Tante brachte kein Ergebnis, denn sie befand sich nach Aussage ihrer Nachbarn zurzeit auf einer ausgedehnten Weltreise. Diese Tatsache untermauerte eigentlich nur die Aussage von Kretschmer, dass sie nicht unvermögend war. Leider konnte ihr Aufenthaltsort nicht in Erfahrung gebracht werden, da sie ganz offensichtlich ständig unterwegs war. Auch die Staatsanwaltschaft weigerte sich beharrlich, einer Hausdurchsuchung bei Kretschmer zuzustimmen.

Dieser konnte also, wenn er denn etwas mit dem Mord zu tun hatte, in Seelenruhe alle noch vorhandenen Beweise verschwinden lassen und Schmelzer und Mertesheimer waren die Hände gebunden und das machte sie wütend. Auch die Tatwaffe war und blieb verschwunden.

„Vielleicht liegt sie ja schon auf dem Grund des Hamburger Hafens", gab Schmelzer sarkastisch zum Besten. Mertesheimer kratzte sich am Kopf, trank einen Schluck aus seiner Kaffeetasse und knurrte mit einem ironischen Unterton: „Na da kannst du aber lange suchen. Meinst du wir schaffen das noch bis zu unserer Pensionierung?" Sie schauten sich an und schüttelten resignierend den Kopf.

Aber Hochmut kommt bekanntlich vor dem Fall. Einige Tage später wurde ihnen anonym ein sehr brisantes Beweisstück zugespielt. Als Schmelzer und Mertesheimer es in Augenschein nahmen, trauten sie ihren Augen nicht. Man sah Guido Kretschmer in trauter Zweisamkeit mit einigen stadtbekannten Kiezgrößen.

„Das darf doch nicht wahr sein", riefen beide wie aus einem Munde.

Die Aufnahme war ganz offensichtlich mit einem normalen Mobiltelefon gemacht worden, hatte zwar eine schlechte Qualität, aber die darauf befindlichen Personen waren doch zweifelsfrei zu erkennen. Außer Kretschmer waren noch drei weitere Personen zu sehen, die schon mehrere Male mit dem Gesetz in Konflikt gekommen waren. Eine Ansammlung von Ganoven also, die ein ganzes Register von Straftaten begangen hatten. Menschenhandel, Nötigung zur Prostitution, Körperverletzung, Erpressung, illegaler Waffenhandel ... und internationaler Rauschgifthandel. Also einige Jahrzehnte Knast saßen da schon zusammen und er mitten drin.

„Jetzt weiß ich auch, warum unsere Razzien immer ins Leere gingen, der Kerl war Informant und hat ihnen die genauen Einsatzpläne verraten", zischte Schmelzer empört. Beide schauten sich ungläubig an. „Na dann wollen wir mal den Staatsanwalt informieren."

Mertesheimer rieb sich die Hände und steckte sich, sichtlich überrascht von dieser dramatischen Wende, eine Zigarette an. Augenblicke später hatte er Dr. Stadler, den zuständigen Oberstaatsanwalt, am Telefon.

„Ich bin in fünf Minuten bei Ihnen, das möchte ich mir gerne selbst anschauen."

„Das wäre nicht schlecht", raunzte Mertesheimer triumphierend zurück und legte den Hörer auf.

„Der muss jetzt reagieren, da bleibt ihm gar nichts anderes mehr übrig", frohlockte er, „wie war das noch mit dem perfekten Verbrechen? Das perfekte Verbrechen gibt es nicht, irgendwann machen sie alle einen Fehler, vor allem dann, wenn sie sich ihrer Sache zu sicher sind." Schmelzer schaute auf und nickte zustimmend. Eine halbe Stunde später hatten sie in den Händen, wofür sie fast zwei Wochen lang gekämpft hatten, sie waren im Besitz eines Durchsuchungsbeschlusses für die Wohnung Kretschmers.

Es war kein Jagdfieber, das die Crew der ermittelnden Beamten erfasst hatte, sie wollten endlich diesen Fall lösen und wieder ruhig schlafen. Sie wollten nicht länger unter Generalverdacht stehen, sondern allen Zweiflern beweisen, dass es bei ihnen keine Kumpanei gab und sie ehrliche und integre Beamte waren, die ihre Aufgaben gewissenhaft und ohne Rücksicht auf Personen lösten.

Sie wollten die Ehre der Polizei wiederherstellen und das war weiß Gott schwierig genug. Aber wo es Menschen gibt, dort herrscht auch Habgier und Ungerechtigkeit, denn in einer Herde von weißen Schafen gibt es immer auch schwarze.

Ein großes Aufgebot von Beamten rückte eine Stunde später aus. Die Spurensicherung, ein Sonderkommando der Hamburger Polizei, das für alle Fälle zur Verfügung stand, postierten sich vor dem Haus, in dem Kretschmer eine Wohnung hatte. Schmelzer und Mertesheimer gingen als leitende Hauptkommissare zur Tür und schellten, aber niemand reagierte. Die Haustür wurde ihnen, nachdem sie bei einem Nachbarn von Kretschmer geschellt hatten, geöffnet. Die Bewohner wurden aufgefordert ihre Wohnungen nicht zu verlassen. Ihre Walther P99 im Anschlag gingen sie vorsichtig die Treppe empor bis sie vor der Wohnungstür angekommen waren. Nichts rührte sich.

Mit einer Ramme öffnete einer der Beamten gewaltsam die Tür, die mit lautem Bersten aufflog. Mit entsicherter Pistole sprangen sie in die Diele seiner Wohnung. Mit einem Blick sahen sie, dass vorher jemand hier gewesen sein musste. Alles war total verwüstet, Schränke standen offen, Schubladen waren herausgerissen und wild durch die Gegend geworfen worden. Überall waren Unterlagen verstreut, Bücher aus den Regalen gerissen.

Man hatte wohl nach belastendem Material gesucht, das Hinweise auf die Hintermänner preisgeben könnte und die wollte man unbedingt verschwinden lassen. Auf dem Tisch lagen ein umgestürztes Weinglas und eine Weinflasche, deren Inhalt sich wie ein Rinnsal auf den Teppich ergossen hatte und ihn rot färbte. Der Fernseher lief und der Ton eines amerikanischen Spielfilms dröhnte durch die Stille des Raumes.

Die Täter mussten ihn überrascht haben, als er gemütlich bei einem Glas Wein auf seiner Couch saß und sich einen Film anschaute. Er musste, so rekonstruierten sie den Tathergang, fluchtartig sein Wohnzimmer verlassen haben, um sich im Schlafzimmer zu verbarrikadieren, denn das auf dem Tisch liegende Weinglas und die umgefallene Flasche Rotwein wiesen eindeutig auf diese Vermutung hin. Der letzte Raum in der Wohnung war Kretschmers Schlafzimmer. Die Tür war ebenfalls aufgebrochen, überall lagen Holzsplitter von der aufgebrochenen Tür und Glassplitter von der eingeschlagenen Scheibe, die sich in der Tür befand, übersäten den Boden. Vorsichtig näherten sich Schmelzer und Mertesheimer, die Waffen im Anschlag.

Als sie den Raum betraten, ließ sie das was sie sahen entsetzt zurückweichen und selbst so hart gesottenen Beamten, wie sie es waren, das Blut in den Adern gefrieren. Blut wohin sie schauten ... und auf dem Bett lag, mitten in einer riesigen Blutlache, der tote Körper von Kretschmer.

Seine Augen waren noch vor Entsetzen weit aufgerissen, sein Gehirn klebte an der Rückseite seines Bettes, die Wände waren mit Blut bespritzt. Ein aufgesetzter Kopfschuss hatte dieses grauenvolle, kaum zu begreifende Blutbad ausgelöst. Es muss eine regelrechte Hinrichtung gewesen sein, ausgeführt mit einer derartigen Brutalität, die selbst so alten Hasen wie Schmelzer und Mertesheimer nicht alle Tage zu Gesicht bekamen. Neben seinem leblosen Körper lag eine Pistole. Wie die spätere Untersuchung ergab, war er mit der eigenen Dienstwaffe erschossen worden.

„Also doch", sinnierte Schmelzer und konnte seine Aufregung kaum verbergen, „wie kann man sich in einem Menschen nur so irren." Als Schmelzer die Leiche Kretschmers etwas näher untersuchte, fiel ihm ein Tattoo auf, das sich an seinem rechten Unterarm befand. Er erinnerte sich, dass Petersen, einer der wachhabenden Beamten in der Davidwache, ihm von einem Amulett erzählt hatte, das sie bei dem toten Drago gefunden hatten. Er hatte Schmelzer ein Bild dieses Amuletts gezeigt und so konnte er sich erinnern, dass Kretschmer genau dieses als Tattoo auf seinem Arm trug. Hätte man diese Spur verfolgt, so wäre man schon viel früher auf die Zugehörigkeit Kretschmers zu der Drogenmafia aufmerksam geworden.

Es war ein schwerer Ermittlungsfehler, der Kretschmer wahrscheinlich das Leben gekostet hatte. Jahrelang waren sie Kollegen und Mitstreiter im Kampf gegen das Verbrechen, hatten zusammen gefeiert, hatten zusammen getrauert, hatten sich gegenseitig Mut gemacht, wenn einer von ihnen zu zerbrechen drohte. Und jetzt dies. Gescheitert an sich selbst und an seiner Gier. Ermordet von den Komplizen seines kriminellen Handelns, weil er ihnen zu gefährlich geworden war. Ein unrühmliches Ende für einen, der ein Guter sein wollte, aber dem Bösen nicht widerstehen konnte. Kretschmers Vorliebe für schnelle Autos und schöne Frauen waren seine Leidenschaft und waren ihm jetzt zum Verhängnis geworden. Er lebte ständig über seine Verhältnisse. Einen solch anspruchsvollen Lebensstil konnte er von dem Gehalt eines Oberkommissars ganz sicherlich nicht führen. Aber leichtsinnigerweise ließ er sich mit den Ganoven aus dem Rotlichtmilieu ein, die skrupellos und unbeirrt ihren Weg gingen und alle vernichteten, die ihnen gefährlichen wurden. Von dem Tag an, als er diesen verhängnisvollen Schritt tat und sich mit diesen skrupellosen Verbrechern einließ, war es um seine Unantastbarkeit geschehen. Nach außen und vor seinen Kollegen bemühte er sich, immer den Bescheidenen zu spielen, um den Schein zu wahren, und es gelang ihm sehr gut, denn keiner schöpfte Verdacht, dass irgendetwas nicht mit rechten Dingen zuging.

Er war für alle ein Biedermann und war doch ein Wolf im Schafspelz. Deshalb hielt er sich auch nur in illegalen Klubs auf und wenn eine Razzia geplant war, war er ja der Erste, der davon wusste. Seine Gier nach Geld und sein krankhafter Erlebnishunger waren unersättlich. Er trieb es mit den schönsten Frauen aus dem Milieu, weil er glaubte, dass er dort Anerkennung und Selbstbestätigung fand. Aber er war nur ein Werkzeug derer, die ihn für ihre Belange einspannten, solange er ihnen von Nutzen war. Immer tiefer verstrickte er sich in illegale Machenschaften, nahm Bestechungsgelder an und wurde erpressbar. Ein willfähriges Opfer für alle, die es mit den Gesetzen nicht so genau nahmen. Es war wie Schnee der unaufhaltsam einen Hang hinunter rutschte und als daraus eine Lawine wurde, konnte er sie nicht mehr aufhalten.

Er verriet polizeiinterne Geheimnisse, informierte die Ganoven über geplante Razzien und wurde dafür fürstlich entlohnt. Er hatte auch keine Skrupel den guten Ruf seines Vaters zu besudeln, übrig geblieben war nur seine Sucht nach dem Leben und es interessierte ihn irgendwann auch nicht mehr, dass er sein eigenes Leben zerstörte. Er hatte zwar einen guten Kern, aber die Übermacht seiner krankhaften Genusssucht nahm ihm den letzten Anstand. Gerechtigkeit und der Glaube an das Gute im Menschen war für ihn eine hässliche Fratze geworden, die sich hinter dem Gesicht seiner Scheinheiligkeit verbarg.

Und nun lag er da in seinem eigenen Blut, niedergestreckt von einer Macht, vor der er sich sicher glaubte. Aber er hatte den Blick für die Realität verloren, sie konnten ihn auslöschen wann immer sie wollten und genau das war geschehen, ohne Ankündigung. Er wusste zwar, dass sein Untergang irgendwann kommen würde, nur das Wann und Wie kannte er nicht. Er war dadurch, dass er in Verdacht geraten war, für die Unterwelt ein unkalkulierbares Risiko geworden. Man musste ihn beseitigen und hatte sein Leben mit einem einzigen Schuss ausgelöscht, wie das Licht einer Kerze die man ausbläst, wenn die Dunkelheit vorüber ist.

Die Davidwache glich einem Tollhaus als der Tod von Guido Kretschmer bekannt wurde. Es herrschte das blanke Entsetzen über diese grauenvolle Tat. Die Kollegen, die wahrlich hart gesottene Kerle waren, kämpften mit den Tränen. Eine greifbare Fassungslosigkeit nahm Besitz von allen, die ihn kannten. Aber keiner hatte eine Erklärung für das, was da geschehen war.

Es gab zurzeit nur Indizien aber keinen einzigen Beweis dafür, dass er der Mörder in der Davidwache war. Das Urteil aber war bereits gefällt worden, ohne dass es einen Prozess gegeben hatte. Nicht im Namen des Volkes, sondern nach dem Willen der Verbrecher wurde es gesprochen: Todesurteil durch Erschießen.

Sein Leichnam wurde umgehend in die Gerichtsmedizin des Polizeipräsidiums gebracht, um durch die Untersuchung den Tathergang zu rekonstruieren.

Dann begann für die Spurensicherung die Suche nach Beweisen, die Licht in das Dunkel dieses Falles bringen sollten. Jeder Zentimeter der Wohnung wurde von ihnen untersucht, jedes noch so kleine Indiz gesichert und akribisch festgehalten. Türen, Griffe einfach alle in der Wohnung befindlichen Gegenstände wurden auf Fingerabdrücke und DNA-Spuren untersucht. Das Glas und die umgefallene Weinflasche wurden immer mehr zum Objekt der Begierde.

Auf dem umgestürzten Glas prangten deutliche Fingerabdrücke und am Rande des Glases waren Speichelspuren zu erkennen, die man aber im Moment noch keiner Person zuordnen konnte.

Schmelzer schaute auf und rief den Leiter der Spurensicherung.

„Das Glas und die Flasche solltet ihr mal besonders in Augenschein nehmen."

„Ach ne, was du nicht sagst, da wäre ich von allein nicht drauf gekommen", erwiderte dieser leicht verschnupft. Er fühlte sich in seiner Ehre gekränkt, denn schließlich und endlich machte er diesen Job schon seit zwanzig Jahren ... und ihm, und darauf war er besonders stolz, war selten ein Fehler unterlaufen. Er ging aber nicht weiter auf diese Frotzeleien ein, schließlich wusste er ja, wer es ihm sagte.

Trotz all dieser nicht gerade erfreulichen Umstände musste Schmelzer grinsen. Er kannte Alexander Hansen ganz genau und wusste auch, dass man mit derartigen Bemerkungen bei ihm in ein riesengroßes Fettnäpfchen trat.

„Mensch Alex, sei nicht so empfindlich", flachste er und klopfte ihm freundschaftlich auf die Schulter.

„Hau bloß ab", knurrte Hansen. Aber Schmelzer ließ nicht locker, denn er wollte unter allen Umständen so schnell wie möglich Ergebnisse in den Händen haben.

„Kannst du in der Gerichtsmedizin mal ein bisschen Druck machen? Die hohen Herren wollen unbedingt so schnell wie möglich Ergebnisse sehen."

Er hatte den Satz kaum ausgesprochen, als sich Hansen umdrehte und ihn genervt ansah.

„Ach weißt du, die hohen Herren interessieren mich nicht, wir machen hier unseren Job, während die da oben sitzen und sich am kalten Buffet die Zeit um die Ohren schlagen. Wir sind hier in Hamburg und nicht in irgendeinem Provinznest, du weißt doch selbst, dass die Jungs in den Labors Tag und Nacht kaum ein Auge zumachen. Und jetzt verschwinde hier und lass mich meine Arbeit machen."

Schmelzer und Mertesheimer fuhren zurück in das Polizeipräsidium und überließen der Spurensicherung die Feinarbeit, die bis in die Morgenstunden des nächsten Tages dauerte.

10. Kapitel

Susan Carmichel saß an ihrem Schreibtisch, hatte einen Pott dampfenden Kaffee vor sich stehen und studierte den Hamburger Generalanzeiger, der ausgebreitet vor ihr auf dem Tisch lag.

Der Schock über den Tod des Kollegen steckte noch immer in ihren Knochen, wusste sie doch aus ihrer eigenen leidvollen Erfahrung, mit welch unvorstellbarer Brutalität und Menschenverachtung diese skrupellosen Verbrecher vorgingen, wenn sie sich eines unliebsamen Mitwissers entledigen wollten. Nun hatte es einen von den ihren erwischt, einen Kollegen, der sich nie hatte vorstellen können welche Konsequenzen es haben könnte, wenn er sich mit diesen Bestien einließ und den Pakt mit dem Teufel schloss.

Er, dessen Verstand ihn eigentlich hätte warnen müssen, hatte, geblendet von dem schnellen Reichtum, seine Seele dem Teufel verschrieben und einen hohen Preis dafür bezahlt.

In Gedanken versunken saß sie da und ließ diesen grausamen Mord vor ihrem geistigen Auge Revue passieren, als Berny, wie sie Schmelzer liebevoll nannte, zur Tür herein kam.

„Wie geht es dir?", fragte er Susan, als er das Büro betrat. Sie schaute ihn an, ein gequältes Lächeln überzog ihr Gesicht.

„Mir geht es genauso beschissen wie dir", erwiderte sie, stand auf, ging auf ihn zu und blieb vor ihm stehen. Er sah erschöpft aus und der Schreck des feigen Mordes war ihm immer noch, wie aus Stein, in sein fahles Gesicht gemeißelt. Sie fühlte seinen Schmerz als wäre es der ihre, in diesem Augenblick wusste sie, was in seinem Innern vorging.

Dieser Schmerz und das grenzenlose Entsetzen, über das was geschehen war, durchwogte seinen Körper und suchte sich einen Weg nach außen. Tränen schossen ihm in die Augen, er hielt die Hände vor sein Gesicht und ein Schluchzen schüttelte seinen ganzen Körper. Voller Mitgefühl schaute Susan ihn an. „Komm setz dich zu mir. Soll ich dir einen Kaffee holen, denn den kannst du jetzt sicher gut gebrauchen?"

Ihre Hände glitten über sein Gesicht, streichelten seine müden Wangen und ergriffen dann seine Hände, die kalt und feucht, vom Schweiß des Erlebten, waren. Er antwortete nicht, nur ein müdes Nicken gab ihr zu verstehen, dass ihr Angebot genau das war, was er im Moment brauchte.

Erschöpft und kraftlos ließ er sich auf seinen Stuhl fallen. Susan stand hinter ihm, wärmte mit ihren Händen seinen verspannten Nacken. Es war eine liebevolle und intime Geste, eine Geste, die über Freundschaft und kollegiales Gefühl weit hinausging. In diesem Moment seiner Hilflosigkeit spürte sie, dass sie sich in ihn verliebt hatte.

„Bring mir bitte den versprochenen Kaffee, Susan", sagte er mit leiser, ja fast hilfloser Stimme.

Er blickte zu ihr auf und sie schaute in seine traurigen glanzlosen Augen und doch glaubte sie, in diesem Augenblick ein Funkeln zu sehen, ein Funkeln das sie nur zu gut kannte, wenn sich ein Mann in sie verliebt hatte und sie begehrte.

„Komm mit zu mir", sagte sie und ihr Blick war so verführerisch, dass er trotz der chaotischen Ereignisse dieses Tages nicht vergaß, dass er ein Mann war.

Gegen 19.00 Uhr verließen sie gemeinsam das Büro und fuhren mit dem Fahrstuhl in die Tiefgarage des Polizeipräsidiums. Galant öffnete sie die Beifahrertür, so wie es normalerweise die Herren tun, lächelte ihn an und sagte mit einem verschmitzten Lächeln: „Steigen sie bitte ein mein Herr, ich freue mich, dass sie heute mein Gast sind." Schmelzer quittierte es mit einem mühsamen Lächeln, setzte sich auf den Beifahrersitz und schaute Susan an. Sie erwiderte seinen Blick und küsste ihn zärtlich auf den Mund. In diesem Augenblick wurde ihm bewusst, wie sehr er die Zärtlichkeit einer Frau vermisst hatte. Ihre warmen feuchten Lippen elektrisierten ihn, sie machten ihn willenlos und er schloss hingebungsvoll die Augen und ließ es geschehen.

Für lange Zeit zeigte er keinerlei Interesse an einer Frau, seine Arbeit füllte ihn aus und er glaubte, dass dies der Inhalt seines Lebens war. Aber der zärtliche Kuss Susans zeigte ihm, dass man ohne die Liebe eines Menschen unvollkommen war. Sie hatte es geschafft, ihren Prinzen wach zu küssen.

Sein Herz klopfte wie wild und in ihm wurden Gefühle und Sehnsüchte geweckt, die er schon lange vergessen zu haben glaubte. Susan war eine Frau, die ihm auf Augenhöhe begegnete, die wusste was es hieß täglich eine Gratwanderung der Gefühle zu erleben, die Verständnis dafür hatte, wenn man

Angst vor dem hatte, was jederzeit auf sie zukommen könnte.

Schweigend fuhren sie mit dem Strom des Verkehrs, der nicht enden wollte, bogen dann von der Ludwig-Ehrhardt-Straße, die in Richtung Millerntor führte, in eine Seitenstraße ab und hielten auf der Michaelisstraße vor dem Haus Nr. 75, einem Bürgerhaus, das durch aufwendige Restauration seinen ursprünglichen Liebreiz wiedergewonnen hatte.

„Hier wohnst du also", sagte er mit einer gewissen Hochachtung in seiner Stimme, „nicht schlecht."

Er musste in diesem Augenblick an die erbärmliche Behausung denken, die er sein Zuhause nannte und er schämte sich ein wenig und wusste, dass er sie niemals dorthin mitnehmen würde. Susan hatte glücklicherweise einen Parkplatz gefunden, was nicht immer selbstverständlich war, aber heute war ihr das Glück hold. Sie parkte den Wagen direkt vor ihrem Haus, stieg lächelnd aus und während sie auf den Eingang des Hauses zuging, verstaute sie ihren Wagenschlüssel in ihrer Handtasche, kramte ihren Hausschlüssel hervor und öffnete die Tür. Schmelzer folgte ihr in gebührendem Abstand. Susan drehte sich um und forderte ihn mit einem verständnislosen Kopfschütteln auf, sich doch ein wenig zu beeilen.

„Komm, alter Mann", rief sie ihm lachend zu, öffnete die Haustür und wartete solange, bis auch er das Haus betreten hatte. Sie ging auf den Fahrstuhl zu, der sich unauffällig in der Mitte des geräumigen und sehr gepflegten Hausflures befand. Dann fuhren sie in den dritten Stock und standen vor ihrer Wohnung.

Man sah sofort, dass hier eine Frau wohnte, alles war so hell und freundlich, nirgendwo konnte er etwas entdecken was den gepflegten Eindruck, den er sofort beim Betreten der Wohnung hatte, ad absurdum führte. Alles war an seinem Platz, nirgendwo konnte er etwas entdecken, was dort nicht hingehörte.

Wenn er an das Chaos in seiner Behausung dachte, hatte er das Gefühl, er müsse sich in Grund und Boden schämen. Sie zogen ihre Mäntel aus und begaben sich ins Wohnzimmer, setzten sich auf eine ausladende Couch und Susan bot ihm ein Glas Wein an.

„Schön hast du es hier", entschlüpfte es ihm, „sehr schön sogar."

„Es freut mich, dass es dir gefällt", erwiderte sie mit einem dankbaren Lächeln, stellte das gefüllte Glas auf den vor ihnen stehenden Tisch, setzte sich und schmiegte sich ganz eng an ihn. Sie saßen da, ganz still und in sich gekehrt, ohne ein einziges Wort zu sprechen.

Die Stille, die sie für diese Augenblicke umfing, war wie Balsam für ihre geschundenen Nerven und beide spürten, wie innere Ruhe in ihre Gedanken einkehrte. Susan schaute, nachdem sie eine Weile so da gesessen hatten, zu ihm auf. Ihr verführerischer Mund suchte den seinen und dann versanken sie in einen langen leidenschaftlichen Kuss. Sie erhob sich und behutsam zog sie ihn durch die halb geöffnete Tür ihres Schlafzimmers, knöpfte ihm das Hemd auf und begann seinen nackten Oberkörper zu küssen. Dann löste sie sich von ihm und verschwand in dem angrenzenden Badezimmer. Einige Augenblicke später stand sie vor ihm in ihrer atemberaubenden Nacktheit. Sie trat an das Bett und wollte gerade zu ihm unter die Decke schlüpfen, als sie seinen ungläubigen Blick wahrnahm. Er hatte die Narbe an ihrem Körper entdeckt, die sich unterhalb ihrer linken Brust befand und eine Länge von ungefähr zehn Zentimetern hatte, und so gar nicht zu der makellosen Haut ihres Körpers passen wollte. „Was ist geschehen?", fragte er fassungslos.

„Was meinst du?", erwiderte sie, so als hätte sie seine Frage nicht verstanden. „Na, du weißt genau was ich meine, die Narbe."

„Ach, nichts weiter", und er spürte, dass sie eigentlich nicht die Absicht hatte, ihm diese Frage zu beantworten.

Schmelzer schaute in ihr Gesicht und sah wie Tränen der Erinnerung in ihren Augen aufstiegen.

„Warum willst du nicht darüber sprechen?", bohrte er weiter.

Sie legte sich neben ihn, wandte ihm ihr Gesicht zu und dann erzählte sie ihm ihre Geschichte, eine Geschichte, die ihn zutiefst berührte.

Sie war 35 Jahre alt, in Augusta im Bundesstaat Maine als Älteste von drei Geschwistern geboren. Ihr Vater war ein hoher Polizeioffizier der Bundesbehörde und solange sie denken konnte, war er ein großes Vorbild für sie. Sie wollte ihm nacheifern, wollte unbedingt so werden wie er, und keine Macht dieser Welt konnte sie davon abhalten. Sie studierte an der „University of Maine" Psychologie und Kriminalistik, belegte Vorlesungen über Forensik und hatte sich schon hier einen hervorragenden Ruf erworben, wurde sogar von Professoren und Wissenschaftlern in den höchsten Tönen gelobt.

Schon während ihres Studiums wurde sie, was sehr ungewöhnlich war, zur Erstellung von Täterprofilen hinzugezogen. Nachdem sie ihr Studium beendet hatte, wechselte sie auf die Polizeiakademie New York und beendete dort ihren Abschluss mit Auszeichnung. Mit atemberaubender Geschwindigkeit stieg sie auf der Karriereleiter empor. Voller Ehrgeiz und mit einem unbändigen Willen zum Erfolg, ging sie unbeirrt ihren Weg. Ihre Tätigkeit im „Police Department New York" war allerdings nur ein kurzes Intermezzo.

Ein Jahr später wurde Susan zum FBI versetzt und kurze Zeit darauf Lieutenant und leitende Ermittlerin der Drogenfahndung. Mit der Zahl ihrer Erfolge hatte sie sich in kurzer Zeit hohes Ansehen erworben. Durch den messerscharfen Verstand und ihre überragenden analytischen Fähigkeiten, Tathergänge zu rekonstruieren, Rückschlüsse aus Indizien auf den tatsächlichen Tathergang zu ziehen, war sie in der Lage diese Erkenntnisse wie ein unumstößliches Mosaik zusammenzusetzen und dies führte letztendlich dazu, dass der oder die wahren Täter überführt werden konnten. Dann kam der Tag an dem ihr Traum von einer Bilderbuchkarriere ein jähes Ende fand und wie eine Seifenblase zerplatzte. Es war ein Mittwoch, Susan saß in ihrem Büro und beschäftigte sich gerade damit, das Täterprofil eines Verdächtigen zu studieren. Der Abend brach herein, die Abendsonne hüllte die Skyline von New York in ein Farbenspiel aus Rot und Orange. Es war ein friedliches Bild, das sich ihren Blicken darbot und sie genoss es, für einen Augenblick dieses Naturschauspiel zu betrachten. Plötzlich wurde sie durch das Schellen ihres Telefons aus ihren Gedanken gerissen. Atemlos lauschte sie der Stimme ihres Gegenübers. Es war ein Hinweis aus der Bevölkerung, der sie erschreckt aufspringen ließ. Ein Zeuge hatte vor einer leer stehenden Fabrikhalle, die in der Nähe seiner Wohnung war, einen schwarzen Dodge wahrgenommen, in den einige zwielichtige Kerle eilig Pakete verluden. Das Glück spielte ihnen in die Hände, denn der Zeuge war ein Mann mittleren Alters, der ganz offensichtlich viel Zeit hatte und alles was sich in seiner Umgebung befand mit einem Fernglas beobachtete.

Dabei warf er sicherlich auch so manches Mal neugierige Blicke in die umliegenden Häuser und sah Frauen beim Duschen oder Ausziehen zu, aber da sich bisher nie jemand beschwerte oder Anzeige gegen ihn erstattet hatte, war dies auch kein Grund, gegen ihn zu ermitteln. Dem FBI war seine Neugier allerdings sehr recht, und was die ganze Sache noch vielversprechender machte, er hatte sich das Kennzeichen des Dodge notiert.

Dieser Mann war, ohne dass es ihm bewusst war, so wertvoll wie ein Lottogewinn. Während das Kennzeichen den Datenabgleich im Präsidium durchlief, war Susan bereits mit drei Cops auf dem Weg zu der beschriebenen Fabrikhalle, die in einem etwas heruntergekommenen Teil von New York lag, etwa fünf Fahrminuten vom Department entfernt.

Nachdem der Datenabgleich abgeschlossen war, bekam sie über Funk die Meldung, dass es sich um genau das Kennzeichen handelte, das sie schon über einen längeren Zeitraum observiert hatten und jetzt bekamen sie sie auf einem goldenen Tablett serviert.

Sie hielten am Eingang des Grundstücks hinter einer Backsteinmauer, die ihnen Schutz vor den Blicken der Gangster bot.

Vorsichtig stieg Susan aus, ihre Glock 19 im Anschlag, schlich sie im Schatten der herumliegenden Trümmerberge immer näher zu dem Fahrzeug, dessen hintere Türen geöffnet waren. Einen Augenblick blieb sie im Schatten eines Mauervorsprungs stehen und lauschte, aber kein Laut drang an ihr Ohr. Anscheinend waren die Ganoven alle in der Fabrikhalle versammelt, um die millionenschwere Fracht in den Dodge zu verladen.

Die anderen Cops sicherten in der Zwischenzeit die Umgebung nach allen Seiten ab. Immer näher schlich sie in geduckter Körperhaltung auf das Fahrzeug zu. Behände wie eine Katze lief Susan nach vorne und verschanzte sich hinter der rechten Seite des Dodge, die im Dunkeln lag und von der Fabrikhalle nicht einzusehen war, lugte vorsichtig um die Ecke und plötzlich, wie aus dem Nichts, stand einer der Täter in der weit geöffneten Tür des Wagens. Sein Gesicht war vermummt, sodass Susan ihn nicht erkennen konnte. Sie sprang mit gezückter Waffe hinter der Tür hervor.

„Keine Bewegung, hier ist das FBI, lassen Sie die Waffe fallen und heben Sie die Hände hoch", schrie sie, „kommen Sie raus und legen Sie sich auf den Boden."

„Aber in diesem Augenblick machte sie einen verhängnisvollen Fehler. Sie hatte nicht bemerkt, dass sich auf dem Fahrersitz eine weitere Person befand. Bevor Susan den Kerl in der Ladeluke entwaffnen konnte, peitschte ein Schuss aus der Richtung des Fahrersitzes und traf sie unterhalb ihres Herzens.

Mit einem Aufschrei brach sie zusammen und blieb vor der geöffneten Tür liegen. Mühsam mobilisierte sie ihre letzten Kräfte und robbte neben den Dodge, um in der Dunkelheit Schutz zu suchen.

Die Cops stürmten herbei, um Susan zur Hilfe zu eilen. In diesem Moment sahen sie die anderen Gangster, die durch den Schuss aufgeschreckt aus der Fabrikhalle rannten. Wild um sich schießend liefen sie auf den Dodge zu und versuchten zu fliehen. Die Beamten eröffneten das Feuer, mit einem Aufschrei brachen zwei der Ganoven zusammen, der dritte blieb wie angewurzelt stehen, streckte die Hände in die Höhe und warf seine Waffe in den Staub.

Mit letzter Kraft keuchte sie: „Jungs passt auf, da vorne sitzt noch einer."

Dann bäumte sie sich noch einmal auf und blieb bewusstlos liegen. Einer der Cops schlich nach vorne und riss die Tür auf. In diesem Moment gellte ein Schuss durch die Stille der hereinbrechenden Nacht. Blitzschnell warf sich der Beamte auf den Boden und im Hinfallen feuerte er einen Schuss in das Innere des Wagens und traf den Gangster mitten ins Herz. Augenblicke später blitzten blaue Signale der Polizeisirenen in den nächtlichen Himmel. Es war ein gespenstisches Bild, als fünf Polizeifahrzeuge mit hoher Geschwindigkeit auf das Grundstück fuhren und in einer Staubwolke in die Richtung rasten, in der sich die Fabrikhalle befand.

Hinter ihnen fuhren Rettungsfahrzeuge und hielten neben dem Lieferwagen. Die hintere Tür wurde aufgerissen und ein Notarzt sprang eilig mit seinem Koffer aus dem Wagen und kniete neben Susan nieder. Ihre Jacke war bereits von ihrem Blut durchtränkt und unaufhörlich sickerte es, wie aus ihren Adern gepumpt, aus einer klaffenden Wunde direkt unter ihrem Herzen.

Ein Sanitäter stand mit einer überdimensionalen Taschenlampe neben ihm, und im Schein dieser Lampe versorgte der Arzt die Wunde und legte ihr einen Druckverband an, der die Blutung stillen sollte, aber schon Augenblicke später war auch dieser Verband von ihrem Blut rot gefärbt. Susan war in akuter Lebensgefahr und drohte zu verbluten, sie musste so schnell wie möglich ins Hospital gebracht und operiert werden, sonst wäre ihr Leben nicht mehr zu retten gewesen. Trotz der Eile wurde sie, um keinen größeren Schaden anzurichten, vorsichtig auf die Bahre gelegt und in das Innere des Rettungswagens geschoben. Mit heulender Sirene brauste der Rettungswagen davon und fuhr in die Notaufnahme des New York Hospitals in den Upper East Side. Als sie dort ankamen, wurden sie schon von einer Handvoll Ärzten und Krankenschwestern in Empfang genommen, die sie eilig in den OP brachten.

Es war ein hoher Preis, den sie für diesen mutigen Einsatz bezahlen musste. Drei Tote, zwei gefangene Gangster und eine schwer verletzte Beamtin, wahrlich eine erschreckende Bilanz. Sie hatte diesen Beruf gewählt und wusste nie ob sie das Ende des Tages erleben würde, aber es war ihr Berufsrisiko. Sie hatte auch nach Monaten immer noch das Gefühl in einer entscheidenden Situation versagt zu haben und dieses Gefühl hatte sich unauslöschlich in ihrem Gedächtnis eingebrannt. Für sie war es die erste und größte Niederlage ihres bisherigen Lebens.

Dies war auch der Grund, warum sie sich niemandem anvertrauen wollte und doch entschied sie sich, in diesem Augenblick der Zweisamkeit, mit Schmelzer darüber zu sprechen, denn nur er konnte ihre Zweifel und Vorwürfe, die sie sich machte, verstehen, hatte er doch selbst mehr als einmal derartige Situationen erlebt, die ihn in seinen Grundfesten erschütterten und auch ihn mehr als einmal zweifeln ließen.

Eine kleine Unaufmerksamkeit, eine falsche Entscheidung hatte in diesem Fall eine lebensbedrohliche Situation mit verheerenden Folgen heraufbeschworen und das Leben ihrer Kollegen in Gefahr gebracht und das verzieh sie sich nicht. Als sie in ihrem Krankenbett lag und Zeit hatte, über das was geschehen war nachzudenken, starb etwas in ihr. Das Gefühl der Unsterblichkeit, das Gefühl, dass alles im Leben möglich ist, Hoffnung und Jugend verbunden mit einem Gefühl der Illusion. Jetzt hatte sie Angst davor, dass ihr Leben beendet war, ohne dass sie je gelebt hatte.

Als sie geendet hatte, stockend und mit Tränen in den Augen, nahm Schmelzer sie behutsam in die Arme und sie schmiegte sich an ihn. Er hatte sein

Herz entdeckt, entdeckt für die Frau, die ihm so nahe war, und deren Verbitterung und Selbstzweifel er so gut verstehen konnte.

Endlose Reha-Maßnahmen und Gespräche mit Psychologen ließ Susan über sich ergehen, um ihre Gesundheit und Psyche wiederherzustellen. Getrieben von ständigen Schuldgefühlen über den missglückten Einsatz und das daraus entstandene Desaster ließen sie nicht ruhen. Die Selbstvorwürfe begleiteten sie monatelang. Immer öfter zweifelte sie, ob sie den richtigen Beruf gewählt hatte.

Lange war sie nicht in der Lage Verantwortung zu übernehmen. Bei allem was sie tat, regierte die Angst ihr Denken und Handeln, paralysierte sie, machte sie ohnmächtig in dem Moment, in dem es galt das Richtige zu tun. Was wäre, wenn sie wieder eine falsche Entscheidung treffen würde? Was wäre, wenn sie sich wieder irren würde und Andere damit ins Verderben riss? Genau das war es, was sie fast verzweifeln ließ. Verantwortung zu übernehmen hieß, von der Richtigkeit ihres Tuns überzeugt zu sein, aber das war sie nicht.

Sie war ein nutzloses Individuum, das im Gewirr ihrer Ängste versank, ohne zu wissen was richtig oder falsch war. Sie war zutiefst verunsichert und alles was sie in der Vergangenheit ausgezeichnet hatte, war unauffindbar, so als wäre es in einem tiefen unergründlichen See versunken, um nie wieder aufzutauchen.

So mussten ihre Kollegen zusehen, wie sie sich immer weiter von ihrem Leben entfernte, wie sie da saß und grübelte, von ihrem Schreibtisch hochfuhr, wenn sie jemand ansprach. Nachts konnte sie nicht mehr schlafen, schreckte auf, wenn Albträume sie plagten. Ihre Situation war für sie inzwischen so unerträglich geworden, dass sie sogar an Selbstmord dachte.

Eines Morgens, sie war gerade in ihrem Büro angekommen, hatte ihren Mantel ausgezogen, um sich an ihren Schreibtisch zu setzen, als das Telefon schellte. Sie schaute auf das Display und war im ersten Moment etwas irritiert, dort stand eine Nummer, die sie nicht kannte. Nach dem vierten Schellen nahm sie das Gespräch entgegen und meldete sich: „Susan Carmichel, mit wem spreche ich?" Nach einem kurzen Zögern meldete sich ihr Gegenüber.

„Hallo Susan, mein Name ist Dr. John Curtis." Sie zögerte einen Augenblick. „Hallo Doc, was kann ich für Sie tun?" Sie hatte den Namen noch nie gehört, bezog diesen Anruf auch nicht auf ihre Person.

„Susan", fuhr er fort, „ich bin Psychologe im „New York Hospital" und erinnere mich noch genau, dass sie vor sechs Monaten in unser Hospital eingeliefert wurden." Susan lauschte mit Verwunderung seinen Ausführungen. „Und woher wissen Sie das?", fragte sie mit ungläubigem Staunen.

„Vergessen Sie nicht, ich bin ein Seelenklempner und werde über solche Vorfälle informiert, besonders wenn dies, wie in Ihrem Fall, im Dienst geschehen ist."

Sie verstand noch immer nicht, was er von ihr wollte, aber ihr dämmerte, dass es etwas mit ihrer desolaten psychischen Verfassung zu tun haben musste. „Ich habe gestern mit Ihrem Chief Assistant Director

Colin Forbes gesprochen und er hat mir erzählt, dass Sie noch immer unter diesem traumatischen Erlebnis leiden und", fügte er hinzu, „ich möchte Ihnen gerne helfen, denn ich weiß wie sehr Sie darunter leiden. Bitte kommen Sie zu mir, ich bin ganz sicher, dass wir das wieder hinbekommen."

Erleichtert richtete sich Susan auf, wusste nicht was sie sagen sollte. Ein Gefühl der Dankbarkeit durchströmte sie, endlich war jemand da der ihr, so hoffte sie, wirklich helfen konnte. Er war eine Kapazität auf seinem Gebiet wie Susan in dem folgenden Gespräch mit Director Colin Forbes erfuhr. Voller Zuversicht vertraute sie sich Dr. Curtis an und nach jeder Sitzung spürte sie, dass es aufwärtsging.

Die dunklen Schatten auf ihrer Seele verschwanden, in ihrem Innern strahlte bald wieder das Licht der Zuversicht. Schon lange hatte sie nicht mehr das Gefühl der Freude erlebt, hatte selten gelacht und am Leben der Anderen teilgenommen, doch allmählich spürte sie, wie die Lebensfreunde wieder zu ihr zurückkehrte.

Eines Morgens schellte ihr Telefon, Colin Forbes war am Apparat.

„Susan, würden Sie bitte in mein Büro kommen, wir haben etwas zu besprechen." Es klang alles sehr geheimnisvoll und sie war gespannt, was er mit ihr zu besprechen hatte. Als sie in seinem Büro Platz genommen hatte, bot er ihr eine Tasse Kaffee an, schaute sie vielsagend an, lächelte und begann.

„Susan, ich habe eine Anfrage vom LKA Hamburg in Deutschland erhalten, mit der Bitte ihnen einen erfahrenen Kollegen zur Seite zu stellen, denn sie haben in Hamburg ein Riesenproblem mit dem internationalen Rauschgifthandel. Ich glaube, dass es ihnen guttäte, mal eine Weile aus dem Dunstkreis New Yorks zu verschwinden."

Für einen Augenblick war sie sprachlos. Sie schaute ihn nur an und schüttelte ungläubig den Kopf.

„Sir, entschuldigen Sie, warum ausgerechnet ich?"

Er lachte. „Weil Sie meine fähigste Beamtin sind und ich vollstes Vertrauen zu Ihnen habe und", er zögerte einen Augenblick, „Sie sprechen Deutsch. Ihre Mutter stammt doch, soweit ich weiß, aus Deutschland. Wenn Sie ja sagen, werde ich in Hamburg anrufen und Ihr Kommen ankündigen."

Sie wusste in diesem Moment, dass es eine Chance für sie war wieder Fuß zu fassen, neue Eindrücke zu sammeln und die Erinnerungen der Vergangenheit, für eine Zeit hinter sich zu lassen. Sie hatte bereits ihren Flug nach Deutschland gebucht, ihre Koffer standen gepackt in ihrem Schafzimmer. Noch drei Tage bis zu ihrem Abflug nach Europa.

Es war Freitagnachmittag und sie war auf dem Weg ins Präsidium, um sich von den Kollegen und ihrem Chef zu verabschieden. Sie betrat das Gebäude durch das große Eingangsportal, ging auf den Fahrstuhl zu und fuhr in die elfte Etage, auf der sich das Büro ihres Chefs befand. Sie blieb vor seinem Büro stehen, klopfte an und als sie ein kräftiges Herein vernahm, öffnete sie die Tür und ging auf Mr. Forbes zu, der hinter seinem Schreibtisch saß.

„Na, wen haben wir denn da, Mrs. Carmichel. Schön sie zu sehen."

„Hallo Sir, ich bin gekommen, um mich von Ihnen zu verabschieden." Sie saßen noch eine Weile zusammen, plauderten ein letztes Mal, bevor Susan sich auf die Reise machte. Sie beobachtete, wie Forbes auf seine Armbanduhr schaute.

„Oh, ich bin verdammt spät dran, Susan, ich habe noch einen wichtigen Termin mit dem Polizeipräsidenten. Es tut mir leid, ich muss sie leider rauswerfen." Lächelnd kam er auf sie zu, wünschte ihr einen guten Flug und nahm sie noch einmal in die Arme. „Ich werde sie sehr vermissen, Susan", rief er hinter ihr her, als sie die Tür seines Büros öffnete und in den langen menschenleeren Flur hinaustrat.

Diese Leere, die sich vor ihr auftat war wie ein Synonym ihrer Gefühle, leer und einsam fühlte sie sich, als sie in den Fahrstuhl stieg. Nachdem sie sich von ihren Kollegen verabschiedet hatte, stieg sie in ihren Wagen und fuhr nach Hause. Die letzten Stunden in ihrer Wohnung verbrachte sie damit, sich von ihren Freunden und ihrer Familie zu verabschieden.

„Mama, ich komme ja bald wieder, es dauert nur ein Jahr und dann bin ich wieder hier, bitte sei nicht traurig. Wir werden oft telefonieren, damit du immer weißt, wie es mir geht."

„Versprochen?", ihre Mama schaute sie aus traurigen Augen an und Susan spürte wie nah ihr das ging.

„Ich verspreche es Mama." Tränen des Abschieds liefen ihr über das Gesicht.

Am nächsten Morgen bestellte sie ein Taxi und fuhr zum Flughafen, um ihre Reise über den Ozean, in eine unbekannte Welt, anzutreten.

Nach einem sechsstündigen Flug erreichte sie Hamburg. Gestern noch in der Weltmetropole New York, in der Stadt in der die Häuser bis in den Himmel reichten, jetzt in einer Stadt mit ihren wunderschönen Bürgerhäusern, die die Tradition dieser Hansestadt so perfekt dokumentierten, einem Hafen, der der Ausgangspunkt für riesige Schiffe in alle Welt war.

Eine Atmosphäre, die Susan in dieser Form noch nie erlebt hatte, faszinierend und fremd zugleich. Da war sie nun in dieser Stadt, unter Menschen die sie nicht kannte, und doch war sie neugierig auf diese Aufgabe, auf die Arbeit die sie erwartete, denn es gab etwas, das sie miteinander verband.

Es war der gemeinsame Kampf gegen das Verbrechen und der Wunsch diese Welt ein wenig menschlicher zu gestalten. Sie war eine FBI-Beamtin die nach Deutschland gekommen war, um bei der Aufklärung eines Verbrechens mitzuhelfen. Das und nichts anderes wollte sie tun, wollte ihre ganzen Fähigkeiten und Erfahrungen einbringen und dazu beitragen, dass dieser manchmal aussichtslos erscheinende Kampf, ein erfolgreiches Ende fand.

11. Kapitel

Agneta führte einen schier endlosen Kampf mit ihrer Vernunft und dem, was sie für Jens empfand. Auch wenn es sie mit Schmerz erfüllte, sie hatte sich entschlossen, nach Jens' Genesung, Hamburg zu verlassen und nach Stockholm zurückzukehren. Sie ertrug dieses Spießrutenlaufen nicht länger, dieses in ständiger Ungewissheit zu leben. Was war das für ein Leben, immer auf der Hut zu sein und Angst davor zu haben, von jemandem erkannt zu werden? Sie ging nur noch selten aus dem Haus und wenn sie es tat, fürchtete sie sich, in der Öffentlichkeit verhöhnt und verspottet zu werden, und ihr Herz zog sich zusammen, dass ihr das Gleiche widerfahren könnte, wie es Jens erleben musste.

Wer immer auch dahinter steckte, es war bitterer Ernst geworden und genau das war es, was sie ängstlich und unsicher machte. Sie war nur noch ein Schatten ihrer Selbst. Nachts schreckte sie aus dem Schlaf hoch, bei jedem Geräusch, das sie hörte, starrte sie ängstlich in die Dunkelheit. Das Herz schlug ihr jedes Mal bis zum Hals, wenn sie durch die Stadt ging und spürte, dass jemand hinter ihr war. Sie fühlte sich ständig verfolgt und sah in jedem, der sie ansprach, einen Gegner der sie verfolgte und ihr nach dem Leben trachtete. Ein Leben in Angst und Unsicherheit, das sie zermürbte und ihr jeglichen Lebensmut nahm. Dieses Leben würde sie zerstören, würde aus ihrem bisherigen sorgenfreien Dasein eine Hölle in Angst und Schrecken machen. Könnte ihre Liebe zu Jens diese Hindernisse überwinden? Welcher Mensch ist in der Lage, jemanden zu lieben, wenn das Damoklesschwert der Vernichtung so dicht und unheilvoll über ihm schwebte?

Lieben heißt frei zu sein von allen Ängsten und Sorgen, um das eigene Leben und das des Partners, doch das, was sie erlebt hatte, trug nicht dazu bei, ihr dieses Gefühl der Sicherheit und Geborgenheit zu geben. Sie würde das Gespräch mit Jens suchen und war bereit, das Ergebnis mit allen Konsequenzen zu tragen.

Es waren keine leeren Drohungen, es waren eindeutige Fingerzeige derer, die dieses perfide Spiel inszeniert hatten, um Jens zu schaden. Sie wollten ihn erniedrigen und seinen guten Ruf in den Schmutz ziehen und sie war ein willkommenes Werkzeug, um dieses Ziel zu erreichen.

Es war eine Erkenntnis die, je länger sie darüber nachdachte, immer deutlicher wurde. Sie sehnte sich nach Ruhe, sehnte sich nach einem unbeschwerten Leben, so wie sie es in Stockholm gelebt hatte, wo sie anonym war und niemand Notiz von ihr nahm.

Sie würde mit Jens sprechen, würde versuchen ihm den wahren Grund ihres Hierseins zu erklären. Wie immer er dieses Geständnis aufnahm, sie würde es akzeptieren und bereit sein, daraus die Konsequenzen zu ziehen. Sie hatte Schuld auf sich geladen und sich mit einer Lüge in sein Leben geschlichen. Jetzt lag es an ihr, zu retten, was zu retten war. Es war viel geschehen in den letzten Wochen und das trug wahrlich nicht dazu bei, sie in der Absicht zu bestärken, in Hamburg zu bleiben. Sie wollte das Leben von

Jens und ihr eigenes nicht zerstören, wollte keinen Kampf beginnen, der von Anfang an zum Scheitern verurteilt war und bei dem sie die Verlierer sein würden. Sie hatte nur noch einen Wunsch, sie wollte noch ein einziges Mal mit ihm zusammen sein, wollte ihm ihre ganze Liebe schenken und dann wollte sie für immer aus seinem Leben verschwinden.

Der Gedanke daran ließ sie fast verzweifeln, sie warf sich auf ihr Bett und weinte bitterlich, weinte bis ihre Tränen versiegten und sie erschöpft einschlief. Sie musste das tun, was getan werden musste. In dieser Zeit der nie versiegenden Tränen, erwartete sie Jens' Rückkehr aus dem Krankenhaus.

Es war Mittwoch, zwei Wochen waren inzwischen vergangen, nachdem Jens mit seinen schweren Verletzungen ins Krankenhaus eingeliefert wurde. Agneta war gerade damit beschäftigt die letzten Vorbereitungen für seine Heimkehr zu treffen, als ihr Telefon schellte.

„Hallo Liebling, ich bin's, Jens. Ich habe gerade in diesem vorzüglichen Hotel ausgecheckt und werde in einer halben Stunde bei dir sein." „Hallo Jens", erwiderte sie mit rauer Stimme und dachte schon mit Schrecken an das Gespräch, das wie ein schweres Gewicht auf ihrer Seele lastete.

„Soll ich dich abholen?", fragte sie so unverfänglich wie möglich, um ihn nicht zu beunruhigen.

„Brauchst du nicht, ich bin nicht so gebrechlich, dass ich nicht allein zu dir finde. Ich nehme mir ein Taxi. Also dann bis gleich." Eine Viertelstunde später bog ein Wagen langsam um die Ecke und hielt vor ihrem Haus. Es war Jens. Mit langsamen Schritten bewegte er sich, alles sah so mühsam aus, so als würde eine Zeitlupe vor ihren Augen ablaufen. Den Arm trug er in einer Schlinge, schon von Weitem sah man den Verband, der zu ihr herauf leuchtete. Es schellte. Mit zitternden Händen betätigte sie den Türöffner.

Sie stand da, zu keiner Bewegung fähig und wartete. Sie hörte wie sich der Fahrstuhl öffnete und wieder schloss, dann ein leises Summen, dann sah sie wie er auf ihrer Etage hielt. Die Tür ging auf und da stand er vor ihr in seinem ganzen erbärmlichen Zustand. Sein gebrochener Arm war in einen dicken Gipsverband gehüllt, in seinem Gesicht waren noch immer die Blessuren zu sehen, die ihm die Täter während des Überfalls zugefügt hatten.

Er stand ihr gegenüber und spürte, dass sie etwas bedrückte, spürte ihre Zurückhaltung, als er die Wohnung betrat und Agneta ihn mit einem flüchtigen Kuss begrüßte. „Was ist mit dir?", fragte er und schaute sie besorgt an. Sie wich seinem Blick aus, schaute verlegen zu Boden und suchte verzweifelt nach einer Erklärung für ihr befremdliches Verhalten.

„Jens, ich muss dir etwas beichten", eröffnete sie das Gespräch und gestand ihm unter Tränen, dass sie einen verhängnisvollen Fehler begangen hatte. Zusammengesunken, mit weit aufgerissenen Augen und entsetztem Gesicht lauschte er ihren Worten, sie, immer wieder von Weinkrämpfen geschüttelt, hielt ein Taschentuch in der Hand und trocknete immer wieder ihre von Angstschweiß nassen Hände.

In einem nicht enden wollenden Redeschwall versuchte sie, ihm etwas zu erklären, was nicht zu erklären war. Eine Lüge begleitete von Anfang an ihre erste Begegnung und nichts, aber auch gar nichts, würde diese unumstößliche Tatsache aus der Welt schaffen.

Er saß da, schweigend und mit einem ungläubigen Ausdruck im Gesicht. Zorn stieg in ihm auf und in diesem Augenblick ihrer Beichte verachtete er sie. Irgendwann konnte er diese Selbstanklagen nicht mehr ertragen, sprang auf, soweit es ihm sein noch immer lädierter Körper erlaubte, und blieb vor ihr stehen. Der Zorn in seinem Gesicht war nun in pure Ungläubigkeit umgeschlagen. Warum hatte sie ihn die ganze Zeit belogen, hatte ihn zutiefst verletzt und mit seinen Gefühlen gespielt. „Du hast deine Seele verkauft und unsere Liebe verraten", sagte er und seine Worte klangen verbittert und anklagend zugleich.

„Warum, frage ich dich, warum hast du das getan?" Seine Worte trafen sie wie Peitschenhiebe. Sie saß da, zu keiner Erwiderung fähig, schaute ihn immer wieder mit flehenden Blicken an. Sie verstummte in dem Augenblick, als sie spürte, dass eine Welt über ihr zusammenbrach. Sie war plötzlich für ihn eine Fremde geworden, die es nicht verdiente, geliebt zu werden. Jens schaute sie ein letztes Mal an und in seinem Blick sah sie Verachtung, Enttäuschung und Trauer zugleich. Er drehte sich um und verließ, ohne ein weiteres Wort zu sagen, ihre Wohnung. Es war das Ende einer verheißungsvollen Liebe, wortlos und endgültig.

Agnetas Entschluss stand fest, sie würde Hamburg so schnell wie möglich verlassen. Am nächsten Morgen rief sie Anna an und berichtete ihr was vorgefallen war, dann bestellte sie sich ein Taxi und fuhr zu ihrer Wohnung. Keine innige Umarmung bei der Begrüßung, es herrschte kühle Distanz zwischen ihnen, als Agneta ihre Wohnung betrat. Anna stand ihr gegenüber, hilflos und mit Tränen in den Augen. Ihre Hände zitterten, als sie ihr die Hand reichte. Es war alles zerbrochen, was sie einmal vereinte.

Schuldzuweisungen? Aber an wen? Sie hatte sich auf diese unselige Geschichte eingelassen und jetzt wurde sie mitgerissen von einem Orkan, der ihre Seele zu zerstören drohte. Warum also wollte sie allein Anna für dieses Desaster verantwortlich machen? Agneta stand vor ihr, hilflos und von den Ereignissen der letzten Wochen überrollt. Sie stand vor einem Scherbenhaufen ihres Lebens, wollte nur noch fliehen. Fliehen aus der Nähe eines Mannes, den sie von ganzem Herzen liebte, fliehen vor Gewalt und Rücksichtslosigkeit und fliehen vor der Angst, die sie seit den unfassbaren Ereignissen hatte.

Einem Leben, das für sie unerträglich geworden war. Was würde noch alles geschehen, wenn sie hier bliebe. Hier waren Mächte am Werk, die Jens und auch ihr Leben vernichten würden, rücksichtslos und mit brutaler Gewalt.

„Ich werde morgen früh nach Stockholm zurückkehren und versuchen alles zu vergessen, um endlich meinen inneren Frieden wiederzufinden."

Hilflos mit den Schultern zuckend stand Anna vor ihr, suchte vergeblich nach Worten die Agneta trösten könnten, jedes Wort das sie aussprach würde ins Leere gehen. Aber sie musste etwas sagen, konnte die Stille nicht länger ertragen, die seit Agnetas Ankunft zwischen ihnen herrschte. Es war wie eine unüberwindbare Wand, die sich zwischen ihnen aufgebaut hatte.

„Es tut mir so leid, dass das alles so gekommen ist. Wenn ich gewusst hätte wie das enden würde, hätte ich dich niemals angesprochen, das musst du mir glauben."

Anna schaute sie traurig an, sie fühlte sich schuldig an Agnetas Unglück.

„Warum habe ich das nur getan?", fragte sie sich immer wieder. Aber es konnte nichts mehr an dem geändert werden, was geschehen war. Mit Tränen in den Augen verabschiedeten sie sich voneinander. Es war nicht nur eine Freundschaft, sondern auch eine Liebe zerbrochen und im Moment des Abschieds, standen beide mit leeren Händen da. Am nächsten Tag flog sie in ihre Heimatstadt Stockholm zurück und sie wusste, dass sie das Erlebte ein Leben lang begleiten und sich unauslöschlich in ihrer Seele einbrennen würde. Niemals würde es wieder so sein wie es einmal war.

12. Kapitel

Polizeipräsidium Hamburg. In der Zwischenzeit liefen die Ermittlungen in der Rauschgiftaffäre auf Hochtouren. Das BKA hatte die Zuständigkeit übernommen und Susan Carmichel war ab sofort dem BKA unterstellt. Man wollte sich ihre Erfahrungen zunutze machen und war davon überzeugt, dass sie durch ihren Spürsinn und ihre Erfahrungen als Profiler wesentlich zur Lösung dieses Falls beitragen konnte, und die darin verwickelten Personen entlarven konnte.

Schmelzer und Mertesheimer gefiel das allerdings gar nicht. Wie standen sie jetzt da, man hatte ihnen den Fall aus den Händen genommen. Es war ja hinlänglich bekannt, dass sie zum BKA seit jeher ein gestörtes Verhältnis hatten. Sie wurden in die Ecke der Besserwisser abgeschoben und genossen, durch ihr arrogantes und selbstherrliches Verhalten, den Ruf alles besser zu können und ausgerechnet Susan war jetzt diesem Ermittlerteam zugeteilt worden.

Das machte sie nicht gerade zu einer beliebten Kollegin. Auch das Verhältnis zwischen ihr und Bernd Schmelzer hatte durch diese Maßnahme gelitten und das wirkte sich auch auf ihr Privatleben aus, bis zu dem Tag, als Susan mit ihm ein klärendes Gespräch führte und ihm in aller Deutlichkeit zu verstehen gab, dass sie ganz klar Privates und Berufliches voneinander trennen wollte. Wenn er das aber nicht akzeptieren könne, wäre es wohl besser, sich zu trennen.

So war Susan. Ein offenes Wort zur rechten Zeit hatte ihr in ihrem bisherigen Leben schon viel Ärger erspart. So auch hier, Schmelzer war plötzlich zahm wie ein Kätzchen und fand sich mit dieser unabänderlichen Tatsache ab.

Susans Ermittlungen waren geprägt von einer geradezu pedantischen Genauigkeit. Stück für Stück sammelte sie jedes noch so unwichtig erscheinende Detail, nahm viele der prominenten Hamburger Bürger unter die Lupe, durchforschte ihr Privatleben, suchte Anhaltspunkte, die eventuelle Rückschlüsse auf irgendwelche private Verfehlungen zuließen, überprüfte ihre Gewohnheiten und ihren Lebensstil, schloss Personen aus und nahm neue in den Kreis der Verdächtigen auf. Durch Zufall erfuhr sie von einem Informanten dass Robert Steinbach, der Geschäftsführer des „Hamburger Generalanzeigers" schon seit Jahren Unmengen von Kokain konsumierte. Nun musste das ja nicht heißen, dass er in diese kriminellen Machenschaften verwickelt war, aber zumindest war dieser Tatbestand ein Anfangsverdacht und ein Grund mehr, ihn in die Liste der Verdächtigen aufzunehmen.

Je länger Susan an diesem Fall arbeitete, umso mehr entwickelte er eine gewisse Eigendynamik, Dinge, die vorher im Dunkeln lagen, bekamen plötzlich eine ganz andere Bedeutung. Andere Verdachtsmomente blitzten auf, für einen Moment nur, um dann wieder zu erlöschen und ihre Gedanken und Überlegungen in eine völlig andere Richtung zu lenken.

Einer inneren Eingebung folgend, fügten sich die kleinsten Details zu einem Ganzen zusammen. Der

Weg, den sie eingeschlagen hatte, führte sie von Beginn an instinktiv in die richtige Richtung.

Unbekannte mussten im Hintergrund die Fäden ziehen, eine Person, die ihre ganze Macht in die Waagschale warf, um zu verhindern, dass irgendjemand von diesen Machenschaften erfuhr. Warum war alles so lange im Dunkeln geblieben, konnte sich in eine Dimension entfalten die allmählich unüberschaubar wurde?

Erst durch den Tod von Guido Kretschmer vernahm man die Signale, dass schon seit längerem ein krankhaftes Geschwür wucherte, ohne entdeckt zu werden. Oder, und das war die nächste Frage, die sich aufdrängte, hatte man davon gewusst und wenn ja, warum wurde nichts unternommen? Diese Person konnte nur jemand sein, der an den Hebeln der Macht saß. Susan hatte mit einem Höchstmaß an Energie, das Privatleben aller in Frage kommenden Personen bis in den kleinsten Winkel durchleuchtet. Hatten sie finanzielle Probleme, Kontakte zum Rotlichtmilieu, eine heimliche Geliebte, perverse Veranlagungen, die sie erpressbar machten?

Robert Steinbach war nach ihren bisherigen Erkenntnissen nur ein kleiner unbedeutender Straßenmusikant in dem Orchester der Mächtigen. Sie spielten und er tanzte willenlos nach ihrer Melodie und wenn er doch tiefer in dieses Geflecht verstrickt war, so gab es im Augenblick keine Anhaltspunkte, dass er mitschuldig war, nur weil er ein Konsument von Drogen war.

Er spielte im Augenblick für sie nur eine untergeordnete Rolle. Sogar den Polizeidirektor des Präsidiums und sämtliche Staatsanwälte bezog sie in ihre Ermittlungen ein. Wieder kam ihr der Zufall zur Hilfe und bestärkte sie darin, dass sie auf dem richtigen Weg war. Eines Morgens kam sie noch etwas müde, denn sie hatte eine sehr aufregende Nacht mit Bernd Schmelzer verbracht, in das Präsidium.

Sie hatte sich gerade ein Sandwich aus der Kantine geholt und setzt sich wieder hinter ihren Schreibtisch. Es war Mittagszeit und sie verspürte schon seit geraumer Zeit ein Hungergefühl, das sich in ihrem Magen breitmachte.

In der einen Hand hielt sie das Sandwich und in der anderen den anonymen Briefumschlag, der während ihrer Abwesenheit auf ihren Schreibtisch geflattert war. Sie öffnete ihn und in diesem Augenblick rutschte ein halbes Dutzend Fotos heraus und verteilten sich auf ihrem Schreibtisch. Sie hatte sich vorsichtshalber Handschuhe übergestreift, um eventuell vorhandene Fingerabdrücke nicht zu vernichten. Als ihr Blick auf die vor ihr liegenden Fotos fiel, traf es sie wie ein Blitz aus heiterem Himmel. Dann starrte sie wie gebannt auf eine der Fotografien.

Sie bekam fast ein Hustenanfall als sie eine der abgebildeten Personen erkannte, die anderen waren ihr unbekannt. Es waren fünf Personen, die zu sehen waren und mitten unter ihnen saß seelenruhig der ehrenwerte Oberstaatsanwalt Stadler, der sich sehr angeregt mit ihnen unterhielt und sie anscheinend gut kannte. Ihr Eindruck war, dass es sich hierbei um ein konspiratives Treffen handelte und diese Fotos aus einem ihr unbekannten Lokal in St. Pauli stammen mussten.

Ein Beweis für die Brisanz dieser Aufnahmen war zudem die Tatsache, dass sie ihr anonym zugespielt worden waren. Aus welchem Grund sonst sollte eine Person der Polizei eine derartige Information zukommen lassen?

Die Bilder waren, das konnte man sehen, heimlich mit einem Handy aufgenommen worden und dann, vorsichtshalber als normale Computerausdrucke an sie weitergeleitet worden, um keinen Hinweis auf den Absender zu geben.

Was Susan in ihrer Vermutung noch mehr bestärkte, war die Tatsache, dass es ausnahmslos südländische Typen waren, die sich in seiner Gesellschaft befanden und diese sich sicherlich nicht auf dem gleichen gesellschaftlichen Niveau befanden, wie der verehrte Oberstaatsanwalt.

Fazit ihrer Überlegung war: Es musste eine engere Verbindung zwischen ihnen geben, denn sie erweckten den Eindruck, doch sehr vertraut miteinander zu sein.

Susan spürte, wie ihr die Aufregung so langsam den Rücken empor kroch. Sie sprang auf und eilte mit großen Schritten und dem Umschlag in der Hand in das danebenliegende Büro in dem Hauptkommissar Rainer Brandt vom BKA saß. Als er die Fotos sah, sprang er auf und nahm Susan überschwänglich in die Arme.

„Endlich ein Hinweis auf dem wir aufbauen können", sagte er und schaute triumphierend in die Runde. „Wir müssen jetzt aber sehr taktisch vorgehen, müssen noch alles in der Hinterhand halten, um keinen vorzeitig zu warnen." Susan nickte zustimmend.

„Als erstes müssen wir die Personen identifizieren, die sich noch auf den Fotos befinden. Ich werde sofort veranlassen, dass das Personenregister durchgecheckt wird, vielleicht ist ja eine der Personen bereits kriminaltechnisch erfasst", erwiderte sie.

„Es wird ein schwerer Kampf, wenn sich bestätigen sollte, dass der Oberstaatsanwalt Stadler in diese kriminellen Machenschaften verwickelt ist."

„Was ist hier los?", Schmelzer riss die Tür auf und ging direkt auf Susans Tisch zu. „Guten Morgen Kommissar." Susan schaute auf und sah ihn lächelnd an: „Na, hast du gut geschlafen, mein lieber Berny."

„Ich habe sehr gut geschlafen", und dabei streichelte sie ihm zärtlich über sein Gesicht.

„Aber du hast meine Frage noch nicht beantwortet, was ist hier los?"

„Ich glaube wir haben eine heiße Spur", sagte sie und war ziemlich siegessicher. Dann erzählte sie ihm was geschehen war. Er hörte ihr interessiert zu, hatte aber Zweifel an ihrer Theorie.

„Du meinst Oberstaatsanwalt Stadler ist in den Rauschgifthandel verwickelt? Nein niemals, das kann ich mir nicht vorstellen."

„Vorsicht Berny, sei dir deiner Sache nicht so sicher", erwiderte Susan lachend und hatte wieder dieses wissende Leuchten in ihren Augen.

Drei Stunden später hatte sie die Bestätigung. Beim Datenabgleich mit der Personendatei wurde eine Person zweifelsfrei identifiziert. Es handelte sich um einen gewissen Eduardo Hernandez, einem Mitglied der mexikanischen Drogenmafia, der schon einige Male mit dem Gesetz in Konflikt geraten war.

Er war schon mehrfach in mexikanischen Gewahrsam genommen worden, aber man konnte ihm nie etwas nachweisen. Er war der Verteidigungsminister des Clans, war wohl für längere Zeit untergetaucht und jetzt war er plötzlich hier in Hamburg aufgekreuzt, fernab seiner mexikanischen Heimat.

Die anderen Figuren waren ohne Befund, er hatte ganz offensichtlich diese Typen angeheuert, damit sie ihm den Rücken freihielten und bei Bedarf hätten sie ganz sicherlich ihr Leben für diesen brutalen skrupellosen Kerl hingegeben.

Als das Telefon schellte war der Polizeidirektor Horst Schaller am Apparat. „Lieutenant Carmichel", meldete er sich, dann machte er eine Pause, als hätte er vergessen, was er sagen wollte. Susan spielte mit ihrem Kugelschreiber und wartete darauf, dass er weitersprach.

„Gut dass ich Sie antreffe, würden Sie bitte in mein Büro kommen, wir haben einiges zu besprechen und", fuhr er fort, „es warten schon ein paar Herren auf Sie, die Sie gerne kennenlernen möchten." In diesem Moment erinnerte sie sich an New York und musste lächeln. „Das gleiche Prozedere wie zu Hause", dachte sie mit einem Schmunzeln und musste an ihre Tätigkeit im „Police Department New York" denken. Immer wenn ihr Chief sich am Telefon meldete fiel der gleiche Satz: „Lieutenant, gut dass ich Sie antreffe ..." Und immer war etwas von größter Wichtigkeit geschehen, so auch in diesem Fall.

„OK Sir, bin gleich da", erwiderte sie, machte ihren Computer aus, erhob sich und verließ ihr Büro in Richtung Fahrstuhl und fuhr auf die Etage, auf der sich das Büro des Polizeidirektors befand. Als sie vor der Tür stand hörte sie schon das Stimmengewirr mehrerer männlicher Personen aus dem Inneren des Raumes, die sich angeregt unterhielten.

„Auf zur Fleischbeschau", dachte sie schmunzelnd, öffnete die Tür, betrat den Raum, in dem sich einige Herren gemütlich in den bequemen Sesseln niedergelassen hatten und schaute interessiert in die Runde. In dem Moment als sie den Raum betrat, schauten sie sechs männliche Augenpaare an, taxierten sie mit mehr als interessierten Blicken und ihre Blicke fielen natürlich genau auf die Körperteile einer Frau, auf die Männer nun mal gerne schauen.

„Gesicht, Busen, Po, ein typischer Männerscan", dachte Susan amüsiert und das was sie da sahen, war ja nun wirklich nicht zu verachten. Der Polizeidirektor erhob sich hinter seinem Schreibtisch, der einem Direktor angemessene Ausmaße hatte, ging lächelnd auf sie zu, gab ihr die Hand und schaute in die Runde.

„Meine Herren, darf ich Ihnen Lieutenant Susan Carmichel vom „New York Police Departement" vorstellen. Sie ist hier im Hause als Profiler tätig und soll uns bei der Aufklärung der Morde an dem Unbekannten in der Davidwache und unseres Kollegen Guido Kretschmer behilflich sein. Außerdem haben wir ein Mafiaproblem und Mrs. Carmichel soll uns, da sie einschlägige Erfahrungen in der Drogenbekämpfung hat, helfen dieses Problem zu lösen."

„Obwohl", fügte er fast entschuldigend hinzu, „die Bezeichnung Kollege, wie hier im Falle Kretschmer, ist aufgrund des vorliegenden Sachverhalts wohl nicht mehr ganz angebracht. Außerdem liegen uns Erkenntnisse vor, dass auch hohe Beamte aus unserem Hause, direkt oder indirekt in diesen Fall verstrickt sind. Ich muss Ihnen ja wohl nicht sagen, dass all dies der höchsten Geheimhaltungsstufe unterliegt."

Er lobte Susan in den höchsten Tönen, sprach von ihren imponierenden Erfolgen während ihrer Tätigkeit beim FBI und erweckte durch seine Lobeshymnen bei den Anwesenden fast den Eindruck, als könnte sie jeden noch so schweren Fall in Null-Komma-Nichts lösen. Es war eine schwere Bürde, die er ihr durch seine Euphorie auferlegt hatte.

Jetzt waren ihre jahrelange Erfahrungen und ihr Einfallsreichtum gefragt, um diesen Mann zur Strecke zu bringen. Sie musste Stadler überführen, ohne Verdacht zu erregen. Sie musste ihn in Sicherheit wiegen, nichts durfte nach draußen dringen, nicht das kleinste Detail, das ihn warnen könnte.

Sie würde ihn in die Ermittlungen einbeziehen, würde ihm getürkte Informationen zuspielen, um ihm so das Gefühl zu geben, dass niemand etwas von seinem Doppelleben ahnte. Und er würde diese Informationen an seine Mittelsmänner weitergeben, da war sie ganz sicher. Zugute kam ihr vor allem ihre Fantasie, die ungewöhnlichen Charaktereigenschaften und die Lebensgewohnheiten der ins Visier geratenen Personen zu analysieren, die sie dann an passender Stelle in ihre Täterprofile einbaute. Sie war wie eine Kriminalschriftstellerin im Polizeidienst und wäre, sollte sie sich irgendwann einmal für diesen Beruf entscheiden, sicherlich sehr erfolgreich.

„Und was wird jetzt, was sollen wir tun?" Sie schaute Rainer Brandt prüfend an und war auf seine Antwort gespannt. Er schaute etwas hilflos drein, hatte wohl in diesem Moment auch keine Antwort auf Susans Frage. Er räusperte sich verlegen, zupfte an seiner Krawatte und fuhr sich dann mit der Hand durch das Haar.

„Hmm", erwiderte er, „es müsste eine Person ins Drogenmilieu eingeschleust werden, die die Gangster nicht kennen, die Beweise sammelt um den Staatsanwalt zu überführen.

Susan schaute ihn fragend an: „Wie willst du das bewerkstelligen?" Dann fuhr sie sich, wie zur Bestätigung ihrer Zweifel durch ihr dichtes schwarzes Haar, schürzte ihre Lippen und schaute ihn an, als hätte er gerade einen schlechten Witz gemacht.

„Mein lieber Herr Kollege, bist du von dem was du da sagst eigentlich überzeugt und was machen wir, wenn das schief geht? Wer würde sich schon auf dieses Himmelfahrtskommando einlassen und sein Leben riskieren, das nur dem einen Zweck dient, ihn als Mittäter zu entlarven und den Mafiaring zu sprengen?"

„Aber es ist die einzige Möglichkeit ihn mit hieb- und stichfesten Beweisen an die Wand zu nageln, denn er wird mit allen Mitteln versuchen, seinen Kopf aus der Schlinge zu ziehen", gab Brandt zu bedenken, „und wir müssen alles daran setzen, diese Person als Drahtzieher zu entlarven, zumindest als einen Teil der Drahtzieher", fügte er ergänzend hinzu. Denn auch er vermutete inzwischen, dass dahinter noch Mächtigere steckten. Susan hatte zwar immer noch Zweifel, ob es der richtige Weg war gegen die Mafia vorzugehen. Doch je mehr sie darüber nachdachte, umso mehr kam sie zu der Erkenntnis, dass Rainer Brandts Vorschlag die einzige Möglichkeit war, dem Oberstaatsanwalt das Handwerk zu legen. Sie musste den Plan so wasserdicht machen, dass sie nach Möglichkeit jedes Risiko ausschloss, denn würde die Undercover-Aktion scheitern, wäre auch das Leben dessen verwirkt, der diese Aktion durchgeführt hat und trotzdem blieb ein Restrisiko und sie dachte an ihren Einsatz in New York, bei dem sie durch eine winzige Unaufmerksamkeit das Leben ihrer Kollegen und ihr eigenes aufs Spiel gesetzt hatte, und sie war fest entschlossen zu verhindern, dass dies noch einmal geschah.

"Wir sollten Schaller über unser Vorhaben informieren, was meinst du?"

„Unter gar keinen Umständen", fiel er ihr ins Wort, „dies ist Sache des BKA, wir unterliegen nicht der Befehlsgewalt der Polizei Hamburgs."

„Ist ja schon gut, nun reg dich mal nicht so auf, ich habe schon verstanden."

„Dann ist es ja gut", erwiderte er und widmete sich wieder der Arbeit auf seinem Schreibtisch. Augenblicke später hob er den Kopf, wandte sich Susan zu, die gerade am Nebentisch stand und geistesabwesend in einer Akte stöberte, weil sie noch immer an den geplanten Undercover-Einsatz denken musste.

„Susan, ich werde beim BKA anrufen und einen Undercover-Agenten anfordern. Wir haben da so ein paar Typen, die schon sehnsüchtig auf den nächsten Nervenkitzel warten und glaube mir, die scheuen weder Tod noch Teufel."

Er griff zum Telefon und wählte die Nummer des BKA, Abteilung Drogenfahndung. Man hörte dieses nervtötende Tuten, das nicht aufhören wollte. Susan spürte wie Brandt langsam unruhig wurde, nervös klopften seine Finger auf den Hörer des Telefons.

„Verdammte Scheiße, wo ist dieser Typ?", rief er aus und Susan sah wie in seinem Gesicht die Zornesröte aufstieg. „Immer wenn man diese Kerle braucht, sind sie nicht da."

Er wollte gerade den Hörer auflegen, als sich am anderen Ende eine weibliche Stimme meldete.

„Schumacher", sagte sie noch etwas außer Atem, „was ist los?" „Rainer Brandt hier, sag mal Mischa wo ist dieser verdammte Giovanni, ich brauche ihn ganz dringend."

„Tut mir leid Rainer, der ist gerade in einer Teambesprechung, sowie er zurück ist, sage ich ihm Bescheid, dass er dich sofort anrufen soll." „Aber vergiss es nicht", erwiderte er lächelnd, dann legte er den Hörer auf und wartete auf seinen Rückruf. Es verging eine Viertelstunde als das Telefon schellte.

„Giovanni? Na das wurde aber auch Zeit, wir brauchen dich dringend für einen Undercover-Einsatz, setz dich in den nächsten Flieger und komm nach Hamburg ins Polizeipräsidium, alles Weitere besprechen wir, wenn du hier bist, OK?"

„OK", erwiderte Giovanni, „bin schon unterwegs, also bis dann."

„Ja bis dann und beeil dich." Susan hatte ihm die ganze Zeit zugehört und hätte zu gerne gewusst, was diese ganze Aktion sollte.

„Kannst du mir mal sagen, was das Ganze soll", fragte sie vorwurfsvoll. „Wer ist Giovanni und was will der hier?" Brandt lehnte sich genüsslich zurück, schaute sie mit einem selbstsicheren Lächeln an und berichtete dann was er vorhatte.

„Giovanni hat schon mehrere Undercover-Einsätze mitgemacht und weiß genau, wie das läuft. Er ist ebenfalls ein südländischer Typ und spricht außerdem ausgezeichnet Spanisch. So wird es ihm nicht schwerfallen, sich bei diesen Typen einzunisten, ohne einen Verdacht zu erwecken."

„Na, wenn das mal gut geht", dachte Susan und irgendwie hatte sie kein gutes Gefühl bei der ganzen Geschichte. „Bist du sicher, dass dies das Richtige ist."

„Nenn mir einen besseren Weg, wie wir diese Kerle zur Strecke bringen können und wir werden ihn gehen."

„Ist schon in Ordnung", gab sie zur Antwort, denn sie fand im Moment keine brauchbare Alternative. Drei Stunden später sah sie einen hoch aufgeschossenen schwarzhaarigen Typ, der schnurstracks auf ihr Büro zukam. Er öffnete die Tür und dann stand er auch schon vor ihr. Groß, muskulös, schwarzhaarig und dunkelhäutig, so als hätte er wochenlang irgendwo im Süden Urlaub gemacht.

Brandt sprang auf, ging auf ihn zu und umarmte ihn freudig. „Schön dass du so schnell gekommen bist."

„Kein Problem", erwiderte er und lächelte generös.

Brandt deutete mit der Hand in Susans Richtung, darauf wartend, wie er wohl auf sie reagieren würde.

„Darf ich dir Lieutenant Susan Carmichel vorstellen, sie ist beim New Yorker FBI, Sektion Drogenhandel, und soll uns hier unterstützen."

Giovanni ging auf sie zu, ergriff ihre Hand und schaute sie mit einem unverhohlen lüsternen Blick unentwegt an, aber trotz allem war sein Lächeln so charmant und gewinnend, dass sie schon ein wenig weich in den Knien wurde.

„Ich freue mich Sie kennenzulernen", erwiderte er mit einem so unverschämten Grinsen, dass sogar sie für einen Moment die Fassung verlor.

„Ich freue mich auch", erwiderte sie und drehte diesmal den Spieß um, schaute ihm so lange in die Augen, bis sein Blick dem ihren nicht mehr standhalten konnte. Lächelnd fügte sie hinzu, „und wären sie so nett und würden meine Hand wieder loslassen, denn ich möchte nicht stundenlang mit Ihnen hier im Raum rumstehen." Das hatte gesessen, blitzschnell ließ er ihre Hand los und wandte sich Brandt zu, der die ganze Szene mit einem amüsierten Schmunzeln beobachtet hatte.

Giovanni sollte also den Part des Undercover-Agenten übernehmen. Trotz der Lobeshymnen die Hauptkommissar Brandt über ihn ausschüttete, hatte sie Bedenken, dass er der Richtige für diesen Einsatz war. Sie schaute Brandt an und er sah die Skepsis in ihren Augen. Bevor sie etwas sagen konnte, sagte er mit ernstem Gesicht: „Ich weiß, dass du nicht meiner Meinung bist, aber wir müssen das Risiko eingehen."

Hilflos fuhr seine Hand durch die Luft: „Haben wir denn eine Alternative?"

„Außerdem macht er das nicht zum ersten Mal und wenn es die Situation erfordert ist er ein eiskalter Hund, glaub mir."

„OK, dann versuchen wir es", antwortete sie widerwillig.

Zuerst müssen wir wissen, wo diese konspirativen Treffen stattfinden."

„Das dürfte kein Problem sein", versicherte ihr Brandt. In spätestens einer Stunde wissen wir wie das Lokal heißt, erfahrungsgemäß können wir den Standort auf St. Pauli eingrenzen."

Und richtig, eine halbe Stunde später wussten sie, dass es sich um eine Kneipe auf der Reeperbahn handelte. „Wir hätten wetten sollen", grinste er triumphierend. „Um was wolltest du denn wetten?", fragte sie und wusste genau, was er antworten würde.

„Das sage ich lieber nicht", erwiderte er mit einem Anflug von Scham und Schüchternheit, „sonst bin ich noch wegen sexueller Belästigung am Arbeitsplatz dran."

Susan aber gab auf diese ziemlich kesse Bemerkung keine Antwort und schmunzelte in sich hinein: „Diese Kerle denken doch immer nur an das Eine." Dann sah sie ihn strafend an und widmete sich wieder ihrer Arbeit.

Das Lokal hieß „Garden Eden", was immer auch diese paradiesische Bezeichnung bedeuten sollte. Auf St. Pauli aber musste man nicht lange rätseln, was damit gemeint war. Es lag in unmittelbarer Nähe des St.-Pauli-Theaters und war ganz offensichtlich ein Treffpunkt für Sexhungrige und Ganoven aller Schattierungen. Hier sollte sich also Giovanni einschleusen und sie mit den nötigen Informationen versorgen. Also dann viel Glück lieber Giovanni, aber Susan hatte ein mulmiges Gefühl, wenn sie nur daran dachte.

13. Kapitel

Christine Conradi hatte es sich in der 1. Klasse des Intercitys nach Hamburg bequem gemacht, sie war auf dem Weg in die Hansemetropole, wo sie am nächsten Tag ihren neuen Job antreten sollte. Vor einem halben Jahr beendete sie ihr Studium und hatte jetzt das große Glück, bei einem renommierten Hamburger Zeitungsverlag unterzukommen. Es war nicht einfach für sie, denn sie musste ihre Familie und Freunde in Frankfurt zurücklassen. Nachdenklich schaute sie aus dem Fenster ihres Abteils. Sie sah die vorbeiziehenden Dörfer und Felder, und plötzlich überkam sie ein Gefühl der Einsamkeit. Wie die Nebel, die über den Feldern schwebten, lag ein Nebel der Traurigkeit auf ihrer Seele, hüllte sie in tausend Selbstzweifel. War es die richtige Entscheidung, die sie getroffen hatte?

Im Moment hatte sie noch keine Antwort auf diese Fragen, aber die Zukunft würde es zeigen. Ein freundliches „Guten Morgen" riss sie aus ihren Gedanken. Sie schaute auf, der Zugbegleiter bat sie um ihre Fahrkarte. Sie nahm seinen Blick wahr, ein Blick, der sie neugierig fixierte. Oh, ja, sie wusste, dass sie eine attraktive Frau war. Sie reichte ihm mit einer graziösen Handbewegung ihre Fahrkarte. Sie hatte ihr langes, blondes Haar hochgesteckt und war dezent geschminkt. All diese weiblichen Attribute unterstrichen ihre Schönheit und ließen sie noch begehrenswerter erscheinen. Sie nahm eine Zeitschrift zur Hand und versuchte sich abzulenken, doch immer wieder kreisten ihre Gedanken um das, was sie erwartete, um das Ungewisse das so unmittelbar bevorstand. Vor ein paar Monaten hätte sie viel darum gegeben, diesen Job zu bekommen, und jetzt war sie auf dem Weg in ein neues Leben.

Unsicher aber doch voller Zuversicht. Sie musste sich durchsetzen und für alles was sie jetzt tat Verantwortung übernehmen, sie war auf ihre eigene Kraft und Willensstärke angewiesen. In diesem Moment erinnerte sie sich an ihre Kindheit. Immer wenn ihr etwas nicht geheuer war, flüchtete sie hilfesuchend in die beschützenden Arme ihrer Mutter.

Langsam fuhr der Zug in den Hamburger Hauptbahnhof ein, rumpelte über ein unendliches, unüberschaubares Gewirr von Weichen, die sie trotzdem auf den richtigen Bahnsteig brachten. Der Weg war so vorbestimmt wie das Schicksal der Menschen, die in diesem Zug saßen. Bremsen quietschten, Türen flogen auf, Menschen stiegen aus, hasteten zu den Ausgängen, ihr Gepäck hinter sich herziehend.

Dann stoben sie auseinander wie eine Staubwolke, die sich in alle Himmelsrichtungen verteilte, wohl wissend, dass sie nur einige Stunden einer gemeinsamen Bahnfahrt miteinander verbrachten. Christine schritt die lange Bahnhofshalle entlang, angekommen in einer Welt, die im Moment noch nicht die ihre war. Auf dem Bahnhofsvorplatz bahnte sie sich einen Weg durch die hektische Betriebsamkeit einer Weltstadt, winkte nach einem Taxi. Es dauerte lange bis eines hielt und der Fahrer ihr Gepäck im Kofferraum verstaute.

Als sie endlich im Wagen saß, atmete sie erleichtert auf, gab ihr Fahrtziel an und lehnte sich in die Sitze zurück, um wenigstens noch hier ein wenig zu entspannen. In ihrem Hotel angekommen, checkte sie ein und zog sich in ihr Zimmer zurück. Sie würde gleich ein wohltuendes Bad nehmen und sich dann zu Bett begeben.

Sie war ein bisschen nervös, denn alles, was sie erwartete, war voller Überraschungen. Wie mögen die neuen Kollegen sein? Wird sie mit ihnen zurechtkommen? All dies stand wie ein großes Fragezeichen im Raum und beschäftigte sie, während sie warmes Wasser in die Badewanne laufen ließ.

Sie zog sich aus, steckte die Zehenspitzen ins Wasser, um zu fühlen, ob es die Temperatur hatte, die ihrem Körper wohltat, dämpfte das Licht und glitt langsam in das wärmende Nass. Das Wasser umspielte kitzelnd ihre Brustwarzen und eine wohltuende und entspannende Schwere bemächtigt sich ihres Körpers. Danach streifte sie ihren seidenen Pyjama über, kuschelte sich zufrieden in ihre Kissen und der Schlaf entführte sie in die Ruhe der Nacht.

Am nächsten Morgen betrat Christine die imposante Empfangshalle des Verlages. Überall geschäftiges Treiben, Mitarbeiter hasteten durch die Gänge, liefen treppauf, treppab. Sie ging zu der Empfangsdame, die im Foyer hinter einem futuristisch anmutenden Pult saß und stellte sich vor. Diese griff zum Telefon, wählte eine Nummer und kündigte das Erscheinen von Christine an. Mit einem freundlichen Lächeln wurde sie gebeten, noch einen Moment Platz zu nehmen. Durch die gläserne Kuppel brach sich das Licht des Tages und malte bizarre Farbspiele auf den grauen Marmor des Bodens. Die Empfangshalle spiegelte trotz ihrer Größe eine fast anheimelnde Atmosphäre wieder. Überall standen kleine Sitzgruppen aus schwarzem Leder, umrahmt vom üppigen Grün der Pflanzen. An den Wänden hingen abstrakte Gemälde von beeindruckender Farbenpracht, bis ins Detail abgestimmt mit der schlichten Eleganz des Interieurs.

Dann bemerkte sie wie eine Frau in einem dunklen Hosenanzug auf sie zukam und sie schon von Weitem erwartungsvoll anschaute. Ein freundliches Lächeln umspielte ihren Mund. Christine spürte wie sich ihr Herzschlag beschleunigte, je näher die Unbekannte kam, die augenscheinlich in Zukunft ihre Chefin sein würde. Verlegen lächelnd stand sie auf und ging auf die Frau zu, die ihr nun ein offenes Lächeln schenkte und das Wort ergriff.

„Frau Conradi?", Christine nickte nervös. „Ich hoffe, sie hatten eine angenehme Reise. Ich bin Claudia Metzler, die Ressortleiterin der Abteilung Feuilleton."

Ihren Worten folgte ein herzlicher Händedruck, der Christine die erste Befangenheit nahm und augenblicklich wurde sie ruhiger. In der Redaktion wurde sie schon erwartet und von allen neugierig beäugt. Die Räume waren in freundliches Licht getaucht und an den Schreibtischen saßen ihre künftigen Kollegen, die ganz offensichtlich angeregt über die bevorstehenden Arbeiten diskutierten.

Sie spürte, wie sie verstohlen gemustert wurde, von einigen wohlwollend, von anderen eher misstrauisch und abwartend. Christine spürte jeden ihrer Blicke. Sie beobachteten ihre Bewegungen, abschätzend, ja sogar ein wenig neidisch.

Selbstbewusst lächelte sie, denn sie kannte ihre körperlichen Vorzüge sehr genau. Sie sah gut aus, hatte Charme und die Anmut, mit der sie sich bewegte, ließen Männerherzen schneller schlagen. Aber trotzdem konnte sie nicht verbergen, dass sie aufgeregt war. Als sie dann mit Claudia in deren Büro saß, plauderten sie bei einer Tasse Kaffee über ihre zukünftigen Aufgaben. Am späten Abend verließ sie das Verlagsgebäude und konnte ein Gefühl der Zufriedenheit nicht verbergen. In ihrem Hotelzimmer angekommen, nahm sie erst mal ein erfrischendes Bad. Es war ein wunderbares Gefühl unter der Dusche zu stehen und das wohltuende Prickeln des warmen Wassers zu spüren. Entspannt und von der Last des vergangenen Tages befreit, legte sie sich auf ihr Bett und war augenblicklich eingeschlafen.

Mitten in der Nacht wurde sie unsanft durch lautes Grollen und grelle Blitze aus dem Schlaf gerissen. Schlaftrunken stand sie auf und schaute zum Fenster hinaus. Über Hamburg braute sich ein schweres Unwetter zusammen. Blitze zuckten über den Horizont, der immer stärker werdende Sturm jagte regengetränkte, schwarze Wolken vor sich her. Wenige Menschen bahnten sich mühsam einen Weg durch die Straßen. Ihre Regenschirme tanzten im Sturm wie große, schwarze Fledermäuse. Der Regen peitschte gegen die Scheiben, lief an ihren herunter, wie ein Rinnsal der Trostlosigkeit und des Vergessens, entfernte den Staub des Tages, so als wollte er alles, was passiert war, ungeschehen machen. Christine fröstelte ein wenig und zog ihren Bademantel noch enger um ihren Körper, schaute gedankenverloren aus dem Fenster, fasziniert von diesem grandiosen Schauspiel der Natur.

Vier Wochen später. Die Aufregung und Ungewissheit der letzten Wochen war der Ruhe und Gelassenheit gewichen. Christine hatte sich sehr gut in ihrer neuen Umgebung zurechtgefunden, war souveräner und selbstbewusster geworden. Mit großer Freude und Leidenschaft ging sie an alles heran und hatte schon bald die Anerkennung aller errungen.

Es machte ihr so viel Freude, dass sie sogar manchmal die Zeit vergaß. Es war ein sonniger, wolkenloser Tag. Mittagszeit, Zeit für ein wenig Entspannung. Sie ging über den langen Flur, stieg die Treppe hinunter und traf in der Halle auf Claudia, die lächelnd auf sie zukam. „Hast du Lust mit mir zum Italiener zu gehen, wir könnten dort in Ruhe einen Cappuccino trinken und ein bisschen plaudern?"

Christine willigte freudestrahlend ein und beide gingen hinaus auf die Straße, wo sie das rege Treiben gut gelaunter Menschen empfing. Sie schaute heute nur in fröhliche Gesichter, die den Liebreiz dieses Tages widerspiegelten. Wenn es um schöne Frauen geht, kann sich kein Italiener mit seinen Komplimenten zurückhalten. Überschwänglich wurde Claudia von Giovanni begrüßt. Küsschen links, Küsschen rechts, dann schaute er Christine an und flüsterte ihr mit seinem unübertrefflichen Charme ein „Ciao Bella" zu.

Die beiden Frauen unterhielten sich so angeregt, dass sie überhaupt nicht bemerkten, wie die Zeit verging. Plötzlich legte Claudia ihre Hand auf ihren Arm und schaute sie lächelnd an.

„Wenn du willst, habe ich eine interessante Aufgabe für dich."

Sie blickte auf und Claudia fuhr fort: „Wir wollen einen Report über die High Society in Hamburg vorbereiten, gib mir bitte bis morgen Bescheid, ob du das übernehmen willst."

Sie standen auf und gingen schweigend zurück. Zwischen Freude und Zweifel hin und her gerissen, ging sie in ihr Hotel. Die Gedanken an das, was ihr Claudia angeboten hatte, ließen sie nicht mehr los.

Robert Steinbach, der Verlagsleiter des „Hamburger Generalanzeigers" und Christines oberster Chef, saß in seinem komfortabel eingerichteten Büro in der zehnten Etage des Verlagsgebäudes, hoch über den Dächern von Hamburg. Mit seinen 36 Jahren hatte er schon eine erstaunliche Karriere gemacht. Er war nicht unbedingt das, was man unter einem attraktiven Mann verstand. Er hatte ein fliehendes Kinn und einen stechenden, unruhigen Blick. Sein Anzug war zwar aus einem noblen Zwirn gefertigt, aber seine Statur war eher untersetzt. Ein kaum zu übersehender Bauch ließ seine Figur noch unvorteilhafter erscheinen. Er studierte gerade den Wirtschaftsteil des „Hamburger Generalanzeigers" als das Telefon schellte.

„Ja, Steinbach hier", meldete er sich mit einer fast herrischen Stimme. „Ach Claudia, du bist es, was gibt's?", fuhr er fort.

Er pflegte immer in kurzen, abgehackten Sätzen zu sprechen und jeder, der ihm gegenüber stand, wusste, dass er keinen Widerspruch duldete. Sie faselte irgendetwas von Neuigkeiten, die ihn sicher interessieren würden und ob er ein halbes Stündchen Zeit für sie hätte. „Jetzt nicht", erwiderte er in seinem üblichen, barschen Ton. Ohne weiteren Kommentar legte er den Hörer auf und lehnte sich genüsslich in seinem Sessel zurück. Ein hämisches Grinsen überzog sein Gesicht. Er freute sich jedes Mal, wenn es ihm wieder mal gelungen war, Claudia Metzler zu demütigen, ja es bereitete ihm sogar eine ungeheure Befriedigung, wenn er spürte wie sie hilflos und ohnmächtig dastand und alle diese Niederträchtigkeiten über sich ergehen ließ.

Genüsslich steckte er sich eine Zigarette an und blies den Qualm lässig, mit einem befriedigten Grunzen, in die Luft. Ja so war er der Herr Steinbach. Skrupellos und eiskalt, wenn es um die Durchsetzung seiner Interessen ging.

Es interessierte ihn nicht, wer dabei auf der Strecke blieb. Aber so war er schon immer. Auf dem Weg zur Verlagsspitze räumte er alles aus dem Weg, was für ihn zur Gefahr werden konnte. Zielstrebig hatte er sich nach oben gearbeitet, rücksichtslos und egoistisch. Keine Intrige war ihm zu schmutzig, keine Lüge zu hinterhältig. Er hatte immer alles im Leben erreicht und keine Rücksicht auf das Schicksal seiner Mitmenschen genommen. Schon in seiner Jugend und während seiner Studienzeit benutzte er das Vertrauen anderer, um sich selbst Vorteile zu verschaffen, heuchelte ihnen Freundschaft und Interesse vor. Sogar seinen besten Freund, den er von klein auf kannte, belog und betrog er, bis sich dieser irgendwann endgültig von ihm abwandte. Er hatte widerwärtige Charaktereigenschaften und daher war es kein Wunder, dass er immer ein Einzelgänger blieb. Er hatte ein großes Ziel vor Augen und da war ihm jedes Mittel recht. Er wollte unbedingt Senator werden, koste es was es wolle.

Sven Lindholm war in der zweiten Legislaturperiode Innensenator der Hansestadt Hamburg. Er war sechsundfünfzig Jahre alt, seit fast 20 Jahren verheiratet und hatte zwei heranwachsende Kinder im Alter von vierzehn und achtzehn Jahren. Er entstammte einer alten Hamburger Familie, die man in Hamburg etwas despektierlich Pfeffersäcke nennt, was aber eigentlich den finanziellen Adelsstand bedeutet. Seine Familie gehörte seit dem achtzehnten Jahrhundert der High Society Hamburgs an. Schon sein Vater war Senator und wie es sich gehörte, war auch der Sohn in seine Fußstapfen getreten. Er war über jeden Zweifel erhaben und genoss hohes Ansehen, nicht nur bei den Bürgern der Hansestadt, sondern auch bei den Kollegen seiner Fraktion. Er residierte, wie es für die Reichen dieser Stadt üblich war, mit seiner Familie im vornehmen Hamburg-Blankenese. Sven Lindholm war hier aufgewachsen und verbrachte seine Jugendjahre sorglos und wohlbehütet. Nach einem Studium an der Eliteuniversität

Cambridge, kehrte er in den Schoß der Familie zurück.

Jahrelang arbeitete er mit viel Einsatz und sozialem Engagement in seinem Familienunternehmen. Sein Vater und er waren ein ideales Gespann, sie hatten die gleiche Einstellung, wenn es um die Verantwortung für die Mitarbeiter und die Gesellschaft ging. Bei den Mitarbeitern erfreuten sie sich großer Beliebtheit. Immer hatten sie für alles ein offenes Ohr, halfen wenn es nötig war, und nahmen Anteil an den kleinen und großen Sorgen, die jeden Einzelnen von ihnen bedrückten. Wie ein Blitz aus heiterem Himmel traf Sven der plötzliche Tod seines Vaters. Er hatte zwar schon einige Zeit gesundheitliche Probleme, aber er wollte einfach nicht darüber reden. Besorgt sprach er immer wieder mit ihm, aber dieser wischte alle Sorgen mit einer Handbewegung vom Tisch und gab sich zuversichtlich.

„Es wird schon werden, mach dir keine Sorgen", beruhigte er ihn. Und dann kam es so, wie es kommen musste. Eines Morgens fand ihn die Haushälterin bewusstlos im Badezimmer liegend. Obwohl bereits nach wenigen Minuten der Rettungsdienst eingetroffen war und versuchte, ihn zu reanimieren, kam jede Hilfe zu spät, sein Leben konnte nicht mehr gerettet werden.

Sein Herz hatte aufgehört zu schlagen, von einer Sekunde auf die andere. Wie sollte es jetzt weitergehen? Sein Vater, den er über alles liebte, der ihm stets ein Vorbild war in allem was er tat, lebte nicht mehr. Ihm fehlten die wohlgemeinten Ratschläge, die tröstenden Worte, die ihm so hilfreich waren, wenn er nicht mehr weiter wusste. Wochenlang war er wie paralysiert, konnte kaum einen klaren Gedanken fassen und doch musste es weiter gehen. Er war gezwungen die ganze Verantwortung zu übernehmen, ohne Hilfe seines Vaters Entscheidungen treffen, die dieser in der Vergangenheit mitgetragen hatte. Parteimitglied war er schon seit seinem achtzehnten Lebensjahr, aber er trat nie groß in Erscheinung, machte seine Arbeit lieber bescheiden im Hintergrund.

Nach dem Tode seines Vaters wurde er gegen seinen Willen immer mehr ins Rampenlicht gezerrt. Die Partei wollte dessen herausragenden Ruf nutzen und bat ihn in die Fußstapfen seines Vaters zu treten und sein Nachfolger zu werden. Widerwillig unterwarf er sich der Parteiräson und kandidierte bei den nächsten Senatswahlen.

Er wurde, wie es nicht anders zu erwarten war, auf Anhieb zum Innensenator gewählt. Er wusste, welche Verantwortung auf ihn zukam, aber er war im Gedenken an seinen Vater fest entschlossen, das Amt in seinem Sinne weiterzuführen.

Christine Conradi knüpfte die ersten Kontakte zur Hamburger Gesellschaft, versuchte so das Vertrauen dieser, oft sehr scheuen, Spezies Mensch zu gewinnen, vor allem dann, wenn es um ihre persönlichen Belange ging, waren sie nicht gerade sehr mitteilsam. Nach einem Gespräch mit Jens Jacobs, dem Parteisekretär der „Demokratischen Volkspartei", vereinbarten sie ein Interview.

Er war ein junger, dynamischer Mann Anfang drei-
ßig, groß gewachsen und mit dem typisch hansea-
tischen Charme. Sein Gesicht strahlte Zuversicht
und Entschlossenheit aus. Mit einem lausbübischen
Lächeln begrüßte er sie und das imponierte ihr und
sie war sofort von ihm angetan. Die Art, wie er ihr
gegenübertrat, gefiel ihr.

Er hatte so einen offenen, sympathischen Blick,
war charmant und zuvorkommend. Während des
Gesprächs schaute er sie unverwandt an und signalisierte ihr, dass er sie sehr anziehend fand.

„Danke Herr Jacobs, dass sie das Gespräch möglich gemacht haben", begann sie etwas verlegen.

„Jetzt, wo ich sie sehe, bedaure ich es schon sehr,
dass wir uns nicht früher begegnet sind", setzte
er lachend das Gespräch fort. Sie spürte, wie ihr
Herz zu klopfen begann. Er war braun gebrannt,
seine markante Nase verlieh seinem Gesicht eine
besonders männliche Note. Sein schwarzes, dichtes Haar war mit grauen Strähnen durchzogen, die
ein Stück gelebtes Leben waren. Eigentlich passte
sein Name gar nicht zu ihm, fand sie. Er war zur
Hälfte Italiener, seine Mutter stammte aus einer
der reichsten Familien Mailands. Dort hatte sein
Vater sie kennen und lieben gelernt. Sie war mit
nach Hamburg gekommen und fühlte sich hier
recht bald zu Hause.

Den Namen Jens hatten ihm seine Eltern im Gedenken an seinen Großvater gegeben. Bei jedem
Wort, das er mit seiner tiefen, ruhigen Stimme
sprach, blitzten seine Augen so strahlend und un-
ternehmungslustig, dass sie ihren Blick kaum von

ihm abwenden konnte. Und doch spürte sie eine gewisse Unbeholfenheit in seinen Gesten. Sie konnte unschwer erkennen, dass sie ihn von Anfang an fasziniert hatte, aber sie wollte ihm nicht zeigen, wie sehr sie von ihm angetan war.

Sie gehörte nicht zu den Frauen, die sich einem Mann gleich in die Arme warf. Er hätte bestimmt viele haben können, aber so leicht wollte sie es ihm nicht machen. Nach dem Austausch von Liebenswürdigkeiten und Schmeicheleien, bat Christine ihn lächelnd, endlich konkret zu werden.

„Also, was kann ich für sie tun, sie wollen doch sicherlich einiges über die High Society erfahren? Wie sie mir bei unserem Telefonat sagten, wollen sie eine Kolumne über das Hamburger Gesellschaftsleben schreiben, ist das richtig?"

„Goldrichtig", erwiderte sie lachend. „Ich hoffe ja nur, dass sie mit allen sehr human umgehen, denn ich könnte mir vorstellen, dass einige dieser Herrschaften sehr sensibel auf eine zu negative Berichterstattung reagieren würden." Diese Bemerkung von Jens ließ sie aufhorchen.

Was hatte sie zu bedeuten? Der Spürsinn als Journalistin sagte ihr, dass mehr hinter dieser Bemerkung stecken musste, als sie im ersten Augenblick vermutete. Sie spürte wie Jacobs sie immer wieder fixierte und nach den passenden Worten suchte.

„Ich möchte Sie ganz bestimmt nicht erschrecken, aber Sie sollten sehr behutsam zu Werke gehen. Sie werden feststellen, dass es besser ist, wenn Sie viele Dinge auf sich beruhen lassen und nicht unbedingt die Wahrheit ans Licht fördern wollen.

Es ist ein wohlgemeinter Rat, den ich Ihnen gebe, weil ich nicht möchte, dass Sie unnötig Schwierigkeiten bekommen!" Als sie spät am Abend ihr Hotelzimmer betrat, klingelte ihr Telefon in dem Moment, als sie den Schlüssel im Schloss drehte. Eilig öffnete sie die Tür und nahm den Hörer ab.

„Frau Conradi?", fragte eine männliche Stimme am anderen Ende. Es war Jens, dessen tiefe Stimme sie so sofort erkannte.

„Herr Jacobs, wie komme ich zu der Ehre ihres Anrufs?", fragte sie scherzend. Sie war sehr erstaunt und geschmeichelt zugleich.

„Ich habe eine große Bitte", fuhr er ohne Umschweife fort, „würden Sie mich auf den Hamburger Presseball begleiten? Sie würden mir damit eine große Freude bereiten!"

Sie schwieg und rang nach Fassung, mit allem hatte sie gerechnet, nur damit nicht. Dann fasste sie sich ein Herz und sagte zu.

„Wenn Sie gestatten, hole ich Sie von zu Hause ab, dann können wir gemeinsam dort hinfahren, das macht vieles einfacher."

„Vielen Dank für die Einladung", sagte sie mit verlegener Stimme.

„Die Freude ist ganz auf meiner Seite", beendete er auf die ihm eigene charmante Art das Gespräch.

Am nächsten Morgen ging sie später in die Redaktion. Sie hatte sich verschiedene Objekte angeschaut und sich dann für eine kleine Wohnung im Dachgeschoss eines eleganten Stadthauses an der Hamburger Außenalster entschieden. Es war der Tag der Unterzeichnung des Mietvertrages.

Ein gediegenes Ambiente war ihr schon sehr wichtig, denn ihr Privatleben wollte sie in einer Umgebung verbringen, die ihr ein Gefühl von Heimat vermittelte. Sie wurde von einer netten, kultiviert aussehenden älteren Dame empfangen und ins Haus gebeten. Christine schien ihr sehr sympathisch zu sein, denn nach einem kurzen freundlichen Gespräch war der Vertrag unterschrieben.

Mit einem herzlichen Händedruck verabschiedete sie sich von ihr und wünschte ihr alles Gute. Endlich konnte sie die Spedition anrufen, um einen Termin für die Lieferung ihrer, von einer Spedition in Frankfurt eingelagerten, Möbel abzusprechen.

Zwei Tage später war es soweit. Pünktlich um 9.00 Uhr schellte es an ihrer Tür. Sie schaute aus dem Fenster und vor dem Haus stand der gelbe LKW der Spedition mit ihren Möbeln. „Endlich, dachte sie." Es wurde aber auch Zeit, denn das Leben im Hotel war auf Dauer wirklich nichts für sie. Sicherlich, es war komfortabel und sie genoss den guten Service des Hauses, aber es fehlte ihr das Intime, die Gegenstände die ihre Person charakterisierten.

Gegen Mittag war dann Gott sein Dank alles erledigt. Jetzt konnte sie sich mit aller Kraft um die neue Aufgabe kümmern. Wie sich herausstellte, war es nicht einfach, von den Kollegen Tipps zu bekommen. Alle waren zurückhaltend, ja fast ängstlich, wenn es darum ging näheres über die Protagonisten ihrer Story zu erfahren. Das Einzige, was sie in Erfahrung bringen konnte, war, dass vor einem Jahr eine Redakteurin schon einmal mit diesem Thema beschäftigt war, aber sie war leider nicht mehr im Hause.

Sie hatte nach Aussage ihrer Kolleginnen, ganz plötzlich ihre Recherchen eingestellt und von heute auf morgen den Verlag verlassen. Christine war darüber zwar etwas verwundert, maß der ganzen Sache aber nicht die Bedeutung bei, die erforderlich gewesen wäre. Vielleicht war sie ja aus gesundheitlichen Gründen ausgeschieden, beruhigte sie sich.

Zufällig fand sie in der Schublade ihres Schreibtisches, unter einem Wust von Papieren einen Zettel, der ganz offensichtlich der Kollegin gehörte, die vorher an diesem Schreibtisch gesessen hatte. Das Papier war mit handschriftlichen, kaum lesbaren Notizen versehen. Auf die untere Ecke war eine Zahlenreihe gekritzelt, bei der es sich ihrer Vermutung nach, um eine Telefonnummer handeln musste. Sie notierte sie und legte den Zettel an seinen alten Platz zurück.

Nervös und voller Ungeduld verließ sie die Redaktion. Zu Hause angekommen zog sie ihren Mantel aus und ging zum Telefon. Sie nahm den Zettel aus ihrer Handtasche, ergriff den Hörer und wählte die Nummer, die darauf geschrieben stand. Sie lauschte dem Rufton und als sie gerade auflegen wollte, meldete sich am anderen Ende eine Frauenstimme.

„Ja bitte", tönte es ihr entgegen. Kein Name, nur ein verhaltenes „Ja bitte." Merkwürdig. Christine stellte sich vor und erzählte ihr, um welche Informationen sie ihr unbekanntes Gegenüber bitten wollte. Schweigen am anderen Ende, dann wurde das Gespräch abgebrochen. Tage vergingen und so sehr sie sich auch bemühte, sie kam in dieser Sache einfach nicht weiter.

Um sie herum eine Mauer des Schweigens. Doch plötzlich überstürzten sich die Ereignisse. Zu Hause angekommen, zog sie schon an der Tür ihre Pumps aus und tippelte barfuß in die Küche, um sich ein Glas Wasser einzugießen. Im Vorbeigehen schaute sie zufällig auf das Telefon, das in der Diele auf einer Kommode stand.

Der Anrufbeantworter blinkte unaufhörlich. Gespannt drückte sie die Wiedergabetaste und was sie dann hörte, ließ ihr den Atem stocken. Eine hastige Frauenstimme meldete sich.

„Wenn Sie mehr erfahren wollen, kommen Sie heute Abend um 19.00 Uhr ins Hotel Elysee am Dammtorplatz, ich erwarte Sie dort in der Lounge." Dann wurde aufgelegt.

Christine betrat die Empfangshalle des Hotels, Luxus und Eleganz wohin man schaute. Mit suchenden Blicken sah sie sich um. Sie bemerkte eine in der Lounge sitzende Frau mittleren Alters, die mit ernster Miene in ihre Richtung blickte. Sie stand auf und kam auf sie zu, wollte gerade damit beginnen, Christine das anzuvertrauen was sie auf dem Herzen hatte, unterbrach aber das Gespräch, als der Kellner an ihren Tisch trat, um ihre Getränke abzustellen.

„Also, was wollen Sie mir erzählen?" Christine konnte ihre Ungeduld kaum verbergen. „Bitte beantworten Sie mir eine Frage", setzte die Unbekannte das Gespräch fort, „woher haben Sie meine Telefonnummer?"

Christine schaute sie verlegen an, dann fasste sie sich ein Herz und berichtete, wo sie den Zettel entdeckt hatte. „Ihre Telefonnummer habe ich auf einem Skript gefunden, das sich unter verschiedenen Papieren in der Schublade meines Schreibtischs befand, meine Vorgängerin hat wohl vergessen, ihn aufzuräumen!"

Sie sah die Angst und die Panik in ihren Augen. „Oh mein Gott", stammelte sie nach Fassung ringend. Sie stand auf, um die Toiletten aufzusuchen. Als sie zurückkam sah Christine, dass sie geweint hatte, denn ihre Augen waren mit Tränen gefüllt. Sie rang immer noch nach Fassung, das konnte man sehen. Verlegen hob sie das Glas und trank es in einem Zug leer. Sie erhob sich eilig und beendete das Gespräch mit den Worten.

„Ich kann Ihnen leider nichts sagen, aber ich wünsche Ihnen viel Glück." Dann verließ sie mit schnellen, gehetzten Schritten das Hotel. Christine saß da wie vom Blitz getroffen. Tausend Gedanken schwirrten ihr durch den Kopf.

14. Kapitel

Jeder der Claudia bisher kennenlernte, hatte nur den besten Eindruck von ihr. Sie war eine freundliche und liebenswerte Person, aufgeschlossen, zugänglich, hilfsbereit und fand allen Menschen gegenüber den richtigen Ton. Keiner wusste wie es in ihrem Inneren aussah, dass all dies nur Fassade war, dass ihr Verhalten schon fast psychopathische Züge trug. Schon in jungen Jahren beherrschte sie dieses falsche Spiel bis zur Perfektion. Wenn sie einer Freundin den Liebhaber ausspannen wollte, war ihr jedes Mittel recht. Sie gab nicht eher Ruhe, bis sie erreicht hatte was sie wollte. Danach hatte sich ihr krankhafter Besitzanspruch sehr schnell gelegt. Die Siegerin zu sein reichte ihr und sie ließ ihre Eroberung fallen, so als wäre nichts geschehen. Sie konnte niemals die Verliererin sein, das duldete sie nicht.

Sven Lindholm war ihr zum ersten Mal bei einer Pressekonferenz begegnet. Sie war ihm durch ihre unangenehmen Fragen und ihre Hartnäckigkeit aufgefallen. Danach hatte er sich nach ihrem Namen erkundigt und im Sekretariat die Anordnung hinterlassen, sie in die Gästeliste für den nächsten Presseball aufzunehmen. Sie war zwar Ressortleiterin aber das genügte ihr nicht. Zu ihrer großen Freude erhielt sie Wochen später eine persönliche Einladung zu diesem herausragenden Ereignis. Sie hielt das Schreiben in der Hand und sprang lachend durch die Wohnung. Endlich war es soweit, sie hatte erreicht, was sie wollte. Dazuzugehören und Macht zu haben, das war für sie wie ein Elixier, das sie am Leben hielt. Mit großer Sorgfalt bereitete sie sich für diesen Abend vor, war vorher noch zu einem stadtbekannten Coiffeur gegangen und hatte sich in einem exklusiven Kosmetikstudio für den Abend herrichten lassen. Wohlwollend betrachtete sie sich im Spiegel. Ihr Gesicht hatte ungemein an Schönheit und Ausdruckskraft gewonnen. Sorgfältig wählte sie das Kleid für diesen Abend aus.

Es war von schlichter Eleganz, aber ein gewagter Ausschnitt sollte als Gegensatz zum Schwarz ihres eher einfach geschnittenen Kleides, ihr Erscheinungsbild unterstreichen. Sie wählte einen BH, der die Rundungen ihrer Brüste noch mehr zur Geltung brachte. Eine collierartige Kette umschmeichelte ihren Hals und ließ ihn zart und verführerisch erscheinen. Zufrieden mit sich kleidete sie sich an, betrachtete sich noch einmal im Spiegel ihres Schlafzimmers, spitzte ihren Mund und warf sich selbst einen verführerischen Kuss zu, dann verließ sie gut gelaunt und mit zufriedenem Lächeln das Haus. Die Taxifahrt dauerte eine Viertelstunde, schon von Weitem sah sie das imposante Gebäude des „Hotel Atlantic". Es steht direkt an der Außenalster, nur durch eine Straße vom Wasser getrennt, elegant und erhaben hebt sich der weiße Bau vom Grün der davor stehenden Baumkronen ab. Der Wagen stoppte vor dem Portal, ein Portier war sofort zur Stelle und öffnete dienstbeflissen die Wagentür.

Sie stieg aus und ging mit eleganten Schritten in die Empfangshalle des Hotels. Reges Treiben empfing sie, ein dezentes Stimmengewirr erfüllte die

Halle, überall standen Menschen in eleganter Kleidung. Die meisten Damen trugen Abendkleider und die Herren ergänzten in ihren Smokings das festliche Gesamtbild.

Man herzte und küsste sich bei der Begrüßung auf die Wange, schüttelte sich vertraut und lang anhaltend die Hände. Hier war sie also versammelt, die feine Gesellschaft Hamburgs. Sie schaute genüsslich umher, sah die riesigen Kristallleuchter an den Decken, die alles in ein elegantes, funkelndes Licht tauchten. Säulen aus edlem Marmor ragten bis zu den Decken empor, die Wände waren mit feinsten Tapeten bekleidet. Überall standen kleine Sitzgruppen aus braunem Leder, auf denen ein Teil der Gäste bereits Platz genommen hatte. Dieses Ambiente verlangte ihr große Bewunderung ab, aber es erfüllte sie zugleich auch mit Stolz und innerer Zufriedenheit, dass sie endlich zu diesem erlesenen Kreis gehörte.

Ja, es war für sie ein unbeschreibliches Gefühl, etwas Besonderes zu sein. Langsam ging sie die breite Treppe empor, die sich neben dem Empfang befand und direkt in die Gesellschaftsräume führte. Der große Raum mit seinem edlen Interieur war bereits bis zur Hälfte gefüllt. Die Tische waren mit weißem Damast eingedeckt, Blumenarrangements zierten jeden Tisch. In der äußersten Ecke entdeckte sie Sven Lindholm, der sich mit einigen Gästen angeregt unterhielt. Als er in ihre Richtung schaute, entschuldigte er sich und kam lächelnd auf sie zu.

„Hallo, meine liebe Frau Metzler", begrüßte er Claudia und fügte hinzu, „herzlich willkommen, ich wünsche Ihnen einen schönen Abend."

Sie erwiderte seinen freundlichen Blick, bedankte sich überschwänglich lachend für die Einladung, dann drehte er sich um und war augenblicklich in der Menge der anwesenden Gäste verschwunden. In der Zwischenzeit waren Christine und Jens Jacobs ebenfalls auf dem Weg ins „Hotel Atlantic".

Schweigend saßen sie nebeneinander, nur hin und wieder spürte sie, wie er ihr verstohlene Blicke zuwarf. Sie hing ihren Gedanken nach und war schon sehr aufgeregt, hatte sie doch noch keinerlei Erfahrung, wie man sich auf einem so vornehmen Parkett bewegte, aber Jens war in ihrer Nähe und diese Tatsache gab ihr Sicherheit. Sie fuhren am Hotel vor, er stieg aus und ließ es sich nicht nehmen Christine die Wagentür zu öffnen und ihr beim Aussteigen behilflich zu sein.

Der Empfangschef kam auf sie zu und begrüßte sie. „Guten Abend Herr Jacobs, guten Abend gnädige Frau."

Gnädige Frau, wie sich das anhörte. Noch niemals hatte jemand so etwas zu ihr gesagt. Wie selbstverständlich hakte sie sich bei Jens ein und spürte die interessierten und neugierigen Blicke der bereits anwesenden Gäste. Hatte er eine Neue, wer war sie?

Sie konnte förmlich diese Frage hören, obwohl sie niemand laut stellte. Der Empfangschef geleitete sie zu ihrem Tisch und bat sie Platz zu nehmen. Was sie allerdings verwunderte, war, dass sie direkt neben Jens saß. Auf diese Weise dokumentierte er wohl allen, dass sie zusammen gehörten und Christine Conradi unter seinem persönlichen Schutz stand.

Der Gesellschaftsraum füllte sich zusehends. Es dauerte nicht lange und alle Tische waren von elegant gekleideten Menschen besetzt. Sie hatte Claudia schon vor geraumer Zeit in der Menge entdeckt, aber sie war so damit beschäftigt sich in Szene zu setzen, dass sie Christine gar nicht bemerkte. Sie nahm ihr Abendtäschchen, entschuldigte sich mit einem Lächeln bei Jens und verließ den Raum, um sich auf der Toilette noch ein bisschen hübsch zu machen, bevor das Dinner begann und die Kellner mit den Speisen hereinkamen. Auf dem Weg zurück begegnete ihr Claudia. Sie schaute sie aus großen ungläubigen Augen an und blieb vor ihr stehen.

„Was machst du denn hier?", fragte sie mit einem gequälten Lächeln.

Man konnte ihr ansehen, dass sie sehr überrascht war. Christine sah das unruhige Flackern in ihren Augen. Sie konnte förmlich spüren, wie Claudia versuchte eine Erklärung für ihre Anwesenheit zu finden. Doch sie brauchte sich den Kopf nicht länger zu zerbrechen. Jens kam auf sie zu und blieb lächelnd vor ihnen stehen.

„Hallo, Frau Metzler, schön Sie zu sehen." Dann fasste er Christine unter den Arm und ging mit ihr davon. Claudia starrte ihnen fassungslos nach.

„Dieses verdammte Miststück", dachte sie und die Zornesröte stieg ihr ins Gesicht. „Kaum ist sie hier und schon macht sie sich an diesen Jacobs ran, dieses scheinheilige Luder." Wutentbrannt ging sie an ihren Tisch zurück. „Wofür ich jahrelang gekämpft habe, erreicht diese kleine Schlampe in wenigen Wochen." Für Christines Anwesenheit gab es jedoch eine ganz einfache Erklärung, sie hatte zur richtigen Zeit den richtigen Mann getroffen.

Nach einem ereignisreichen Abend, an dem sie, immer wenn sie tanzten, wie ein schwebender Engel in seinen Armen lag und die Wärme seines Körpers spürte, schwirrten tausende von Schmetterlingen in ihrem Bauch herum und ihr Verlangen, mit ihm zu schlafen, wurde immer größer. Sie wollte ihn spüren, ihn erleben, voller Lust und Leidenschaft.

Nach einer kurzen Fahrt kamen sie vor Christines Haus an. Sie fühlte, dass Jens das gleiche Verlangen hatte wie sie, sah es an seinen begehrlichen Blicken, die er ihr zuwarf. Sie verließen das Taxi und blieben vor der Haustür stehen. Als sie sich an ihn schmiegte, fühlte sie seine Männlichkeit, die vor Erregung an Größe zunahm. Sie sah zu ihm auf und küsste ihn, mit einem vielsagenden Lächeln auf den Mund. Ohne ein Wort zu sagen, öffnete sie die Tür, fasste ihn an der Hand und zog ihn die Treppe hinauf. Mit zitternden Händen öffnete sie die Wohnungstür. Dann versanken sie in einen tiefen, leidenschaftlichen Kuss. Seine Lippen waren wie Samt, weich und warm.

Sie rissen sich die Kleider förmlich vom Leib. Voller Leidenschaft und Erregung griff er zwischen ihre Schenkel, berührte mit den Fingerspitzen ihr feuchtes Höschen. Sie schob ihr Kleid hoch, drängte sich an seinen nackten Unterleib und spürte wie seine Erregung immer größer wurde.

Jens stand vor ihr in seiner ganzen männlichen Nacktheit. Sie nahm ihn in die Hand und unter ihren Liebkosungen erreichte er eine Größe, die ihr Herz noch wilder schlagen ließ. „Mein Gott", dachte sie, „ist dieser Mann gut gebaut."

Sie legte sich aufs Bett und öffnete bereitwillig ihre Schenkel, Jens konnte nicht mehr an sich halten, er riss ihr das Höschen herunter, das immer noch ihre Lustgrotte verbarg. Jetzt war sie nackt, ganz nackt. Zwischen ihren zitternden Schenkeln, die nur noch von schwarzen Seidenstrümpfen bekleidet waren, sah er die Knospe, die ihn so sehnlich erwartete.

Sie streckte ihm ihren erregten Körper entgegen und Jens verwöhnte das Zentrum ihrer unbändigen Lust. Wie wild bewegte sich ihr erregter Körper, dann zog sie ihn auf sich und er drang mit lautem Stöhnen in sie ein. Sie streckte sich ihm entgegen, um ihn noch tiefer in sich zu spüren.

Wie von Sinnen liebten sie sich, Schreie der Lust erfüllten den Raum und sie trieben dem Höhepunkt entgegen. Plötzlich bäumte sich Jens mit einem lauten Stöhnen auf und ergoss sich in sie. Dann war auch sie soweit. In ihr verschmolz alles zu einem Feuerwerk der Wonne und unendlichen Lust, dann blieben sie erschöpft nebeneinander liegen.

Als Christine erwachte war der Platz neben ihr leer, erschreckt richtete sie sich auf und ließ sich dann wieder beruhigt in die Kissen fallen. Aus der Küche klang das Geräusch von klapperndem Geschirr zu ihr herüber. Ein Lächeln huschte über ihr Gesicht. Jens stand in der Küche und bereitete das gemeinsame Frühstück vor.

Wann hatte sie dieses wunderbare Gefühl zum letzten Mal erlebt? Plötzlich stand er neben ihr, beugte sich zu ihr herunter und küsste sie. Voller Glück umschlang sie seinen Hals und zog ihn zu sich herab. „Liebling, aufwachen, das Frühstück ist fertig", flüsterte er ihr ins Ohr.

Für Claudia war der Abend weniger erfreulich. Mit aller Raffinesse und Schmeicheleien, versuchte sie, Sven Lindholm zu umgarnen, sah ständig zu ihm herüber. Während des Abends ließ sie keine Gelegenheit aus, in seiner Nähe zu sein. Immer wenn sie neben ihm stand, flirtete sie mit ihm, machte ihm ständig Komplimente wie staatsmännisch und attraktiv er doch aussah.

Er jedoch blieb von ihren Avancen völlig unbeeindruckt, war zwar charmant und freundlich zu ihr, doch er gab ihr auch unmissverständlich zu verstehen, dass er keinerlei Interesse hatte, sich auf sie einzulassen. Sie fühlte sich abgewiesen, war zutiefst in ihrer krankhaften Eitelkeit verletzt. Zu oft wurde sie schon von diesen feinen Herren ausgenutzt, gut sie hatte schon mit einigen gemeinsame Nächte verbracht, aber von Vorteil war es für sie nicht. Sie war immer für ein flüchtiges Abenteuer gut. Man liebte sie, weil sie immer für eine wilde aber unverbindliche Nacht die Beine breit machte, musste aber sehr oft erfahren, dass sie kurze Zeit darauf zur unerwünschten Person erklärt wurde. Dann fiel ihr Steinbach ein, der schon sehr lange hinter ihr her war und sie wusste, dass er in dubiose Geschäfte verwickelt war, nur in welche, das wusste sie nicht.

Sie heuchelte Interesse, würde sogar mit ihm schlafen, wenn sein Bestreben Lindholm politisch ins Abseits zu stellen, von Erfolg gekrönt war. Sie wollte sich an Sven dafür rächen, dass er sie immer wieder abgewiesen hatte, wollte Steinbach sogar darin unterstützen ihn in der Öffentlichkeit zu verleumden und sie wusste genau, dass Steinbach sie nicht davon abhalten würde. Sie fand ihn zwar schon immer abscheulich und abstoßend, aber um an ihr Ziel zu kommen, war ihr jedes Mittel recht. All diese Gedanken schossen ihm durch den Kopf.

Zwei Tage später betrat Claudia sein Büro. Steinbach sah sie ungläubig an, als sie die Tür hinter sich abschloss und an seinen Schreibtisch trat.

„Was willst du hier?", schnauzte er sie an. „Das nächste Mal rufst du vorher an und fragst gefälligst, ob ich Zeit für dich habe." Lächelnd legt sie den Zeigefinger auf ihre Lippen und bedeutete ihm, still zu sein. Sie öffnete einige Knöpfe ihrer Bluse und ging auf ihn zu, beugte sich vor und Steinbach sah auf die prallen Rundungen ihrer Brüste. Ihre Hand glitt zwischen seine Schenkel und massierte ihn dort. Sie fühlte wie unter dem Stoff seiner Hose seine Männlichkeit immer größer und härter wurde. Langsam öffnete sie den Reißverschluss und griff hinein. Sie kniete vor ihm nieder und liebkoste ihn mit der Zunge, öffnete dann ihren Mund und ließ seine erregte Männlichkeit darin verschwinden. Es dauerte nicht lange und seine Bewegungen wurden immer schneller und heftiger, plötzlich bäumte er sich auf und ergoss sich mit einem lauten Stöhnen. Sie knöpfte ihre Bluse wieder zu, schaute ihn vielsagend an und verließ wortlos das Büro. Er sah nicht das hämische Grinsen in ihrem Gesicht und das triumphierende Blitzen in ihren Augen. Auf diese Art würde sie ihn gefügig machen, Stück für

Stück und es würde ihr gelingen, davon war sie felsenfest überzeugt.

Christine wurde in die Gesellschaft eingeführt, war in Begleitung von Jens auf Partys und Empfängen vertreten. Sie erfreute sich durch ihr Äußeres und ihren dezenten Charme größter Beliebtheit und war überall ein gern gesehener Gast. Jens verwöhnte sie, lud sie zu Segeltörns auf der Nordsee ein, führte sie in die nobelsten Restaurants und überhäufte sie mit wertvollen Geschenken. Wo immer sie gesehen wurden, hielten sie Händchen und turtelten miteinander, ohne Hemmungen zeigten sie allen ihre Verliebtheit.

Es war ein wunderschöner Herbsttag, die Sonne schien so strahlend, als wollte sie Hamburg für das miserable Wetter der vergangenen Woche entschädigen. Christine war am Abend des vergangenen Tages mit Jens im Operettenhaus zur Premiere des Musicals ABBA gewesen. Es war ein unvergesslicher Abend voller guter Laune und Lebensfreude. Nach der Premiere wurden sie vom Intendanten, zusammen mit anderen honorigen Ehrengästen, noch zu einem köstlichen Buffet eingeladen.

Alle Anwesenden waren voll des Lobes für diesen gelungenen Abend. Jeder der Gäste zeigte seine uneingeschränkte Begeisterung und man sprach überschwänglich seine Bewunderung für die grandiose Leistung des Ensembles aus. Sie unterhielten sich angeregt mit vielen der geladenen Honoratioren und den Mitgliedern des Ensembles, denen es ohne jeden Zweifel gelungen war, das Publikum mit diesem musikalischen Leckerbissen zu verzaubern.

Sie hatten nicht auf die Uhr geschaut, aber es war doch ziemlich spät geworden als Jens sie vor ihrer Haustür absetzte. Mit einem zärtlichen Kuss verabschiedeten sie sich und Christine ging fröhlich und vom Champagner leicht beschwipst, in ihre Wohnung, zog sich aus und schlüpfte mit tausend Schmetterlingen im Bauch in ihr kuscheliges Bett. Sie schaute auf die Uhr. Es war drei Uhr nachts.

„Was soll's", dachte sie, „ich kann ja heute etwas länger schlafen."

Sie hatte sich den ganzen Tag freigenommen. Sie würde nach dem Aufstehen in aller Ruhe duschen, sehr ausgiebig frühstücken und sich anschließend mit einer Freundin aus dem Yachtclub zum Shoppen treffen. Mit diesen schönen und entspannenden Gedanken schlief sie ein.

Es war kurz vor 9.00 Uhr. Die Sonne schien durch das Fenster ihres Schlafzimmers. Die Sonnenstrahlen in ihrem Gesicht kitzelten sie wach. Wohlig rekelte sie sich noch einige Minuten, dann erhob sie sich und ging ins Bad. Als sie unter der Dusche stand und der warme Strahl des Wassers ihren Körper wärmte, klingelte plötzlich das Telefon. Eilig warf sie sich ihren Bademantel über.

„Es ist bestimmt Jens, der mir einen guten Morgen wünschen will", dachte sie, während sie den Hörer aufnahm.

„Hallo, Liebling, bist du schon fleißig?", flüsterte sie mit verliebter Stimme. Schweigen auf der anderen Seite. Dann meldete sich mit verlegenem Räuspern eine Frauenstimme.

„Christine, hier ist Constanze." „Ach Constanze", entgegnete Christine enttäuscht.

„Es klappt heute wohl nicht mit unserem gemeinsamen Shopping? Schade."

„Nein, nein, das hat damit nichts zu tun, aber es ist etwas sehr Unangenehmes geschehen. Hast du heute schon die Zeitung gelesen?"

„Was ist denn los um Gottes willen, ich hoffe nichts Schlimmes?", erwiderte Christine ahnungslos. „Ist etwas mit Jens?" Sie stellte diese Frage, als hätte sie eine Vorahnung.

„Nun sag schon was los ist", bedrängte sie Constanze voller Ungeduld. „Ich möchte es jetzt wissen", sie war halb verrückt vor Angst.

„Hol dir die Zeitung und mach dir selbst ein Bild von dem, was geschehen ist." Dann hatte sie es plötzlich sehr eilig und beendete das Gespräch.

„Du, ich muss jetzt Schluss machen, wir sehen uns." Sie spürte die Aufregung in Constanzes Stimme.

„Christine, flüsterte sie, es tut mir so unendlich leid." Dann legte sie den Hörer auf und es war nur noch ein langer schriller Ton in der Leitung zu hören. Sie kleidete sich in aller Eile an und lief aus dem Haus. „Bitte, bitte lieber Gott, mach dass es nicht wahr ist."

In ihrem Kopf herrschte das totale Chaos, tausend Gedanken durchzuckten wie Blitze ihr Gehirn. Sie lief durch die Straßen, bis sie ein Kiosk gefunden hatte. Schon von Weitem sah sie die reißerisch aufgemachte Titelseite dieser Boulevardzeitung. „Eine heimliche Affäre mit einer Prostituierten?", stand dort in großen nicht zu übersehenden Buchstaben. Und weiter las sie: *„Parteisekretär der ‚Demokratischen Volkspartei' im Zwielicht."*

Man nannte zwar keinen Namen, aber jeder wusste, wer gemeint war. Christine blieb wie angewurzelt stehen. Immer und immer wieder starrte sie auf die Zeilen. Sie wollte nicht glauben, was sie dort las. Tränen der Verzweiflung liefen ihr über das Gesicht, unaufhaltsam ohne dass sie davon etwas spürte.

„Kann ich Ihnen helfen?", sagte eine Stimme hinter ihr. Sie drehte sich um. Die Kiosk-Besitzerin hatte sie beobachtet, wie sie weinend und hilflos vor dem Kiosk stand. Sie kam heraus und schaute sie voller Mitgefühl an.

„Nein danke, es ist alles in Ordnung", flüsterte Christine. Dann drehte sich um und ging mit unsicheren Schritten davon. Zwischen Zweifel und Hoffnung schwankten ihre Gefühle, innerlich hin und her gerissen von der Ungewissheit, kam sie zu Hause an. Sie konnte sich nicht mehr erinnern, wann sie das letzte Mal so unglücklich war.

„Das kann doch alles nur ein Irrtum sein", machte sie sich selbst Mut, „ich werde mit Jens sprechen und dann wird sich alles aufklären."

Eine innere Unruhe ergriff sie. Einerseits wollte sie „klar Schiff machen", wie man im Hamburg sagt, andererseits hatte sie Angst davor, dass sich diese schwerwiegenden Verdächtigungen als Wahrheit herausstellten. Sie musste etwas unternehmen, wollte Jens zur Rede stellen, das war sie sich selbst schuldig. Ihre vermeintlich heile Welt lag in Trümmern, alles, woran sie geglaubt hatte, war mit einem Mal wie eine Seifenblase zerplatzt. Ungewissheit? Nein damit wollte und konnte sie nicht leben. Bevor sie am nächsten Tag wieder das Verlagsgebäude betrat, war sie doch sehr angespannt. In ihrer Fantasie malte sie sich so einige unangenehme Situationen aus.

Alle würden sie anstarren oder vielleicht sogar mit einem mitleidigen Lächeln begleiten – sie hatte sich schon in Gedanken zurecht gelegt, wie sie reagieren würde. Umso überraschter war sie als überhaupt nichts dergleichen geschah. Als sie das Büro betrat war alles wie sonst. Die Kollegen waren wie immer freundlich zu ihr und begrüßten sie mit einem herzlichen guten Morgen. Das Ereignis wurde mit keiner Silbe erwähnt, man ging einfach zur Tagesordnung über. Hektisch war es allemal, einfach wie immer.

Es folgten Tage der inneren Unruhe und Verzweiflung, doch an einem Sonntagmorgen, sie hatte gerade gefrühstückt, überschlugen sich die Ereignisse. Das Telefon schellte und als sie den Hörer aufnahm, hörte sie die verzweifelte Stimme von Jens.

„Christine ich muss dich unbedingt sprechen, es gibt so vieles zu erklären."

„Mein Gott Jens, wo bist du? Wo warst du die ganze Zeit? Ich hatte solche Angst um dich." Sie zitterte am ganzen Körper und es fiel ihr schwer die richtigen Worte zu finden.

„Warum kommst du nicht zu mir? Lass uns über alles sprechen."

„Nein, ich kann nicht zu dir kommen, noch nicht." Seine Stimme überschlug sich fast. „Hör mir zu, flehte er sie an, ich muss dich unbedingt sehen. Ich bin bei einem Freund, bei dem ich im Moment wohne."

Er nannte ihr eine Adresse, zu der sie am nächsten Tag kommen sollte. Am nächsten Morgen machte sie sich rechtzeitig auf den Weg, um zur verabredeten Zeit bei ihm zu sein. Ihre innere Erregung wurde immer größer je näher sie dem Ziel ihrer Fahrt kam, sie hatte Angst vor dieser Begegnung.

Nach einer Stunde erreichte sie ein idyllisch gelegenes Dorf am Rande der Nordsee. Es herrschte Stille, als sie durch den kleinen Ort fuhr. Nur ein Hund bellte und eine Katze lief eilig über die Dorfstraße. Sonst war niemand zu sehen. Sie fuhr durch ein Waldstück, an dessen Ende ein kleiner unbefestigter Weg zu einem Fachwerkhaus führte, das sich hinter Bäumen und einer hohen Hecke versteckte.

Dann war sie an einem Zaun ankommen. Das Tor war geöffnet, so als würde sie schon erwartet. Zögernd stand sie vor der Haustür und wäre am liebsten wieder umgekehrt. Aber jetzt gab es kein Zurück mehr, sie nahm all ihre Kraft zusammen und drückte auf den Klingelknopf. Nach kurzer Zeit hörte sie Schritte, die Tür öffnete sich und Jens stand vor ihr.

Als sie ihn sah erkannte sie ihn kaum wieder. Er war total abgemagert, die Bräune des Sonnyboys war aus seinem Gesicht verschwunden, tiefe dunkle Ringe umrahmten seine sonst so strahlenden blauen Augen. Sein Lachen, das sie so sehr liebte, gab es nicht mehr. Er war nur noch ein Schatten seiner selbst. Sie erinnerte sich an ihre erste Begegnung. Wie strahlend und souverän saß er ihr gegenüber und jetzt – nichts von dem war übrig geblieben. Schluchzend fiel sie ihm in die Arme, wollte ihn nie mehr loslassen. Eng umschlungen standen sie da und schwiegen. Nach einiger Zeit, in der kein Wort hätte ausdrücken können, was sie beide in diesen Momenten bewegte, sprachen sie miteinander, ganz leise, zu keinem emotionalen Gefühlsausbruch fähig. Schwiegen wieder minutenlang, um ihre Gedanken zu ordnen. Christine fühlte sich leer und erschöpft, ausgesaugt von einem Vampir, das den Namen Angst und Verzweiflung trug. Die Unbekümmertheit war aus ihr gewichen, zurückgeblieben waren Misstrauen und Schmerz.

Das Vertrauen in ihre Liebe zu Jens war in seinen Grundfesten erschüttert. Ihre Seele umhüllte ein Trauerflor tiefer Enttäuschung, so als hätte sie einen geliebten Menschen zu Grabe getragen und doch glühte in ihr immer noch ein Funken Hoffnung, dass alles wieder gut werden würde. Dann war das Eis gebrochen. Er sprach zu ihr mit unsicherem Blick, erst stockend, doch dann brach es aus ihm heraus. Sichtlich ergriffen berichtete er über die innige Verbundenheit zwischen seinem Vater und Sven Lindholm, deren Freundschaft nach dem Tod seines Vaters so ein jähes Ende fand. Er war bei einem Segeltörn auf der Nordsee ums Leben gekommen. Auch jetzt ging ihm dieses dramatische Ereignis noch sehr nahe. Er rang nach Fassung, Tränen standen in seinen Augen und Christine spürte wieder ein Gefühl der Verbundenheit und der inneren Anteilnahme.

Nach erfolgreichem Studium der politischen Wissenschaften trat er endgültig in das politische Leben ein. Mit siebenundzwanzig Jahren war er bereits Vorsitzender der Jungen Volksunion und schaffte es sogar zwei Jahre später, einen Sitz im Hamburger

Senat zu erringen. Er hatte, wie man so schön sagt, einen Bilderbuchstart hingelegt. Und wie das nun mal so ist, Erfolg erzeugt Neid und Missgunst und er hatte viele Neider, dessen konnte er sicher sein. Als die Affäre mit Agneta ruchbar wurde, konnte Jens nur mithilfe seiner politischen Freunde einen Skandal verhindern.

Aber diese Geschichte hing die ganze Zeit wie ein dunkler Schatten über ihm und konnte bei Bedarf jederzeit wieder ans Licht der Öffentlichkeit gezerrt werden und wenn der richtige Zeitpunkt gekommen war, würden seine politischen Feinde versuchen, ihn zur Strecke zu bringen. Er beendete diese Liaison, um seiner Karriere und seiner Partei nicht zu schaden. Ganz offensichtlich war der Zeitpunkt gekommen, zu dem die Hyänen, die schon lange im Hintergrund lauerten, zum Angriff übergegangen waren.

Er war in seinem Gespräch mit ihr sehr offen, hatte sich alles, was ihn bedrückte von der Seele geredet. Nach einigen Stunden bei Jens fuhr sie zurück, aufgewühlt von seiner Gegenwart und den Dingen, die er ihr gebeichtet hatte. Sie fuhr zurück in ein Leben, das keine Rücksicht auf ihre Gefühle nahm.

In Gedanken ging sie auf Reisen, zurück in eine Zeit in der sie mit Jens die glücklichsten Tage ihres Lebens verbrachte. Sollte das jetzt alles vorbei sein? Immer wieder stellte sie sich diese Frage und dann fiel ihr der Presseball ein, der erste in ihrem Leben und wie glücklich sie war. Sie genoss es, an der Seite von Jens zu sein, um aller Welt zu zeigen, dass sie ein Paar waren.

Ein Lächeln zog bei diesen Gedanken über ihr blasses Gesicht und sie hatte das Gefühl, dass neuer Lebensmut in ihr aufkeimte und sie zuversichtlich stimmte. Aber im nächsten Moment schien sich all dies wieder in einem Nichts aufzulösen.

Robert Steinbach, für den es eigentlich nichts anderes als den „Hamburger Generalanzeiger" gab, hatte sich an dem Morgen als dieser Sensationsbericht über die Affäre von Jens Jacobs in diesem „Revolverblatt" stand, wie er es immer nannte, ein Exemplar beschaffen lassen. Er saß in seinem Büro, rauchte genüsslich eine seiner dicken Havannas und las mit einem hinterhältigen Grinsen im Gesicht die Schlagzeile. Ein Heuchler und Intrigant war er, denn er hatte sicherlich nicht vergessen, dass er selbst einmal Mitglied dieses Verlages war und hemmungslos seine Schmutzkampagnen gegen unliebsame Zeitgenossen, ohne eine Spur von Skrupel und schlechtem Gewissen, durchgezogen hatte.

„Heimliche Affäre mit einer Prostituierten?" Das klang gut, registrierte er voller Genugtuung und klopfte sich vor Schadenfreude auf die Schenkel. Schon lange reifte in ihm der Plan Mittel und Wege zu finden, um Sven Lindholm mit Schimpf und Schande aus dem Amt zu jagen. Er lancierte geschickt jedes noch so unbedeutende Ereignis in die Öffentlichkeit, um ihm zu schaden, und nahm es in den meisten Fällen mit der Wahrheit nicht so genau.

Vor allem nahm er immer wieder die enge persönliche Nähe zu Jens Jacobs und die freundschaftliche Verbundenheit beider Familien zum Anlass, ihm zu unterstellen, dass er seine Hand schützend über Jens hielt. So kam ihm die Geschwätzigkeit eines Parteifreundes gerade recht, der seine Unzufriedenheit mit der Amtsführung des Innensenators zum Ausdruck brachte, indem er Steinbach von der Affäre des jungen Parteisekretärs erzählte und das Lindholm ihn gedeckt hatte, damit nichts an die Öffentlichkeit drang.

Er war zwar schon seit einigen Jahren Mitglied der Partei, aber diese Geschichte war ihm unbekannt. Steinbach zeigte jedoch nach außen kein großes Interesse an dieser Information und wies das geschwätzige Kerlchen darauf hin, dass es sicherlich nicht gut war, diese Geschichte öffentlich zu machen. Erreichen wollte er damit ein anderes Ziel, er wollte diese Story für sich exklusiv haben und keiner sollte etwas davon mitbekommen.

Es war ein Ass im Ärmel, das er dann ausspielen wollte, wenn der richtige Zeitpunkt gekommen war. Und jetzt wusste er, dass seine Rechnung aufgegangen war. Sven Lindholm war außer sich vor Wut, als er die morgendliche Presse in den Händen hielt. Jeden Einzelnen der Anwesenden nahm er während der eilig einberufenen Sondersitzung ins Visier. Es herrschte betretenes Schweigen in einer hochexplosiven Stimmung.

„Wer war das?", donnerte er in die Runde.

„Seid ihr eigentlich von allen guten Geistern verlassen? Wisst ihr überhaupt welch ein Schaden unsere Partei nehmen kann?" Hilfloses Achselzucken war die Antwort. So hatte ihn noch keiner erlebt.

„Ich werde nicht eher Ruhe geben, bis der Schuldige entlarvt ist." Zustimmendes Nicken, dann ging ein

Raunen durch den Raum und alle Blicke waren auf Robert Steinbach gerichtet, der mit einem Räuspern das Wort ergriff.

„Meine Damen und Herren, mit großer Bestürzung und innerer Abscheu habe ich heute diesen Artikel gelesen. Ich kann Sven nur zustimmen, dieser eklatante Vertrauensbruch muss so schnell wie möglich aufgeklärt und bestraft werden. Ich werde alles was in meiner Macht steht dazu beitragen, damit dieser Fall mit allen Konsequenzen für die betreffende Person aufgeklärt wird."

Innerlich musste er bei diesen Worten lachen. Was führte er hier für ein bühnenreifes Schauspiel auf? Er war ein Scharlatan in der Maske des Biedermannes. Er spielte seine Rolle so glänzend, dass keiner der Anwesenden auf die Idee kam, an seiner Empörung zu zweifeln.

Zufrieden mit sich selbst, setzte er sich und alle Versammelten nickten ihm voller Anerkennung zu. Ihn konnte keiner in die Enge treiben, wenn es hart auf hart kam. Er wusste wer diese Geschichte ausgeplaudert hatte und hatte Claudia als Faustpfand, falls es irgendwann mal eng für ihn werden sollte. Es war ihm völlig egal, was aus ihr wurde. Er würde sie notfalls über die Klinge springen lassen, nur um seinen eigenen Kopf zu retten und Beweise, dass er in diese Geschichte verstrickt war, hatte sowieso keiner, dafür hatte er gesorgt, so glaubte er zumindest.

Wo immer sich eine Kamera zeigte, war er zur Stelle und kommentierte das Geschehene voller Abscheu und ließ nie einen Zweifel an seiner Solidarität mit Sven Lindholm. Und genau das war seine infame

Strategie. Nach außen wollte er kein Königsmörder sein und gaukelte allen mit einer unglaublichen Kaltschnäuzigkeit den Patrioten vor. Eine Strategie, die infamer nicht sein konnte. Natürlich spielte er damit auch Claudia Metzler in die Karten.

Christine brauchte jetzt einfach ein bisschen Abstand, um neue Kraft zu schöpfen. Etwas Ablenkung und räumliche Trennung vom Ort des Geschehens war jetzt genau das Richtige für sie. Sie nahm ein paar Tage Urlaub, setzte sich in ihr Auto und fuhr zu ihrer Mutter, wo sie das fand, was ihr seit geraumer Zeit fehlte. Wärme und Geborgenheit. Stundenlang gingen sie spazieren, sprachen über alles was ihr Herz bewegte, und langsam spürte sie wie die Kraft in sie zurückkehrte.

Sogar das Wetter meinte es gut mit ihr. Jeden Morgen schien die Sonne in ihr Zimmer und weckte sie sanft aus ihren Träumen. Gemütlich saßen sie am Frühstückstisch und Christine hatte wieder dieses wunderbare Gefühl, das ihr in der Vergangenheit so viel Kraft gegeben hatte. In diesen Augenblicken des Glücks kehrte sogar ihr Lachen zurück. Sie erinnerte sich, wie sie als Teenager stundenlang mit ihren Freundinnen herumgealbert hatte und so manches Mal waren ihr vor lauter Lachen Tränen der Freude über ihr Gesicht gelaufen. Dann genoss sie mit all ihren Sinnen diese jugendliche Ausgelassenheit. Sie war wieder zu Hause und das tat ihr unendlich gut. Doch es gab auch Momente der Niedergeschlagenheit, immer dann wenn sie an Jens dachte und nicht wusste wie es weitergehen sollte. Und sie weinte Tränen der Mutlosigkeit und niemand konnte ihr dabei helfen, auch ihre Mutter nicht. Christines Aufenthalt bei ihrer Mutter hatte ihr gutgetan. Es ist unglaublich befreiend einen Menschen zu haben, dem man alles anvertrauen konnte. Viel zu schnell verging die Zeit und dann hieß es wieder Abschied zu nehmen. Vom Himmel zurück in die Hölle. Es war ein schmerzvoller Augenblick, als sie sich von ihrer Mutter verabschiedete.

„Mama, wünsch mir, dass alles gut wird", schluchzte sie.

„Komm her meine Süße", erwiderte diese, nahm sie in die Arme und drückte sie ganz fest an sich. „Es wird alles gut, glaub mir." Dann setzte sich Christine hinter das Lenkrad ihres Wagens und fuhr davon. Immer wieder schaute sie in den Rückspiegel, sah ihre Mutter wie sie auf der Straße stand und ihr zum Abschied zuwinkte und plötzlich wurde ihr klar, sie war allein und fuhr zurück in eine ungewisse Zukunft.

Wieder in ihrer Wohnung angekommen, packte sie ihr Gepäck aus, duschte sich und zog sich um. Sie wollte jetzt nicht allein sein, wollte sich nicht in dunkle Gedanken hüllen. Sie wollte nach draußen, dort wo das Leben war und sich von den Sonnenstrahlen wärmen lassen. Nach einem ausgedehnten Spaziergang führte sie ihr Weg zum „Hotel Vier Jahreszeiten".

Sie wusste, dass es dort eine wunderschöne Terrasse gab auf der man gemütlich sitzen konnte, um für eine kurze Zeit alle Sorgen und Nöte zu vergessen. Sie durchquerte die elegante Empfangshalle und nahm auf den Außenterrasse Platz. Sie saß dort und schaute dem Spiel der Wellen zu, in denen sich das Sonnenlicht wie kleine, immer wiederkehrende Lichtblitze widerspiegelte. Es fiel ihr schwer, einen klaren Gedanken zu fassen. Sie fühlte sich wie in einem Karussell ihrer Gedanken, das sich ohne Unterlass drehte und immer und immer wieder spürte sie, dass sie nicht aussteigen konnte. Sie war gefangen in ihrer Angst und in ihrer Sorge um Jens und ihre gemeinsame Zukunft. Sie machte sich auf den Heimweg, aber sie wollte noch nicht zurück in die Einsamkeit und Stille ihrer Wohnung.

Sie ging in Richtung Jungfernstieg, eine der nobelsten Einkaufsmeilen in der Hamburger Metropole. Auch das pulsierende Leben, die eleganten flanierenden Menschen und die noblen Geschäfte mit ihren teuren und extravaganten Designerwaren, konnten sie nicht erheitern.

Ziellos und ohne jeden Antrieb ging sie die Straße entlang, als sie plötzlich jemand hinter sich rufen hörte. „Christine?", vernahm sie eine Frauenstimme. Sie blieb stehen und schaute sich erstaunt um. Es war Constanze, ihre Freundin aus dem Yachtclub.

Sie hatte ihr die Hiobsbotschaft überbracht, die sie so aus der Bahn geworfen hatte. Sie gingen aufeinander zu, zuerst zögernd, doch dann lagen sie sich in den Armen. Constanze schaute sie an und sah die Tränen in ihren Augen.

„Komm Schatz lass uns etwas zusammen trinken gehen, ich glaube du brauchst jetzt ein bisschen Ablenkung."

Ihre Stimme war voller Mitgefühl und innerer Anteilnahme. Sie saßen zusammen und unterhielten sich über alles, was in den letzten Wochen geschehen war. Es tat ihr gut, mit jemandem zu sprechen. Sprechen über Dinge, mit denen sie die ganze Zeit alleine fertig werden musste und jetzt war jemand da, der an ihrem Schicksal teilnahm und ihr zuhörte. Als sie sich verabschiedeten, nahm Constanze sie tröstend in die Arme.

„Du kannst mich jederzeit anrufen, ich werde für dich da sein." Sie war eine Freundin, eine wahre Freundin.

Die Abenddämmerung brach herein als Christine den Heimweg antrat, und als sie in die Straße einbog, in der sie wohnte, sah sie schon von Weitem eine dunkle Limousine, die in der Nähe ihres Hauses parkte. Aufgeschreckt durch diesen Anblick wurden ihre Schritte immer schneller.

Als sie sich dem Haus näherte, glaubte sie eine Person zu sehen, die in einem parkenden Fahrzeug saß und sie beobachtete. Die untergehende Sonne spiegelte sich in der Frontscheibe wider und ihr war die Sicht in den Innenraum versperrt. Unsicher geworden, suchte sie fieberhaft in ihrer Handtasche nach ihrem Hausschlüssel. Sie nahm ihn heraus und lief mit schnellen Schritten zur Eingangstür, schloss die Tür auf und eilte hastig die Treppe hinauf und verschwand in ihrer Wohnung.

Sie atmete auf und blieb in der Diele stehen, zog ihren Mantel aus, ging zum Fenster und blickte vorsichtig auf die Straße. Die Limousine stand immer noch an derselben Stelle. Nichts bewegte sich. Die Straße war menschenleer. Sie spürte, wie die Angst wieder in ihr empor kroch. War es nur ein Zufall?

„Nun werd nicht gleich hysterisch", versuchte sie, sich zu beruhigen. Sie war auf dem Weg ins Wohnzimmer, als sie das Schellen ihrer Türglocke zusammenzucken ließ. Der Schreck fuhr ihr in alle Glieder.

„Wer konnte das sein?" Sie ging zurück ans Fenster, schob vorsichtig die Gardine beiseite und starrte erneut hinunter. Nichts. Dann schellte es ein zweites Mal.

Sie drückte auf die Sprechtaste und lauschte. Die Person, die vor der Tür stand hatte mit Sicherheit das Klicken in der Sprechanlage gehört. Zuerst vernahm sie ein Räuspern, dann hörte sie eine Stimme, die sie vollends aus der Fassung brachte.

„Christine? Christine bitte mach auf, ich bin es Jens." Blitzschnell schoss ihr durch den Kopf, „war dies vielleicht eine Falle?" Aber dann sagte er etwas, was nur er wissen konnte. „Crissy, Liebling, bitte mach auf."

Jetzt war sie ganz sicher, dass er es war. Er nannte sie immer Chrissy, aber nur wenn sie allein waren. Mit klopfendem Herzen drückte sie auf den Türöffner und hörte, wie er die Treppe herauf stürmte. Als er vor ihr stand, war er völlig außer Atem, aber er lachte. Endlich. Wie hatte sie doch die ganze Zeit über sein jungenhaftes fröhliches Lachen vermisst.

„Hast du den Wagen vor meinem Haus gesehen?", fragte sie immer noch voller Zweifel. Er nahm sie in die Arme, küsste sie zärtlich und lächelte sie an.

„Mach dir keine Sorgen, es ist alles in Ordnung. Der Chauffeur von Sven hat mich hierher gebracht. Wir haben auf dich gewartet. Ich wusste ja nicht, ob du zu Hause bist. Ich wäre mit ihm wieder zurückgefahren, wenn wir dich nicht angetroffen hätten."

Es fiel wie eine zentnerschwere Last von ihren Schultern. Stundenlang saßen sie zusammen und erzählten. Als sie ihn fragte, ob er bei ihr bleiben wolle, antwortete er mit einem schelmischen Blick.

„Wenn es dir recht ist, bleibe ich heute Nacht bei dir." Vor lauter Freude fiel sie ihm um den Hals.

„Ja mein Schatz, sehr gerne, ich habe so lange auf dich gewartet." Und sie verbrachten eine Nacht voller Zauber und inniger Zärtlichkeit. Es war wie am Anfang ihrer Liebe, als sie sich so nahe waren, wie es nur zwei Menschen sein können, die sich lieben. Und sie waren glücklich, nur glücklich. Christine wollte nicht an morgen denken, sie wollte nur noch den Augenblick genießen.

15. Kapitel

Sven Lindholm geriet durch die Affäre immer mehr unter politischen Druck und die Boulevardpresse ließ keine Gelegenheit aus, ihm durch haltlose Verdächtigungen zu schaden. Der Hamburger Generalanzeiger jedoch, der durch seine seriöse und überparteiliche Berichterstattung hohes Ansehen genoss, berichtete sehr moderat und zurückhaltend über dieses Ereignis, aber es steckte eine wohlüberlegte Strategie dahinter. Sven Lindholm war in der Hamburger Bevölkerung populär und beliebt wie kein anderer und genoss natürlich durch diese Tatsache eine gewisse Bereitschaft seiner Sympathisanten, ihm diesen Ausrutscher zu verzeihen. Das wusste Robert Steinbach und deshalb wollte er ihn langsam zu Fall bringen.

Als Verlagsleiter stand er zwar in der Verantwortung, hatte aber auch jederzeit die Möglichkeit, in seinem Sinne in das Geschehen einzugreifen. Aber der Zeitpunkt war noch nicht gekommen.

„Lass die Drecksarbeit doch die Anderen machen", dachte er und spürte, dass seine Rechnung aufgehen würde. Die Opposition gab keine Ruhe mehr. Immer und immer wieder wurde Lindholm attackiert. Es wurde sogar ein Untersuchungsausschuss gefordert, um ihm Verfehlungen nachzuweisen. Steinbach hingegen agierte zielstrebig im Hintergrund und war bereit jederzeit auf den Plan zu treten, wenn er die Zeit dafür gekommen sah. Eine tickende Zeitbombe also, bei der er allerdings auf den Auslöser drücken wollte.

Nach der wundervollen Nacht mit Jens hatte Christine nur einen Wunsch. Sie wollte wieder seine Nähe spüren, seine liebevollen Worte hören, wollte das nachholen, wonach sie sich die ganze Zeit vergeblich gesehnt hatte. Er war hin und her gerissen zwischen der Liebe zu ihr und seiner Freundschaft und Loyalität zu Sven Lindholm. Er hatte schon mit seiner unheilvollen Affäre genug Unheil angerichtet, wollte es nicht noch schlimmer machen als es sowieso schon war. Er war untergetaucht in der Anonymität des Alltags, fernab jedes politischen Lebens. Seine Geschäfte ließ er ruhen, nicht aus Feigheit, sondern aus Rücksicht auf die Gefühle und den guten Ruf Sven Lindholms. Seine Anwesenheit war das, was er im Moment am wenigsten gebrauchen konnte.

Jens war zutiefst verzweifelt, dass er die Freundschaft seines Freundes derart missbraucht hatte, aber stolz zugleich, dass dieser unerschütterlich an seiner Seite stand. Ein Zwiespalt seiner Gefühle, der ihn immer wieder an den Rand der Verzweiflung brachte. Auch Christine spürte es, wenn er aufgewühlt und von Gewissensbissen geplagt versuchte, wenigstens ein paar Stunden mit ihr glücklich zu sein, und da war noch Agneta, mit der sie unbedingt sprechen wollte. Aber zu diesem Gespräch müsste sie nach Stockholm fliegen und das würde sie tun, wenn sich hier in Hamburg die Situation beruhigt hatte.

Sie wollte wissen, was es mit dieser Affäre auf sich hatte und sie hoffte inständig, dass sie ihr all diese offenen Fragen beantworten würde.

16. Kapitel

Claudia Metzler wurde immer bewusster, dass sie den Kampf gegen Steinbach niemals gewinnen konnte. Sie hatte ihn von Anfang an unterschätzt, hatte geglaubt, dass sie ihn, wenn sie auf seine sexuellen Abartigkeiten einging, gefügig machen konnte aber dies war ein verhängnisvoller Trugschluss, dem sie sich hingegeben hatte. Erst jetzt erkannte sie diesen Irrtum in seinem ganzen Ausmaß. Er war ein skrupelloses, rücksichtsloses Schwein ohne einen Funken Anstand und Skrupel, und er würde sogar nicht davor zurückschrecken, über Leichen zu gehen. Er war ein machtbesessener Psychopath, der alles vernichtete, was ihm im Wege stand. Eines Tages, so glaubte sie jetzt voller Reue, würden sich diese Dinge verselbstständigen und die Saat, die sie selbst gesät hatte, würde aufgehen und sie vernichten.

Sie war auf dem besten Weg zu den Verlierern zu gehören, die sie immer belächelt und voller Verachtung betrachtet hatte. Sie hätte all dies gerne ungeschehen gemacht, aber sie hatte zu viel Schuld auf sich geladen, zu viele Menschen verletzt und deren Gefühle missachtet und jetzt musste sie die gleichen Höllenqualen durchleiden. Ja so ist das Leben, grausam und unerbittlich und doch gerecht. Claudia Metzler beobachtete diese Ereignisse mit großer Aufmerksamkeit und immer größer werdender Angst bangte sie um ihr Leben. Sie spürte mit steigender Besorgnis, dass Steinbach nicht die Absicht hatte, sie in seine weiteren Vorhaben einzuweihen.

Vergeblich versuchte sie Kontakt zu ihm aufzunehmen, aber er dachte nicht im Traum daran, ließ sich verleugnen, drückte Gespräche weg, wenn er ihre Nummer auf dem Display sah. Blinde Wut und Verärgerung stiegen in ihr auf.

„Dieser Kerl will mich fertigmachen", resümierte sie und war wild entschlossen, es ihm heimzuzahlen. Kurzentschlossen und ohne anzuklopfen, ging sie in sein Büro und wollte ihn zur Rede stellen. Er saß hinter seinem Schreibtisch und schaute erstaunt auf, als sie den Raum betrat.

„Was willst du hier?", schnauzte er sie unwirsch an. Der Blick, den er ihr in diesem Moment zuwarf, war von einer eisigen Kälte und ohne jegliche Gefühlsregung. Spätestens jetzt hätte sie spüren müssen, dass sie sich auf einem gefährlichen Weg befand. Aber ihre blinde Wut schaltete in diesem Moment den Blick für die drohende Gefahr aus.

„Ich will endlich wissen wie es weitergeht", entgegnete sie aufgeregt.

„Was heißt das?", erwiderte er und seinen Mund umspielte ein hämisches Grinsen.

„Ich will endlich wissen, wie es weitergeht?", äffte er sie nach.

Plötzlich herrschte eisige Stille im Raum. Steinbach richtete sich auf, erhob sich von seinem Schreibtisch und ging langsam auf sie zu. Er blieb vor ihr stehen, erfasste ihre Arme und drückte sie so kräftig, dass sie vor Schmerz aufschrie.

„Au, was soll das, du tust mir weh." Langsam kroch wieder diese Angst in ihr hoch, die sie lähmte und unfähig machte, sich ihm entgegenzustellen.

„Hör zu du kleine Schlampe, du kannst froh sein, dass du noch deinen Job hast und wenn du nicht deine erbärmliche Zunge im Zaum hältst, werde ich sie dir herausschneiden, hast du mich jetzt verstanden?"

Sein Blick war eiskalt auf sie gerichtet und er ließ keinen Zweifel daran, dass er sie erledigen würde. Obwohl sie sich vor Angst und Panik fast übergeben musste, nahm sie noch einmal allen Mut zusammen, stellte sich ihm entgegen.

„Du skrupelloses Schwein willst mich fertigmachen?", kreischte sie hysterisch.

„Probier es ruhig und solltest du es versuchen, nehme ich dich mit, das verspreche ich dir."

Noch einmal kreuzten sich ihre Blicke voller Hass und abgrundtiefer Verachtung. Sie drehte sich um, ging zur Tür seines Büros und schlug sie mit einem lauten Knall hinter sich zu. Von diesem Moment an wusste er, dass sie ihn mit in den Abgrund reißen würde und das musste er verhindern – um jeden Preis. Er setzte sich in einen schweren Ledersessel, kramte in seiner Tasche herum und holte ein weißes Tütchen hervor.

„Eine kleine Aufmunterung ist jetzt genau das was ich brauche", dachte er, schüttete vorsichtig einen Teil des weißen Pulvers auf den vor ihm stehenden Glastisch, nahm einen Strohhalm und zog den Stoff gierig in seiner Nase hoch.

Wie ein Blitz durchfuhr es sein Gehirn und nach kurzer Zeit legte er jegliche Hemmungen ab, zumindest die, die noch übrig geblieben waren und das waren weiß Gott nicht viele. Kokain, dieser teuflische

Stoff, der ihn hemmungslos und sein Gehirn weich machte, und im Nebel seiner Gedanken wurde ein Plan geboren, ein teuflischer Plan.

Claudia hatte unbändige Angst, sah vor ihrem geistigen Auge die ständige Gefahr, die sich ihr so unheilvoll näherte und von ihren Geist Besitz ergriff. Eine Angst, die für sie fast unerträglich wurde und sie zu zerstören drohte.

Es war spät geworden, die Dunkelheit war längst hereingebrochen, als sie müde und abgespannt aus dem Verlag nach Hause gekommen war. Seit sie mit diesem Gefühl der Hilflosigkeit und des Ausgeliefertseins leben musste, fiel ihr jeder Tag schwer. Die Arbeit, die ihr sonst so viel Freude bereitete, war zu einer kaum zu ertragenden Belastung geworden.

Als sie ihre Wohnung betrat zog sie sich aus, um ein erfrischendes Bad zu nehmen. Als sie unter der Dusche stand und die Ängste und Sorgen des Tages abwaschen wollte, vernahm sie plötzlich ein klirrendes Geräusch in ihrem Wohnzimmer, danach ein lautes Poltern, dann war Stille. Mit einem lauten Aufschrei verließ sie zu Tode erschrocken die Dusche, zog sich hastig ihren Bademantel über, stürmte zur Tür und verschloss sie. Zitternd und voller Panik blieb sie hinter der Tür stehen und lauschte. Es war nichts mehr zu hören, der Spuk war vorbei.

Vorsichtig öffnete sie die Tür und schaute in die Richtung, aus der das Geräusch gekommen war. In der Scheibe ihrer Verandatür klaffte ein riesiges Loch. Instinktiv ergriff sie einen Schürhaken, der vor ihrem Kamin stand, schlich auf Zehenspitzen zum Fenster und schaute ängstlich auf die dunkle Straße vor ihrem Haus. Sie sah nur noch, wie ein dunkler Schatten davon huschte. Als sie ins Wohnzimmer zurückkam, bemerkte sie einen riesigen Pflasterstein, der mitten im Wohnzimmer lag und das polternde Geräusch verursacht hatte.

Mit zitternden Fingern entfernte sie das Papier, mit dem der Stein umwickelt war. Dann las sie vier Worte, die ihr Schauer des Entsetzens über den Rücken jagten: „Das wirst du bereuen", stand in ungelenker Schrift auf dem weißen Zettel. Sie hatte das Gefühl als würde sie den Boden unter den Füßen verlieren. Entsetzt ließ sie das Papier fallen, ging zurück zu ihrer Couch und saß dort stundenlang zusammengekauert, wie ein schutzloses Kind, zu keiner Bewegung fähig.

Sie war nur noch ein Schatten ihrer selbst, sie musste um ihr Leben fürchten und die lauernde Gefahr, die sie auf allen Wegen begleitete, hatte sie zermürbt und ihr Tun gelähmt. Die Unerschrockenheit und ihr Lebensmut hatten sich in einem Nichts aufgelöst. Zurückgeblieben war die Angst vor dem drohenden Unheil, das wie dunkle Gewitterwolken über ihr schwebte.

Sie wünschte sich nichts sehnlicher als eines Morgens aufzuwachen und zu wissen, dass alles nur ein böser Traum war.

Zwei Tage später. Claudia verließ gegen 17.00 Uhr ihr Büro und wollte noch die Sonne und die vom Hafen herüberwehende frische Luft eines herrlichen Tages genießen. Ihr Weg führte sie an der Außenalster entlang in die Richtung der Collonaden. In der

Fußgängerzone angekommen, ging sie langsamen Schrittes auf den Säulengang zu, der sich entlang mehrerer Gebäude erstreckte. Die Fußgängerzone mutete fast ein wenig kleinstädtisch an, die urigen und exklusiven Geschäfte zeugten von der Vielfalt des Angebots einer Metropole, überall befanden sich kleine gemütliche Bistros und Eiscafés, die die vorbeiflanierenden Menschen zum Verweilen einluden.

Sie genoss die frische Luft und das bunte Treiben um sie herum. Für Augenblicke schien sie das Unheil der letzten Tage zu vergessen. Plötzlich hörte sie hinter sich einen ohrenbetäubenden Motorenlärm, sah nur noch einen schwarzen Schatten neben sich, dann spürte sie wie ein großer harter Gegenstand ihren Kopf traf und wie ein Blitz fuhr ein wahnsinniger Schmerz durch ihren ganzen Körper. In diesem Moment schwanden ihr die Sinne und dann war nur noch Dunkelheit um sie herum.

Wild gestikulierend liefen die Menschen zusammen, die diesen Vorfall beobachtet hatten. Regungslos lag Claudia da, unter ihrem Kopf hatte sich eine Blutlache gebildet, die den Anblick des gekrümmt daliegenden Körpers noch dramatischer erscheinen ließ.

„Ruft einen Notarzt", schrie eine in Panik herumlaufende Frau. Die Menschen standen zusammen und diskutierten aufgeregt über das Vorgefallene. Von einer Sekunde auf die andere war die friedliche Idylle fröhlich lachender Menschen zerstört, nur noch Aufregung und Panik beherrschten das Geschehen. Von Weitem hörte man die Sirenen der näher kommenden Rettungsfahrzeuge. Ein gespenstisches

Szenario bot sich den Betrachtern, die blauen Blitze der Rettungsfahrzeuge zuckten in die heraufziehende Dunkelheit.

Sanitäter rannten eilig umher, der anwesende Notarzt kniete über Claudia und versuchte sie zu reanimieren. Sie lag noch immer da, bewegungslos, so als hätte die Seele ihren Körper schon verlassen. Die Spannung war kaum noch zu ertragen. Die Bewegungen des Arztes wurden immer schneller, die Zeit drohte ihm davonzulaufen.

„Defibrillator", rief er atemlos. Er riss ihre Bluse auf und zog mit einem Ruck ihren Büstenhalter herunter, er rieb die Flächen des Defibrillators aneinander und platzierte ihn auf ihrem Brustkorb. Ein Stromstoß durchfuhr ihren Körper, der sich ruckartig aufbäumte. Dann kam der erlösende Ruf: „Ich hab' sie."

Als die Anwesenden dies vernahmen brandete Beifall auf, ehrlich und voller Anteilnahme, wie nach einer gelungenen Premiere. Ein Menschenleben war gerettet.

Behutsam wurde sie auf eine Bahre gelegt. Dann verschwand sie in dem Rettungswagen, der mit lautem Sirenengeheul davon fuhr. Es zählte jede Sekunde. Konnte ihr Leben gerettet werden oder kam doch jede Hilfe zu spät? Die nächsten Stunden würden es zeigen. Kurz nachdem der Rettungswagen den Unfallort verlassen hatte, nahmen die anwesenden Polizeibeamten die Ermittlungen auf, da es sich nach Aussagen von Augenzeugen ganz offensichtlich um einen Mordanschlag handelte, überließen die Polizeibeamten, den inzwischen eingetroffenen

Kriminalisten des Präsidiums, die weiteren Ermittlungsarbeiten.

Die Spurensicherung nahm ihre Arbeit auf. Wie ein Puzzle setze sich der Ablauf dieses brutalen Anschlags zusammen. Claudia ging völlig ahnungslos durch die Collonaden, plötzlich tauchte, wie aus dem Nichts, ein Motorradfahrer in schwarzer Lederkleidung auf, fuhr mit ungeheurer Geschwindigkeit von hinten auf sie zu und schlug ihr mit einem Baseballschläger gegen den Kopf. Dann raste er an den Collonaden vorbei und verschwand in einer Seitenstraße. Keine Person, die diesen Vorfall beobachtet hatte, konnte jedoch eine Beschreibung des Täters geben. Das Kennzeichen des Motorrades war unkenntlich gemacht und auf dem Kopf trug er einen schwarzen Integralhelm, der sein Gesicht verbarg. Er hatte also an alles gedacht. Die Suche nach der berühmten Stecknadel im Heuhaufen begann.

Robert Steinbach wollte gegen Abend sein Büro verlassen. Er zog seinen Mantel an und als er gerade die Tür seines Büros hinter sich schloss, hörte er sein Telefon. Er ging zurück, nahm den Hörer auf und lauschte dem Anrufer. Sein Gegenüber meldete sich.

„Hauptkommissar Mertesheimer hier, guten Abend Herr Steinbach."

„Was kann ich für sie tun?", erwiderte dieser in einem ausgesprochen freundlichen Ton.

„Ich muss Ihnen leider etwas sehr betrübliches mitteilen", fuhr dieser voller Anteilnahme fort, „ihre Mitarbeiterin Claudia Metzler hatte vor zwei Stunden einen schweren Verkehrsunfall.

Sie wurde mit schweren Kopfverletzungen ins Krankenhaus eingeliefert." Erschreckt hielt Steinbach inne, holte tief Luft, so als hätte ihn diese Nachricht zutiefst erschreckt.

„Können sie mir schon sagen, wie das passiert ist", fragte Steinbach.

„Es tut mir sehr leid, zu dem vermeintlichen Unfall kann ich Ihnen leider keine Auskunft geben, da die Ermittlungen noch nicht abgeschlossen sind."

Robert Steinbach bedankte sich für die umgehende Benachrichtigung und legte den Hörer auf, ging zum Fenster und blieb dort einige Minuten regungslos stehen, sein Gesicht zeigte keinerlei Gefühlsregung, dann drehte er sich um und verließ sein Büro.

Am folgenden Morgen veranlasste Steinbach sofort eine Mitarbeiterversammlung, um alle von dieser Tragödie in Kenntnis zu setzen. Entsetzen und Ratlosigkeit machten sich breit. Die Kolleginnen aus ihrer Abteilung schienen besonders erschüttert zu sein, schweigend saßen sie da und konnten einfach nicht fassen, was da geschehen war.

Christine Conradi wunderte sich sehr, als Robert Steinbach sie überraschend vor Beginn der Mitarbeiterversammlung in sein Büro bat und sie als Erste über diesen Vorfall des vergangenen Abends informierte.

Fassungslos lauschte sie seinen Worten und beobachtete ihn dabei, schaute in sein Gesicht, in seine Augen, ihr Blick ging zu seinen Händen. Er hielt eine Zigarette in der Hand und sie sah wie seine Finger zitterten. War es die Aufregung über das Geschehene? Er räusperte sich und schaute sie an. Ein freundliches Lächeln huschte über sein Gesicht.

„Frau Conradi, in Anbetracht der bedauerlichen Vorkommnisse möchte ich Sie bitten, für die Dauer der Abwesenheit von Claudia das Ressort zu übernehmen, und ich hoffe, dass Sie mich nicht im Stich lassen."

Christine holte tief Luft und schaute ihn überrascht an. Zuerst die niederschmetternde Nachricht von Claudias Unfall und dann dies, ein bisschen viel auf einmal wie sie fand.

„Das ist alles so furchtbar", erwiderte sie, „bitte geben Sie mir bis morgen Zeit, ich muss das erst mal verarbeiten." Er lächelte, schaute sie an und sagte mit einer ungewohnt sanften Stimme.

„Natürlich haben Sie Zeit bis morgen, aber Sie würden mir einen großen Gefallen tun, wenn Sie zusagen."

Er erhob sich, um sich von ihr zu verabschieden, geleitete sie zur Tür, gab ihr die Hand und flüsterte, so als ob es niemand hören sollte: „Ich zähl auf Sie", dann schloss sich die Tür hinter ihr. Fassungslos stand sie da und musste erst einmal ihre Gedanken ordnen. In der Empfangshalle waren alle anwesenden Mitarbeiter bereits versammelt.

Aufgeregtes Gemurmel drang in ihr Ohr. Einige hatten sie bereits entdeckt und winkten ihr zu. Sie gab sich einen Ruck und ging die Treppe hinunter.

Es gab natürlich nur ein Thema und allen hier Anwesenden konnte man die Betroffenheit ansehen. Als Steinbach die Treppe herunter kam, verstummten augenblicklich alle Gespräche. Dann machte er eine ausladende Handbewegung, zupfte leicht verlegen an seiner Krawatte und wandte sich den Mitarbeitern zu.

„Meine Damen und Herren, ich kann Ihre Aufregung verstehen, aber lassen Sie mich bitte etwas zu diesem traumatischen Ereignis sagen."

Er unterrichtete seine Mitarbeiter, dass es sich hierbei wahrscheinlich nicht um einen Unfall handelte. Er wolle aber den Ermittlungen der Polizeibehörden nicht vorgreifen. Jedoch stand eines zweifelsfrei fest, es wird wohl noch sehr lange dauern, bis ihre Gesundheit wiederhergestellt ist.

Dann schaute er Christine an, räusperte sich kurz und fuhr fort: „Für die Zeit ihrer Abwesenheit wird Frau Conradi die Aufgaben von Metzler übernehmen und ich hoffe, dass Sie ihr die Unterstützung gewähren, die sie verdient hat."

Christine war wie vor den Kopf gestoßen. Wie konnte er eine solche Ankündigung machen, ohne ihre Zustimmung abzuwarten?

Aber so war Steinbach, über alles setzte er sich hinweg, tat nur das was er für richtig hielt und alle hatten zu gehorchen. Innerlich kochte sie vor Wut, hätte ihm gerne gesagt, was sie von diesen einsamen Entscheidungen hielt, aber dann zog sie es doch vor zu schweigen. Er schaute zu ihr herüber, lächelte und ging auf sie zu.

„Ich wünsche Ihnen viel Erfolg bei Ihrer neuen Aufgabe, machen Sie das Beste draus." Sie wollte etwas erwidern, aber sein entschlossener Blick signalisierte ihr, dass er keinen Widerspruch duldete. Dann drehte er sich um, ging mit festen Schritten die Treppe hinauf und verschwand in seinem Büro.

Christine musste von diesem Moment an für vieles Verantwortung übernehmen. Zweifel kamen in ihr auf, ob sie dieser Aufgabe gewachsen war. Aber dann war sie entschlossen, sich dieser Herausforderung zu stellen. Sie hatte nie in ihrem Leben resigniert, war mutig und entschlossen und hatte immer ihr Bestes gegeben. Es war für sie ein ungewollter Sprung ins kalte Wasser und sie wusste, dass sie ihre ganze Kraft benötigen würde, um diese schwere Zeit zu überstehen.

Da war der Job, den ihr Steinbach, ohne ihre Entscheidung abzuwarten, aufgedrängt hatte, die Sorge um Jens, der noch immer unter der Aufdeckung dieser unseligen Affäre litt. Sie war trotzdem fest entschlossen diese Herausforderung anzunehmen. Ihre Kraft und Zuversicht waren zurückgekehrt und sie hatte das große Glück, dass sie sich vor Neid und Missgunst im Verlag nicht fürchten musste. Sie war überall beliebt und alle wussten, dass die Übernahme der Ressortleitung nur für kurze Zeit war und sie nach der Genesung von Claudia wieder in ihre Reihen zurückkehrte.

Als sie das Büro betrat kamen sie auf sie zu, umarmten sie und boten Christine ihre uneingeschränkte Hilfe an.

„Ich danke euch allen für das Vertrauen", sagte sie gerührt und sie sah in den Augen aller aufrichtige Freundschaft und Solidarität. Sie räumte ihren Schreibtisch aus und eine Stunde später saß sie in Claudias Büro. Sie sah gerade die Manuskripte durch, die auf Claudias Schreibtisch lagen, als eine ihrer Kolleginnen in ihr Büro stürmte.

Es war Julia, eine immer fröhliche und liebenswerte junge Frau, mit der Christine ein ausgezeichnetes, ja schon fast freundschaftliches Verhältnis hatte. Wild gestikulierend kam sie auf sie zu, Tränen standen in ihren Augen.

„Es kann nicht sein, es kann nicht sein", rief sie mit tränenerstickter Stimme. In der Hand hielt sie eine Zeitung.

„Julia, was ist los, sag mir, was los ist." Christine sah sie voller Sorge an. „Nun beruhige dich erst einmal."

„Es war kein Unfall, jemand hatte es auf sie abgesehen, es war ein Überfall. Hier lies selbst."

Sie gab ihr die Zeitung und setzte sich, am ganzen Körper zitternd, auf den Stuhl, der vor Christines Schreibtisch stand. Dort stand es in großen Buchstaben auf der Titelseite: „Feiger Überfall auf eine Hamburger Journalistin"

„War es wirklich ein Racheakt?" Augenblicklich hatte sie wieder den Morgen vor Augen, als sie in derselben Boulevardzeitung von der Affäre las, die Jens mit Agneta hatte. Wütend warf sie die Zeitung auf den Boden und blickte zu Julia auf, die immer noch völlig aufgelöst vor ihr saß.

„Das wollen Journalisten sein? Die wühlen nur im Dreck herum, bis sie etwas gefunden haben woraus sie eine fette Schlagzeile machen können."

Man sah ihr die grenzenlose Empörung und Abscheu an, die sie für diese Art von Journalismus empfand. Dann stand sie auf, ging auf Julia zu und nahm sie in die Arme. „Sei ganz ruhig", flüsterte sie ihr mit beschwichtigender Stimme zu, „es wird sich alles aufklären."

Mit versteinerter Miene saß Steinbach hinter seinem Schreibtisch. Vor ihm lag die Zeitung, deren Überschrift im ganzen Verlag blankes Entsetzen ausgelöst hatte. Er warf nur einen flüchtigen Blick auf die Titelseite, verzog sein Gesicht zu einem abfälligen Grinsen und dann warf er sie in hohem Bogen in den Papierkorb.

„Dilettanten", knurrte er verächtlich, stand auf, ging zu einem Schrank, öffnete die Tür und nahm eine Flasche Whiskey und ein Glas heraus und setzte sich wieder an seinen Schreibtisch. Genüsslich schüttete er das Glas halb voll und trank es mit einem gierigen Schluck aus, ohne das Glas abzusetzen.

Manfred Brixen war Chefarzt im St.-Georg-Krankenhaus. Seit vielen Jahren war er dem Herausgeber des „Hamburger Generalanzeigers", Dr. Henning Friedrichs, freundschaftlich verbunden, daher war es ihm ein ganz persönliches Anliegen, sich um das Wohlergehen von Claudia Metzler zu kümmern.

Er hatte sie immer wieder auf Veranstaltungen im Verlag erlebt und verehrte sie nicht nur als Frau, sondern auch als geistreiche und liebenswerte Gesprächspartnerin.

Er war sichtlich erschrocken, als er von ihrem schweren Unfall erfuhr. Er hatte persönlich die Operation durchgeführt. Drei Stunden hatte das Ärzteteam um ihr Leben gekämpft. Jetzt stand er an ihrem Bett und betrachtet sie voller Mitgefühl, die Hände hilflos in den Taschen seines weißen Kittels vergraben.

Sie hatten alles getan was in ihrer Macht stand, um ihr Leben zu retten. Ständig lebte er mit der Angst, dass alles umsonst war und er wieder nicht helfen konnte. Manches Mal fragte er sich, ob sich das alles wirklich lohnt, aber immer wenn er wieder ein Menschenleben gerettet hatte, fasste er neuen Mut und er erinnerte sich, dass er einen Eid abgelegt hatte alles zu tun, was zum Wohle der Menschen war.

Diese Gedanken überkamen ihn, als er schweigend neben Claudias Bett stand. Sie lag noch immer regungslos da. Ein dicker Verband schützte ihre schweren Verletzungen, die sie bei dem Überfall davongetragen hatte.

Im Raum war eine gespenstische Stille, nur die Geräusche der lebenserhaltenden Geräte erfüllten den Raum. Die Welt glitt an ihr vorbei wie der Zauber des Paradieses, voller Ruhe und tiefster Glückseligkeit. Alles um sie herum war in einen Nebel des Vergessens getaucht, nichts berührte sie. Er nahm ihre fahle kraftlose Hand und streichelte sie. Er hatte mehr für sie empfunden als nur Bewunderung und Verehrung, er hatte sich in sie verliebt vom ersten Moment an, als er sie sah, er stand da und seine Augen füllten sich mit Tränen, dann drehte er sich um und verließ das Krankenzimmer.

17. Kapitel

Jens hatte Christine die Affäre mit Agneta gebeichtet, hatte ihr berichtet, dass sie ihn verlassen hatte und nach Stockholm zurückgekehrt war. Die infame Unterstellung der Presse, dass sie eine Prostituierte war, hatte er aber entrüstet zurückgewiesen. Man wollte ihm schaden, wollte seine politische Karriere zerstören und ihn als Person durch den Schmutz ziehen.

Christine Conradi konnte die Ungewissheit nicht länger ertragen und entschloss sich Agneta in Stockholm einen Besuch abzustatten, um endlich aus ihrem Munde zu erfahren, was wirklich geschehen war, denn ihre innere Stimme sagte ihr, dass Jens ihr nur die halbe Wahrheit erzählt hatte. Sie wollte wissen, was es in Wirklichkeit mit dieser Affäre auf sich hatte und hoffte inständig, dass Agneta ihr all dies beantworten würde. Christine wählte ihre Telefonnummer und lauschte dem Ruf, der irgendwo in der Ferne verhallte, ohne dass jemand das Gespräch entgegennahm. Die Nummer ihres Anschlusses hatte sie von einer Kollegin erfahren, die über die Affäre berichtete hatte.

Endlich wurde der Hörer abgenommen und eine sympathische Frauenstimme meldete sich: „Agneta Gulbrandsson." „Ja guten Tag Frau Gulbrandsson, ich bin Journalistin beim „Hamburger Generalanzeiger", mein Name ist Christine Conradi. Wären Sie damit einverstanden, dass wir uns zu einem Gespräch treffen?"

Christines Stimme zitterte, als sie diese Frage stellte hatte. Wie würde sie auf ihre Bitte reagieren, würde sie es ablehnen, würde sie sich einen weiteren Kontakt verbitten?

„Worum geht es denn?", fragte sie freundlich. „Sind Sie mit Jens Jacobs befreundet?" Christine glaubte ein Zittern in ihrer Stimme zu hören.

„Nein", erwiderte Christine, „ich bin, wie ich schon sagte, Journalistin und möchte gern mehr über das erfahren, was vor einiger Zeit zwischen Ihnen und Jens Jacobs geschehen ist. Wären Sie damit einverstanden? Wenn ja, möchte ich Sie gerne in Stockholm besuchen."

Es verging eine geraume Zeit und Christine glaubte schon, sie habe vergebens angerufen und Agneta hätte das Gespräch beendet, doch dann erwiderte sie: „Ich bin bereit, mich mit Ihnen zu treffen, wann wollen sie kommen?"

„Wenn es Ihnen recht ist, würde ich Sie am Samstag dieser Woche besuchen, ich werde mich noch einmal bei Ihnen melden und Ihnen mitteilen, wann mein Flieger in Stockholm eintrifft."

„Das geht in Ordnung Frau Conradi, aber eine Frage habe ich noch, woher haben Sie meine Telefonnummer?"

Christine lächelte und erwiderte: „Ich bin Journalistin Frau Gulbrandsson und da hat man natürlich seine Quellen." Mit einem leicht ironischen Unterton erwiderte Agneta: „Ja, ja, die Journalisten, immer auf der Suche nach einer Sensation. Also dann bis Samstag."

Sie tauschten noch einmal ihre Adressen und Telefonnummern aus und Agneta versprach ihr sie vom

Flughafen abzuholen. Christine atmete erleichtert auf, als sie den Telefonhörer auflegte. Es waren noch drei Tage bis die Stunde der Wahrheit kam, Tage und Stunden voller Ungewissheit und nervöser Anspannung. Die Nacht vor ihrem Abflug hatte Christine sehr unruhig geschlafen, schreckte immer wieder von schlechten Träumen geplagt auf und irgendwann hielt sie es nicht mehr aus.

An Schlaf war nicht zu denken, sie stand auf und bereitete sich ein Frühstück. Es war 6.00 Uhr morgens. Unruhig lief sie in ihrer Wohnung umher, konnte es kaum erwarten zum Flughafen zu fahren, ging unter die Dusche, schminkte sich und kleidete sich an, dann packte sie hastig ein paar Sachen in ihre Reisetasche und bestellte ein Taxi zum Flughafen.

Um 9.30 Uhr ging ihr Flug nach Stockholm. Sie war nervös und spürte wie die Aufregung in ihr emporstieg, als sie auf dem „Arlanda International Airport" in Stockholm landete. Ihr ganzer Körper war in Aufruhr.

Es waren nur noch wenige Minuten und sie würde der Frau gegenüberstehen, die Jens so viel Unglück gebracht hatte. Mühsam versuchte sie, ihre Nerven zu beruhigen, sie schloss die Augen, atmete tief ein und langsam kehrte die Ruhe in ihren Körper zurück.

Schritt für Schritt bewegte sie sich auf das nahende Unheil zu, ging langsam und zögernd dem Ausgang entgegen, so als wollte sie die Welt anhalten. Schon von Weitem sah sie eine junge blonde Frau, die die ganze Zeit zu ihr herüber starrte. Schlank und in ei-

232

nen beigefarbenen Trenchcoat gehüllt stand sie da, griff in ihre Handtasche, holte ihr Mobiltelefon heraus und wählte Christines Nummer. Augenblicke später vernahm sie das melodische Geräusch ihres Handys, griff in ihre Tasche und auf dem Display leuchtete Agnetas Name auf. Sie nahm Blickkontakt zu ihr auf und beide lächelten. Es war ihre erste Begegnung, aber es war eine Begegnung der besonderen Art. Sie gingen aufeinander zu, gaben sich die Hände und Christine spürte, wie eine angenehme Wärme durch ihren Körper strömte.

„Willkommen in Stockholm." Agnetas Stimme klang weich und ohne jegliche Aggression. Sie fuhren schweigend in die Stadt, suchten ein Café auf und setzten sich auf die Außenterrasse, an einen etwas abseits liegenden Tisch, wo sie ungestört miteinander reden konnten. Christine saß da, etwas hilflos vielleicht und wusste nicht, wie sie das Gespräch beginnen sollte.

„Ich freue mich Sie kennenzulernen." Mit dem Instinkt einer Frau ahnte Agneta, dass mehr hinter diesem Besuch stecken musste, als nur die Neugier einer Journalistin. Es war ein Gespräch zwischen zwei Frauen, die denselben Mann liebten und doch spürte Agneta, dass keinerlei Rivalität zwischen ihnen war. Sie hatte sich mit ihrem Schicksal abgefunden und sie wusste genau, dass es für sie kein Zurück mehr gab, sie hatte Jens für immer verloren.

Dann beugte sie sich zu Christine herüber und sprach mit zitternder Stimme: „Kannst du dir vorstellen wie schmutzig man sich vorkommt, wenn man sich wie eine billige Straßenhure für viel Geld an einen Mann heranmacht und dann plötzlich feststellt, dass man sich unsterblich in ihn verliebt hat?" Agneta wählte sofort das vertrauensvolle Du, weil dieses sehr persönliche Gespräch zwischen ihnen keinerlei Distanz zuließ.

Also, es stimmte doch, was in den Hamburger Zeitungen stand, dass sie eine bezahlte Hure war, die Jens gegen ein angemessenes Honorar zu Diensten gewesen war. Was Christine allerdings erstaunte, war, dass sie dies sofort unumwunden zugab. Jens hatte ihr wohl aus Schamgefühl, diese Tatsache vorsorglich verschwiegen.

Agneta machte eine Pause und Christine sah, wie ihr Tränen der Scham und der Trauer, über die verlorene Liebe, die Wangen herunterliefen. Christine schwieg und schaute Agneta immer wieder an, hörte wie sie mit einem liebevollen Lächeln im Gesicht, über Jens sprach. Jedes ihrer Worte war wie ein Stich in ihr verwundetes Herz. Sie musste ihn noch immer sehr lieben, das sagte Christine jedes ihrer liebevollen Worte über ihn.

Kein Vorwurf war zu hören, keine Verbitterung war ihren Worten zu entnehmen. Es war die Liebe zu Jens, die sie in ihrem Entschluss bestärkt hatte, nicht länger diesem Gewerbe nachzugehen, und sie wusste, dass sie seine Liebe nicht verdient hatte. Sie war offen und ehrlich und Christine hatte keine Sekunde das Gefühl, dass sie ihr etwas verschwieg. Sie ließ ihren Gefühlen freien Lauf, ergriff Christines Hand, so als suchte sie irgendwo Halt und ließ sie nicht mehr los.

„Wir haben in der Zeit, in der wir zusammen waren viele schlimme Dinge erlebt, wurden sogar mit dem

Tode bedroht. Jens wurde von einer Schlägerbande auf der Straße brutal zusammengeschlagen und mich haben sie verfolgt, standen tagelang vor meiner Tür, um mich durch Telefonterror und die übelsten Beschimpfungen zum Aufgeben zu zwingen."

„Er wollte alles aufgeben", fuhr sie fort, „wollte mit mir nach Schweden gehen wo uns niemand kannte, aber als ich diesen Zustand nicht mehr ertragen konnte, musste ich ihm einfach die Wahrheit sagen, denn ich fühlte mich so unendlich schuldig. Vielleicht war es ein Fehler ihm das zu beichten, aber ich brachte es nicht übers Herz, auch noch sein Leben zu zerstören. Es geschah genau das, was ich befürchtet hatte, er beschimpfte mich, warf mir vor, mich nur wegen des Geldes, das ich für diesen Liebesdienst bekam, an ihn herangemacht zu haben. Es war wie ein innerer Zwang, der mich zu diesem Geständnis bewegte und ich war es mir und ihm schuldig, um unserer Liebe willen.

Aber wie konnte ich so naiv sein zu glauben, dass er mir verzeihen würde. Wäre es besser gewesen, wenn ich ihn weggestoßen hätte, ihm böse Dinge gesagt hätte? Ich glaube, dass es der richtige Weg war den ich gegangen bin. In meinem Innersten hatte ich das Gefühl, dass ich beschmutzt bin und seine Liebe nicht verdient hatte. Als Konsequenz habe ich meine Sachen gepackt und bin dahin zurückgekehrt, wo ich hergekommen bin."

Sie war eine Frau mit Vergangenheit, die einen Makel hatte und dadurch ihre große Liebe verlor.

Christine hatte ihr zugehört, wollte ihr die Möglichkeit geben, sich allen Kummer von der Seele zu reden. Sollte sie sich offenbaren? Sollte sie Agneta sagen, dass sie die Frau war, die jetzt ihren Platz eingenommen hatte? Aber wie würde sie darauf reagieren? Sie wusste es nicht und deshalb schwieg sie. War sie zu egoistisch, nur weil ihr eigenes Leben und ihre Liebe wichtiger erschienen?

Sie sah wie sehr Agneta noch immer litt und deshalb entschied sie sich, nicht mit ihr darüber sprechen, um sie nicht noch tiefer in Verzweiflung zu stürzen. Das was geschehen war, hatte vor ihrer Zeit stattgefunden und sie fühlte sich in keiner Weise dafür verantwortlich. Plötzlich schaute Agneta sie an, ergriff ihre Hand, ganz behutsam, ja geradezu liebevoll.

„Christine bist du wirklich hier, um einen Bericht für deine Zeitung zu schreiben?", fragte sie zweifelnd. Erstaunt schaute Christine sie an. Was sollte diese Frage? Hatte sie von Anfang an gewusst, wer sie war? Sie hob den Kopf, verlegen und unangenehm berührt suchte sie Agnetas Blick, nahm ihre ganze Kraft zusammen und antwortete ihr.

„Nein, das ist nicht der einzige Grund, Jens ist der Mann, den ich liebe und ich wollte dich unbedingt kennenlernen, um zu erfahren, was wirklich geschehen ist."

„Ich habe es von Anfang an geahnt." Agneta hielt inne, stützte für einen Augenblick ihren Kopf in ihre Hände und fuhr dann fort, „aber ich war mir doch nicht ganz sicher, ob du wirklich die Frau an seiner Seite bist. Jetzt wo ich es weiß und dich näher kenne, habe ich keinen Zweifel mehr daran, dass du die Richtige für ihn bist." Sie schaute Christine an und aus ihren Augen sprachen Aufrichtigkeit und ehrliche Bewunderung.

„Halte ihn ganz fest und werde glücklich mit ihm, er ist ein wunderbarer Mann, er hat es verdient." Bei diesen Worten hatte sie wieder diesen traurigen Glanz in den Augen. Es war vorbei, das wusste sie, aber er würde trotzdem in ihrem Herzen bleiben, für immer und ewig.

Mit der Wahrheit im Gepäck kehrte Christine nach Hamburg zurück. Es war gut, dass sie sich entschlossen hatte nach Stockholm zu fliegen, um die ganze Wahrheit zu erfahren, denn ihr waren schon vorher Zweifel gekommen. Sie hatte die ganze Zeit gespürt, dass er ihr etwas verschwieg. Wieso hatte er das getan?

Sie hatte, so glaubte sie jetzt, all das erfahren, was wirklich geschehen war und das gab ihr ein Gefühl der Sicherheit. Die ganze Affäre war fast vergessen als Christine nach Hamburg gekommen war und sie ahnte davon nichts, bis zu dem Tag, als sie durch die Medien mit der Wahrheit konfrontiert wurde und hätte sie es nicht in der Presse gelesen, sie hätte wahrscheinlich nie etwas davon erfahren. Warum er ihr gegenüber aber so unaufrichtig war, als diese Affäre in allen Zeitungen stand, das konnte sie nicht verstehen.

„Warum also derartige Empfindlichkeiten?" Sie würde Jens zur Rede stellen, würde ihn fragen, warum er ihr all dies verschwiegen hatte, und würde er es weiterhin leugnen stand ihr Entschluss fest, sie würde ihm keine Schonfrist mehr gewähren und sich von ihm trennen. Er allerdings wusste nichts von ihrer Reise nach Stockholm. Christine hatte ihm gesagt, sie würde über das Wochenende zu ihrer Mutter fahren, um ein wenig nach dem Rechten zu sehen, denn sie war gesundheitlich nicht so ganz auf der Höhe.

Sie hatte ihn, nachdem sie wieder in Hamburg war, angerufen und ihm auf seinem Anrufbeantworter eine Nachricht hinterlassen: „Hallo Jens, ich bin gerade wohlbehalten zu Hause eingetroffen. Ich werde noch schnell unter die Dusche gehen und dann anschließend bei dir vorbeikommen. Ich freue mich auf dich."

Jens hatte Christines Abwesenheit genutzt, um seinen alten Freund Sven Lindholm, nach langer Zeit wieder einmal zu besuchen. Sie saßen beisammen, sprachen über alte Zeiten und genossen die Zeit des trauten Beisammenseins. Es war schon weit nach Mitternacht als er sich auf den Heimweg machte. Als er seine Wohnung betrat, spürte er, dass irgendetwas anders war als sonst, es lag so ein seltsamer Geruch in der Luft, so als wäre eine fremde Person in seiner Wohnung gewesen.

„Das kann nicht sein", ging es ihm durch den Kopf und er verwarf diesen Gedanken wieder. Als sein Blick auf die Blumen fiel, die in einer silbernen Vase auf dem Tisch vor der riesigen Couchgarnitur standen, entdeckte er einen verschlossenen Umschlag, der, an die Vase gelehnt, auf dem Tisch stand. Also doch, jemand war in seiner Wohnung. Er riss den Umschlag auf und nestelte mit zitternden Fingern einen Zettel aus dem Umschlag, der zusammengefaltet in ihm steckte. Was er dann las, jagte ihm kalte Schauer über den Rücken:

„Wir haben dich besucht und dir einen Liebes-
brief gebracht, der dich sicher erfreuen wird.
Auch wenn du dich versteckst, wir finden dich
überall. Verschwinde aus dieser Stadt und
komm nie wieder zurück."

Es war ein einfaches Stück Papier, das in hunderttausenden von Druckern verwendet wird. Der Text war mit einem Computer in einer Allerweltsschrift geschrieben und es war beinahe unmöglich, die Herkunft zu ermitteln. Er rannte zu seiner Wohnungstür, riss sie blitzschnell auf, als er hörte, dass jemand die Treppe hinunter lief. Im letzten Augenblick sah er wie ein Schatten um die nächste Ecke des Treppenhauses verschwand. Mit schnellen Schritten rannte Jens hinterher. Als er kurz darauf den letzten Treppenabsatz erreicht hatte, hörte er nur noch wie die Haustür ins Schloss fiel.

Der Täter hatte sich anscheinend auf dem Speicher versteckt, weil er Angst haben musste, von einem Hausbewohner entdeckt zu werden. Er war deshalb auf den Dachboden geflüchtet und hatte dort so lange verharrt, bis die Luft rein war und er unerkannt verschwinden konnte.

Jens blieb auf der Straße stehen und versuchte vergeblich, irgendetwas Verdächtiges zu erkennen, der Atem der Angst durchströmte seine Lungen, sein Herz klopfte in wildem Staccato. Er stand da, wie gelähmt und zu keinem Gedanken fähig, getrieben von einem Gefühl der Ohnmacht und der Gewissheit, sich nicht dagegen wehren zu können.

Er hörte das Klappern der Schuhe des Eindringlings, der die Straße hinunter lief, um dann in der undurchdringlichen Dunkelheit der Nacht zu verschwinden. Von Weitem hörte Jens nur noch das dumpfe Geräusch einer zugeschlagenen Wagentür, dann raste ein Auto mit quietschenden Reifen und aufheulendem Motor davon.

Plötzlich war Stille, eine Stille die sich wie ein Ring um seine Brust legte und ihm fast die Luft zum Atmen raubte. Wieder in seiner Wohnung angekommen, fiel sein Blick auf das Telefon, dessen Anrufbeantworter schon die ganze Zeit unaufhörlich blinkte, was er aber in der Aufregung zuvor nicht bemerkt hatte. Er drückte die Wiedergabetaste und hörte Christines Stimme, die ihr Kommen ankündigte. Als er allerdings hörte, wann der Anruf eingegangen war, blieb er plötzlich wie angewurzelt stehen.

Es waren inzwischen fast drei Stunden vergangen und sie war immer noch nicht da. Unruhig lief er in der Wohnung umher, ging zum Fenster, stand minutenlang davor und wartete voll innerer Unruhe auf den Moment, in dem Christines Wagen um die Ecke bog und sich auf den reservierten Parkplatz vor dem Haus stellte.

Aber nichts geschah, alles war menschenleer, nur eine alte Dame mit ihrem Hund ging langsam die Straße hinunter und blieb vor seinem Haus stehen. Der Hund schnüffelte umher, hob sein Bein und zog dann sein Frauchen hinter sich her, bis sie um die nächste Ecke verschwunden waren.

Immer wieder schaute er zum Telefon, hoffte inständig dass es schellen würde und Christine vor der Tür stand. Die Zeit des Wartens wurde immer unerträglicher. Kein Anruf von ihr, kein Lebenszeichen das ihn aus der Ungewissheit befreite.

Erst langsam realisierte er einen Zusammenhang zwischen dem ungebetenen Gast in seiner Wohnung, dem Brief und dem Nichterscheinen von Christine. Sollte dieses perfide Spiel von vorne beginnen? Sollte es eine Fortsetzung geben, wie er es vor einiger Zeit mit Agneta erlebt hatte?

Wie war die Person ins Haus gekommen, wie konnte sie ohne Spuren zu hinterlassen in seine Wohnung eindringen? Und dann durchfuhr ihn eine schreckliche Vorahnung, die ihn vollends an den Rand der Verzweiflung trieb. Es existierten zwei Schlüssel, den einen hatte er und den anderen? Oh mein Gott, Christine, sie hatten Christine. Sie war die Einzige, die außer ihm einen Schlüssel zu seiner Wohnung hatte.

Die ganze Nacht lief er wie ein Traumwandler durch die Wohnung, stand vor dem Fenster und schaute sehnsüchtig hinaus, hoffte und bangte, tat diese unsinnigen Dinge, weil er nicht glauben wollte was geschehen war. Zum wiederholten Mal hatte er versucht, sie auf ihrem Mobiltelefon zu erreichen.

Nach dem dritten oder vierten vergeblichen Anruf gab es etwas, was ihn noch mehr beunruhigte. Hatte er die Male zuvor noch ihre Mailbox erreicht, so war bei seinen letzten Versuchen die Leitung plötzlich tot.

Das Handy war ausgeschaltet und das war mehr als merkwürdig, denn sie war eigentlich immer Tag und

Nacht erreichbar. Der Morgen graute und Jens hatte keine Sekunde Schlaf gefunden. Er saß auf der Couch in seinem Wohnzimmer und durch sein Gehirn geisterten die irrwitzigsten Gedanken, als es plötzlich an seiner Tür schellte. Er sprang auf, schlich zur Tür, schaute vorsichtig durch den Spion und sah wie sich ein Schatten vor seiner Tür bewegte. Dann ein dumpfer Schlag, der Schatten verschwand und irgendwo im Haus wurde eine Tür zugeschlagen.

Einer der Nachbarn hatte ihm wohl die Tageszeitung vor die Tür gelegt und sich dann diskret zurückgezogen, um nicht in ein Gespräch verwickelt zu werden. Vorsichtig öffnete Jens die Tür und sein Blick fiel auf die Zeitung, die vor seiner Tür lag. Ihm blieb fast das Herz stehen, als er die Überschrift auf, der Titelseite des „Hamburger Generalanzeigers" las:

„Lebensgefährtin des Parteisekretärs Jens Jacobs entführt?"

Er spürte, wie ihm die Sinne zu schwinden drohten. Mit wankenden Schritten ging er zurück in sein Wohnzimmer und ließ sich mit einen Seufzer in einen Sessel fallen. Wer hatte der Presse diese Information zugespielt? Als Erstes fiel ihm sein Intimfeind Robert Steinbach ein. Er war der entscheidende Mann an der Spitze des „Hamburger Generalanzeigers" und aufgrund seiner Stellung in der Lage, derartige Nachrichten an exponierter Stelle zu platzieren. Jens war fest entschlossen, es diesem erbärmlichen Individuum heimzuzahlen. Er kleidete sich an, um kurz darauf seine Wohnung zu verlassen.

Jens lief mit schnellen Schritten in die Halle des Verlagsgebäudes, vorbei an der Empfangsdame, die ihm verwunderte Blicke nachwarf. Er nahm sich nicht die Zeit auf den Fahrstuhl zu warten, der irgendwo in der vierten Etage hängengeblieben war und sich nicht abwärts bewegte. Er stürmte zu der Treppe, die in die oberen Etagen führte, nahm zwei Stufen auf einmal und kam völlig außer Atem auf der oberen Etage an, auf der sich das Büro von Steinbach befand.

Vor Steinbachs Büro hielt er einen Augenblick inne, dann öffnete er die Tür und ging wutentbrannt auf Steinbach zu, der wie ein Pascha hinter seinem Schreibtisch thronte. Die Füße hatte er auf den Tisch gelegt, in der Hand hielt er eine Zigarre, an der er gerade zog und sein Gesicht in eine dicke Rauchwolke hüllte, vor ihm stand das obligatorische Glas Whiskey. Er blickte erstaunt auf, grinste ihn herausfordernd an und mit leiser Stimme tadelte er das Eindringen von Jens Jacobs.

„Aber, aber, Herr Jacobs, hat Ihnen niemand gutes Benehmen beigebracht. Wie können Sie es wagen in mein Büro einzudringen?" In diesem Moment sah Jens rot, sprang auf Steinbach zu, zerrte ihn von seinem Stuhl hoch und schlug ihm seine Faust ins Gesicht. Er war nicht mehr Herr seiner Sinne, sein Gesicht war hasserfüllt und voller Zorn.

„Wo ist sie", schrie er ihn an, „was habt ihr mit ihr gemacht, rede du verdammtes Schwein?"

„Lassen Sie mich sofort los", entgegnete Steinbach und um seine Lippen spielte ein eiskaltes Grinsen, „oder muss ich erst die Polizei rufen?" „Außerdem mein lieber Herr Jacobs, weiß ich nicht, wovon Sie reden."

„Sie wissen nicht, wovon ich rede, tun Sie doch nicht so unschuldig. Sie haben doch einen mehr als reißerischen Artikel in ihrer heutigen Ausgabe veröffentlicht und Sie wissen genau, wovon ich rede. Ich spreche von Christine Conradi. Und eine Frage habe ich noch, woher haben sie diese Information, eine Information von der nicht einmal ich etwas weiß?"

„Das tut mir sehr leid", erwiderte Steinbach mit einem überlegenen Lächeln, „die Namen meiner Informanten gebe ich grundsätzlich nicht preis, das ist ein ungeschriebenes Gesetz in unserer Branche."

„Und deshalb frage ich Sie noch einmal, was wollen Sie dann von mir? Ich habe nur Informationen weitergegeben, die ich erhalten habe. Ich bin Journalist und das ist mein Job, verstehen Sie? Und außerdem haben wir keine Tatsachen berichtet, sondern lediglich einen Verdacht geäußert, manchmal kann ein Fragezeichen hinter einer Überschrift von weittragender Bedeutung sein, aber das müssten Sie doch eigentlich wissen, lieber Herr Jacobs."

Man konnte förmlich spüren wie er sich an der Hilflosigkeit von Jens Jacobs weidete.

„Und außerdem", gab Steinbach zu bedenken, „ist sie eine meiner besten Mitarbeiterinnen und unter diesem Aspekt betrachtet, habe ich keinerlei Veranlassung sie auf diese, sagen wir mal unschöne Art, aus dem Verkehr zu ziehen, denn dann würde ich mir nur selbst schaden und das ist nun ganz und gar nicht in meinem Interesse."

„Wenn Sie also Ihre Freundin vermissen", fuhr er in demselben gleichmütigen Ton fort, „dann sollten Sie eine Vermisstenanzeige aufgeben und nun möchte ich Sie bitten mein Büro zu verlassen, sonst sehe ich mich leider gezwungen Anzeige wegen Körperverletzung und Hausfriedensbruch gegen Sie zu erstatten ... und nun raus hier, haben Sie mich verstanden."

Die letzten Worte sprach er mit leiser zischender Stimme und seine Augen hatten etwas Drohendes, Angsteinflößendes. Jens hatte nichts in der Hand, war nur seinem Instinkt gefolgt, hatte aber ins Kalkül gezogen, dass Steinbach so eiskalt reagieren würde. Es gab nichts, was ihn erschrecken konnte.

Mit einem hilflosen Achselzucken drehte sich Jens um und verließ wutschnaubend den Raum. Nachdem er das Büro verlassen hatte, richtete Steinbach seine Krawatte, glättete das Revers seines Anzugs und setzte sich grinsend hinter seinen Schreibtisch, während sich Jens Jacobs einige Schritte in Richtung Fahrstuhl bewegte.

Er blieb plötzlich stehen und lehnte sich an die Wand. Ihm wurde schwarz vor Augen, sein Atem verließ mit einem hörbaren Pfeifen seine Lungen, sein Herz schlug wie wild, als wollte es seinen erregten Körper verlassen.

Alles was er in diesen Augenblicken unternommen hatte, war pure Verzweiflung, die er in diesem beängstigenden Ausmaß noch nie erlebt hatte. Ein irrwitziges Rauschen tobte in seinen Ohren, seine Knie zitterten wie wild, drohten sich zu verselbstständigen und er spürte wie diese Rebellion seiner

Seele ihn unfähig machte, einen klaren Gedanken zu fassen. In seinem Kopf herrschte ein heilloses Chaos, eine Mischung aus Wut und Verzweiflung ergriff von ihm Besitz und hinderte ihn daran, die Stelle, an der er hilflos lehnte, zu verlassen. Schweißperlen suchten sich ihren Weg, strömten von der Stirn über sein Gesicht, um dann im Stoff seines Hemdes zu versinken. Er spürte wie seine Handflächen nass wurden, seine Achseln und Kniekehlen, ja sein ganzer Körper verwandelte sich augenblicklich in einen Zustand des Erstarrtseins.

Der Schweiß lief in spürbaren Rinnsalen über die Haut seines Körpers und erinnerte ihn daran, in welchem Zustand er sich befand. Nackte Angst hatte sich seiner bemächtigt, die in einem Gefühl von Panik zu einem verheerenden Orkan anschwoll. Nach einer geraumen Zeit beruhigte er sich wieder, griff mit fahrigen Bewegungen in die Tasche seiner Jacke und zog ein Taschentuch hervor, mit dem er sich den Schweiß von seiner Stirn und seinem Gesicht abwischte.

Dann ging er langsam zum Fahrstuhl, drückte mit zitternden Fingern auf die Taste und als dieser mit leisem Surren nach oben kam und sich die Tür öffnete, trat er ein und lehnte sich an die Wand, die seinem Körper den Halt verschaffte, den er jetzt so dringend brauchte. Er wollte nur noch weg aus diesem Haus, wusste nicht mehr, was ihn hierher getrieben hatte. Es war nicht mehr als ein Gefühl, dass sich seiner Gedanken bemächtigte und es verstärkte sich von Minute zu Minute. Dieser Kerl, mit dem er eben gestritten hatte, hatte etwas mit der Entführung von Christine zu tun. Dieser Verdacht brannte sich tief in sein Denken ein, aber er konnte ihm nichts beweisen und das machte ihn zornig und hilflos zugleich.

Noch völlig außer sich verließ er das Verlagsgebäude und ging mit schwankenden Schritten auf seinen Wagen zu, den er einhundert Meter vom Verlagsgebäude entfernt geparkt hatte. Er öffnete die Wagentür und ließ sich erschöpft auf den Fahrersitz fallen. Wirre Gedanken spielten eine beängstigende Melodie aus panischer Angst und immer wieder aufkeimender Hoffnungslosigkeit. War Christine etwas zugestoßen und stellte sich heraus, dass ihr plötzliches Verschwinden doch keine Entführung war?

All dieses verwirrende Für und Wider ging ihm durch den Kopf als er hinter dem Lenkrad seines Wagens saß. Er bemühte sich, seine Gedanken zu ordnen, die wie wild zuckende Blitze durch seine schon arg strapazierten Nervenbahnen rasten. Wie zufällig ging sein Blick zum Hauptportal des Verlagsgebäudes, als sich plötzlich die gewaltige gläserne Schwingtür öffnete und eine männliche Gestalt hastig auf die Straße trat. Sie blieb plötzlich stehen, schaute eilig nach links und rechts, so als hätte sie Angst, von irgendjemand entdeckt zu werden. Es war Robert Steinbach, der sich hastig seinen Mantel über die Schultern warf, um dann mit eiligen Schritten in einer Seitenstraße zu verschwinden.

Irgendetwas hatte ihn aufgeschreckt. Hing es damit zusammen, dass Jens in sein Büro eingedrungen war und ihm unterstellt hatte, er habe etwas mit dem Verschwinden von Christine zu tun? Hatte er recht mit seiner These? Hatte er nur auf einen puren Verdacht hin in ein Wespennest gestochen? Er war entschlossen es herauszufinden, war entschlossen sich selbst in Gefahr zu begeben und wenn es so wäre wie er glaubte, würde er alles daran setzen, diesem Scharlatan das Handwerk zu legen und ihn seiner gerechten Strafe zuzuführen.

Er hatte ihn aus seinem Bau gelockt, in dem er mit einer selbstherrlichen Sicherheit thronte und alles, was ihm gefährlich werden konnte, mit einer Skrupellosigkeit abwehrte, die ihresgleichen suchte. So gesehen hatte Jens sein Ziel erreicht, hatte durch sein Erscheinen und seinen bedrohlichen Auftritt in Steinbachs Büro Verunsicherung in ihm geweckt. Vielleicht war es das erste Mal, dass die Angst entdeckt zu werden, über seine Skrupellosigkeit siegte.

Jens saß in seinem Wagen und beobachtete die Straße, als plötzlich ein grauer Porsche aus einer der Seitenstraßen bog und auf die Straße fuhr, auf der er parkte. Als der Wagen in einem Abstand von ein paar Metern an ihm vorbei fuhr, erkannte er Steinbach, der hinter dem Lenkrad saß und es anscheinend sehr eilig hatte, denn er überholte die vor ihm fahrenden Fahrzeuge, setzte sich an die Spitze der Kolonne, die direkt in Richtung Hafen fuhr. Jens hatte sich, während Steinbach an ihm vorüber fuhr, nach unten gebeugt, um nicht von ihm entdeckt zu werden. Er wartete einen Augenblick und setzte sich dann hinter ihn. Zwei Fahrzeuge trennten ihn von dem Porsche Steinbachs. An der nächsten Kreuzung, die in Richtung Hafen führte, hatte er ihn verloren. Jens fuhr allerdings unbeirrt weiter.

„Irgendwann würde er schon wieder auftauchen", dachte er. Ihn hatte das Jagdfieber gepackt. Er nahm eine Abkürzung, fuhr dann auf den Holstenwall und kam an der Kreuzung Ludwig-Erhard-Straße aus. Er bog nach links ab und dann sah er Steinbach, der, nachdem die Ampel vor ihm rot anzeigte, in Richtung Speicherstadt weiterfuhr.

„Verdammte Scheiße", wetterte er, fuhr aber in einem riskanten Manöver um die Ecke und dann hatte er ihn wieder vor sich, den silbergrauen Porsche Targa mit dem Kennzeichen HH-RS 1705.

Ich hab`s gewusst, dieser Bastard fährt auf direktem Weg zur Speicherstadt.

Er konnte nur ahnen, was er da wollte, mutmaßte allerdings, obwohl ihm jeder Beweis dafür fehlte, dass dies etwas mit der Entführung von Christine zu tun haben könnte. Immer wieder warf Steinbach hektische Blicke in den Rückspiegel und dann hatte er Jacobs entdeckt, der zwei Fahrzeuge hinter ihm stand und ihn die ganze Zeit im Visier hatte, wie ein Präzisionsschütze, der nur auf den finalen Schuss wartete.

Jacobs sah, wie er die Scheibe auf der Fahrerseite herunterließ, sich kurz umdrehte und dann mit Vollgas und quietschenden Reifen in einem überaus gewagten Überholmanöver, an den vor ihm wartenden Fahrzeugen vorbeischoss und in der nächsten Seitenstraße verschwand.

„Das war´s dann wohl", konstatierte Jacobs. Er war besessen von dem Gedanken, dass Steinbach etwas mit dem Verschwinden von Christine zu tun hatte und nichts auf der Welt konnte ihn von dieser fixen Idee abbringen. Er war ihm entwischt, das stand fest, aber wenn er etwas mit ihrem Verschwinden zu tun hatte, hätte er zumindest den Radius eingekreist, in dem sie sich befinden konnte.

Doch die letzten Zweifel waren trotzdem noch nicht beseitigt.

„Und was mache ich, wenn es gar nicht Steinbach ist, der hinter der Entführung steckt? Wenn es jemand ist, den ich noch gar nicht in meine Überlegungen einbezogen habe. Vielleicht ist es ja Kai Lorenzen, der im Hintergrund die Fäden zieht, um mich endgültig zu vernichten?"

Auch für diese Hypothese fehlte ihm jeglicher Beweis. Alles Vermutungen die, wenn es hart auf hart kam, keinerlei Beweiskraft hatten und im Nichts verlaufen würden. Er stand nach wie vor mit leeren Händen da.

„Woher, mein Lieber, weißt du überhaupt, dass sie tatsächlich entführt worden ist, es liegt doch bis jetzt kein Anhaltspunkt dafür vor?", fragte er sich, „und der Brief, den ich in meiner Wohnung vorgefunden habe, war nur eine Warnung an mich und Christine wurde darin mit keiner Silbe erwähnt. Vielleicht braucht sie ja nur ein wenig Zeit für sich, ihr Leben geht auch ohne dich weiter."

Sicherlich ein Argument, doch alles sprach gegen diese Vermutung. Er hatte sie als einen sehr zuverlässigen Menschen kennengelernt und das war eine Charaktereigenschaft, die er so sehr an ihr schätzte und dennoch war er geplagt von der Angst, dass Christine etwas zugestoßen sein könnte. Je mehr Zeit der Ungewissheit verstrich, desto mehr geriet er in Panik.

Seine Angst war berechtigt, hatte er doch in der Vergangenheit nicht gerade die besten Erfahrungen mit denen gemacht, die ihn unbedingt vernichten wollten. Ihnen war jedes Mittel recht, das hatten sie ja hinlänglich bewiesen, als Agneta noch in Hamburg war.

Es war also nicht ganz so abwegig, dass man auch jetzt erneut eine Frau als Druckmittel einsetzte, um ihn gefügig zu machen. Er war sicher, dass sie auch nicht davor zurückschreckten, wenn es ihnen an den Kragen ging, sogar noch Schlimmeres zu tun, aber daran mochte er im Moment nicht denken.

Er fuhr an den Straßenrand und wählte die Nummer des Polizeipräsidiums. Nach einer endlosen Warteschleife, die seiner Nervenstärke nicht gerade sehr zuträglich war, wurde sein Gespräch endlich entgegengenommen. Wieder vergingen endlose nervenaufreibende Minuten, bis er endlich mit Hauptkommissar Mertesheimer verbunden war.

„Hallo Hauptkommissar, hier ist Jens Jacobs." Seine Stimme klang abgehackt und sehr aufgeregt, nichts war von seiner Ruhe geblieben, die er in der Vergangenheit gegenüber seinen Gesprächspartnern ausgestrahlt hatte. Dann begann er mit manchmal kaum verständlichen Worten, das Geschehene der letzten Stunden wiederzugeben.

Mertesheimer hörte ihm ohne ein Wort zu erwidern zu, aber man sah seinem Gesicht an, dass er innerlich vor Wut kochte. Irgendwann im Laufe des Gesprächs platzte ihm dann doch der Kragen, und seine Stimme wuchs zu einem Orkan der Windstärke 12 an. Susan und Kretschmer fuhren erschreckt hoch, als er so unvermittelt losbrüllte.

„Wie kommen Sie dazu, ohne unser Wissen hier den Hilfssheriff zu spielen, sind Sie eigentlich noch ganz bei Trost. Warum haben Sie Ihren Verdacht, dass Frau Conradi entführt worden sei an die Presse weitergegeben? Können Sie mir das erklären?" Jacobs hielt empört inne. „Ich habe nichts an die Presse weitergeben, ich war selbst überrascht, als ich heute Morgen die Zeitung gelesen habe. Ich weiß nicht, wie diese Leute an diese Information gekommen sind."

Mertesheimer schäumte vor Wut. „Herr Jacobs, kommen sie bitte umgehend ins Präsidium, wir brauchen dringend weitere Informationen. Vielleicht ist es ja ganz harmlos und sie brauchte ein wenig Zeit für sich und mein Lieber, dass Steinbach oder Lorenzen dahinter steckt, ist im Moment durch nichts bewiesen. Und jetzt möchte ich Sie hier sehen, bevor Sie noch mehr Unheil anrichten, haben Sie mich verstanden?" "In Ordnung, ich bin in einer Viertelstunde da", erwiderte Jacobs kleinlaut. Mertesheimer schaute Schmelzer und Susan kopfschüttelnd an. Er hatte das Gefühl, dass Jacobs mit seinen Nerven völlig am Ende war und sich augenscheinlich in irgendwelche Hirngespinste verstiegen hatte.

„Das darf doch nicht wahr sein, dieser verdammte Idiot", machte er lautstark seinem Ärger Luft. Hauptkommissar Schmelzer tobte ebenfalls, als er von Jacobs eigenmächtiger Verfolgungstour durch halb Hamburg erfuhr. „Ist dieser Kerl denn von allen guten Geistern verlassen?"

Susan Carmichel war gerade damit beschäftigt das Ermittlungsmaterial, das ihr Giovanni während seiner Tätigkeit als Undercover-Agent zugespielt hatte, zu sichten.

Er hatte sich mit Erfolg bei den Gangstern eingeschlichen und Susan hoffte, dass es auch eine Weile noch so bleiben würde, denn je mehr belastendes Material sie gegen diese Verbrecher sammeln konnte, umso früher konnten sie handeln und diesen Abschaum hinter Gitter bringen.

Sie horchte auf als sie den Namen Steinbach hörte, denn sie hatte ihn noch immer auf der Warteliste der Verdächtigen. Sie hatte deshalb, aufgrund ihrer langjährigen Erfahrung, zumindest mit dem Gedanken gespielt, dass er in diese kriminellen Machenschaften in irgendeiner Form verstrickt war, aber er war glatt wie ein Aal, der ihr immer wieder durch die Finger glitt. Indizien sammeln war das oberste Gebot und dann würde sie, wenn er tatsächlich etwas damit zu tun hatte, ihn aufgrund der Beweislage irgendwann zur Strecke bringen.

Augenblicke später klopfte jemand an die Tür ihres Büros und der Kopf einer etwas zerzausten männlichen Person wurde sichtbar. Schmelzer wollte ihn schon unwirsch zur Ordnung rufen, als er ihn erkannte.

„Herr Jacobs, meine Güte, wie sehen Sie denn aus?" Seine Haare standen wirr auf seinem Kopf, große dunkle Schweißflecken bedeckten seine Achseln, sein Oberhemd hing auf der einen Seite aus dem Bund seiner Hose heraus, über sein Gesicht liefen große Schweißperlen. Er sah erbärmlich aus. Susan war aufgesprungen, nahm einen Stuhl und stellte ihn neben ihren Schreibtisch.

„Nun setzten Sie sich erst mal, kann ich Ihnen etwas zu trinken bringen?"

„Ja gerne", keuchte er und man hatte das Gefühl er würde gleich zusammenbrechen. Nichts war übrig geblieben von dem smarten, jungen und erfolgreichen Politiker. Er war erschöpft und in seinen Augen sah man die nackte Angst.

„Sie haben sie bestimmt entführt", keuchte er. Susan schaute ihn an: „Wie kommen Sie auf eine derartige Vermutung? Haben Sie versucht, sie zu erreichen?"

Sie stand auf und ging an den Wasserbehälter, der in einer Ecke des Büros stand. Sie stellte das Glas vor Jens auf den Tisch, er erhob es mit zitternden Fingern, setzte es an seine ausgetrockneten spröden Lippen und trank es mit gierigen Zügen aus.

Als er sich wieder ein wenig erholt hatte, legte sie ihre Hand behutsam auf seinen Arm, warf Schmelzer einen strafenden Blick zu, als er im Begriff war, ihm erneut lautstarke Vorhaltungen zu machen.

„Lass mich das mal machen", flüsterte sie lächelnd. Dann wandte sie sich Jacobs erneut zu. Ihre Hand lag noch immer auf seinem Arm und sie begann mit ruhiger Stimme zu sprechen, stellte Fragen nach dem Wieso und Warum und nach einer geraumen Zeit beantwortete er, nachdem er immer wieder zögerte, um sich das Geschehene ins Gedächtnis zurückzurufen, jede ihrer Fragen.

„Haben Sie zu Frau Conradi Kontakt aufgenommen?" „Ja, das habe ich. Ich habe mehrmals versucht, sie zu erreichen, aber ihr Mobiltelefon war ausgeschaltet. Das ist sehr ungewöhnlich müssen sie wissen, denn sie ist Journalistin und muss immer erreichbar sein."

„Ist das denn schon mal vorgekommen, dass Sie sie nicht erreicht haben?", bohrte sie weiter, um zu verstehen, dass er nach so kurzer Zeit ihrer Abwesenheit derart in Panik geriet.

„Nein, noch nie", erwiderte Jacobs mit brüchiger Stimme.

„Ich habe im Verlag angerufen und nach ihrer Anwesenheit gefragt aber niemand hatte sie gesehen. Die Kollegin mit der ich gesprochen habe, konnte mir lediglich sagen, dass sie zum Zeitpunkt meines Anrufs immer noch nicht da war und sie sich sehr darüber gewundert hatte, denn sie war eigentlich die Zuverlässigkeit in Person."

„Haben Sie denn versucht, sie zu Hause zu erreichen?", hakte Susan nach und wartete geduldig auf seine Antwort.

„Natürlich habe ich das", er hüstelte empört. „Ich bin sogar in ihrer Wohnung gewesen und habe nachgeschaut, aber sie war nicht da. Allerdings deutete alles darauf hin, dass sie sich nach ihrer Rückkehr in der Wohnung aufgehalten hatte, denn ihr Gepäck stand noch unberührt in der Diele. Ich habe daraufhin eine Nachbarin befragt, ob sie etwas Ungewöhnliches bemerkt hatte, aber leider konnte sie mir nichts sagen.

Was mich allerdings wunderte, war, dass sie direkt vor ihrer Tür und nicht wie üblich auf ihrem Parkplatz stand, sie muss also ihr Gepäck nach oben getragen haben, um anschließend zu mir zu fahren, aber sie ist nie bei mir eingetroffen. Ich vermute daher, dass sie vor ihrem Haus von irgendjemandem abgefangen worden ist." „Und wie ist das mit den Krankenhäusern? Haben sie dort einmal nachgefragt?"

„Tut mir leid, das habe ich in der ganzen Aufregung total vergessen", stotterte er und man sah ihm an, dass ihm diese Unterlassung ausgesprochen peinlich war.

„Gut, dann werden wir das für Sie übernehmen", erwiderte sie immer noch freundlich lächelnd.

Inzwischen hatte sich Hauptkommissar Schmelzer zu ihnen an den Schreibtisch gesetzt und berichtete von den Vorkommnissen der Vergangenheit, bei denen Jacobs mehrmals Opfer feiger Überfälle geworden war. Zu diesem Zeitpunkt war er allerdings mit einer anderen Dame liiert, die aber nach diesen Vorfällen in ihre Heimat Schweden zurückgekehrt war.

Weitere Details hielt er aber zurück, denn er wollte Jens Jacobs nicht in Verlegenheit bringen. Susan lauschte aufmerksam den Ausführungen von Bernd Schmelzer, schaute ihn zwischendurch immer wieder tadelnd an, wenn sie das Gefühl hatte, er würde sich erneut im Ton vergreifen und hier seine Machonummer abziehen.

Er war zwar eine Seele von Mensch, das konnte sie von ganzem Herzen bestätigen, aber wenn er sich über etwas ärgerte, so wie über Jens Jacobs irrwitzige Verfolgungsjagd, war es durchaus möglich, dass er sich auch mal im Ton vergriff.

Plötzlich fiel Jacobs wieder die anonyme Warnung ein, die er in seiner Wohnung vorgefunden hatte. Er kramte den Brief hervor und überreichte ihn Susan.

„Sie sind in meine Wohnung eingedrungen und haben ihn dort deponiert", erwiderte er mit einem hilflosen Gesichtsausdruck.

Susan und Schmelzer schauten ihn erstaunt an: „Ist Ihre Wohnung aufgebrochen worden?"

„Nein eben nicht und genau das ist es, was mich so beunruhigt. Es gibt nur zwei Schlüssel für meine Wohnung, den einen habe ich und den anderen hat Frau Conradi. Sie müssen sie also in ihrer Gewalt haben und da ich meinen Schlüssel bei mir habe, kann der andere nur von ihr sein."

„Sie müssen sofort das Schloss austauschen, um zu verhindern, dass sie noch einmal ungebetene Gäste bekommen. Es ist zu ihrer eigenen Sicherheit."

Wieder sprach Susan mit beruhigenden Worten auf Jacobs ein. „Wir werden unser Möglichstes tun, um Frau Conradis Aufenthaltsort ausfindig zu machen, aber bitte haben sie Verständnis dafür, dass uns im Moment die Hände gebunden sind. Sollten sich in den nächsten zwölf Stunden keine neuen Anhaltspunkte ergeben, werden wir das Nötige veranlassen. SEK-Einsatz und alle damit verbundenen Maßnahmen, also das ganze Programm. Sie verstehen?"

„Bleiben Sie ruhig und verlassen Sie nicht Ihre Wohnung, damit wir Sie jederzeit erreichen können", fuhr sie mit eindringlichen Worten fort, „und bitte keine Alleingänge mehr, Sie würden sonst Ihr eigenes und das Leben von Frau Conradi gefährden und vergessen sie um Gottes willen nicht das Schloss an ihrer Wohnungstür auszutauschen."

Dann stand Jens auf, verabschiedete sich und ging mit langsamen Schritten zur Tür, öffnete sie und drehte sich noch einmal mit einem hilfesuchenden Blick in seinen Augen zu Susan und Schmelzer um, so als wollte er sagen. „Ich vertraue euch, bitte, bitte helft ihr." Dann ging hinter ihm die Tür zu und er verschwand auf dem langen Flur des Polizeipräsidiums.

Susan Carmichel holte sich eine Tasse Kaffee und setzte sich wieder an ihren Schreibtisch. Sie hatte die nackte Angst in den Augen von Jens gesehen und sie konnte nur zu gut verstehen, was in diesen Augenblicken in diesem Mann vorging. Diese Sache war doch ernster als sie im ersten Moment vermutet hatten. Es gab dringenden Handlungsbedarf, denn immerhin war Jens eine wichtige Persönlichkeit der Hansestadt und deren Schutz hatte nun mal absolute Priorität. Schmelzer schaute Susan fragend an: „Und was wäre, wenn er selbst diese Entführung inszeniert hat?"

„Das meinst du doch wohl nicht im Ernst." Sie schaute ihn ungläubig an. "Nein mein Lieber, da bist du im Irrtum", erwiderte sie voller Überzeugung. Schließlich wusste sie, wovon sie sprach. Sie war eine erfahrene Profilerin, die durchaus in der Lage war, in die Menschen hineinzuschauen. Sie war in der Lage zwischen Lüge und Wahrheit zu unterscheiden und hatte in Jens Augen die nackte Angst und Verunsicherung gesehen und das hatte sie davon überzeugt, dass er niemals der Initiator sein konnte.

Sie setzte sich mit Schmelzer zusammen und arbeitete mit ihm akribisch einen Einsatzplan aus. Der Hinweis, dass Jacobs Steinbach bis zur Speicherstadt verfolgt hatte, ihn aber dann aus den Augen verlor, war für ihr weiteres Vorgehen ein wichtiger Anhaltspunkt, den sie bei der Vorbereitung des Einsatzes berücksichtigten. Ablenkung verschaffte ihr wieder mal Hauptkommissar Schmelzer. Als sie zu ihm herüber schaute, biss er gerade in einen mächtigen Cheeseburger und kaute munter darauf herum. Amüsiert beobachtete sie seinen vergeblichen Kampf mit diesem Ungetüm und ihr war klar, dass er diesen Kampf verlieren würde, denn schon bekleckerte er sein frisch gewaschenes Hemd mit einer gehörigen Portion Mayonnaise und quittierte dieses Missgeschick mit einem unflätigen Fluch.

Susan brach in schallendes Gelächter aus. Für einen Augenblick hatte sie das deprimierende Gespräch, das sie noch vor fünf Minuten mit Jens Jacobs geführt hatte, vergessen, beobachte Schmelzer, wie er krampfhaft versuchte, mit einer Serviette dieses Schandmal seiner Ungeschicktheit ungeschehen zu machen und als ihm dies nicht gelang, streckte er die Zunge heraus, stand geschwind auf und verschwand lachend in Richtung Toilette.

18. Kapitel

Der Raum war dunkel und kalt, ein moderiger Gestank vermischt mit den undefinierbaren Gerüchen eines alten Gemäuers, waberte durch den Raum, der fensterlos war und ihr keine Möglichkeit gab irgendetwas zu erkennen oder sich zu orientieren. Sie hatte das Gefühl als hätte sie plötzliche Blindheit heimgesucht. Es war die undurchdringliche Finsternis, die ihr Angst machte, die ihr das Gefühl gab, bereits in einem Sarg zu liegen, um auf ihren Tod zu warten. Sie war von Kopf bis Fuß in Schweiß gebadet als sie aus einem traumlosen Tiefschlaf erwachte.

Ihr Herz schlug wie wild und alles in ihrem Kopf drehte sich in einem unablässigen, undurchsichtigen Nebel. Sie versuchte sich zu erinnern wie sie an diesen Ort gekommen war, aber so sehr sie sich auch bemühte, sie war nicht in der Lage ihre Gedanken zu Ende zu denken, so als wäre ein Teil ihres Gedächtnisses in den Tiefen ihres Unterbewusstseins verschwunden, um nie wieder aufzutauchen.

Der Schmerz der Fesseln und das rhythmische Zucken ihrer Glieder hatten sie geweckt. Sie lag da, zu keiner Bewegung fähig, ihr ganzer Körper hatte seine eigene Melodie gefunden. In unkontrollierbaren Sequenzen zuckten ihre Nerven, ihre Muskeln schmerzten, versuchten immer wieder, ihr die Kraft zu verleihen, um aus diesem Gefängnis zu entfliehen, aber es waren hilflose Bemühungen, die ihr bei jeder ihrer Bewegungen signalisierten, dass sie den Entführern hilflos ausgeliefert war. Die Fesseln, die ihre Gelenke umschlossen, zogen sich immer enger zusammen je mehr sie versuchte, sich dieser Pein zu entledigen, rieben sich an ihren Füßen und Handgelenken und hinterließen schmerzhafte Abschürfungen. Wie betäubt lag sie da, noch immer rasten Nebel, wie Geister, ohne Erinnerung durch ihren Körper.

Sie konnte sich noch immer nicht daran erinnern, was geschehen war. Das Blut rauschte durch ihre Adern wie ein reißender Fluss, der sich unaufhaltsam und ohne nachzulassen in ihrem Körper austobte, und ihr Herz schlug dazu einen beängstigenden Rhythmus, so als wollte es ihren geschundenen Körper verlassen. Ihre Hände waren mit Handschellen an die metallenen Holme eines Eisenbettes gefesselt. Ihr Körper lag auf einer verschlissenen Matratze, die so fürchterlich nach Öl und Exkrementen stank, dass ein nicht enden wollender Brechreiz sich ihres Körpers bemächtigte. Die Zeit war in weite Ferne gerückt. Wie lange hielt man sie schon gefangen? Zwei Stunden, einen Tag, vier Tage? Sie wusste es nicht.

Ihr Mund war trocken, ihre Zunge lag wie ein Klumpen zähen Fleischs in ihrem Mund und als sie ihren Speichel in ihrem Mund sammeln wollte, um dieses von Hustenanfällen und schmerzhaften Schluckbeschwerden begleitete Gefühl loszuwerden, stieß ihre Zungenspitze an ein übel schmeckendes Stück zusammengeknüllten Stoff, das man ihr in den Rachen gestopft hatte. Wieder übermannte sie ein kaum beherrschbarer Brechreiz. Sie konnte den Knebel trotz verzweifelter Versuche nicht aus ihrem Mund drücken, um sich so ein wenig Luft zum Atmen zu verschaffen. Heftig atmend stieß sie immer wieder die Luft aus ihrer Nase, bewegte ihren Mund um das Klebeband zu lösen, das ihre Lippen verschloss. Aber alle Versuche, sich aus dieser Folter zu befreien, waren vergeblich.

„Du darfst dich jetzt nicht übergeben", schoss es ihr durch den Kopf. Sie wusste genau, wenn sie dem Bedürfnis sich zu erbrechen nachgeben würde, dass die Gefahr bestand, zu ersticken. Sie war am Rande des Wahnsinns, hörte Geräusche und Stimmen, hatte immer wieder Gedanken, die wie große teuflische Monster über sie herfielen und sie in Besitz nahmen, die sie quälten und tief in ihrem Innern sehnte sie sich nach Erlösung. Erschöpft fiel ihr Kopf zur Seite, Arme und Beine versagten ihren Dienst, waren zwar immer noch Bestandteil ihres Körpers, aber sie hatte das Gefühl als gehörten sie nicht mehr zu ihr. Sie starrte durch diese unwirkliche Kulisse der Trostlosigkeit, versuchte in der Dunkelheit dieses Raumes irgendetwas zu erkennen, versuchte sich zu orientieren, wollte wissen wo sich dieses Gefängnis befand. Alles was ihr blieb, war ihr Geruchssinn. Ganz tief zog sie Luft in ihre Lungen, um sich ein wenig zu beruhigen, nahm wieder diesen widerlichen Gestank aus Moder, Staub, Feuchtigkeit und ihr nicht bekannten Aromen mit all ihren Sinnen in sich auf.

Plötzlich spürte sie wie ein kalter Lufthauch über ihr Gesicht strich und sich die Tür zu ihrem Gefängnis mit einem lauten Knarren öffnete. Eine dunkle Gestalt kam mit schlurfenden Schritten direkt auf sie zu und blieb neben ihr stehen. Wieder kroch Todesangst in ihr hoch, die sich ihr noch nie in ihrem

Leben so hautnah und vernichtend offenbart hatte. Sie zitterte am ganzen Körper, angstvoll presste sich der Atem aus ihren Lungen, ihr Puls raste. Das Blut kochte in ihren Adern, wie ein reißender Strom, der sich einen Weg aus ihrem angsterfüllten Körper suchte. Dann traf sie der grelle Lichtschein einer Taschenlampe. Sie schloss die Augen, das grelle Licht schmerzte in ihren Pupillen, sie rüttelte und zerrte verzweifelt an ihren Fesseln, keuchte mit röchelnder Stimme ihre ganze erbärmliche Angst hinaus. Es war wie ein Kampf gegen eine Macht, gegen die sie sich nicht wehren konnte und ihr hilflos ausgeliefert war.

Sie spürte den übel riechenden Atem, der bei jedem Atemzug aus seinem Rachen quoll, und je näher er ihrem Gesicht kam, umso mehr ekelte sie sich davor. Er roch so widerlich nach Zigarettenqualm, Knoblauch und billigem Fusel, dass sie sich entsetzt abwendete. Immer noch blendete sie das grelle Licht der Taschenlampe und Christine hatte das Gefühl, dass er sie in ihrer ausweglosen Situation filmte, um dies als probates Druckmittel gegenüber denen einzusetzen, die um ihr Wohlergehen und ihre Unversehrtheit bangten. Der Entführer riss ihr brutal das Klebeband vom Mund und zog ihr mit seinen stinkenden Fingern den Knebel mit einem heftigen Ruck aus dem Rachen. Sie spürte wie ihr Magen rebellierte und sie übergab sich in hohem Bogen auf den Boden ihres Gefängnisses.

Wütend über diese Rebellion ihres Magens schüttete ihr der Vermummte einen Schwall kalten Wassers ins Gesicht, das sich über ihrem Körper ausbreitete, ihre Bluse durchnässte, an ihren Brüsten hinab lief, um dann in dem Schmutz der Matratze zu versickern. Ihr Körper erstarrte, als er ihr mit einem brutalen Griff zwischen die Schenkel fasste und ihr dabei sehr weh tat.

„Warum tun Sie das, was wollen Sie von mir?", keuchte sie mit letzter Kraft, aber eine Antwort blieb aus. Sie fühlte sich elend und dem was nun geschehen würde, ausgeliefert. Er würde sich auf sie stürzen, ihr die Sachen vom Leib reißen, sie brutal vergewaltigen und ihr ihre Würde nehmen. Tränen der Angst und Verzweiflung verschleierten ihren Blick, die letzte Kraft verließ ihren Körper, sie hatte sich ihrem Schicksal ergeben. Sie schloss die Augen, betete zu Gott und flehte in ihren Gedanken um ein barmherziges Ende. Mit zitterndem Herzen wartete sie darauf was nun folgen würde, aber nichts geschah. Die Schritte entfernten sich, das Licht erlosch und die Tür ihres Gefängnisses fiel mit einem dumpfen Geräusch ins Schloss. Sie hörte noch wie sich ein Schlüssel knarrend im Schloss drehte, dann war Stille und sie war wieder allein.

Jens war stundenlang ziellos durch die Stadt geirrt, hatte sich in den Collonaden in ein Café gesetzt und gedankenverloren einen Kaffee getrunken. Menschen gingen an ihm vorbei, lächelten ihn an, als sie ihn zu erkennen glaubten. Wie in Trance lächelte er zurück und doch nahm er nicht wahr, was um ihn herum geschah. Die Angst um das Leben Christines hatte ihn gefangen genommen, ließ ihn nicht mehr los, alles um ihn herum war verschmolzen zu einer zerstörerischen Mischung aus Hoffnungslosigkeit und Verzweiflung. Die Stadt, die er immer von ganzem Herzen geliebt hatte, kam ihm plötzlich so unendlich fremd und kalt vor. Er hatte nie geglaubt, dass aus dieser Liebe Hass werden könnte, aber nun war der Augenblick gekommen, in dem er sie abgrundtief hasste.

Mit schweren Schritten und gesenktem Haupt verließ er das Café, ging ein Stück an der Außenalster entlang, bog in eine Seitenstraße ab, in der er seinen Wagen geparkt hatte. Er öffnete die Fahrertür und startete den Motor. In diesem Augenblick sah er, wie an einer schwarzen Limousine, die unmittelbar in seiner Nähe hinter ihm stand, die Scheinwerfer aufblitzten und als Jens sich in den fließenden Verkehr einordnete, verließ der Wagen ebenfalls seinen Parkplatz und fuhr in einem Abstand von wenigen Metern hinter ihm her.

Immer wieder drehte sich Jens um, sah wie sich das Licht der Scheinwerfer in den Wassertropfen seiner Heckscheibe brachen. Krampfhaft versuchte er, den Fahrer zu erkennen, aber er sah nur einen dunklen Schatten, der hinter dem Lenkrad saß. Panik kroch in ihm hoch, seine Nerven waren zum Zerreißen gespannt.

„Lasst uns doch endlich in Ruhe", flüsterte er verzweifelt und fühlte wieder diese zermürbende Angst, die seinen ganzen Körper zu lähmen schien. Dann hatte er seine Wohnung erreicht, hielt direkt vor dem Haus und wartete. Wie eine todbringende Bedrohung empfand er den Augenblick als der Verfolger um die Ecke bog und mit aufgeblendetem Licht auf ihn zukam.

Die Scheiben waren verdunkelt und es gelang ihm nicht, den Fahrer zu erkennen. Plötzlich erlosch das Licht und der Wagen fuhr, wie von Geisterhand gesteuert, an ihm vorbei und verschwand in der Dunkelheit der Nacht.

Sie waren immer auf seiner Fährte, beobachteten ihn auf Schritt und Tritt, sie wollten ihn an den Rand des Wahnsinns treiben und ihn zur Aufgabe zwingen. Welch ein perfides Spiel wurde hier gespielt, nichts war greifbar, kein einziger Hinweis auf die Personen, die hinter dieser Bedrohung standen. Das Verschwinden von Christine, die unverhohlenen Drohungen und das Wissen, in jeder Minute von ihnen beobachtet zu sein, zermürbten ihn. Sein Verhalten nahm schon paranoide Züge an, jedem der ihn anschaute, misstraute er, von jedem, der hinter ihm ging, fühlte er sich verfolgt. Wenn er in seiner Wohnung war, ging er mit Herzklopfen in jedes Zimmer und durchsuchte es nach ungebetenen Gästen.

Als er nach dieser seltsamen und beängstigenden Begegnung seinen Wagen verließ, in die Runde schaute, ob er etwas Verdächtiges entdeckte, zog er den Haustürschlüssel aus seiner Jackentasche, schloss vorsichtig die Eingangstür auf und schlich wie ein Dieb auf leisen Sohlen die Treppe hinauf. Zögernd blieb er vor der Tür seiner Wohnung stehen, lauschte ob er irgendwelche verdächtigen Geräusche vernahm und als er keinen Laut hörte, steckte er den Schlüssel in das Schloss, öffnete die Tür einen ganz kleinen Spalt und warf einen Blick in den dunklen Flur. Vorsichtig suchte seine Hand den

Lichtschalter, ertastete ihn und als er ihn gefunden hatte, flammte das Licht in seiner Diele auf.

Sein Herz schlug ihm bis zum Hals, Adrenalin jagte durch seine Adern, als er die Dunkelheit seines Wohnzimmers betrat. Sein Blick fiel durch das Fenster und dann sah er wie ein dunkler Schatten über seine Terrasse huschte. Wie erstarrt blieb er stehen, wollte gerade die Terrassentür öffnen, als ihm das schrille Läuten seines Telefons durch sämtliche Glieder fuhr.

Er schlich zurück, blieb unschlüssig vor dem Telefon stehen, fasste sich dann aber ein Herz und nahm den Hörer auf und lauschte. Nur ein undefinierbares Gewirr von menschlichen Stimmen drang an sein Ohr, er hörte das Keuchen einer Stimme, ein diabolisches Lachen folgte, dann wurde aufgelegt.

Mit zitternden Fingern legte er den Hörer auf, ging zum Fenster, zog die schweren Vorhänge zu, ging zurück zu seinem Schreibtisch und schaltete die Lampe ein, die auf seinem Schreibtisch stand. Diffuses Licht erhellte die Akten und Bücher, die darauf lagen. Dann öffnete er sein Notebook, betätigte die Powertaste und als das Programm hochgefahren war, öffnete er seinen Email Account. Er traute seinen Augen nicht, als ihm gleich die erste Mail wie ein Blitz in die Augen stach. Er öffnete sie und was er da las, brachte ihn vollends aus der Fassung: „*Wir haben einen kleinen Film für dich gedreht, der dir sicherlich gefallen wird. Schau ihn dir genau an.*"

Aufgeregt scrollte er zum Anhang, öffnete ihn und als er sah, was sich auf diesem Film befand, wusste er, dass Christine entführt worden war und sich in

Lebensgefahr befand. Das Herz tat ihm weh und Tränen liefen über sein Gesicht, als er hilflos zusehen musste, wie sie gedemütigt und gefesselt auf einer schmutzigen Pritsche lag und diesen Verbrechern ausgeliefert war. In diesem Moment der Wahrheit wusste er, was er tun musste.

Er würde, wenn sie jemals lebend diesem Gefängnis entkommen würde, seine politische Karriere beenden und dem Ort seiner größten Niederlage den Rücken kehren und kein Mensch auf dieser Welt könnte ihn daran hindern. Entsetzt sprang Jens hinter seinem Schreibtisch auf, stürzte zum Telefon und wählte mit zitternden Händen die Nummer des Polizeipräsidiums. Ein endloser Rufton klang an sein Ohr. Niemand meldete sich. Er wollte gerade den Hörer auflegen als sich am anderen Ende eine weibliche Stimme meldete: „Polizeipräsidium Hamburg, womit kann ich Ihnen helfen?"

„Hier ist Jens Jacobs, bitte stellen Sie mich sofort zu Susan Carmichel durch, ich muss sie unbedingt sprechen, es ist dringend", rief er mit sich überschlagender Stimme ins Telefon, „beeilen Sie sich, es geht um Leben und Tod."

„Bitte warten Sie, ich stelle Sie durch", erwiderte die Stimme. Für einen Augenblick war die Leitung tot, dann meldete sich Susan.

„Herr Jacobs, was ist geschehen?", fragte sie und wusste in diesem Augenblick, dass etwas vorgefallen sein musste was ihn zutiefst beunruhigte.

„Frau Carmichel, ich habe soeben eine Mail bekommen. Sie haben Christine entführt und halten sie gefangen. Im Anhang haben sie mir ein Video geschickt, auf dem sie gefesselt und geknebelt auf einer Pritsche lag. Es war grauenvoll, bitte unternehmen sie etwas, bevor es zu spät ist." Erschreckt fuhr Susan von ihrem Schreibtisch hoch.

„Schicken Sie mir sofort diese Mail, ich werde das Nötige veranlassen, bleiben Sie in Ihrer Wohnung und unternehmen Sie nichts auf eigene Faust, haben Sie mich verstanden?"

Sie gab ihm ihre Mailadresse und beendete das Gespräch. Seine Nerven waren zum Zerreißen gespannt, die letzten ihrer Worte hörte Jens nur noch aus weiter Ferne, dann stürmte er zu seinem Laptop, gab Susans Mailadresse ein und drückte die Entertaste und als er die Meldung „*Ihre Mail wurde versendet*" las, sank er erschöpft auf seinen Stuhl, stützte seinen Kopf in seine Hände und ein lautes verzweifeltes Schluchzen übermannte ihn. In diesem Moment wurde ihm bewusst was er für Christine empfand, wie sehr er sie liebte und sich nichts auf dieser Welt mehr wünschte, als sie wieder wohlbehalten in die Arme zu nehmen.

Susan hatte sofort nach Erhalt der Mail das Sondereinsatzkommando alarmiert. Vier Mannschaftswagen fuhren vor. Zwei Dutzend vermummte Beamte in Kampfanzügen verschwanden schwer bewaffnet in den Fahrzeugen. Die blauen Blitze der Polizeifahrzeuge zeichneten ein gespenstisches Bild in den nächtlichen Himmel, als sie in Richtung Speicherstadt fuhren.

Susan und Bernd Schmelzer hatten die Aussage von Jens, dass er Steinbach bis in die Nähe der Speicherstadt verfolgt hatte, zum Anlass genommen, den Einsatzplan vorerst auf diesen Ort zu beschränken und zu einem späteren Zeitpunkt auszudehnen, falls die Polizeiaktion in der Speicherstadt erfolglos war. Augenblicke später traf auch Bernd Schmelzer ein. Susan hatte ihn zu Hause angerufen und ihn sofort ins Präsidium bestellt. Als sie hinter dem Konvoi herfuhren, legten auch sie ihre kugelsicheren Westen an.

Trotz der Brisanz ihres Einsatzes bekam das Ganze doch noch eine erotische Note. Als Susan aus der Hose ihres Anzuges schlüpfte und Bernd mit einem verführerischen Lächeln einen Blick auf ihre schlanken wohlgeformten Beine gewährte, so als wollte sie sagen: „Später mein Lieber, lass uns erst mal dieses Ding hier zu Ende bringen."

Blitzschnell zog sie die Hose eines Kampfanzuges über, was Bernd mit einem amüsierten Pfeifen quittierte. Da sie sich allein in dem Fahrzeug befanden, hatte Susan auch keine Hemmungen, sich Bernd im halb nackten Zustand zu zeigen, denn sie hatten sich schon zigmal ohne Kleidung gesehen und waren deshalb weit davon entfernt Hemmungen zu zeigen. Dann stoppten die Polizeifahrzeuge vor den im Dunkeln liegenden Lagerhallen. Es war eine gespenstische Ruhe, die über der ganzen Szenerie lag.

Vorsichtig und auf jedes Geräusch achtend, tastete sich Susan Carmichel eine ausgetretene Steintreppe hinunter, die sich in der Dunkelheit eines nicht enden wollenden Ganges verlor. Nur der Schein ihrer Taschenlampe, die sie auf dem Lauf ihrer Glock befestigt hatte, gab ihr ein wenig Orientierung.

„Christine?", leise rief sie den Namen in die Dunkelheit hinein, aber niemand antwortete. Sie rief ihn wohl mehr um ihre eigene Stimme zu hören und auf diese Weise dieser bedrückenden Stille, die sie umfing, zu entfliehen.

Wieder blitzte das Szenario in den Staaten in ihrem Gedächtnis auf, das sie an den Rand des Todes gebracht hatte. Geradezu körperlich spürte sie die Gefahr, die wie ein gefährlicher Schatten über ihr lag. Angst stieg in ihr auf, drohte ihren Körper zu lähmen. Sie nahm alle Kraft zusammen, dachte nur noch daran Christines Leben zu retten und der Wille und die Gedanken daran beruhigten ihre Nerven.

Vorsichtig ging sie die Treppe hinunter, die in einen engen dunklen Gang mündete. Die Glock im Anschlag ließ sie den Lichtkegel ihrer Lampe über die engen, kahlen Wände gleiten. Dann stand sie in einem Raum, der mit glänzenden Metallrohren durchzogen war und so gar nicht zu den modrigen verwitterten Wänden, dieses schon ziemlich heruntergekommenen Raumes, passen wollte. Augenscheinlich führten sie zu einer Klimaanlage in einem anderen Raum, die diese mit Frischluft versorgte. Ihre Annahme bestätigte sich, als sie in einiger Entfernung ein leichtes monotones Summen der Ventilatoren vernahm. Auf der rechten Seite befand sich eine Anzahl von Eisentüren, die sie vorsichtig in Augenschein nahm. Es waren schwere Metalltüren, die die dahinter liegende Räume verbargen und ihr den Zutritt versperrten. Sie ging vorsichtig zu der ersten Tür, drückte die Klinke herunter und zu ihrer Überraschung ließ sich die Tür öffnen. Sie schob ihre

Glock durch den Spalt der Tür und leuchtete in das Innere des Raumes. Wieder schlug ihr dieser modrige Gestank entgegen, der bei Susan fast einen Brechreiz auslöste.

„Christine, bist du hier?", rief sie atemlos und sie spürte wie jede Faser in ihr vor Anspannung vibrierte, aber ihre Stimme verhallte in der Stille des Raumes, ohne dass sie eine Antwort erhielt. Sie schloss leise die Tür und wandte sich dann denen zu die danebenlagen, schaute in jeden Raum, immer dasselbe Ergebnis, sie waren alle leer. Mit schleichenden Schritten steuerte sie auf die letzte verbliebene Tür zu, versuchte sie zu öffnen, rüttelte daran, drückte die Klinke herunter. Sie blieb verschlossen. Dann entdeckte sie, dass ein Schlüssel von außen im Schloss der Tür steckte. Vorsichtig drehte sie ihn herum und die Tür öffnete sich mit einem leisen Knarren der Scharniere und gab den Blick ins Innere des Raumes frei.

In diesem Moment blieb ihr fast das Herz stehen, ihr Puls raste, Gänsehaut jagte ihr über den ganzen Körper als sie in der dunklen Tiefe des hinter ihr liegenden Ganges ein Geräusch vernahm. Ein gefährliches Knurren kam auf sie zu und schwoll zu einem Geräusch an, das wie das Brüllen eines riesenhaften Monsters klang und an den Wänden des kahlen Raumes widerhallte. Blitzschnell drehte sich Susan um, richtete den grellen Strahl ihrer Taschenlampe in die Dunkelheit und dann flog ein dunkler Schatten direkt auf sie zu. Sie sah die gefährlichen Augen und die gefletschten Zähne dieser Bestie, dann spürte sie einen stechenden Schmerz in ihrem Oberschenkel.

Sie schrie auf, taumelte und fiel zu Boden, nur das Adrenalin in ihren Adern schützte sie in diesem Augenblick vor einer Ohnmacht. Geistesgegenwärtig riss sie ihre Waffe empor und drückte ab.

Ein ohrenbetäubender Knall hallte in den Gängen dieses Labyrinths wieder und vermischte sich mit dem Aufheulen dieser blutrünstigen Bestie. Sie spürte wie sich der Biss in ihrem Oberschenkel lockerte und der Körper zu Boden fiel und röchelnd und kläglich wimmernd vor ihr liegen blieb. Mühsam richtete Susan sich auf. Erschreckt spürte sie wie etwas Warmes zwischen ihren Fingern hervorquoll, sie hatte in die Blutlache des Tieres gefasst, die sich unter ihrem Körper ausgebreitet hatte. Der Schein ihrer Taschenlampe glitt über den Körper eines riesigen Dobermanns, der zuckend im Todeskampf neben ihren Füßen lag. Immer wieder nahm sie das Sprechfunkgerät in die Hand, drückte in panischer Angst die Tasten, aber sie hörte nur ein dumpfes Rauschen, das aus dem Lautsprecher drang. Sie war von jeglichem Funkverkehr abgeschnitten, hatte keinen Kontakt mehr zu Bernd Schmelzer, der sicherlich schon nach ihr suchte. Das Funkgerät steckte wie ein nutzloses Utensil moderner Technik in der Brusttasche ihrer kugelsicheren Schutzweste und sie hoffte inständig, dass das Einsatzkommando sie so schnell wie möglich hier unten finden würde. Schmelzer hatte sie zum letzten Mal gesehen als sie in dem Gang, der in das Untergeschoss dieses unübersichtlichen Gewirrs von sich verzweigenden Gängen führte, verschwand und hatte eine ungefähre Ahnung, in welchem Teil des Gebäudes sie sich aufhielt. Er würde sie finden, davon war sie felsenfest überzeugt.

Vorsichtig erhob sie sich, ging humpelnd zurück zu der Tür, die sie öffnen wollte als dieses Ungeheuer auf sie zukam. Sie spürte wie der stechende Schmerz ihrer Verletzung noch immer in ihrem Körper pochte. Dank ihrer schnellen Reaktion war sie noch einmal ohne schwere Verletzungen davon gekommen. Der feste Stoff ihrer Uniformhose hatte sein Übriges getan und verhindert, dass die scharfen Zähne des Tieres größeren Schaden angerichtet hatten. Jetzt war sie dankbar dafür, dass Bernd Schmelzer darauf bestanden hatte, dass sie sich eine Polizeiuniform und eine kugelsichere Weste angezogen hatte.

Sie öffnete ganz vorsichtig die schwere Eisentür und lauschte angespannt in die Stille des Raumes. Sie glaubte, sich verhört zu haben, als aus der Dunkelheit ein verzweifeltes Keuchen vernahm. Susan zögerte, rief Christines Namen.

„Hier bin ich", flüsterte sie unter Aufbietung ihrer letzten Kräfte. Der Schein der Taschenlampe wanderte in die Richtung, aus der sie die Stimme zu hören glaubte, vorbei an altem Gerümpel und leeren Kisten, die lieblos in einer Ecke aufgestapelt waren. Susan lief durch mehrere Wasserpfützen, die als Kondenswasser aus den Rohren der Klimaanlage tropften und sich auf dem Steinboden ausbreiteten. Plötzlich sah sie ein Feldbett, das in der äußersten Ecke des Raumes stand. Und was sie dann erblickte, weckte in ihr Mitleid und eine unbändige Wut auf diese Verbrecher.

„Wie kann man einem Menschen nur so etwas antun?", dachte sie, als sie Christine im Lichtkegel ihrer Taschenlampe erblickte. Sie lag auf dem Rücken, Beine und Hände waren mit Handschellen an die Holme des Feldbettes gefesselt. Die Knöpfe ihrer Bluse waren abgerissen, der weiße Stoff war mit einer dunklen undefinierbaren Flüssigkeit durchtränkt und es umgab sie ein widerlicher Gestank, der nach Schmieröl und stinkenden Fäkalien roch. Christines Gesicht war blutverschmiert, ihr Haar hing, von Schweiß getränkt, in klebrigen Strähnen über ihrem Gesicht, an ihren Fesseln und Handgelenke befanden sich blutende Schürfwunden, die sie sich, bei ihren verzweifelten Versuchen sich zu befreien, zugezogen hatte.

Ihre Augen waren nur noch zwei schwarze Höhlen. Die Schminke hatte sich mit ihren Tränen vermischt und ein Gemisch aus Schweiß und Make-up auf ihren Wangen hinterlassen. Ein bedauernswürdiges Geschöpf lag hilflos vor ihr, unfähig auch nur einen Satz zusammenhängend zu sprechen. Susan öffnete die Handschellen, erfasste Christines geschwächten Körper und hob ihn behutsam hoch. Wie ein ängstliches Kind schaute Christine sie an, das Entsetzen hatte tiefe Spuren in ihrem Gesicht hinterlassen. Sie zitterte am ganzen Körper, suchte Schutz und Halt an Susans Schulter und begann, geschüttelt von der Erinnerung an die martialischen Ereignisse des vergangenen Tages, hemmungslos zu schluchzen.

„Es ist alles gut, hab keine Angst", waren Susans tröstende Worte. Behutsam streichelte sie ihr Haar, das so erbärmlich stank, dass sie sich am liebsten übergeben hätte, aber sie wollte Christine damit Mut machen, sie beruhigen und trösten und ihr die Angst nehmen, alles andere hatte in diesem Moment keinerlei Bedeutung.

Geisterhaft tanzten Lichtkegel auf den kahlen Wänden, sprangen umher wie fliegende weiße Schatten, die mühsam versuchten, die Dunkelheit zu erhellen. Sie hörte Stimmengewirr, Kampfstiefel, die eilig die Treppe hinabstiegen. Am Eingang zu dem unterirdischen Labyrinth hatten sich Susan und Bernd Schmelzer getrennt und jetzt waren er und einige Beamte auf dem Weg zu ihr. Ein Gefühl unendlicher Befreiung durchströmte ihren Körper, es war eine schwere Last, die in dem Moment von ihren Schultern fiel, als sie Schmelzers Stimme hörte. Sie hatte fest daran geglaubt, dass alles ein gutes Ende finden würde und nun war die Rettung so nah.

„Susan wo bist du?", hörte sie ihn aus der Ferne rufen. Das Echo seiner Rufe hallte wider, brach sich an den kahlen weiß gekälkten Wänden des Labyrinths und schallte zu ihr herüber.

„Berny ich bin hier, hier bin ich. Ich hab sie gefunden."

„Bleib wo du bist, wir holen euch da raus", rief er und seine aufgeregte Stimme schallte zu ihr herüber. Ein Aufatmen ging wie ein kühler erfrischender Wind der Befreiung durch seinen Körper, durchströmte seine Lungen, befreite seine Gedanken von all diesen bösen Vorahnungen, die eine solche Aktion nun mal mit sich bringt und über sein Gesicht huschte ein Lächeln, froh und befreiend zugleich. Sie lebten und ein Gefühl tiefster Befriedigung beflügelte ihn.

In diesem Moment des Wartens war Susan von Stolz erfüllt, hatte ihren eigenen Schmerz vergessen und ihren Körper durchströmte ein Gefühl der Genugtuung und der Freude, ein Menschenleben gerettet zu haben. Sie war wieder sie selbst, nichts war übrig geblieben von den Selbstzweifeln, sie hatte im richtigen Moment das Richtige getan und das gab ihr ein Gefühl der Stärke zurück. Sie glaubte wieder an sich.

Schmelzer stürmte die Treppe hinunter, strauchelte fast, als er im Dunkeln die Höhe der Stufen unterschätzte, seine Taschenlampe flog in hohem Bogen durch die Luft und fiel mit einem lauten Scheppern zu Boden, drehte sich ein paarmal um die eigene Achse und blieb dann auf dem Beton des Ganges liegen. Der Lichtkegel zeichnete gespenstische Reflexe, leuchtete in die Tiefe des Ganges und heftete sich dann an etwas dunkles Unförmiges, das unbeweglich vor ihm lag.

Langsam ging er auf den Gegenstand zu, der regungslos vor ihm lag. Erst als er den Schein der Taschenlampe darauf richtete, sah er dass es ein Tier war das in seinem eigenen Blut lag. Es war dieser blutrünstige Dobermann, den Susan erschossen hatte, um ihr eigenes Leben zu retten. Aber wo war sie?

Er rief ihren Namen, als er ein leises Weinen hörte. Vorsichtig schlich er bis zu dem Raum, dessen Tür offen stand, zögerte einen Augenblick, seine Pistole im Anschlag. Vorsichtig schaute er hinein, sah aber nichts, ließ den kalten Strahl seiner Taschenlampe über den Boden gleiten, leuchtete über die Wände, unter deren Schmutz die weiße Farbe hervor schimmerte. Das Weinen verstummte und dann hörte er Susans Stimme aus einer dunklen Ecke des Raumes.

„Berny endlich bist du da, bitte komm und hilf mir." Im Kegel der Lampe erschien ihre Gestalt. Sie saß auf einer verdreckten Pritsche und ein blonder Haarschopf lag schluchzend an ihrer Schulter. Es war Christine, die hemmungslos weinte und am ganzen Körper zitterte. Er ging auf sie zu, nahm Susan in die Arme und küsste sie. Es war wie eine Befreiung, als er ihre weichen warmen Lippen spürte. Dann nahm er Christines Körper auf und trug sie durch das Labyrinth der Gänge, bis sie vor dem Eingang zur Lagerhalle standen. Das Einsatzkommando hatte sich inzwischen wieder versammelt.

Wie Blitze zuckten die Warnlichter der Polizeifahrzeuge in den heraufziehenden Morgen. Sanitäter kamen mit zwei Bahren auf sie zu. Schmelzer legte Christine Conradi, die immer noch völlig entkräftet in seinen Armen lag, auf die Bahre, um sie auf direktem Weg ins Krankenhaus zu bringen. Erst hier bemerkte Schmelzer, dass Susan mit schweren Schritten hinter ihm her ging und das rechte Bein mit schmerzhaft verzogenen Mundwinkeln hinter sich her zog. Dann entdeckte er den Riss in ihrer Hose und sah die klaffende Wunde, die sich darunter befand.

Erschreckt und wütend zugleich schaute er sie an: „Du bist ja verletzt, warum hast du nichts gesagt. Du musst sofort ins Krankenhaus. Wie konntest du mir das nur verschweigen."

„Halb so schlimm", erwiderte Susan kleinlaut, aber so richtig überzeugend klang das nicht, denn sie hatte, nachdem die Wirkung des Adrenalins in ihrem Körper nachließ, höllische Schmerzen und es war unbedingt erforderlich, dass ihr der Doc eine Tetanusspritze gab und die Wunde versorgte.

„Also ab ins Krankenhaus, das ist ein Befehl", zischte Schmelzer ungehalten. Susan schaute ihn an und ein dankbares Lächeln huschte über ihr Gesicht. In der Zwischenzeit war Christine bereits auf dem Weg in die Notaufnahme des St.-Georg-Krankenhauses. Sie hatte sich, bis auf ihre Unterwäsche, der übel riechenden Kleidungsstücke entledigt und saß nun in Decken gehüllt im Fond des Krankenwagens.

Ein gespenstisches Bild herrschte als sie die Lagerhalle verließen, die Warnleuchten der Einsatzwagen blitzten wie Laserstrahlen in den Morgenhimmel, vermischten sich mit dem Blitzlichtgewitter der Kameras der wartenden Reporter.

Ein ganzer Pulk von ihnen hielt sich schon die ganze Zeit in der Nähe der Polizeifahrzeuge auf. Sie drängten nach vorne, als sie sahen, wie zwei Bahren zu den Rettungsfahrzeugen geschoben wurden. Die Stimmen überschlugen sich, jeder rief, auf der Suche nach den neuesten Informationen, seine Frage in die Menge, die aber in dem undurchdringlichen Stimmengewirr untergingen.

Alle drängten nach vorne, denn jeder von ihnen wollte das beste Foto für seine Zeitung im Kasten haben. Plötzlich ertönte ein lauter schriller Pfiff und es war augenblicklich Stille. Eine junge Reporterin zog die Blicke der Anwesenden auf sich. Schmelzer kannte sie nur zu gut, diese junge ehrgeizige Reporterin, die zugegebenermaßen auch noch sehr hübsch war.

„Können Sie mir sagen, was geschehen ist, handelt es sich bei der entführten Person um Christine Conradi?", rief sie Schmelzer zu.

Er hielt inne, lächelte und wandte sich der wartenden Menge der Reporter zu. Für einen Moment flog ein Lächeln über sein Gesicht, dann runzelte er die Stirn. „Als ob Sie das nicht schon längst wusste", dachte er amüsiert.

„Bitte haben Sie Verständnis dafür, dass ich den laufenden Ermittlungen nicht vorgreifen kann", erwiderte er mit einer abwehrenden Handbewegung, schaute zu ihr herüber und wandte sich wieder seinen Kollegen zu, die immer noch damit beschäftigt waren nach Spuren zu suchen, die ihnen Aufschluss über den Täter geben konnten.

„Wie kommen diese Schreiberlinge eigentlich wieder hierher?", schoss es ihm durch den Kopf.

„Da hat bestimmt wieder so ein kleines Vögelchen gegen ein angemessenes Honorar gezwitschert."

Schmelzer klopfte eine Zigarette aus einer schon reichlich zerknüllten Packung, die er aus der Brusttasche seiner Jacke herauszog, zündete sie an und zog daran, wie ein Todgeweihter der seine letzte Zigarette rauchen durfte, inhalierte den Qualm und stieß ihn mit einem genüsslichen Grunzen durch seine Nasenlöcher.

Eine geraume Zeit hatte er schon die Grabenkämpfe in der Parteienlandschaft Hamburgs beobachtet und war ganz sicher, dass hier mit harten Bandagen um die Macht gekämpft wurde, zumal sich die Stadt mitten im Wahlkampf befand und da gab es ganz offensichtlich Gruppierungen, die in der Wahl ihrer Mittel nicht gerade zimperlich waren. Aber so etwas war ihm während seiner vielen Dienstjahre noch nicht vorgekommen. Es musste also noch mehr dahinter stecken. Er stieg in seinen Wagen, nahm noch einen letzten kräftigen Zug aus seiner Zigarette, drehte das Fenster herunter und schnipste sie mit Daumen und Zeigefinger im hohen Bogen aus dem Wagen.

Er atmete tief ein und als er endlich zur Ruhe kam, wich auch die Anspannung aus seinem Körper. Zum Glück war noch einmal alles glimpflich verlaufen. Susan war im Krankenhaus gut aufgehoben und Christine Conradi hatte außer einigen schmerzhaften Blessuren keinen weiteren körperlichen Schaden genommen. Nur eins war ihm klar, sie würde noch lange mit diesem Trauma leben müssen und nichts würde jemals wieder so werden wie es einmal war. Unruhig lief Jens Jacobs in seiner Wohnung umher, starrte immer wieder auf das Telefon, dessen Schellen er so sehnsüchtig erwartete. Diese nervenaufreibende Stille, die ihn umgab, war kaum noch zu ertragen. Es war vier Uhr morgens und er hatte noch kein Auge zugetan. Wie konnte er auch nur eine Sekunde an Schlaf denken, seine Nerven waren zum Zerreißen gespannt, sein Kaffeekonsum hatte in der Zwischenzeit außerirdische Dimensionen angenommen.

Jens hatte sich gerade für einige Minuten auf seiner Terrasse aufgehalten, um wenigstens ein wenig seinen Kopf freizubekommen, als ihn das melodische Rufzeichen seines Telefons aus seinen Gedanken riss. Er hatte das Gefühl, dass es diesmal ein anderes Geräusch war, das er aus seinem Wohnzimmer vernahm. Es klang so endgültig, denn wenn er den Hörer abnahm, würde er augenblicklich mit der Wahrheit konfrontiert werden, ob sie nun gut oder vernichtend war.

Er stürmte zu der Anrichte, auf der das Telefon stand und unablässig schellte, zögerte einen kurzen Augenblick und nahm dann mit zitternden Händen den Hörer auf. Er spürte wie sein Herz zu hämmern begann und sein Blut in Erwartung der Nachricht, wie ein Hurrikan durch sein Adern rauschte. Sein Mund war trocken und die Aufregung, die seinen Körper bis in die letzte Faser beherrschte, hatte zur Folge, dass ihm die Stimme versagte und er nur ein unverständliches Krächzen hervorbrachte.

„Herr Jacobs?", fragte die Stimme am anderen Ende der Leitung, aber es war nur eine rhetorische Frage, denn wer sollte sonst am Telefon sein. Es war Hauptkommissar Schmelzer, der sich mit einem Hüsteln zu Wort meldete.

„Ich wollte Ihnen nur mitteilen, dass unser Einsatz erfolgreich abgeschlossen wurde und es Frau Conradi den Umständen entsprechend gut geht."

„Wo ist sie, Kommissar bitte sagen Sie mir, in welchem Krankenhaus sie liegt. Ich möchte zu ihr." Seine Stimme klang ängstlich und fordernd zugleich. Nach kurzem Zögern erwiderte Schmelzer: „Sie liegt im St.-Georg-Krankenhaus." „Danke", erwiderte Jens erleichtert. „Danke, dass Sie mich informiert haben."

Er legte den Hörer auf, zog sich eilig seinen Mantel über und lief mit schnellen Schritten die Treppe hinunter, setzte sich in sein Auto und fuhr ins Krankenhaus, um Christine endlich wieder in seinen Armen zu halten. Als Schmelzer geendet hatte, schoss ihm ein Gedanke durch den Kopf, der ihm klar machte wie abgestumpft er doch eigentlich war.

„Du Idiot hast hier deinen Spruch aufgesagt wie eine seelenlose Sprechmaschine und am anderen Ende war ein Mensch, der vor Angst nicht wusste, wohin er mit seinen Gefühlen sollte."

„Aber andererseits", beruhigte er sich, „kann ich diese Art von Mitgefühl nicht zu dicht an mich heranlassen, sonst würde ich über kurz oder lang daran scheitern." „Business as usual" war das Einzige was er tun konnte, wenn er nicht irgendwann daran zerbrechen wollte.

Jacobs fuhr mit quietschenden Reifen auf den Parkplatz vor dem Krankenhaus, sprang eilig aus seinem Auto und stürmte die Treppe hinauf, nachdem er an der Rezeption das Krankenzimmer Christines erfahren hatte. Er eilte den langen Flur entlang, warf immer wieder einen eiligen Blick auf die Nummern, die seitlichen neben den Türen angebracht waren und dann sah er schon von Weitem die beiden Polizeibeamten, die rechts und links von der Tür auf einem Stuhl saßen und mit Argusaugen jeden checkten, der auch nur in die Nähe von Christines Zimmer kam. Auch er musste sich ausweisen und wurde nach Waffen untersucht.

„Ein beruhigendes Gefühl", dachte Jens und stand mit klopfendem Herzen vor ihrem Krankenzimmer.

Als er gerade die Tür öffnen wollte, kam ihm der diensthabende Arzt Dr. Winkler entgegen.

„Sind Sie nicht Herr Jacobs?", fragte er interessiert.

„Ja das bin ich, wie geht es ihr Doktor?"

„Es geht ihr den Umständen entsprechend gut, aber bitte seien Sie leise, sie schläft gerade. Wir haben ihr eine Beruhigungsspritze gegeben. Sie muss sich erst einmal von den Strapazen erholen und braucht sehr viel Ruhe."

Er öffnete Jens die Tür und warf noch einen letzten Blick auf die Patientin. Blass und mit geschlossenen Augen lag sie in ihrem Bett, sie war in einem erbärmlichen Zustand, ihre Handgelenke waren verbunden, an die Vene in ihrem linken Arm war ein Tropf angeschlossen, der sie mit kräftigenden Medikamenten versorgte. Langsam ging Jens zu ihrem Bett, ergriff ihre auf der Decke liegende Hand und streichelte sie zärtlich, dann beugte er sich über ihr Gesicht und küsste sie. Langsam öffnete sie die Augen und ein zaghaftes erschöpftes Lächeln umspielte ihren Mund. Trotz der Beruhigungsmittel begannen ihre Hände zu zittern, ihre Augen füllten sich mit Tränen.

„Es war furchtbar", flüsterte sie und ihre Finger umklammerten seine ausgestreckte Hand. Hilflos saß Jens an ihrem Bett, konnte sie nicht trösten, wollte nur in ihrer Nähe sein und ihr ein klein wenig Geborgenheit geben.

„Ruh dich aus", sagte er besänftigend, „du brauchst keine Angst mehr haben, vor der Tür sitzen zwei Beamte, die dich beschützen."

Wieder schloss sie die Augen und versank in einen Halbschlaf, der ihr wohl tat und ihrem Körper die Ruhe verschaffte, die sie so dringend für ihre Genesung benötigte. Jens stand auf und verließ mit leisen Schritten das Krankenzimmer. Sie spürte, dass sich in ihrem Inneren etwas verändert hatte.

Aus der fröhlichen zuversichtlichen Frau war eine ängstliche Person geworden, die bei jedem Geräusch zusammenschreckte. Wo war ihre Selbstsicherheit geblieben? Ihre Freude an schönen Dingen, sich in Gesellschaft anderer Menschen wohl und geborgen zu fühlen. Die Entführer hatten ihr Leben auf unabsehbare Zeit zerstört und sie wusste, dass es lange dauern würde, bis sie wieder ein halbwegs normales Leben führen konnte. All diese Gedanken gingen ihr durch den Kopf als sie im Krankenbett lag. Sie erinnerte sich an die Begegnung mit ihrer Vorgängerin im Verlag, die ihr voller Angst begegnet war und ihr wurde bewusst, dass sie gerade einer persönlichen Katastrophe entkommen war. Auch Jens spürte diese tiefgreifende Veränderung in ihrem Wesen, sie lachte nur noch selten, ihre Spontanität war einer beängstigenden Tristesse gewichen. Nachts, wenn er neben ihr lag, musste er miterleben, wie sie von Albträumen geplagt aufschreckte und in Schweiß gebadet nicht mehr in den Schlaf fand.

Es war ein Zustand, den auch er nicht mehr ertragen konnte. Zuzuschauen wie Christine litt, das war zu viel für ihn. Er liebte diese Frau von ganzem Herzen und er würde für sie sogar seine berufliche Karriere aufgeben, würde mit ihr in eine andere Stadt ziehen, um endlich wieder Ruhe zu finden.

„Wir werden von hier fortgehen, damit du endlich wieder glücklich bist", er schaute in ihre Augen, nahm sie in die Arme und drückte sie ganz fest an sich und sie spürte, dass er sie nie wieder loslassen wollte.

„Aber was ist mit deiner politischen Karriere?", fragte sie leise mit ungläubiger Stimme, „du hast dir hier etwas aufgebaut, willst du das wirklich alles aufgeben?" „Das werde ich tun", erwiderte er mit fester Stimme, dann stand er auf, drehte sich um und ging mit zögernden Schritten durch die offene Terrassentür. Da stand er nun mit hängenden Schultern, tief in sich gekehrt und sie sah seine Tränen nicht, die über seine Wangen liefen. Sein Entschluss stand fest. Er wollte dieser Stadt, die so viel Leid über ihn und Christine gebracht hatte, den Rücken kehren.

Aber wie sollte er seinem Freund und Mentor Sven Lindholm, der für ihn wie ein Vater war, diesen Entschluss mitteilen? Jens war in Hamburg der Hoffnungsträger seiner Partei und nach dem Willen seines väterlichen Freundes, sollte er in der Politik Karriere machen und einen Posten als Senator anstreben. Seine Popularität hatte nach der Entführung und den unsäglichen Vorkommnissen zuvor einen neuen Höchststand erreicht und das wollte die Partei jetzt ausnutzen.

Am nächsten Morgen, es war kurz vor 9.00 Uhr, ging er, bevor er das Haus verließ, ins Schlafzimmer und blieb neben Christines Bett stehen. Sie lag da wie ein Engel, er hörte ihre gleichmäßigen Atemzüge, die ihm verrieten, dass sie noch tief und fest schlief. Zärtlich küsste er ihre warmen Lippen, blieb noch ein Augenblick vor ihrem Bett stehen und schaute sie mit sorgenvoller Miene an.

„Ich werde es tun", flüsterte er. „Ich will, dass du endlich wieder glücklich bist."

Plötzlich öffnete sie die Augen, schaute ihn an, ergriff seine Hand und hielt sie fest und in diesem Moment wusste er, dass sie jedes seiner Worte gehört hatte.

„Ich liebe dich", sagte sie mit stockender Stimme.

„Ich liebe dich auch", erwiderte er, drehte sich um und verließ die Wohnung. Er stieg in seinen Wagen, lehnte sich zurück und in diesem Moment wusste er, dass dies ein Abschied von allem war, was ihm einmal sehr viel bedeutet hatte. Er wollte endlich ein bisschen Glück genießen, wollte mit dieser Frau zusammen sein. Er machte sich auf den Weg in die Zentrale seiner Partei. Er stand vor der Tür von Sven Lindholms Büro, seine Hände zitterten und sein Herz begann wie wild zu schlagen. Er klopfte an und von drinnen vernahm er ein lautes Herein. Dann stand er in der Tür und Sven Lindholm schaute ihn verwundert an.

„Ach Jens, du bist es, was führt dich zu mir?" Er stand auf und ging mit einem strahlenden Lächeln auf ihn zu. Nach einer freundschaftlichen Umarmung schaute Sven Lindholm ihn an und in seinem Blick lag eine Vorahnung, etwas Fragendes, so als würde er ahnen, warum Jens ihn hier aufsuchte. Auch er hatte das unglaubliche Geschehen der letzten Tage voller Sorge um die Gesundheit von Christine und voller Anteilnahme für Jens verfolgt, hatte mit ihnen gefiebert und gehofft, dass dieser Albtraum bald zu Ende sei.

„Setz dich doch und erzähl mir, was du auf dem Herzen hast."

„Sven", sagte Jens mit stockender Stimme, „ich weiß, dass du immer hinter mir gestanden hast und ich weiß auch, dass du sehr viel für mich getan hast, aber die Ereignisse der letzten Zeit zwingen mich dazu, eine Entscheidung zu treffen."

Sven sprang von seinem Schreibtisch auf, ging auf Jens zu und legte ihm die Arme auf die Schultern, so wie er es immer tat, wenn es zwischen ihm und Jens Unstimmigkeiten gab.

Dann flüsterte er ihm mit beschwörender Stimme zu: „Du willst doch wohl nicht aufgeben, willst dich doch nicht dem Druck dieses Abschaums beugen?" „Doch das will ich", erwiderte er mit fester Stimme, „man muss wissen wann man verloren hat und ich bin an einem Punkt angekommen, an dem ich das erkannt habe und glaube mir, ich bin gerne ein Verlierer, wenn ich dafür mein Lebensglück wiederfinden kann."

„Ich möchte mein Amt als Parteisekretär niederlegen und die Kandidatur für einen Senatsposten zurückziehen."

„Ich habe immer nur an mich gedacht, aber jetzt möchte ich einen Schlussstrich ziehen und einmal in meinem Leben das Richtige tun."

Hilflos stand Sven Lindholm vor ihm und schüttelte immer wieder ungläubig seinen Kopf.

„Und meinst du, dass es das Richtige ist, jetzt so kurz vor dem Ziel alles hinzuwerfen?", fragte er, aber er wusste auch, dass es der hilflose Versuch war, Jens noch einmal umzustimmen. Jens sah seine Ratlosigkeit und glaubte sogar, Tränen grenzenloser Enttäuschung in seinen Augen zu sehen.

„Ja ich weiß, dass es das Richtige ist. Ich liebe Christine, wie ich noch nie in meinem Leben eine Frau geliebt habe und ich weiß, dass ich dir damit sehr weh tue, aber ich möchte endlich in Ruhe und Frieden leben."

„Du als mein ältester und bester Freund wirst mich verstehen." Die letzten seiner Worte waren von einer tief gefühlten Emotionalität, die ihm das Sprechen schwer machte und sie lagen sich in den Armen, hin und hergerissen zwischen der gemeinsamen Vergangenheit und dem, was in der Zukunft folgen würde. Ihre Wege würden sich trennen, aber trotzdem würden sie für immer Freunde bleiben.

Wortlos standen sie sich gegenüber, umarmten sich noch einmal und dann trennten sich ihre Wege. Als Jens die Tür des Büros hinter sich schloss hatte er das Gefühl, er würde das Buch seines bisherigen Lebens für immer zuschlagen. Er ging zum Fahrstuhl und als sich die Tür hinter ihm schloss und der Fahrstuhl wie ein symbolischer Rückblick auf sein Leben nach unten fuhr, kämpfte er mit den Tränen und dachte voller Wehmut an die gemeinsame Zeit, in der er Sven so nahe war.

Christine spürte, als er die Wohnung betrat, dass ihn etwas bedrückte. Kein fröhliches Hallo, kein Lächeln. Es waren die Worte: „Chrissy, Liebes, ich bin wieder da", die sie vermisste und sie wusste in diesem Moment, dass eine schwere Last auf seiner Seele lag. Er sah gestresst aus, tiefe dunkle Ringe lagen unter seinen Augen, seine Haut war fahl, sein Blick war unstet und er sprach kein Wort als er herein kam, gab ihr nur einen flüchtigen Kuss und verschwand in seinem Arbeitszimmer. Sie ging zu ihm und schaute ihn sorgenvoll an. Er saß in Gedanken versunken an seinem Schreibtisch und sein Gesicht strahlte eine unendliche Traurigkeit und Resignation aus. Er, der immer so fröhlich und weltmännisch aufgetreten war, schaute zu ihr auf und sie sah den leeren Blick in seinen Augen. Es tat ihr weh ihn so zu sehen, sie trat hinter ihn, legte ihre Arme zärtlich um seine Schultern, beugte sich zu ihm herunter und küsste ihn: „Liebling, was ist los mit dir? Warum sagst du nicht, was geschehen ist."

„Ich", sagte er mit brüchiger Stimme, „ich war heute bei Sven und bin als Parteisekretär zurückgetreten und habe meine Kandidatur für den Senatsposten aufgegeben." Man konnte eine Stecknadel zu Boden fallen hören, als er diese Worte ausgesprochen hatte. Ungläubig schaute Christine ihn an. Sie konnte nicht glauben, was sie in diesem Moment gehört hatte.

„Du bist zurückgetreten?" „Du hast es doch wahr gemacht. Du hast es getan, obwohl ich es nicht für möglich gehalten habe. Warum, frage ich dich, warum hast du das getan?" Sie kannte die Antwort, aber sie war eine Frau und wollte diese Worte aus seinem Munde hören. Sie trat vor ihn, schmiegte sich ganz fest an ihn und schaute ihm in die Augen.

„Ich habe es getan, weil ich dich liebe und ich könnte es nicht ertragen, wenn noch einmal so etwas geschehen würde."

„Aber ...", sie wollte etwas erwidern, doch er legte ihr seinen Zeigefinger auf den Mund und verschloss ihr mit einem Kuss die Lippen. Damit war alles gesagt und sie wusste, dass seine Entscheidung, die er mit dem Herzen getroffen hatte, endgültig war.

Als am nächsten Tag die Tageszeitungen Hamburgs mit der Hiobsbotschaft seines überraschenden Rücktritts gefüllt waren, kannte die Verwunderung über diese Entscheidung keine Grenzen. Es gab doch noch viele Menschen in der Hansestadt, die ihm wohlgesonnen waren, anonym zwar, aber immerhin. Fragen nach dem Warum und Unverständnis über seine Entscheidung so kurz vor dem Ziel aufzugeben, musste er unbeantwortet lassen und doch tat ihm die Anteilnahme unendlich gut.

Sein Anrufbeantworter hatte durch die vielen Anrufe des Bedauerns seinen Dienst versagt und doch war es für Jens eine Genugtuung, das Mitgefühl und die Sympathie der Menschen, die ihm vertrauten, hinter sich zu wissen.

Der Nebel der Ungewissheit lichtete sich, als er seinen Briefkasten leerte und zwischen seiner zahlreichen Post einen weißen Umschlag entdeckte. Er nahm ihn zur Hand und mit zitternden Fingern öffnete er ihn. Er starrte ungläubig auf das, was auf einem mit dem Computer geschriebenen Blatt stand:

„Ich weiß wie sehr Sie, lieber Jens, unter dieser hinterhältigen Kampagne gelitten haben", stand dort geschrieben. „Mein Gewissen hat mir keine Ruhe mehr gelassen und ich möchte Ihnen mitteilen, dass Kai Lorenzen hinter diesen perfiden Inszenierungen steckt."

Keine Unterschrift, nur drei Worte befanden sich am Schluss des Schreibens. *„Ein guter Freund."*

Ein Sturm der Entrüstung und der Verachtung machte sich in diesem Moment in seinen Gedanken breit. „Also doch." Endlich hatte sich seine Vermutung, die er schon seit längerer Zeit hegte, bestätigt.

Er stürmte die Treppe hinauf: „Dieser Bastard, dieser verdammte Emporkömmling", fluchte er leise vor sich hin. Er hätte ihm am liebsten den Hals umgedreht, aber Gewalt war ihm so fremd, wie ihm in diesem Moment Kai Lorenzen war. Es war in seinem bisherigen Leben nur ein einziges Mal geschehen, dass er die Beherrschung verlor, es war der Moment, als er mit Robert Steinbach in seinem Büro aneinandergeraten war.

Er würde sich nicht so einfach aus dem Haus jagen lassen und schwor sich, Lorenzen mit seinem Wissen zu konfrontieren. Wenigstens diesen einen Triumph wollte er noch haben, bevor er Hamburg verließ.

Am nächsten Tag setzte er sich in sein Auto und fuhr zur Villa von Kai Lorenzen. Ihm war nicht ganz wohl bei dieser Odyssee, sein Magen rebellierte und er hatte das Gefühl, sich auf dem Weg zum Schafott zu befinden. Er nahm seinen ganzen Mut zusammen als er in die Auffahrt zur Villa einbog. Er parkte vor dem Haus, blieb einen Moment in seinem Wagen sitzen und atmete tief ein, um sich zu beruhigen. Er wollte um keinen Preis den Anschein erwecken, hier als Verlierer aufzutreten.

Er schellte. Ein dunkler Gong erklang und Augenblicke später vernahm er ein Rascheln hinter der Tür. Die Hausdame öffnete lächelnd, als sie Jens vor der Tür stehen sah.

„Guten Tag, Herr Jacobs, Sie wollen doch sicherlich zu Herrn Lorenzen. Einen kleinen Augenblick bitte ich melde Sie an." Dann verschwand sie und wenige Augenblicke später kam sie zurück und führte ihn in den Salon, in dem Kai Lorenzen selbstherrlich in seinem Sessel thronte.

Mit gespielter Gleichgültigkeit erhob er seinen Blick und schaute Jens forschend an.

„Ich habe gehört, Sie haben ihre politischen Ämter niedergelegt, das bedaure ich sehr", aber in seinen Blick war etwas Heuchlerisches und Niederträchtiges, das Jens die Zornesröte ins Gesicht trieb.

Jens antwortete mit einem höhnischen Grinsen: „Ach Herr Lorenzen lassen Sie das, Sie sind doch derjenige, der dafür gesorgt hat, dass ich meine politischen Ämter niedergelegt habe, für wie dumm halten Sie mich eigentlich. Auch ich habe meine Informanten und Sie können versichert sein, dass Ihnen dies das Genick brechen wird."

Lorenzen sprang auf und stand mit einem bedrohlichen Flackern in seinen Augen vor ihm.

„Wollen Sie mir drohen?", zischte er und ballte seine Fäuste.

Er war immer noch der Emporkömmling aus Wilhelmsburg, der glaubte für alles eine gewalttätige Lösung zur Hand zu haben, so gesehen hatte sich in seinem Leben nichts geändert.

Jens trat einen Schritt zurück und lächelte ihn an, immer darauf bedacht seine Fassung nicht zu verlieren, denn am liebsten wäre er diesem Kerl an die Gurgel gegangen.

Er lachte höhnisch auf: „Ach Herr Lorenzen, Sie armer alter Mann, ich werde mir an Ihnen doch nicht die Finger schmutzig machen. Sie glauben zwar der Sieger zu sein, weil Sie erreicht haben, was Sie wollten, um ihre Rachsucht zu befriedigen, aber Sie können mir nur leidtun, Sie sind eine erbärmliche Kreatur und", fügte er hinzu, „dass ihre Tochter sich das Leben genommen hat, dafür sind allein Sie verantwortlich, denken Sie mal darüber nach."

Lorenzen wurde aschfahl im Gesicht und Jens sah, dass ihn seine Worte zutiefst getroffen hatten. Er warf ihm noch einen verächtlichen Blick zu, drehte sich um und verließ, ohne ein weiteres Wort zu sagen, das Haus.

19. Kapitel

Hamburg kam nicht zur Ruhe, bereits Tage später erregte erneut eine Hiobsbotschaft die Gemüter der Stadt:

„Robert Steinbach, Verlagsleiter des Hamburger General-anzeigers, wurde tot in seinem Büro aufgefunden."

Eine seiner Sekretärinnen hatte ihn gefunden, als sie ihm einen Kaffee servieren wollte. Sie hatte mehrmals angeklopft und als er keine Antwort gab, öffnete sie leise die Tür. Sie rief seinen Namen und dann sah sie ihn zusammengekrümmt hinter seinem Schreibtisch liegen. Mit einem Aufschrei verließ sie den Raum, stürmte in ihr Büro und ließ sich entsetzt auf ihren Stuhl fallen. Sie rang nach Luft und aus ihrem Gesicht war jegliche Farbe gewichen.

„Es ist etwas Schreckliches passiert", stammelte sie atemlos. Ihre Kollegin, die ihr gegenüber saß, schaute sie mit einem ungläubigen Blick an. „Was ist passiert, Conny?" Sie schaute ihr in die vor Schreck weit aufgerissenen Augen, kein Wort kam über ihre Lippen, nur ein unverständliches Stammeln war zu hören.

„Nun komm schon, sag mir, was passiert ist."

„Der Steinbach", rief sie plötzlich von einem hysterischen Anfall geschüttelt, „der Steinbach liegt tot hinter seinem Schreibtisch." Dann vergrub sie ihr Gesicht in ihren Händen und begann laut zu schluchzen. Die Polizei wurde informiert und eine Viertelstunde später stand eine Handvoll Kriminalisten vor der Tür. Bernd Schmelzer war in diesem Fall der ermittelnde Kommissar, auch die Spurensicherung war kurze Zeit nach Bekanntwerden des Todes von Robert Steinbach eingetroffen und untersuchte den Ort des Geschehens. Man fand ihn neben seinem Schreibtisch am Boden liegend, sein Todeskampf stand ihm noch immer ins Gesicht geschrieben.

Es deutete, nachdem die erste Untersuchung abgeschlossen war, alles darauf hin, dass er sich nach jahrelangem Rauschgiftkonsum eine Überdosis Kokain verabreicht hatte, die er entgegen seiner üblichen Gewohnheiten nicht geschnupft, sondern durch eine Spritze intravenös verabreicht hatte. Er war, nach Ansicht des anwesenden Gerichtsmediziners, kurz darauf an akutem Herzversagen gestorben. War es ein Freitod oder ein unglücklicher Zufall mit Todesfolge? Dieses Rätsel jedoch nahm er mit in sein Grab. Nichts wies im ersten Moment der Untersuchung des Leichnams auf ein Fremdverschulden hin, aber das würde die Gerichtsmedizin nach einer eingehenden Untersuchung noch genau diagnostizieren und wenn es so war, war es das unrühmliche Ende eines verkorksten Lebens.

Sein Büro wurde bis in die kleinste Ecke untersucht. Als Schmelzer die Schubladen seines Schreibtisches durchsuchte, fand er unter einem Stapel Akten ein schwarzes Notizbuch. Er schlug es auf und entdeckte auf einer der Seiten eine handgeschriebene Notiz, die ein eindeutiges Indiz dafür war, dass er für den feigen Überfall auf Claudia Metzler verantwortlich war. Aus Rachsucht und Angst, sie würde seine dubiosen Geschäfte mit der Hamburger Unterwelt ans Tageslicht bringen, hatte er dafür gesorgt, dass sie den Rest ihres Lebens im Rollstuhl verbringen musste, wahrlich keine Lebensleistung, auf die er stolz sein konnte.

Inzwischen war Susan Carmichel wieder aus der Klinik entlassen worden, musste sich aber noch ein wenig schonen und versah während dieser Zeit Innendienst im Polizeipräsidium. Die gefährliche Attacke dieser blutrünstigen Bestie, hatte sie trotz allem noch recht unbeschadet überstanden. Die Wunde an ihrem Oberschenkel war mit zehn Stichen genäht worden, bereitete ihr aber doch noch erhebliche Schmerzen. Immer wenn sie durch die Büros humpelte, pfiffen ihr die Kollegen hinterher. Sie drohte dann mit ihrer Krücke, einem roten Monstrum, das kaum zu übersehen war. Einen Vorteil hatte diese Krücke allerdings, man konnte sich so schön unliebsame Kerle vom Leib halten. Auch in dieser für sie nicht ganz einfachen Zeit hatte sie ihren Humor nicht verloren und Bernd Schmelzer bewunderte und liebte sie dafür.

Sie hatte durch den Undercover-Agenten Giovanni von BKA regelmäßig die Informationen erhalten, die sie benötigte, um irgendwann, wenn der Zeitpunkt gekommen war, die ganze Bande auszuheben, und dann würde auch der ehrenwerte Oberstaatsanwalt die Verantwortung für seine kriminellen Machenschaften übernehmen müssen. Die Gier dieser Menschen war unersättlich, sie hatten alles und konnten doch nie genug bekommen. Alles setzten sie aufs Spiel, ihre Karriere, ihre Familie, ihr sorgenfreies Leben.

Auch sie als Psychologin verstand manches Mal nicht, was in diesen kranken Gehirnen vor sich ging. Alles hat seinen Preis, das wussten auch sie, aber sie hielten sich für unantastbar, waren der irrigen Ansicht sie schwebten außerhalb jeder Gerichtsbarkeit, aber dies war ein verhängnisvoller Trugschluss. Sie machten sich abhängig und erpressbar von diesen skrupellosen Außenseitern der Gesellschaft und wurden von ihnen ins Verderben gerissen und eines Tages würden sie in diesem selbst gewählten Sumpf versinken und darin untergehen, welch ein hoher Preis für eine Handvoll Dollars. Die Gier dieser Wölfe in Menschengestalt war unersättlich.

Giovanni war ein brillanter Undercover-Agent, das musste Susan ihm lassen. Er agierte so unauffällig und überzeugend, dass keiner der Ganoven auf die Idee kam, er könnte nicht zu ihnen gehören. Er lieferte belastendes Material, das in Kürze reichen würde den Rauschgiftring auszuheben. Aber dann geschah etwas, womit keiner von ihnen gerechnet hatte. Giovanni hatte sich wieder einmal zu einem konspirativen Treffen in einer Wohnung eingefunden. Irgendwie hatte er in dem Moment, als er den Raum betrat ein komisches Gefühl, das sich noch verstärkte als er in die Gesichter der anwesenden Personen schaute. Er spürte förmlich die Gefahr, die sich im Raum breitmachte.

Die Ganoven, die rund um einen Tisch saßen, warfen ihm prüfende Blicke zu, schwiegen beharrlich als er ihnen Fragen stellte, es lag irgendetwas in der Luft. Hatte er sich vielleicht durch eine kleine Unachtsamkeit verraten, obwohl er immer mit größter

Sorgfalt agierte, um nur nicht aufzufliegen? Er war lange genug in dem Geschäft und hatte eine feine Antenne für unvorhersehbare Ereignisse. So auch an diesem Morgen. Er spürte fast körperlich, dass ihm plötzlich von allen Seiten Misstrauen entgegen schlug und von diesem Moment an fürchtete er um sein Leben. Eduardo Hernandez, der Boss der Hamburger Rauschgift-Mafia erhob sich, sein Blick ging in die Runde der Anwesenden. Bei jedem verweilte er für Sekunden, um sich dann dem nächsten zuzuwenden. Er grinste und seine Stimme bekam einen drohenden Unterton, der sicherlich nichts Gutes verhieß.

„Mir hat ein Vögelchen gesungen, dass sich ein Verräter in unsere Reihen eingeschlichen hat und ich will herausfinden, wer das ist." Betretenes Schweigen herrschte im Raum, ängstlich wurden Blicke ausgetauscht. Seine Augen ruhten auf Giovanni, verweilten dort einen Moment, dann gingen sie zum nächsten, bis er wieder beim ersten angekommen war. Giovanni, dieser alte Fuchs, hatte zuerst erkannt, dass es jetzt ziemlich gefährlich werden könnte. Er tat so, als wenn ihn die ganze Geschichte wenig interessierte, schaute Eduardo an und sagte mit einem breiten Grinsen: „Eduardo, du glaubst doch wohl nicht im Ernst, dass unter uns ein Verräter ist. Wenn du Beweise für deinen Verdacht hast, raus damit." „Hast du welche?"

Als Eduardo verneinte, erwiderte Giovanni mit einer Kaltschnäuzigkeit, die selbst ihn überraschte: „Dann lass uns gefälligst mit diesen haltlosen Verdächtigungen in Ruhe. Das verunsichert nur die

Truppe." Hier bewahrheitete sich wieder mal der alte Spruch: „Angriff ist die beste Verteidigung."

„Puh, das war knapp", dachte er als er das Treffen verließ. Am Abend rief er Rainer Brandt an und informierte ihn, dass irgendwo im Präsidium eine undichte Stelle sein müsse und er fast aufgeflogen wäre.

Als Susan davon erfuhr drängte sie darauf, die ganze Geschichte so schnell wie möglich zu Ende zu bringen, denn sie wollte unter keinen Umständen das Risiko eingehen, leichtfertig das Leben von Giovanni aufs Spiel zu setzen. Sie erinnerte sich an eine Abhörmethode, die sie schon mehrfach in den Staaten angewendet hatten.

Rainer Brandt, der voller Stolz die erfolgreiche Arbeit von Giovanni verfolgte, lauschte Susan mit großem Interesse, als sie ihm ihre weitere Vorgehensweise erklärte. Sie zogen sich in das Besprechungszimmer zurück, auch Schmelzer und Mertesheimer wurden zu dieser Besprechung hinzugezogen.

„Jungs, wir müssen eine neue Strategie verfolgen. Bis jetzt ist alles gut gegangen, aber wir wissen nicht wie lange das noch so sein wird. Wenn sie Giovanni enttarnen, könnte es uns passieren dass alle Arbeit umsonst war und ... er machte eine kleine Pause, um seinen Worten den nötigen Nachdruck zu verleihen, „wir wollen Giovanni vor allem nicht unnötig in Gefahr bringen."

„Susan hat da eine Idee, die ich sehr gut finde und sie hat diese in den Staaten schon mehrfach mit Erfolg angewendet. Was wir allerdings machen müssen, wir müssen unseren Boss einweihen, aber ich denke das dürfte kein Problem sein."

Alle waren gespannt auf das, was ihnen Susan erzählen würde. „Also los Susan, rück schon raus damit", sagte Schmelzer und man konnte die Ungeduld in seiner Stimme hören. "OK Boys es geht los und gut zuhören", sagte sie lachend.

„Wir könnten über den Oberstaatsanwalt an die Bande rankommen."

„Und wie soll das gehen?" Mertesheimer hatte sich zu Wort gemeldet und man sah die Skepsis in seinem Gesicht.

„Wir müssen unseren Boss dazu bringen, den Stadler morgen mit zur Pressekonferenz zu nehmen. Ich glaube das dürfte ihm nicht schwerfallen, denn der Kerl ist ziemlich mediengeil und glotzt in jede Kamera, die man ihm vors Gesicht hält."

„Da die Fotos heute fast alle digitalisiert sind, dürfte es kein Problem sein unseren Fotografen zu bitten, uns eins von diesen Fotos zu schicken."

„Wir versenden dann", fuhr Brandt fort, „dieses Foto per Mail an unseren lieben Oberstaatsanwalt, nachdem wir das Bild mit einem Trojaner infiziert haben und ich bin davon überzeugt, dass er sich sehr über diesen Schnappschuss freuen wird."

„Der macht sich dann, von ihm unbemerkt, auf seinem Laptop breit und wir können, ohne dass er etwas davon ahnt, jede seiner Handlungen und Telefonate exklusiv miterleben. Sollte er das tun, was wir vermuten, dauert es nicht lange und wir haben ihn."

„Susan, das ist eine sehr gute Idee", gab Schmelzer voller Hochachtung von sich, „ich hoffe ja nur, dass der Boss mitspielt."

„Das werden wir ja sehen", sagte Brandt und seine Stimme klang sehr zuversichtlich. „Lasst uns sofort zu Schaller gehen und mit ihm darüber sprechen, wir haben keine Zeit zu verlieren."

Susan, Schmelzer und Mertesheimer nickten zustimmend und machten sich auf den Weg in die obere Etage, auf der Polizeidirektor Schaller sein Büro hatte. Susan klopfte an die Tür und nachdem sich Schaller gemeldet und mit lauter, sonorer Stimme sein Herein gerufen hatte, betraten sie sein Büro und reihten sich wie brave Schüler an der Tür auf.

Er stand auf und rief lachend: „Was steht ihr da so rum, nehmt euch einen Stuhl und setzt euch. Nun erzählt mir doch mal wie ich zu der Ehre komme, gleich die ganze Bande meiner Hauptkommissare, inklusive meiner geschätzten Kollegin aus New York, hier in meinem Büro zu haben."

Ein verlegenes Lächeln folgte, dann ergriff Rainer Brandt das Wort: „Wir sind ja nun schon geraume Zeit mit der Rauschgiftszene hier in Hamburg beschäftigt und wie sie wissen, haben wir eigens einen Undercover-Agenten aus Frankfurt angefordert, der seine Sache wirklich gut macht. Es muss allerdings eine undichte Stelle hier im Präsidium geben, denn Giovanni hat uns informiert, dass die Ganoven langsam misstrauisch werden und er den Eindruck hat, dass sie ihn ins Visier genommen haben."

Erstaunt sah Schaller auf. „Hier soll ein Informant im Präsidium sitzen? Meine Herrschaften seien Sie mir nicht böse, aber das glaube ich Ihnen nicht." Er räusperte sich und fuhr dann fort: „Und wenn es so wäre, haben Sie einen Verdacht?"

Betretenes Schweigen herrschte, als er die letzten Worte ausgesprochen hatte. Sie waren sich darüber im Klaren, dass sie einen ungeheuren Verdacht aussprachen, wenn sie den Namen Oberstaatsanwalt Stadlers in Gespräch bringen würden.

Rainer Brandt fasste sich ein Herz: „Wir haben aufgrund der bisherigen Ermittlungsergebnisse den Verdacht, dass Oberstaatsanwalt Stadler in diese kriminellen Machenschaften verwickelt ist."

Schaller bekam einen roten Kopf, sprang auf und baute sich vor den Vieren auf. „Wie kommen Sie auf eine so absurde Idee, ich habe das Gefühl, Sie haben zu viele Krimis gelesen."

Brandt öffnete die Akte, die er vorsichtshalber mitgebracht hatte, denn er hatte geahnt, dass es zu Komplikationen kommen würde und legte sie Schaller auf den Schreibtisch. „Wir haben vor drei Tagen das Foto, das sie dort sehen, per Post von einem Informanten erhalten und wenn Sie genau hinschauen, können Sie dort zweifelsfrei Herrn Oberstaatsanwalt Stadler sehen, der sich in trauter Runde mit den Ganoven befindet."

Plötzlich hielt Schaller inne und starrte wie gebannt auf das Foto. Er hatte etwas entdeckt, das man nur bei näherer Betrachtung sehen konnte. Eine Person die sich halb verdeckt im Hintergrund aufhielt, erweckte sein Interesse.

„Verdammt noch mal, das gibt es doch nicht. Das ist doch Kai Lorenzen."

Er reichte das Foto weiter und als die Kollegen mit einem Kopfnicken seine Entdeckung bestätigten, war er völlig aus dem Häuschen.

„Dieser verdammte Hurensohn. Jetzt wissen wir auch, warum er immer ungeschoren davonkommt. Der jagt eine Armada Rechtsanwälte in die Gerichtssäle und diese drehen und wenden die Geschichte solange, bis er wieder mit blütenreiner Weste dasteht, und", fuhr er wütend fort, „der Stadler hat ihn ständig über die Ergebnisse unserer Ermittlungen auf dem Laufenden gehalten und deshalb waren sie uns immer zwei Schritte voraus. Der war immer so aalglatt, dass wir ihm nie etwas nachweisen konnten. Ich hätte nie gedacht, dass die beiden unter einer Decke stecken."

Er hatte sich so in Rage geredet, dass sich Susan und die drei Hauptkommissare erstaunt anschauten. So hatten sie ihn noch nie erlebt.

„Aufgrund dieser neuen Erkenntnisse möchte ich Sie bitten, auch auf Herrn Lorenzen ein besonderes Augenmerk zu haben. Wir werden ihm auf die Schliche kommen, diesem Herrn Saubermann." Aber er war noch nicht hundertprozentig von der Beweiskraft dieses Bildes überzeugt und wollte, bevor er eine riesige Lawine lostrat, ganz sicher sein.

„Und wenn es sich hierbei um eine Fotomontage handelt, denn bedenken Sie, im Computerzeitalter ist heute alles möglich?" „Sir", Susan schaute in die Runde und grinste spitzbübisch, „es ist keine Fotomontage, das haben wir im Labor bereits überprüfen lassen."

Schaller war für einen Moment irritiert und erwiderte: „Nun gut, aber warum zum Teufel erfahre ich erst jetzt davon?" Seine Stimme wurde ungehalten und die Lautstärke seiner Worte konnte man getrost als wütendes Brüllen bezeichnen, das alle Anwesenden zusammenzucken ließ. Susan, die bei Schaller hohes Ansehen genoss, ergriff das Wort. Ihre Antwort war moderat und ihre Stimme klang ruhig und unaufgeregt.

„Sir, wir haben die Informationen zurückgehalten, weil wir nicht ganz sicher waren, ob er tatsächlich in diese Machenschaften verwickelt war. Nach dem Erhalt des Fotos wurde unser Verdacht bestätigt und als Giovanni Gefahr im Verzug meldete, mussten wir einfach handeln und deshalb sind wir hier." Schaller hatte ihr aufmerksam zugehört, schaute jeden von ihnen immer wieder an.

„Und wie stellen Sie sich vor, wie wir weiter vorgehen sollen?" Sie erläuterten ihm ihren Plan. Als sie geendet hatten, schauten sie ihn erwartungsvoll an.

„Sie wissen doch sicherlich, dass dies nicht zulässig ist."

Susan Carmichel ergriff das Wort: „Aber Sir, es ist Gefahr im Verzug und mit jedem Tag, den wir verstreichen lassen, gefährden wir das Leben des Mannes, den wir dort eingeschleust haben."

Schaller machte eine kurze Pause, setzte sich dann an seinen Schreibtisch: „Ich werde darüber nachdenken und Sie informieren, wenn ich eine Entscheidung getroffen habe."

„Danke Sir", erwiderte Susan und die anderen nickten zustimmend. Dann verließen sie Schallers Büro und gingen zurück an ihren Arbeitsplatz. Eine

Viertelstunde später schellte das Telefon. Schmelzer nahm das Gespräch an. Es war Schaller.

„Schmelzer, sagen Sie den Kollegen, dass ich grünes Licht gebe. Ich will, dass wir diesen Kreaturen das Handwerk legen. Also veranlassen Sie bitte das Nötige. Ich werde Stadler anrufen und ihn bitten, mich zur morgigen Pressekonferenz zu begleiten. Bitte sorgen Sie dafür, dass nichts von der geplanten Aktion nach außen dringt, kein Sterbenswörtchen, haben Sie mich verstanden?"

Schmelzer grinste und seinen Mund umspielte ein triumphierendes Lächeln.

„Geht klar Chef", erwiderte er und reckte zum Zeichen des Sieges zwei Finger in die Höhe. Susan Carmichel, Brandt und Mertesheimer rieben sich vor Freude die Hände. Endlich war es soweit und sie konnten diese Bande zur Strecke bringen.

Oberstaatsanwalt Stadler war natürlich hocherfreut über die überraschende Einladung zur Pressekonferenz, konnte er doch wieder mal seiner krankhaften Profilsucht nachgeben und sich in Pose stellen. Die Fotografen sprangen um sie herum wie Derwische auf der Jagd nach dem besten Foto und er lächelte in jede Kamera, die ihm irgendjemand vors Gesicht hielt. Schaller drehte sich angewidert ab und ging zurück in sein Büro. „Dieser Widerling", dachte Schaller, „dir wird das Lachen noch vergehen."

Jo Stadler hatte sich sehr verändert, war launisch und ungeduldig, neigte zu cholerischen Anfällen, war überheblich geworden und drängte alle in den Hintergrund von denen er glaubte, dass sie ihm gefährlich werden und seine Kreise auf der Satellitenbahn des Lebens stören könnten.

Viele Male mussten seine Mitarbeiter seine Wutausbrüche ertragen und alle wunderten sich über die plötzliche Veränderung seines Wesens. Er saß bis in die Nacht hinein in seinem Büro, brüllte herum, wenn es nicht so lief wie er sich das vorgestellt hatte, doch dann erinnerte sich Schaller an einen Vorfall, der sich vor sechs Monaten zugetragen hatte.

An einem Freitagmorgen ging Schaller zu Stadler, weil er in einem Ermittlungsfall einige wichtige Information benötigte. Als er Stadlers Büro betrat, lag dieser völlig anzogen auf einer Ledercouch die in seinem Büro stand. Auf dem Tisch befand sich eine leere Cognacflasche und daneben stand ein halb gefülltes Glas. Als Schallers Blick auf den Glastisch fiel, der vor der Couch stand, entdeckte er verräterische weiße Spuren, die eindeutig darauf hinwiesen, dass hier ganz offensichtlich Kokain konsumiert worden war. Er feuchtete einen Finger an und nahm eine geringe Spur des weißen Pulvers auf und leckte daran. Es war Kokain und Stadler hatte es ganz offensichtlich geschnupft. Ungläubig schaute er sich im Raum um und dann entdeckte er ein Schnupfröhrchen, dass auf dem Boden in der Nähe der Couch lag.

„Wie konnte das passieren", dachte er, „und ich habe es nicht bemerkt."

Aber wie sollte er auch, er war doch nicht Stadlers Gouvernante und außerdem hatte er niemals den Verdacht gehabt, dass er Koks konsumiert. Die Luft stand im Raum, es roch nach Schweiß, Alkohol und kaltem Zigarrenqualm. Schaller ging zum Fenster und öffnete es, um frische Luft hereinzulassen.

Dann kam er zurück und rüttelte Stadler, der sich knurrend und schlaftrunken von der Couch erhob und ihn mit geistesabwesendem Blick anschaute.

„Ach, Schaller, Sie sind's", lallte er und schaute ihn entgeistert an. „Was machen Sie hier?"

„Es ist 9.00 Uhr und ich möchte gerne mit Ihnen über einen Fall sprechen, zu dem ich noch einige Informationen benötige." „Nicht jetzt", knurrte er, „komm später wieder."

Schaller sah ihn erstaunt an, so hatte er ihn noch nie erlebt. Er drehte sich, ohne ein Wort zu sagen, um und verließ, kopfschüttelnd und mit einer gewissen Ratlosigkeit, den Raum.

Obwohl er vorher eher ein ausgleichender und verständnisvoller Mensch war, passte, da er nun wusste wie es um Stadler stand, doch alles zusammen. Seine Arroganz und Überheblichkeit, sein irriger Glaube über den Dingen zu schweben und unangreifbar zu sein. Sein Größenwahn, der einherging mit seinem Rauschgiftkonsum, ließ ihn in andere Regionen entschweben. Sein Realitätsverlust, der bei denen die ihn kannten, so manches Mal ein verständnisloses Kopfschütteln hervorrief. Er würde, wenn sich die Verdachtsmomente erhärten sollten, ganz tief stürzen, würde in einem Abgrund versinken, aus dem es kein Entrinnen mehr gab.

Aber eins verstand Schaller nicht, wie konnte sich ein Mensch im Laufe der Jahre so verändern und sich in kriminelle Machenschaften verwickeln lassen? Es wäre zu einfach gewesen all dies mit seinem Rauschgiftkonsum zu erklären, es musste noch mehr dahinter stecken. Was war vorgefallen? War er erpressbar geworden? War er über seine Frauengeschichten zum willfährigen Werkzeug des Drogenkartells geworden? Schaller fand noch keine Antwort auf die vielen offenen Fragen, aber eins stand fest, es musste etwas von großer Tragweite geschehen sein. Schaller wollte dem nachgehen, um eine Erklärung für diese absurde Situation zu finden. Oberstaatsanwalt Stadler war verheiratet, hatte eine Tochter und einen Sohn und Schaller glaubte, dass er in Harmonie mit ihnen lebte, aber dies schien wohl ein Trugschluss zu sein.

Er war in München aufgewachsen, sein Vater führte eine gut gehende und über die Grenzen von München hinaus bekannte Rechtsanwaltskanzlei. So war es nicht ungewöhnlich, dass sein Sohn in seine Fußstapfen trat und den gleichen Beruf ergriff. Nach einem erfolgreichen Jurastudium schrieb er seine Doktorarbeit und kurze Zeit darauf wurde ihm von der Ludwig-Maximilians-Universität München die Doktorwürde verliehen.

Auf einem Juristenkongress in Hamburg lernten sie sich kennen und mittlerweile kannten sie sich länger als fünfzehn Jahre. Schaller hat schnell seine Fähigkeiten erkannt und es gelang ihm, Stadler zu einem Wechsel ins Polizeipräsidium Hamburg zu bewegen. Er stimmte zu und war fortan als ermittelnder Staatsanwalt im Polizeipräsidium tätig. Schaller war sehr von ihm angetan und schätzte ihn nicht nur als Menschen, sondern auch als Kollegen. Er war ein verträglicher Typ, nahm seinen Beruf sehr ernst, erfüllte ihn mit großer Leidenschaft und fiel immer wieder durch seinen messerscharfen Verstand auf. Sein unglaublicher Ehrgeiz tat sein übriges, er lebte nur noch für seine Karriere und ließ keine Gelegenheit aus, sich auch nach außen als erfolgreicher Hüter des Gesetzes darzustellen.

Er nutzte die Medien zu seinen Gunsten, war immer wieder auf Pressekonferenzen und hochkarätigen Veranstaltungen vertreten, war charmant zu den Damen der „besseren Gesellschaft" und so manches Mal hatte er auch das Vergnügen, mit ihnen eine Affäre zu beginnen. Er sah gut aus, war jung und dynamisch, hatte Charme und man munkelte, dass er auch ein fantastischer Liebhaber war, zumindest behaupteten dies viele der feinen Damen, hinter vorgehaltener Hand.

Es waren die besten Voraussetzungen für eine steile berufliche Karriere und so dauerte es nicht lange und seine Fähigkeiten hatten sich bis ins Justizministerium herumgesprochen. Kurze Zeit darauf wurde er, mit vierzig Jahren, zum Oberstaatsanwalt befördert. Dies war das Entrée in die Hamburger Gesellschaft. Er wurde sogar als Mitglied in den renommierten „Hanseatenclub" aufgenommen. Er wäre nicht Jo Stadler gewesen, wenn er dieses Angebot nicht angenommen hätte. Hier lernte er auch Kai Lorenzen kennen, der ebenfalls Mitglied in diesem Club war.

20. Kapitel

Die Spannung wuchs als Polizeidirektor Horst Schaller die Vollzugsmeldung der IT-Abteilung des Präsidiums bekam. Sie hatten die Aufnahmen des Fotografen, die er bei der Pressekonferenz gemacht hatte, mit einem Spionagevirus präpariert. Jetzt bekamen die Ermittlungen eine neue Dimension und die vier erfolgshungrigen Ermittler warteten gespannt auf die Ergebnisse, die sie, so hofften sie, endlich zum Erfolg führen würden.

Als Susan von Schaller die Information bekam, dass er die präparierte E-Mail an den Oberstaatsanwalt geschickt hatte, rieb sie sich genüsslich die Hände. Endlich war es soweit und wenn sie Glück hatten, konnten sie sich wieder mal einen Orden des Erfolgs an die Brust heften. Es waren gerade mal zehn Minuten vergangen, als sich Stadler bei Schaller meldete.

„Hallo, Horst, ich habe die Aufnahmen erhalten und möchte mich herzlich dafür bedanken. Sind sehr gut geworden, Kompliment an den Fotografen."

Er lachte. Schaller spielte seine Rolle perfekt. „Keine Ursache", erwiderte er so unverfänglich wie möglich. Doch irgendwie plagte ihn doch das schlechte Gewissen. Was wäre, wenn sich die ganze Aktion letztendlich als Irrtum herausstellen würde? Er wusste, dass er ein hohes Risiko einging und dass es ihn, wenn es ruchbar wurde, seinen Job kosten konnte. Doch dann verwarf er diesen Gedanken wieder, sein Instinkt und seine jahrzehntelange Berufserfahrung bestärkten ihn in dem Verdacht, dass mit Stadler etwas faul war und so war er, genau wie seine vier Ermittler, getrieben vom Jagdfieber und dem unbändigen Willen die ganze Bande, inklusive Oberstaatsanwalt und Kai Lorenzen, zur Strecke zu bringen.

Susan bearbeitete gerade die letzten Informationen, die ihnen Giovanni aus der Höhle des Löwen zugespielt hatte, als das Telefon schellte.

„Lieutenant Carmichel, Schaller hier, sind Sie allein?"

„Ja Sir", erwiderte Susan wahrheitsgemäß.

„Sie wissen ja, wie brisant diese Aktion ist, nochmals absolute Verschwiegenheit, informieren sie bitte ihre Kollegen und ...", er machte eine kleine Pause, „kein Wort darf in die Außenwelt dringen, sollten Sie meine Anweisung nicht befolgen werde ich Sie zur Verantwortung ziehen, haben Sie mich verstanden?"

„Ja Sir, ich habe verstanden."

Dann beendete er das Gespräch. Susan holte tief Luft und ließ sich auf den Sessel fallen. In diesem Moment ging die Tür auf und Rainer Brandt kam herein, im Schlepptau hatte er Schmelzer und Mertesheimer. Es war Mittagszeit und sie kamen gerade aus der Kantine. Sie spürten dass Susan ihnen etwas sagen wollte, denn sie trommelte aufgeregt mit den Fingern auf die Schreibtischplatte.

„Was ist los Susan?" „Nun komm, erzähl schon."

Sie räusperte sich vernehmlich. „Schaller hat angerufen."

„Und? Nun komm schon, lass dir doch nicht jedes Wort aus der Nase ziehen."

„Er hat die Mail mit den Bildern abgeschickt und stellt euch vor, Stadler hat ihn schon angerufen und sich für die tollen Aufnahmen bedankt." Alle schauten sich an und grinsten amüsiert: „Wenn der wüsste."

Am nächsten Morgen fieberten alle einer „Premiere" entgegen. Stadler war noch nicht im Haus und sie wollten unbedingt testen, ob alles klappte. Sie wählten sich in seinen Laptop ein und wie von Geisterhand erschien sein leeres Büro auf ihrem Bildschirm.

Plötzlich öffnete sich die Tür seines Büros und seine Sekretärin trat ein, ging mit einem Stapel Ermittlungsakten unter dem Arm an Stadlers Schreibtisch und legte sie dort ab, als plötzlich, völlig unvermutet, das Telefon schellte. Sie nahm den Hörer auf. „Büro Oberstaatsanwalt Stadler, Gerber." „Ach Sie sind es, Herr Schaller, was kann ich für Sie tun?" Sie machte einen Augenblick Pause.

„Nein es tut mir leid, der Oberstaatsanwalt ist noch nicht im Haus. Kann ich etwas ausrichten?"

„Okay, Herr Schaller, er ruft Sie zurück, sobald er im Hause ist."

Sie legte den Hörer auf, nahm einen Zettel zur Hand, auf dem sie den Anruf des Polizeidirektors notierte, dann verließ sie den Raum.

Erstaunt schaute Schmelzer seine Kollegen an, die sich während der gesetzwidrigen Konferenzschaltung um seinen Bildschirm geschart hatten.

„Ich wusste gar nicht, dass unser Boss so ein eiskalter Hund ist", er grinste voller Anerkennung und rieb sich die Hände.

„Leute es hat geklappt, nun kann es endlich losgehen." In der Zwischenzeit hatte Susan immer wieder die Tür ihres Büros beobachtet um etwaige ungebetene Gäste oder Kollegen abzuweisen, aber alles blieb ruhig und so konnten sie alle weiteren Schritte vorbereiten.

Susan wählte die Telefonnummer des Polizeidirektors und lauschte dem Rufton, der ungeduldig in ihrem Ohr widerhallte. Es dauerte eine geraume Zeit, bis der Hörer aufgenommen wurde.

„Sir, hier ist Susan, es hat alles einwandfrei funktioniert. Wir hatten alles auf dem Bildschirm."

„Ok, danke für die Information." Sie spürte seine Zurückhaltung und hatte das Gefühl, dass er sich nicht besonders wohl dabei fühlte.

Als das Gespräch beendet war, starrte sie ein wenig verunsichert in die Leere des Raumes. Sicher, es war nicht legal, was sie da machten, ging es ihr durch den Kopf, aber sie verstand nicht, dass man sich hier in Deutschland so schwer mit diesen Dingen tat.

In den Staaten machte man sich nicht so viele Gedanken darum, ob etwas legal oder illegal war. Man tat es einfach, um größeren Schaden abzuwenden. Ein derart brisantes Thema wurde unter Zuhilfenahme aller technischen Möglichkeiten gelöst, auch wenn dieses Vorhaben gegen geltendes Recht verstieß.

Auch sie war beim FBI schon mehrmals in derartige Ermittlungstätigkeiten involviert und hatte niemals Skrupel gehabt sich ihrer zu bedienen, denn es galt, diesen Gangstern das schmutzige Handwerk zu legen. Es kann doch nicht sein, dass sich die Unterwelt der modernsten Hilfsmittel bedient und sie, wie Goldgräber in Alaska, mühevoll nach jedem Nugget suchen müssen. Würde man immer die Gesetze buchstabengetreu befolgen, könnte man diesen unergründlichen Sumpf des Verbrechens niemals trockenlegen.

Sie wurde aus ihren Gedanken gerissen, als sie schon von Weitem das Lachen von Bernd Schmelzer hörte, der wieder mal mit einer hübschen dunkelhaarigen Kollegin in Uniform herum schäkerte, sie berührte und ihre Wange streichelte. Nicht das Susan ihm das nicht gönnte, aber sie war schon ein bisschen eifersüchtig und schaute ihn, als er das Büro betrat, mit einem missbilligenden Blick an.

„Na bist du wieder auf der Suche nach einem neuen Opfer das deinem Charme erliegt?" Er trat hinter sie, legte seine Hände auf ihre Schultern und versuchte, ihre Wange zu streicheln. Mit einem ungehaltenen „Lass das" wandte sie ihr Gesicht ab.

„Ich bin, wie ich bin und das hat überhaupt nichts mit dir zu tun."

Sie löste sich von ihm, stand auf und sah ihn mit einem strafenden Blick an.

„Es mag ja sein, dass du so bist wie du bist, aber dann mach das bitte, wenn ich nicht dabei bin."

Sie stand auf, warf ihm erneut einen nicht gerade freundlichen Blick zu und schickte sich an, das Büro zu verlassen.

„Susan, nun bleib doch mal hier." „Warum sollte ich", erwiderte sie ungehalten, drehte sich um und der Mittelfinger ihrer rechten Hand ging in Höhe. Erst jetzt erkannte Schmelzer, dass sie innerlich vor

Wut kochte. Sie öffnete die Tür des Büros und im Hinausgehen hörte er ihre letzten Worte, die sie ihm zuzischte, bevor sie das Büro verließ: „Du bist ein Arschloch."

Er hatte sich in der Vergangenheit schon oft genug Kritik mit diesen Weibergeschichten eingehandelt, aber er konnte es einfach nicht lassen und jetzt legte er sich auch noch mit Susan an. Wenn sie ihn noch einmal erwischen würde, dann würde sie ihm die Hölle bereiten, das war so sicher wie das Amen in der Kirche. Sie war auch so konsequent, diese Liaison von heute auf morgen zu beenden, und das war nun ganz und gar nicht in seinem Sinne. Also sei vorsichtig Bernd Schmelzer.

Plötzlich starrte Schmelzer wie gebannt auf den Bildschirm: „He, kommt mal her, hier tut sich was."

Oberstaatsanwalt Stadler betrat sein Büro, hängte sorgfältig seinen Mantel an einen Kleiderständer, der in einer Ecke seines Büros stand, warf seine Aktentasche auf seinen Schreibtisch und ließ sich auf seinen Stuhl fallen. Er griff zum Telefon und wählte eine Nummer. Gespannt beobachteten die Ermittler was nun geschehen würde. Eine männliche Person meldete sich am anderen Ende.

„Wie weit seid ihr?", fragte er mit leiser Stimme, dann lauschte er der Antwort seines Gegenübers.

„Das darf doch wohl nicht wahr sein, seid ihr nicht ganz bei Trost. Ich habe euch doch gesagt, dass das noch heute über die Bühne gehen muss. Wir müssen liefern. Die Russen verstehen da keinen Spaß. Seht zu, dass ihr Penner das bis spätestens 19.00 Uhr hinkriegt. Fahrt zum Pier 5, da wartet der Frachter

„Viktor Korjakow", der heute nach Noworossijsk ausläuft.

„Ich werde heute persönlich am Hafen sein und die Übergabe überwachen, sollte etwas schief laufen, könnt ihr schon mal euer Testament machen, ist das klar?" Ohne eine Antwort abzuwarten, warf er wütend den Hörer auf.

„Diese gottverdammten Arschlöcher", fluchte er leise vor sich hin. Schmelzer sah Brandt mit großen Kinderaugen an.

„Meine Fresse, das glaube ich jetzt nicht. Der steckt ja tiefer drin als wir dachten. Trügt mich mein kriminalistischer Scharfsinn oder ist er der Boss von der Truppe?"

Die Story hatte innerhalb kürzester Zeit eine so dramatische Wende genommen, dass ihnen im Moment die Worte fehlten. Susan schaute in die Runde und sah überall nur ungläubige Gesichter. Brandt hatte sich als Erster wieder gefasst.

„Wir müssen sofort Schaller informieren, der wird nicht gerade erfreut sein, wenn er das hört."

„Chef wir haben endlich den Beweis und halten Sie sich fest, Stadler ist der Boss." Schaller fiel vor Schreck fast der Hörer aus der Hand.

„Ich bin gleich bei Ihnen, das muss ich sehen." Wenige Augenblicke später öffnete sich die Tür und er stürmte an den Schreibtisch von Schmelzer. Ungläubig schaute er auf den Bildschirm. Augenblicke später war er wieder ganz Chef.

„Herrschaften, Sie wissen, was Sie zu tun haben. SEK-Kommando um 18.00 Uhr am Pier 5. Die Typen schnappen wir uns."

„Yes Sir, wird gemacht. Das ist ja fast so spannend wie in New York, ich hätte nie gedacht, dass ich so was mal in Hamburg erlebe."

Schaller hatte sich in der Zwischenzeit ganz diskret in sein Büro zurückgezogen. Es war große Eile geboten, denn es war bereits 16.00 Uhr. Eilig wurde das fünfzehnköpfige Einsatzkommando zusammengestellt und in jedem von ihnen baute sich, je näher der Zeitpunkt ihres Einsatzes rückte, eine Spannung auf, die keiner von ihnen verbergen konnte. Auch wenn alle das Jagdfieber erfasst hatte, musste doch jeder von ihnen einen klaren Kopf behalten, musste im richtigen Moment das Richtige tun. Susan Carmichel, Schmelzer, Mertesheimer und Brandt waren die verantwortlichen Einsatzleiter.

Sie koordinierten den Einsatzplan so gründlich, wie es in der Kürze der Zeit möglich war. Sie waren alle erfahrene Kriminalisten und wussten genau, was in jeder Situation zu tun war. So gesehen konnte eigentlich nichts mehr schiefgehen und doch gab es immer ein Restrisiko, das niemand im Voraus kalkulieren konnte. Wie würden sich die Gangster verhalten, wenn sie spüren, dass sie in eine Falle getappt sind? Würden sie einen Fluchtversuch unternehmen, würden sie eine Schießerei beginnen, die unter Umständen Menschleben kosten könnte?

Alle hofften, dass es nicht zu diesem Super-GAU kommen würde, aber rechnen musste man in jedem Fall damit. Die Uhr tickte herunter, die Spannung stieg, jeder von ihnen saß wortkarg an seinem Schreibtisch und ging noch einmal in Gedanken das ganze Szenario durch. Eine innere Anspannung hatte Susan erfasst, keine Angst oder das das Gefühl zu versagen, nein, es war wie bei einem Rennpferd, das kurz vor dem Start voller Anspannung auf den erlösenden Startschuss wartete. Sie warf Bernd Schmelzer einen raschen Blick zu, lächelte ihn an, streckte ihren Daumen in die Höhe, um ihm die Nervosität zu nehmen. Er schaute sie für einen kurzen Moment an, quittierte ihre aufmunternde Geste mit einem kurzen Kopfnicken und widmete sich dann wieder dem Einsatzplan, der vor ihm auf dem Schreibtisch lag.

Sie wurden aus ihren Gedanken gerissen, als das Telefon von Rainer Brandt schellte. Blitzschnell nahm er den Hörer auf und lauschte der Stimme seines Gegenübers.

Schaller war am anderen Ende. „Herrschaften es geht los, wir treffen uns in 10 Minuten im Hof."

„Alles klar", erwiderte Brandt und seine Stimme klang, trotz aller Anspannung, noch recht gelassen.

Er wandte sich den Dreien zu, die ihn erwartungsvoll anschauten.

„Also los Kollegen, dann wollen wir mal die ganze Bande hochnehmen, inklusive unserem sauberen Herrn Oberstaatsanwalt, ich hoffe, dass alles glattgeht."

„Das hoffen wir auch", erwiderten die anderen, zogen sich ihre schusssicheren Westen über, kontrollierten noch einmal ihre Waffen und stürmten dann in den Hof hinunter, in dem die Leute vom SEK schon auf sie warteten. Der Countdown hatte begonnen.

Im Schutze der hereinbrechenden Dunkelheit setzte sich der Konvoi langsam in Bewegung und fuhr Richtung Hafen. Um so unauffällig wie möglich an den Ort der Übergabe der brisanten Fracht zu kommen, hatte man sich geteilt. Sternförmig fuhren sie in Richtung Hafen, um sich dann in der Nähe vom Pier 5 zu treffen. Die Beamten vom SEK verschanzten sich auf dem Dach einer nahegelegenen Lagerhalle. Susan Carmichel und die drei Hauptkommissare saßen in dem Einsatzwagen, den sie im Schatten einer baufälligen Backsteinmauer, unauffällig zwischen mehreren Stahlcontainern, geparkt hatten.

Keiner sprach ein Wort, alle saßen in sich gekehrt auf ihren Stühlen und warteten. Es war inzwischen 18.20 Uhr. Irgendwann in den nächsten Minuten war sie gefordert, jede Entscheidung, die sie traf, musste die richtige sein. Keiner von ihnen durfte in dieser gefährlichen Situation versagen. Wie ein unauslöschliches Trauma hatte sich das Erlebnis bei ihrem Einsatz in New York in ihrer Erinnerung festgesetzt, als sie immer wieder aus dem Fenster des Einsatzwagens starrte und die Straße beobachtete, die in Richtung Pier 5 führte.

„Susan, jetzt nur keinen Fehler machen", hämmerte es immer wieder in ihrem Kopf. Trotz aller Unsicherheit, die sie immer wieder heimsuchte, war sie in sich so stark gefestigt, dass sie diesen Einsatz, bei dem ihr auch ihre drei Kollegen zur Seite standen, bewältigen konnte. Ihr Blick fiel auf die Straße und im ersten Moment glaubte sie sich geirrt zu haben, doch dann sah sie wie ein dunkler Transporter mit abgeblendeten Scheinwerfern um die Ecke bog und langsam in Richtung der „Viktor Korjakow" fuhr.

„Achtung, sie sind da", zischte sie ihren drei Kollegen zu. „Wir warten", hörte sie das Kommando von

Rainer Brandt, der im hinteren Teil des Einsatzwagens saß und gerade damit beschäftigt war das Richtmikrofon zu justieren, um die Gespräche der Ganoven mitzuhören. Dann sahen sie, wie einer der Gangster den Arm aus dem Fenster streckte und mit einer Taschenlampe Lichtsignale gab. Augenblicklich wurde es auf dem Deck des Frachters lebendig. Dunkle Gestalten huschten hektisch hin und her, dann wurde die Reling geöffnet und zwei der Gestalten liefen in großer Eile den Landesteg hinunter und bewegten sich in die Richtung des Transporters.

Ein Kauderwelsch aus russischen Wortfetzen und Befehlen in spanischer Sprache drangen, durch das Richtmikrofon verstärkt, in die Ohren der wartenden Beamten, die aber kein einziges Wort verstanden.

Hastig wurde die Ladeluke des Transporters geöffnet und ein halbes Dutzend dieser Gangster hob Kiste für Kiste aus dem Wagen und stellten sie auf die Straße hinter das Fahrzeug. Vier dieser Kerle waren gerade unterwegs, um einige Kisten auf den wartenden Frachter zu verladen, als eine schwarze Limousine geradewegs auf das parkende Transportfahrzeug zufuhr.

„Das wird der Boss sein", flüsterte Susan, „kommt Boys die schnappen wir uns."

„Kein Zugriff, ich will den Kerl in flagranti erwischen", rief Brandt in das Sprechfunkgerät. Die Nerven aller waren zum Zerreißen gespannt.

Dann sprang ein riesiger Kerl aus der Limousine, eilte nach hinten und riss die Tür auf. Spöttisch gab Schmelzer seinen Kommentar ab, der trotz aller Anspannung eine gewisse Heiterkeit hervorrief.

„Oh Majestät lässt sich die Tür öffnen, das glaube ich jetzt nicht." Zuerst nahmen sie nur einen Schatten wahr, doch dann sah Brandt eine Gestalt, die der des Oberstaatsanwalts glich. Er stand da, wie Napoleon bei der Schlacht von Austerlitz, mit hochgeschlagenem Kragen, in einen Mantel aus dunklem Tuch und beobachtete diese gespenstische Szenerie wie ein Feldherr, der eine Parade abnahm.

Brandt hob die Hand und rief in sein Sprechfunkgerät: „Ihr wisst alle, was zu tun ist. Zugriff." Es war der lang ersehnte Befehl, auf den alle seit ihrer Ankunft gewartet hatten.

„Hier spricht die Polizei, legen Sie die Waffen nieder und gehen Sie mit erhobenen Händen zur Kaimauer."

Scheinwerfer blitzten auf. Die SEK-Beamten, die sich zwischen den im Hintergrund stehenden Containern verschanzt hatten, stürmten im Schutze der Dunkelheit, mit ihren Maschinenpistolen im Anschlag, auf die Gangster zu die ohne sich zu wehren, mürrisch und hilflos an der Kaimauer standen. Es gab kein Entrinnen für sie, denn hinter ihnen warteten die dunklen kalten Fluten des Hafens, jeder Fluchtversuch war also zwecklos.

Plötzlich sprang der Kerl, der im Mantel neben der Limousine stand, in den Wagen, der Motor heulte auf, das rechte Seitenfenster öffnete sich und eine Salve von sechs Schüssen ging in die Richtung der SEK-Beamten, die damit beschäftigt waren die Gangster zu entwaffnen. Mit einem Aufschrei des Entsetzens sah Susan, wie einer der Beamten zusammenbrach und sich mit schmerzverzerrtem

Gesicht auf dem feuchten Pflaster der Straße wälzte.

Mit quietschenden Reifen fuhren sie direkt auf sie Nagelsperre zu, die die Beamten ausgelegt hatten. Susan stürmte mit gezogener Waffe zu dem verletzten Beamten. Über ihr Sprechfunkgerät orderte sie einen Krankenwagen, der in der Deckung eines Containers auf seinen Einsatz wartete. Brandt, Schmelzer und Mertesheimer gaben ihr Feuerschutz.

Blut sickerte aus der Schusswunde an seinem rechten Oberarm, als ihn die Sanitäter erreicht hatten. Der Notarzt diagnostizierte eine klaffende Fleischwunde, gab aber gleichzeitig Entwarnung. Nachdem die Verletzung versorgt war, brachte man ihn vorsorglich ins Krankenhaus zur weiteren Behandlung.

Es war der einzige Fluchtweg, der den Gangstern geblieben war. Es war nur noch ein lautes Pfeifen entweichender Luft zu hören, dann blieb die Limousine mit aufheulendem Motor stehen und der Traum von ihrer Flucht war ausgeträumt. Sie waren genau in die Falle getappt, die ihnen von der Polizei gestellt worden war. Blitzschnell sprangen vier SEK-Beamte vor den Wagen und blieben mit entsicherten MPs neben dem Fahrzeug stehen.

„Werfen Sie die Waffen aus dem Fenster und steigen Sie mit erhobenen Händen einzeln aus, sollten Sie meinem Befehl nicht Folge leisten, werden wir sofort das Feuer eröffnen", rief der leitende Beamte des Sondereinsatzkommandos und er ließ keinen Zweifel daran, dass sie genau das tun würden.

In diesem Moment erkannten die Gangster die Aussichtslosigkeit und gaben ohne zu zögern einen weiteren Fluchtversuch auf. Mit einem lauten Klappern fielen die Waffen auf das Kopfsteinpflaster der Straße.

Langsam öffneten sich die Türen, die Gangster zwängten sich aus der Limousine und blieben mit erhobenen Händen vor dem Fahrzeug stehen. Die Handschellen schlossen sich um die Handgelenke der Ganoven und zwei Beamte tasteten sie nach weiterer Waffen ab.

„Sauber", rief ein Beamter dem Einsatzleiter zu. Dieser trat dann mit einer Taschenlampe bewaffnet auf die Person im Mantel zu und leuchtete ihm ins Gesicht.

„Ach, wenn haben wir denn da?" Seine Stimme bekam einen triumphierenden Unterton, als er dem Oberstaatsanwalt in die vor Angst weit geöffneten Augen schaute. Sprachlos und am ganzen Körper zitternd stand er da, starrte nur vor sich hin, denn er wusste in diesem Moment, dass er für alle Zeiten ruiniert war. Susan, Brandt, Schmelzer und Mertesheimer liefen auf die Gruppe der Gefangenen zu. Sie blieben vor Stadler stehen und alle warfen ihm einen verächtlichen Blick zu.

„Unser lieber Herr Oberstaatsanwalt ist auch mit von der Partie, das ist ja eine Überraschung."

Schmelzer hätte ihm am liebsten vor lauter Verachtung ins Gesicht gespuckt, beherrschte sich aber in dem Moment, als Susan ihn heftig am Ärmel zupfte.

„Lass das", zischte sie ihm zu, „dieser Kerl ist es nicht wert, dass du dir Probleme einhandelst." Im letzten Moment gewann er seine Beherrschung zurück und nickte ihr zustimmend zu.

„Bitte keine Handschellen, das ertrage ich nicht", flehte Stadler mit weinerlicher Stimme.

„Das hätten Sie sich vorher überlegen müssen." Und mit einem hörbaren Klicken schlossen sich die Handschellen auch um seine Gelenke.

Ein geschlossener Wagen der Polizei, der sonst nur für Gefangenentransporte verwendet wurde, fuhr vor und verfrachtete alle Ganoven in den Innenraum des Fahrzeugs, aus dem es kein Entrinnen mehr gab. Mit der Besatzung des Frachters waren sie sehr schnell fertig. Sie waren so verschreckt, dass sie sich ohne jeglichen Widerstand festnehmen ließen.

In einem wahren Triumphzug fuhr die Kolonne zum Polizeipräsidium zurück und jeder von ihnen war froh, dass dieser Einsatz ohne großes Blutvergießen abgelaufen war. Endlich war ihnen mal wieder ein spektakulärer Coup gegen die Rauschgiftmafia gelungen. Eine beeindruckende Enge machte sich breit, als die Gangster in die bereitstehenden Arrestzellen gebracht wurden. Eine Melodie sich schließender Türen war zu hören, als alle Ganoven hinter Schloss und Riegel verschwanden.

Als Susan, Brandt, Schmelzer und Mertesheimer ihr Büro betraten wurden sie mit lauten Bravorufen empfangen. Unter ihnen stand Polizeidirektor Schaller, der es sich nicht nehmen ließ dem Empfangskomitee anzugehören.

Er ging auf jeden Einzelnen zu, gab ihm die Hand und bedankte sich für die gute Arbeit, die sie geleistet hatten.

„Ich bin froh", sagte er mit einem Anflug von Rührung, „dass alles ohne die befürchteten Komplikationen abgelaufen ist."

An Susan und ihre drei Kollegen gewandt, sagte er voller Bewunderung und Hochachtung: „Dass alles so reibungslos verlaufen ist, verdanken wir der vorzüglichen Planung dieses Einsatzes. Dabei möchte ich ganz besonders Susan Carmichel, Rainer Brandt, Bernd Schmelzer und Peter Mertesheimer für ihren vorbildlichen Einsatz hervorheben, zusammen mit dem SEK haben sie ganz Außergewöhnliches geleistet.

„Mein Dank gilt allen, die an diesem erfolgreichen Einsatz teilgenommen haben." Wieder brandete Beifall auf. Den Vieren aber waren diese Lobeshymnen eher peinlich, aber sie bedankten sich artig für so viel Lob, zogen ihre Schutzwesten aus und setzten sich, als wenn nichts geschehen wäre, an ihre Schreibtische.

21. Kapitel

Oberstaatsanwalt Jo Stadler saß in seiner Arrestzelle, fühlte sich elend und reumütig. Warum hatte er das getan? Immer wieder stellte er sich diese Frage. Jetzt, da er in der Einsamkeit seiner Zelle Zeit genug hatte, über alles nachzudenken, bereute er zutiefst auf was er sich da eingelassen hatte, doch jetzt war es zu spät.

Erst jetzt wurde ihm die ganze Tragweite seines Handelns bewusst, er begriff plötzlich welch dramatische Wende sein Leben genommen hatte und dass niemals wieder irgendetwas so sein würde, wie es einmal war.

Dunkle Schatten zogen vor seinem geistigen Auge auf und in seinen Gedanken waren Chaos, Verzweiflung und Verwirrung über das was ihn bewogen hatte diesen verhängnisvollen Weg zu gehen.

Er konnte das Rad des Geschehenen nicht mehr zurückdrehen, hatte sein Leben und das Leben seiner Frau und seiner Kinder für immer gebrandmarkt und er wusste, dass es aus dieser Falle, die er sich selbst gestellt hatte, kein Entrinnen mehr gab.

Es muss so gegen 22.00 Uhr abends gewesen sein, als er vor seiner Zelle plötzlich ein Geräusch vernahm. Knirschend dreht sich der Schlüssel im Schloss der Arrestzelle. Die Tür wurde aufgestoßen und im Türrahmen stand Horst Schaller, fassungslos und nach Worten ringend, starrte er den Oberstaatsanwalt an, der mit gesenktem Blick auf der Pritsche seiner Arrestzelle saß.

„Sag mir, warum hast du das getan, warum, ich verstehe es nicht?" Von Emotionen überwältigt brachte er nur diesen einen Satz heraus, der seine ganze Hilflosigkeit zum Ausdruck brachte aber für sich selbst doch keine Antwort fand. Er machte eine kleine Pause, wartete auf eine halbwegs plausible Erklärung, was Stadler dazu bewogen hatte, sich mit der Drogenmafia einzulassen. Erpressung vielleicht, eine Morddrohung um ihn einzuschüchtern und gefügig zu machen?

Doch Stadler suchte nicht nach Ausreden, versuchte nicht mit fadenscheinigen Erklärungen seine Tat zu rechtfertigen, er schaute Schaller nur hilfesuchend und demütig an. Tränen der Reue liefen über seine Wangen, ein verzweifeltes Schluchzen entrang sich seiner Brust. Wortlos drehte sich Schaller um, warf Stadler einen letzten Blick zu und verließ, ohne ein Wort zu sagen, die Zelle, die sich hinter ihm mit einem lauten Knarren schloss.

Ein Oberstaatsanwalt am Rande des Abgrunds, ein Herrscher über frei sein und gefangen sein war selbst in die Mühlen der Justiz geraten. Die Stille der Einsamkeit legt sich über ihn und ließ ihn nicht mehr los. Er starrte vor sich hin, betrachtete die kahlen weißen Wände der Zelle, hörte das nervende Quietschen des Feldbettes, auf dem er saß und seinen Kopf in seine Hände stützte.

Voller Sehnsucht starrte er in das spärliche Licht, das durch das vergitterte Fenster seiner Zelle fiel. Er dachte an seine Frau die völlig ahnungslos war, dachte an seinen Sohn und seine Tochter, die in diesem Moment glaubten, dass ihr Paps, wie sie ihn immer liebevoll nannten, ein unbescholtener, rechtschaffener Bürger war. All dies war wie eine Seifenblase zerplatzt.

Gedanken reiften in ihm sich das Leben zu nehmen, Schluss zu machen und einfach von dieser Welt zu verschwinden.

Aber eine innere Stimme sagte ihm: „Du hast Schuld auf dich geladen, hast dich selbst ins Abseits gestellt und alles aufs Spiel gesetzt, was einmal deine innere Überzeugung war und dein Denken und Tun bestimmt hat. Du hast alle Werte mit Füßen getreten, hast Menschen die an dich glaubten zutiefst enttäuscht und ihnen den Glauben an deine Unbestechlichkeit genommen, nun lieber Jo solltest du auch bereit sein, die Konsequenzen dafür zu tragen."

Er hatte eine unruhige Nacht in ungewohnter Umgebung verbracht. Albträume plagten ihn, immer wieder schreckte er hoch, wenn er ein ungewohntes Geräusch aus dem angrenzenden Zellentrakt hörte. Gegen Morgen fiel er in einen Dämmerschlaf aus dem er gegen sieben Uhr, in Schweiß gebadet, hochschreckte.

Sein Herz raste, in seinem Kopf schwirrten wie wild die Gedanken umher, als würde ein Schwarm Hornissen unaufhaltsam seine Runden drehen. Er zitterte am ganzen Körper, Gänsehaut lief ihm über den Rücken und seine Knochen taten ihm weh.

Mühsam erhob er sich von seiner Pritsche, der modrige Geruch des Raumes schlug ihm entgegen und ließ ihn den Atem anhalten. Er streckte seinen erschöpften Körper, versuchte seine steifen Glieder mit einigen Übungen wenigstens ein wenig in Form zu bringen, und trotzdem fühlte er sich wie ein alter Mann und war doch erst zweiundfünfzig Jahre alt. Kurze Zeit darauf hörte er das Rasseln eines Schlüsselbundes. Die Tür öffnete sich und ein Polizeibeamter kam mit einem Tablett herein, auf dem sich ein nicht gerade opulentes Frühstück befand.

Wortlos stellte er es auf einen in der Ecke der Zelle stehenden Tisch, schaute Stadler an, ganz kurz nur, doch dieser sah in seinen Augen die Verachtung und Abscheu für das was er getan hatte. Dann schloss sich die Tür hinter ihm, er hörte das knirschende Geräusch des Schlüssels, der sich im Schloss bewegte, dann war Stille.

In der Zwischenzeit saß Polizeidirektor Horst Schaller in seinem Büro und bereitete sich auf die Vernehmung vor, die in einer halben Stunde beginnen sollte.

Er wollte unbedingt daran teilnehmen, um bis ins letzte Detail von Stadler zu erfahren, was ihn dazu bewogen hatte, sich außerhalb der Gesetze zu stellen. Im Moment ging er davon aus, dass irgendetwas Schwerwiegendes vorgefallen sein musste, das ihn so aus der Bahn geworfen hatte.

Stadler war aschfahl im Gesicht, auf seiner Stirn standen Schweißperlen, als er den Vernehmungsraum des Polizeipräsidiums betrat, unter den Achseln seines Hemdes zeichneten sich große Schweißflecken ab, sein Gang war schwankend und man hatte das Gefühl, dass er jeden Augenblick zusammenbrechen würde.

Sein Blick war starr und angsterfüllt. Seine Lippen zitterten vor innerer Aufregung. Mit schwankenden Schritten ging er auf den Tisch zu, an dem Polizeidirektor Horst Schaller, Susan Carmichel, Brandt, Schmelzer und Mertesheimer als ermittelnde Beamte bereits Platz genommen hatten. Es war 9.30 Uhr als die Vernehmung begann. Schaller stellte das Aufnahmegerät an.

„Es ist Freitag, der 15. Oktober, 9.30 Uhr. Vernehmung des Oberstaatsanwalts Josef Stadler, anwesend sind Polizeidirektor Horst Schaller, Lieutenant Susan Carmichel vom FBI New York, sowie die Hauptkommissare Bernd Schmelzer, Rainer Brandt und Peter Mertesheimer." Seine Stimme war kalt und emotionslos als er in das Mikrofon sprach.

„Herr Stadler", fuhr er fort, „Ihnen wird vorgeworfen ein Mitglied des Hamburger Drogenkartells zu sein. Ist das richtig?" Mit einem durchdringenden Blick schaute er Stadler an, dann machte er eine kurze Pause und wartete darauf dass Stadler ihm antwortete.

Alle Augen waren auf ihn gerichtet. Seine Lippen bewegten sich hilflos, ohne dass er auch nur ein einziges Wort herausbrachte. Sein Mund war trocken, der Schweiß rann ihm jetzt in kleinen Rinnsalen von der Stirn. Mit zitternden Fingern ergriff er ein Glas Wasser, das vor ihm stand und trank einen Schluck, um seine Lippen zu befeuchten.

„Ja, das ist richtig", erwiderte er mit leiser Stimme.

„Können Sie etwas lauter sprechen, wir verstehen Sie nicht." Er sah Stadler teilnahmslos an und aus seinen Worten konnte man die Abscheu und Verachtung heraushören, die er in diesem Moment für ihn empfand.

„Ja, das ist richtig", erwiderte er jetzt um ein paar Phone lauter und jeder der im Raum Anwesenden spürte die eisige Kälte, die zwischen den ehemaligen Freunden herrschte. Seine weiße Weste, die er jahrelang zur Schau trug, hatte ein paar sehr hässliche Flecken bekommen.

„Sie können sich viele Fragen ersparen, wenn Sie jetzt ein umfangreiches Geständnis ablegen. Erzählen Sie uns, wie so etwas passieren konnte, aber erzählen Sie uns alles. Ihr Weg ist hier zu Ende und es wäre gut, wenn Sie das endlich begreifen würden."
Und dann erzählte Stadler seine Geschichte, die Geschichte die seinen Untergang einleitete und seine Existenz vernichtet hatte.

Er beichtete, dass er spielsüchtig sei und sich jahrelang in illegalen Spielsalons auf dem Kiez herumgetrieben hatte. Dort lernte er auch Hernandez kennen, den sogenannten „Verteidigungsminister" des Kartells. Er verlor immer mehr Geld, nach geraumer Zeit saß er so tief in der Schuldenfalle, dass er den größten Fehler seines Lebens beging. Ausgerechnet von Hernandez lieh er sich immer wieder Geld und sein Schuldenturm wuchs ins Unermessliche. Er war erpressbar geworden, denn würden die heimlichen Neigungen des Oberstaatsanwalts bekannt werden, wäre er für immer erledigt. Da er an der Quelle saß, wo die Polizeiinformationen nur so sprudelten, machte Hernandez sich diesen Vorteil zunutze.

Wie ein Häufchen Elend rutsche er, während er seine Beichte ablegte, auf dem Stuhl hin und her, immer wieder trommelte er mit seinen Fingern auf die Tischplatte, während sein Blick ins Leere ging. Nur zögernd schaute er Schaller an, als dieser die Frage stellte, die Stadler völlig aus der Fassung brachte.

„Wie kommt es dann, Herr Stadler, dass Sie vom Informanten zum Boss der Bande mutierten? Glauben Sie allen Ernstes, dass das alles ist was Sie mir da gerade aufgetischt haben, das nehme ich Ihnen nicht ab, da steckt doch noch mehr dahinter." Er beobachtete Stadler, der zunehmend nervöser wurde.

„Ich werde Ihnen jetzt etwas zeigen und ich hoffe Sie haben eine plausible Erklärung dafür." Er öffnete einen Aktenordner und zog drei Bilder hervor, die ihnen bereits vor einer Woche zugespielt wurden.

„Schauen Sie sich die Bilder an. Man sieht Sie in der Mitte der Bilder und direkt neben Ihnen steht dieser Hernandez. Wenn Sie mich fragen, kann ein Familienfoto nicht harmonischer sein. Wenn Sie genau hinschauen, sehen Sie dort im Hintergrund eine Person, die Sie bestimmt sehr gut kennen." Er zeigte mit dem Finger auf die Person, die halb verdeckt im Hintergrund stand.

„Herr Stadler, können Sie mir sagen, wer das ist?"

„Ich kenne diese Person nicht", log er. Jeder Lügendetektor hätte bei dieser dreisten Lüge vor Entsetzten einen dreifachen Salto gedreht.

„Hören Sie endlich mit ihrer Lügerei auf, das ist ja zum Kotzen." Schaller konnte sich kaum noch beherrschen, Wut stieg in ihm auf und er wäre ihm am liebsten an die Gurgel gegangen. Er beugte sich dro-

hend zu ihm hinüber: „Sagen Sie endlich die Wahrheit."

„Wie kann dieser Typ nur so unverschämt lügen",
dachte Susan und warf Schmelzer einen Blick zu, der
ihm bedeuten sollte, dass sie jetzt ihre Trumpfkarte
ziehen sollten. Sie schaute zu Schaller herüber. „Sir,
wir sollten Mr. Stadler jetzt mal unser kleines Film-
chen zeigen, das wir rein zufällig gedreht haben, ist
das OK für Sie?"

„Das ist eine gute Idee", erwiderte Schaller und ein
leises Lächeln umspielte seinen Mund. Schmelzer
fuhr seinen Computer hoch und öffnete die Datei,
auf der Stadler zu sehen war.

Stadler versuchte, einen kurzen Blick auf Schmelzers Computer zu erhaschen. „Plötzlich ertönte aus
dem Lautsprecher seine eigene Stimme: „Wie weit
seid ihr?" Es war nur die eine Frage die er hörte und
in diesem Moment brach sein Widerstand zusammen und er ließ sich kraftlos auf seinen Stuhl fallen.
Dann sang er wie ein Vögelchen, so schön und so me-
lodisch, dass sich die anwesenden Beamten am liebsten vor Freude auf die Schenkel geschlagen hätten.

„Der Lorenzen steckt dahinter, dieses skrupellose
Schwein hat mich erpresst. Er hat mir ständig ge-
droht mich zu vernichten. Er hat mich gezwungen
den Boss dieses Drogenkartells zu spielen, hat Filme
von mir vorgeführt, über die sich die anderen Ganoven köstlich amüsiert haben, wie ich mit einer Nut-
te im Bett rumgemacht habe und noch nicht einmal
einen hochbekommen habe. Ich habe gekifft und
gesoffen, bis ich umgefallen bin. Allen hier im Amt
habe ich vorgegaukelt, ich hätte Herzprobleme und

dabei war ich nur völlig fertig von der Sauferei, dem Gekiffe und dem ständigen Rumgehure."

„Und ihre Frau hat nichts geahnt?" „Meine Frau? Die war doch nur mit sich selbst beschäftigt. Shoppen gehen mit ihren Freundinnen, Kaffeekränzchen, teurer Schmuck an ihren Fingern, das war das, was sie interessiert hat. Ich war doch nur der Automat, an dem sie beliebig Geld ziehen konnte. Sie hat es nie interessiert woher es kam."

Wie schlimm muss es um einen Menschen stehen, wenn er so freimütig über sein Leben spricht, zumal Jo Stadler bis zum Augenblick seiner Festnahme als integer und unantastbar galt. Er schaute in die Runde, jedem Einzelnen von ihnen warf er einen reumütigen Blick zu, dann räusperte er sich.

„Legen Sie diesem Lorenzen das Handwerk, das ist das Einzige, worum ich Sie noch bitten möchte. Ich werde vor Gericht gegen ihn aussagen, damit er nicht noch mehr Unheil anrichten kann. Er ist ein Wolf im Schafspelz."

„Das werden wir tun", gab Schaller zur Antwort. In dem Augenblick, in dem Stadler sein Geständnis unterschrieb war sein Schicksal besiegelt. Alles, aber auch alles, hatte er verspielt. Seine Reputation, seine verantwortungsvolle Position als Oberstaatsanwalt, die Achtung und das Vertrauen seiner Mitarbeiter und Kollegen. Seine Frau und seine Kinder würden sich von ihm abwenden. Einsam und allein gelassen würde er sein, wahrlich ein hoher Preis, den er nun bezahlen musste.

Mit schweren Schritten verließ er den Vernehmungsraum, ging in sein Büro und packte seine privaten Dinge zusammen. Das Bild seiner Frau und seiner fröhlich lachenden Kinder verschwand in seiner Aktentasche, ein paar private Dinge folgten, achtlos in die Tasche geworfen. Dann zog er seinen Mantel über und verabschiedete sich von seiner Sekretärin, die ihn mit Tränen in den Augen an der Tür erwartete.

„Ich habe etwas getan, für das ich mich nun verantworten muss und ich schäme mich abgrundtief. Es wird ein Abschied für immer sein, ich wünsche ihnen alles Gute." Er ging auf sie zu und nahm sie in die Arme, dann drehte er sich um und verließ das Büro, wohlwissend, dass er nie wieder hierher zurückkehren würde. Nach dieser außergewöhnlichen Vernehmung konnte keiner der anwesenden Personen so einfach zur Tagesordnung übergehen. Stumm saßen sie auf ihren Stühlen und schauten sich tief beeindruckt und fassungslos an.

„Wie konnte dieser Mann nur so etwas tun, ich verstehe es nicht", waren Susans Worte, mit denen sie die Stille unterbrach.

„Susan", erwiderte Schaller, „ich möchte jetzt nicht in seiner Haut stecken, aber wie sagt man so schön ‚der Krug geht solange zu Wasser, bis er bricht'."

„Wie meinen Sie das, Sir? Ich verstehe dieses Sprichwort nicht."

Er schaute sie lächelnd an. „Das bedeutet", fuhr er fort, „dass man irgendwann einmal doch erwischt wird, und zwar dann, wenn man am wenigsten damit rechnet."

„Aber nun wollen wir mal Herrn Lorenzen einen Besuch abstatten, bevor er sich aus dem Staub macht."

Mit einem Sondereinsatzkommando fuhren sie zu seiner Villa. Die Beamten vom SEK hatten sich auf dem Grundstück verteilt. Susan und Rainer Brandt hatten sich am Hauptportal platziert, Schmelzer und Mertesheimer sicherten zwei Nebeneingänge. Als Rainer Brandt schellte, stand Susan schräg hinter ihm und entsicherte ihre Waffe. Nichts rührte sich auf der anderen Seite der Tür. Er schellte ein zweites Mal, wieder nichts. Doch plötzlich hörte er ein Geräusch.

Dann öffnete sich die Tür einen Spalt und eine Frau, die wohl die Haushälterin Lorenzens war, schaute sie erstaunt an. Brandt legte den Zeigefinger auf seine Lippen und bedeutete ihr so, sich ruhig zu verhalten. Ängstlich folgte sie seinen Anweisungen, nachdem er ihr seinen Dienstausweis gezeigt hatte, öffnete sie die Tür und ließ beide eintreten.

Lorenzen saß in seinem Arbeitszimmer und war gerade damit beschäftigt, die neuesten Nachrichten in einer vor wenigen Minuten erschienenen Sonderausgabe des Hamburger Generalanzeigers zu lesen. Was ihn in große Unruhe versetzte war die Meldung auf der Titelseite: *„Oberstaatsanwalt Josef Stadler verhaftet."* In den folgenden Zeilen wurde der Verdacht geäußert, dass er ein Mitglied des Hamburger Rauschgiftkartells sein müsse, denn er wurde bei einer Polizeirazzia im Hamburger Hafen, bei der Übergabe einer großen Menge Rauschgift, verhaftet und in Untersuchungshaft ins Polizeipräsidium verbracht. Lorenzen spürte wie Adrenalin in seine Adern stieg und er fieberhaft überlegte, was zu tun war, um seinen Kopf wieder mal aus der Schlinge zu ziehen, die sich aber jetzt schon spürbar um seinen Hals gelegt hatte und sich immer enger zusammenzog. Plötzlich vernahm er ein leises Klopfen. Die Tür öffnete sich und Elisa, seine Haushälterin, schaute zur Tür herein.

„Herr Lorenzen, hier sind zwei Herrschaften von der Polizei, die Sie sprechen möchten."

„Jetzt nicht, ich habe zu tun", rief er unwirsch und wollte sich gerade wieder seiner interessanten Zeitungslektüre widmen, als die Tür mit einem Ruck aufgestoßen wurde und Susan und Brandt mit gezogener Waffe im Raum standen.

Lorenzen sprang auf, baute sich hinter seinem Schreibtisch auf, so wie er es immer getan hatte, wenn er lästige Gegner einschüchtern wollte.

„Sie wagen es, in meine Privatsphäre einzudringen? Verlassen Sie sofort mein Haus, haben Sie mich verstanden. Ich werde Ihren Vorgesetzten über diesen Vorfall berichten und glauben Sie mir, Sie werden die Konsequenzen dafür zu tragen haben."

Er war gerade damit beschäftigt seinen Kopf zu retten, als zwei weitere Personen den Raum betraten. Mit weit aufgerissenen Augen starrte er sie an und glaubte im ersten Moment eine Fata Morgana zu sehen. Vor ihm standen der Polizeidirektor Schaller und Staatsanwalt Stadler.

„Bemühen Sie sich nicht länger, Ihren Hals zu retten, wir haben Stadlers Geständnis und genügend Beweise, dass Sie der Pate der Hamburger Rauschgiftmafia sind." Um Schallers Mundwinkel sah man ein triumphierendes Lächeln, endlich hatte er diesen Kerl zur Strecke gebracht.

„Wir verhaften Sie wegen des dringenden Tatver-dachts Chef einer kriminellen Vereinigung zu sein, ferner beschuldigen wir Sie der räuberischen Er-pressung und der Anstiftung zum Mord in mehreren Fällen."

Lorenzen verlor endgültig die Fassung, wurde aschfahl im Gesicht und ließ sich auf den Stuhl hin-ter seinem Schreibtisch fallen. Er war erledigt, das wusste er. Fieberhaft suchte er nach einem Ausweg, aber es gab keinen. Langsam beugte er sich nach vorne, zog langsam die Schreibtischschublade her-aus, griff hinein und hatte plötzlich eine Pistole in der Hand. Wir ein Irrer schaute er die anwesenden Beamten an, dann sprang er auf und brüllte mit sich überschlagender Stimme: „Ihr kriegt mich nicht."

Er hielt die entsicherte Waffe an seine rech-te Schläfe und drückte ab. Wie ein Echo hallte der Schuss durch das ganze Haus, das Blut spritzte in hohem Bogen aus seinem Schädel, dann brach er mit einem Röcheln hinter seinem Schreibtisch zu-sammen und blieb, in einer sich immer mehr aus-weitenden Blutlache, am Boden liegen. Eilig wurde ein Rettungswagen herbeigerufen, aber es war zu spät. Der Notarzt konnte nur noch den Tod des Kai Lorenzen feststellen.

Wie ein Lauffeuer ging die Eilmeldung seines Todes durch alle Teile der Bevölkerung und als der Tag seiner Beerdigung kam, waren nur ein Prediger, die treue Seele des Hauses Elisa und die vier Sargträger anwesend, als sein Leichnam der Erde übergeben wurde.

So einsam wie er sich am Tag der Beerdigung seiner geliebten Tochter Lena gefühlt hatte, so einsam war er nun gestorben. Diese Einsamkeit hatte ihn in seinem vergangenen Leben begleitet weil er die Menschen, die ihn umgaben, niemals liebte, sondern nur danach getrachtet hatte, sie zu missbrauchen und gefügig zu machen. Die einzigen Menschen, die ihm jemals etwas bedeutet hatten, waren seine Frau Patricia und seine Tochter Lena, aber ob das reichte, kann mit Fug und Recht angezweifelt werden. Welch ein unrühmliches Ende eines Mannes, der einmal der mächtigste Mann Hamburgs war.

Der Wolf hatte für immer seine Macht verloren und sein Rudel hatte ihn im Stich gelassen. Ein Satz aus der Bibel hatte eine geradezu gespenstische Bedeutung bekommen: „Wer Wind sät, wird Sturm ernten."

Immer wieder sah man eine alte gebrechliche Dame, die mühsam aus einer Straßenbahn in der Nähe des Olsdorfer Friedhofs stieg und mit einem Strauß Blumen zu dem Grabstein ging, auf dem die Namen „Patricia Lorenzen, Lena Lorenzen und Kai Lorenzen zur ewigen Erinnerung" in Marmor gemeißelt waren.

Sie stand dort eine Weile mit gesenktem Haupt, Tränen der Trauer benetzten ihr faltiges Gesicht, dann stellte sie die Blumen in eine Vase und verharrte in stiller Andacht. Es war Elisa, die jahrzehntelang in dieser Familie gelebt hatte und die ihnen über den Tod hinaus die Treue hielt. Alles was geschehen war, hatte für sie keine Bedeutung. In ihrem Herzen war nur Liebe, bedingungslose Liebe.

Epilog

Drei Monate nach dem Freitod des Kai Lorenzen wurde Josef Stadler der Prozess gemacht. Er wurde aller Ämter enthoben, verlor sämtliche Ansprüche aus seiner Tätigkeit als Oberstaatsanwalt. Er wurde der Zugehörigkeit zu einer kriminellen Vereinigung für schuldig befunden und zu fünf Jahren Freiheitsentzug verurteilt. Seine Frau reichte kurz nach Bekanntwerden der Affäre ihres Mannes die Scheidung ein. Fortan lebte er in bescheidenen Verhältnissen, hielt sich mit Gelegenheitsjobs über Wasser bis er eines Tages von einer Versicherung angeheuert wurde und einen Job als Rechtsberater bekam. So konnte er sein Leben wieder in geordnete Bahnen lenken und einen seinen Fähigkeiten entsprechenden Job ausüben.

Bei der Hausdurchsuchung nach dem Tod von Kai Lorenzen fand die KTU Anhaltspunkte für weitere Verbrechen, die Lorenzen akribisch in einem Tagebuch niedergeschrieben hatte. Er hatte aus lauter Eitelkeit seine eigene Anklageschrift verfasst, die aber nach seinem Freitod für ihn keinerlei Konsequenzen mehr hatte, sondern der Welt nur noch deutlich machte wie abgrundtief und verabscheuungswürdig sein Charakter war. So war er es auch, der für den Tod des Unbekannten in der Davidwache verantwortlich war. Er gab Guido Kretschmer den Befehl, diesen Kerl zu beseitigen. Diesen „Freundschaftsdienst" belohnte er mit einer Prämie von 50.000 Euro, die Kretschmer angeblich von seiner

Tante geerbt hatte. Da Lorenzen aber grundsätzlich alle Mitwisser aus Sicherheitsgründen beseitigen ließ, war auch der gewaltsame Tod vom Kretschmer nur noch eine Frage der Zeit. Allerdings machte er sich nie die Finger schmutzig, sondern schickte einen seiner Schergen los, die dies dann zu seiner vollsten Zufriedenheit erledigten.

Auch der plötzliche Tod von Robert Steinbach ging auf sein Konto. Einer aus seinem Killerkommando suchte Steinbach eines Morgens auf und verabreichte ihm eine Injektion mit einer Überdosis Kokain. Dies wäre nie ans Tageslicht gekommen, wenn die KTU nicht die Aufzeichnungen in Lorenzens Tagebuch gefunden hätte, zumal jeder Eingeweihte wusste, dass Steinbach ein Konsument harter Drogen war und man glaubte, dass er seinen Tod durch einen „Goldenen Schuss" selbst verursacht hatte.

Allerdings war es Steinbach, der für den Überfall auf Claudia Metzler verantwortlich war. Er konsumierte nicht nur Kokain, sondern trieb, mit Zustimmung von Lorenzen, auch einen schwunghaften Handel mit Drogen. So kam es auch dass Jens Jacobs, der der irrigen Ansicht war, er hätte etwas mit der Entführung von Christine Conradi zu tun, diesen bis in die Speicherstadt verfolgte und durch diesen Irrtum Christines Leben rettete. Was er allerdings nicht wusste, war, dass dieser lediglich auf dem Weg zu einem Mittelsmann war, der ihn mit Drogen versorgte. Er war sich darüber im Klaren, dass Claudia Metzler, gäbe sie dieses Wissen an Andere weiter, seine Karriere unwiderruflich zerstören würde und das wollte er unter allen Umständen verhindern. Um sich der Mitwisserin seines kriminellen Handels zu entledigen, hatte er aus dem Hamburger Milieu einen halbseidenen Typen angeheuert, der diesen Überfall ausführte und sie dazu verurteilte für den Rest ihres Lebens in einem Rollstuhl zu verbringen. Die Verlagsleitung hatte sie nach dem Tod von Steinbach in den Verlag zurückgeholt, in dem sie wieder als Leiterin der Abteilung Feuilleton arbeitete. Es war nur ein kleiner Trost für das, was Steinbach ihr angetan hatte.

Jens Jacobs und Christine Conradi kehrten Hamburg für immer den Rücken, zogen in die Mainmetropole und wollten sich dort eine neue Existenz aufbauen. Eines Morgens, sie saßen gerade gemütlich am Frühstückstisch, als das Telefon schellte.

„Mein Gott, kann man denn nicht mal in Ruhe frühstücken?", meckerte Jens. „Nun geh´ schon ran", rief Christine ihm lachend zu, „vielleicht ist es etwas Wichtiges."

Er erhob sich unter Protest und schlurfte langsam zum Telefon, das immer noch schellte.

„Jacobs hier", und seine Stimme klang etwas unwirsch.

Eine männliche, ihm unbekannte Stimme, meldete sich: „Entschuldigen Sie bitte die Störung, sind Sie Jens Jacobs?"

„Ja das bin ich, worum geht es denn?"

„Mein Name ist Konstantin Dietmann, ich bin Assistent von Mr. George Stevens, der durch eine Empfehlung auf Sie aufmerksam geworden ist. Ich rufe im Auftrag der „Chase Manhattan Bank New York" an. Als Sven dies hörte war er auf einmal hellwach. Ein Anruf von einer der renommiertesten Banken der USA. Was hatte das zu bedeuten?

„Und wie lautet ihr Auftrag?", forschte er weiter.

„Der Chairman Mr. George Stevens bittet Sie morgen früh um 9.00 Uhr zu einem persönlichen Gespräch, wäre Ihnen das recht?"

„Warten Sie einen kleinen Augenblick, ich schaue mal eben in meinem Terminkalender nach, ob es möglich ist."

Er legte den Hörer neben das Telefon ging zu Christine, gab ihr einen Kuss und grinste. Sie schaute ihn mit großen Augen an. „Was ist los?" Er lächelte und flüsterte: „Später", dann verschwand er mit eiligen Schritten und ging zurück zum Telefon.

„Herr Dietmann? Ja das ist möglich, sagen Sie Mr. Stevens bitte, dass ich morgen um 9.00 Uhr bei ihm sein werde."

Er legte den Hörer auf, ballte die Faust, sprang auf Christine zu und umarmte sie. „Jens, würdest du mir endlich sagen, was los ist?"

„Ich habe morgen früh einen Termin bei der Chase Manhattan Bank, ein Mr. George Stevens hat mich zu einem Gespräch eingeladen."

„Wer ist Mr. Stevens?", fragte sie voller Neugier. „Mr. Stevens ist der Chairman dieser Bank. Ich weiß zwar nicht, was er von mir will, aber das werde ich spätestens morgen erfahren." „Vielleicht will er dir ja einen Job anbieten", erwiderte Sie lachend, so als hätte sie hellseherische Fähigkeiten.

„Wir werden sehen", gab er zur Antwort und setzte sich wieder an den Tisch, um sein begonnenes Frühstück zu beenden, aber sein Innerstes bebte vor Aufregung. Ein Job bei der Chase Manhattan Bank, das wäre für ihn wie sechs Richtige im Lotto. Seine Euphorie wollte er aber noch etwas zurückhalten, denn bevor er keinen Vertrag in seinen Händen hielt, sah er noch keinen Grund zur Freude.

Pünktlich um 9.00 Uhr bat ihn Mr. Stevens in sein Büro. Es lag in der 30. Etage des Bankhauses im Finanzviertel der Mainmetropole Frankfurt.

„Nehmen Sie doch bitte Platz, darf ich Ihnen einen Kaffee oder einen Tee anbieten?", fragte er freundlich und setzte sich hinter seinen Schreibtisch.

„Ein Freund aus Hamburg hat Sie mir empfohlen und ich denke, dass Sie aufgrund ihrer Fähigkeiten der richtige Mann für uns sind."

„Mr. Stevens", fragte Jens erstaunt, „darf ich Sie fragen, wer dieser Freund ist?" „Sie kennen ihn genau mein Lieber, es ist mein guter alter Freund Sven Lindholm, den ich schon ein ganzes Jahrzehnt kenne."

Jens fiel fast vom Stuhl, als er diese Worte hörte. Hatte dieser alte Schwerenöter wieder einmal seine Finger im Spiel?

„Nun, wie ist es, wollen Sie für mich arbeiten? Ich möchte Sie gerne als Managing Director im Bereich Investmentbanking einsetzen."

Zuerst nickte Jens etwas verwirrt von diesem lukrativen Angebot, doch dann sagte er spontan zu und der Vertrag wurde unterzeichnet, obwohl und das nahm Jens mit einer gewissen Belustigung zur Kenntnis, dieser Vertrag bereits vorgefertigt auf Mr. Stevens Schreibtisch lag und nur noch unterschrieben werden musste. Als sich Jens von Mr. Stevens verabschiedete, gab ihm dieser die Hand, schaute ihn lächelnd an und wünschte ihm noch einen schönen Tag. „Also dann bis morgen, willkommen in unserem Hause."

Er stürmte die Treppe hinauf, schloss die Tür auf und lief ins Wohnzimmer. „Christine, ich habe einen Job, einen so lukrativen Job, du glaubst es nicht." Christine saß mit einem breiten Grinsen auf der Couch und schaute Jens mit unschuldigen Augen an. Er schaute sich um, als er plötzlich ein Geräusch hinter sich vernahm. Die Tür ihres Schlafzimmers öffnete sich und vor ihm stand Sven Lindholm.

"Was habt ihr beide da ausgeheckt?" Sein Blick wanderte zu Lindholm und dann zu Christine, die lachend aufsprang und ihm entgegenging.

„Du hast es gewusst? Du kleines Biest hast es gewusst." „Ja, ich habe es gewusst und es hat mir eine Riesenfreude bereitet."

Dann ging er auf Sven Lindholm zu, umarmte ihn, so wie man einen Menschen umarmt der einem sehr nahe steht.

Er schaute ihm in die Augen, ganz fest und in seinem Blick war Rührung und Dankbarkeit zu sehen.

Auch Christine fand wenig später ebenfalls einen Job als Journalistin bei der „Frankfurter Abendschau" und war aufgrund ihrer journalistischen Erfahrung für das Ressort Innenpolitik zuständig.

Sie suchten sich ein schickes Landhaus in Bad Homburg, heirateten ein Jahr später und bekamen zwei Kinder, das Söhnchen Sven war ein Tausendsassa, ein richtiger kleiner Frechdachs wie sein Vater Jens.

Den Namen Sven hatten sie ihm aus Dankbarkeit an Jens alten Freund und Mentor Sven Lindholm gegeben, dem er so viel zu verdanken hatte. Töchterchen Luisa, blond und genauso hübsch wie ihre Mama, bekam ihren Vornamen zur Erinnerung an Christines Lieblingstante, die leider nach schwerer Krankheit vor der Geburt Luisas verstorben war.

Susan Carmichel und Bernd Schmelzer waren das Liebespaar des Polizeipräsidiums und alle Kollegen beneideten ihn um diese wundervolle Frau. Mittlerweile waren zehn Monate vergangen und die Zeit ihrer Rückkehr in die Vereinigten Staaten rückte immer näher. Es war ein wunderschöner Sommertag als sie, nach all dem Stress der vergangenen Wochen, für einige Tage nach Sylt aufbrachen, um dort eine geruhsame Zeit, fernab vom Trubel der Millionenmetropole Hamburg, zu verbringen.

Nach einer knapp dreistündigen Fahrt mit ihrem Wagen kamen sie auf der Insel Sylt an, den sie zuvor auf einen Zug verladen hatten und huckepack über den Hindenburgdamm bis nach Westerland fuhren. Dort setzten sie sich, nachdem sie noch in einem Bistro einen Kaffee getrunken hatten, in ihr Auto und fuhren gemütlich die letzten Kilometer bis sie in Kampen ankamen, in dem Ort in dem Berny eine wunderbare Suite gebucht hatte.

Susan staunte nicht schlecht als sie vor dem Hotel hielten. Über dem Eingangsportal prangte in großen Lettern der Name des Hotels „Reethüüs". Das Haus war mit Reet eingedeckt und zauberte eine Atmosphäre von Ruhe und Gelassenheit, die keine Wünsche offenließ. In kleinen, mit Natursteinen gepflasterten Parzellen standen Strandkörbe, in die man sich zurückziehen konnte, wenn man die Ruhe suchte. Susan war von Anfang an verzaubert von dieser Idylle, die in ihrer ganzen Ausstrahlung höchsten Komfort verriet.

„Was soll das werden?", dachte sie, denn Schmelzer hatte sich bestimmt in Unkosten gestürzt, als er dieses wunderbare Quartier reservierte. Sie schaute ihn immer wieder prüfend an, konnte aber in seinem Gesicht nichts Verräterisches erkennen. Irgendwann hatte sie es dann aufgegeben zu ergründen, warum er mit ihr ausgerechnet hierher gefahren war. Losgelöst von der aufreibenden Arbeit des täglichen Polizeidienstes verbrachten sie hier ein paar wundervolle Tage, relaxten, liebten sich, tollten herum, gingen stundenlang spazieren und genossen die Frische der Luft und das Rauschen des Meeres.

Der letzte Abend ihres Aufenthaltes war angebrochen. Sie hatten sich ein vorzügliches Menü für den Abend bestellt, denn sie wollten ihre Reise gebührend beenden. Der Tisch war mit einer weißen Tischdecke versehen, Stoffservietten und silbernes, auf Hochglanz poliertes Besteck, rundete den hervorragenden Gesamteindruck ab. In der Mitte des Tisches stand eine silberne Vase, in der sich ein Strauß lachsfarbener Rosen befand.

„Es sieht aus als hätte jemand eine Hochzeitstafel geschmückt", ging es Susan durch den Kopf als sie mit Berny die Treppe herunter kam und den festlich geschmückten Tisch erspähte. Sie nahmen Platz, saßen sich gegenüber wie zwei Menschen, die sich so viel zu sagen hatten und doch schwiegen sie.

Bernd Schmelzer griff in die Tasche seines Jacketts und legte ein kleines schwarzes Kästchen vor sich auf den Tisch. Susan lächelte, denn sie ahnte, was sich in diesem Kästchen befand. Sie spürte wie die Nervosität in ihr aufstieg und sie sich plötzlich einer Situation gegenübersah, mit der sie nicht gerechnet hatte.

Vorsichtig, als würde er einen geheimen Schatz bei sich tragen, öffnete er das Kästchen, nahm einen wunderschönen Brillantring heraus, ergriff Susans Hand und schob ihn mit zitternder Hand vorsichtig auf ihren Ringfinger. Sie spürte wie ihr vor lauter Rührung die Tränen in die Augen stiegen. Fasziniert betrachtete sie dieses funkelnde Kleinod, schaute ihn an und streichelte sprachlos seine Hände, die er ihr entgegen gestreckt hatte.

„Willst du meine Frau werden?", flüsterte er leise und schaute sie an. Hin und her gerissen von ihren Gefühlen versagte ihre Stimme, dann hatte sie sich wieder gefasst.

„Lass mir ein wenig Zeit bis ich mir darüber im Klaren bin, ob ich das wirklich will." Er stand auf und küsste sie.

„Nimm dir so viel Zeit, wie du brauchst, ich werde auf deine Antwort warten."

Susan spürte wie ihr plötzlich Zweifel kamen, ob es der Weg war, den sie wirklich gehen wollte. Sie liebte ihn, das wusste sie, aber würde diese Liebe für immer reichen?

Sie war es gewohnt ihr eigenes Leben zu leben, sie wollte frei sein ohne die Zwänge, die eine Ehe mit sich brachte. Mit diesen Gedanken schlief sie ein. Sie war fest entschlossen ihm zu sagen, was sie wirklich empfand.

Am nächsten Morgen saßen sie am Frühstückstisch, versuchten durch allerlei belanglose Gespräche, die Stunde der Wahrheit hinauszuzögern. Endlich fasste sich Schmelzer ein Herz: „Und wie hast du dich entschieden, bitte sag es mir."

„Mein lieber Berny", sagte sie und schaute ihn aus ihren großen braunen Augen an. „Du weißt, dass es nur eine Liebe auf Zeit sein konnte und du weißt auch was ich für dich empfinde, aber ich muss zurück nach New York, denn ich habe dort einen Job und eine Familie. Bitte lass uns die Zeit, in der wir noch zusammen sind, genießen."

„Ich habe gedacht du liebst mich", sagte er mit rauer Stimme und war zutiefst enttäuscht, dass Susan ihn abgewiesen hatte.

„Ich liebe dich auch, aber ich weiß nicht, ob meine Liebe so tief ist, dass ich dafür alles aufgeben würde. Es war eine wunderbare Zeit mit dir und ich bereue keine einzige Sekunde."

Er erfasste ihre Hände, streichelte sie zärtlich und schaute sie an.

„Bist du ganz sicher, dass dies dein letztes Wort ist?"

„Ja das bin", erwiderte sie mit fester Stimme. Er nahm sie in die Arme, drückte sie ganz fest an sich und küsste sie. Dann verließen sie das Hotel, ging hinunter zum Strand, blieben schweigsam nebeneinander stehen und schauten gedankenverloren über die unendliche Weite des Meeres.

„Dort drüben liegt Amerika", ging es Bernd Schmelzer durch den Kopf, „und wenn es das Schicksal gut mit uns meint, werden wir uns vielleicht eines Tages wiedersehen."

Ihm war klar, dass sich ihre Wege für immer trennen würden. Er glaubte, die Frau gefunden zu haben, von der er so lange geträumt hatte und doch befürchtete er, dass sie für immer die Frau seiner Träume bleiben würde.

Leseprobe: „Wer zum Teufel ist Alice?"

1. Kapitel

Es war bereits dunkel, schwül und fast unerträglich. Hochsommer in Kalifornien eben. Alice fuhr mit einem alten Chevi auf dem Highway No. 1 in Richtung LA. Das Radio krächzte „Hotel California". Dieser Song war etwa genauso alt wie die klapprige Karre, mit der sie im Moment in der Weltgeschichte herumkutschierte. Sie war guter Laune und trällerte mit quakender Stimme, die nicht gerade Musikalität verriet, nach den Klängen des Radios und kaute währenddessen genüsslich an einem mittlerweile kalt gewordenen Hamburger, den sie vom Beifahrersitz neben sich gefischt hatte. Kurz vor Santa Barbara sah sie im Seitenspiegel, wie ein Streifenwagen hinter ihr plötzlich ausscherte und mit eingeschalteter Sirene vor ihr stoppte.

Alice hielt an, drehte das Seitenfenster herunter und öffnete die Tür, als die Cops auch schon neben ihrem Wagen standen.

„An Ihrem Fahrzeug sind die Bremsleuchten defekt, haben Sie das nicht bemerkt? Ich möchte Ihren Führerschein sehen."

Alice rutschte fast das Herz in die Hose. Sie kramte in ihrer Sporttasche herum und hielt nach längerem Suchen ihre Fahrzeugpapiere in der Hand, die auf den Namen Alice Simpson lauteten.

„Jetzt haben sie mich", dachte Alice und spürte wie ihre Knie weich wurden. Sie hatte sich die Papiere bei einem Fälscher in Kentucky machen lassen und dieser Typ war anscheinend so gut, dass dem Cop nicht auffiel, dass es sich um eine Fälschung handelte. Das konnte sie ja wohl auch verlangen, denn sie hatte immerhin schlappe tausend Dollar dafür hingeblättert. Den Wagen hatte sie natürlich auf denselben Namen angemeldet. Immer noch misstrauisch betrachtete der Cop im Schein seiner Taschenlampe das Dokument, drehte und wendete es, konnte aber immer noch nichts Verräterisches daran entdecken. Plötzlich forderte er sie in einem recht barschen Ton auf auszusteigen. „Hände aufs Dach." „Oh verdammt", schoss es ihr durch den Kopf „jetzt bloß keinen Fehler machen."

Sie stieg langsam aus, drehte sich um und legte ihre Hände auf das Dach ihres altersschwachen Chevi. Der Polizist hatte wohl ein Auge auf Alice geworfen, denn sie sah, dass er mehrfach den Schein seiner Taschenlampe über ihren Körper gleiten ließ. Der andere Cop, eine hoch aufgeschossene ziemlich dünne Blondine, trat hinter sie und begrabschte ganz ungeniert ihre Brüste, ließ ihre Hände über ihren ganzen Körper gleiten, um sie nach Waffen zu untersuchen. Alice ließ alles mit sich geschehen, obwohl sie ihr am liebsten auf die Pfoten gehauen hätte. Natürlich fand die Polizistin nichts, was ihr wohl sichtlich missfiel, denn sie forderte Alice auf, sich ganz langsam umzudrehen. Der andere Cop stand mit entsicherter Smith & Wesson in unmittelbarer Nähe des Wagens und beobachtete jede ihrer Bewegungen. Dann kam er näher und das Licht seiner Taschenlampe fiel auf ihr Gesicht, ging hinunter zu dem Ausschnitt ihres Shirts, aus dem die üppigen Rundungen ihrer Brüste hervorlugten, verweilte dort einen Augenblick und schaltete dann mit einem befriedigten Lächeln die Lampe aus.

„Steigen Sie ein und folgen Sie uns", befahl der Officer und ließ keinen Zweifel daran, dass er es ernst meinte. Alice wusste zwar nicht, was das jetzt sollte aber sie hütete sich, mit den beiden eine Diskussion zu beginnen, stieg, brav wie ein Lämmchen, in ihren Wagen, startete den Motor und fuhr hinter den beiden Cops in Richtung Santa Barbara.

Als sie das Police Departement in der East Figueroa Street erreicht hatten, stieg sie aus, wurde von den beiden Officers in die Mitte genommen und durch die gläserne Eingangstür in einen der Vernehmungsräume geführt. Es war ein schmuckloser kahler Raum, in dessen Mitte ein großer hölzerner Tisch stand. Um ihn herum waren sechs Stühle angeordnet, die aber keineswegs dazu aufforderten sich bequem und entspannt hinzusetzen. Schließlich war das ja hier kein Wohnzimmer, in dem man die Füße hochlegen konnte. Alice schaute sich um, warf zwischendurch einen prüfenden Blick auf ihre rot lackierten Fingernägel. Die Tür öffnete sich und herein kam diese große dünne Beamtin, die sie bei der Kontrolle so schamlos begrabscht hatte. Alice musste unwillkürlich lächeln, denn das blasse hagere Gesicht der Dame erinnerte sie in diesem Moment ein bisschen an eine Bergziege aus Montana. Diese zog einen Stuhl zu sich herüber und pflanzte sich breitbeinig in die Nähe der Eingangstür hin.

Ende der Leseprobe